Friedrich Kalpenstein

Gipfelträumer

TINTE & FEDER

Das Buch

Herbert hat mittlerweile seine berufliche Passion gefunden und dem Finanzamt den Rücken gekehrt. Anja, die erfolgreich ihr Café und ein florierendes Catering aufgebaut hat, ist immer noch ein wenig skeptisch, ob ihr Lebenspartner und Vater des gemeinsamen Sohnes Oskar den richtigen Weg eingeschlagen hat. Um sich vom turbulenten Alltag eine Auszeit zu nehmen, macht sich die kleine Familie auf den Weg in den ersten gemeinsamen Urlaub. Der Plan: Erholung in einem Familienhotel in den Bergen.

Doch der Trip nach Österreich erweist sich als alles andere als erholsam. Vierundzwanzig Stunden am Stück zusammen zu sein, sind Anja und Herbert nicht gewöhnt. Als dann noch Anjas kleines Geheimnis ans Tageslicht kommt, droht die alpenländische Idylle zu kippen. Wieder einmal hat Herbert allerhand mit sich selbst und seinem Umfeld zu tun. Ungewollt schlüpft er in die Rolle des Rudelführers. Wie sich herausstellt, gibt es in der Hotelanlage Männer, die wie er vor beziehungsbedingten Herausforderungen stehen.

Ein Roman für Männer, Frauen und Touristen.

Der Autor

Friedrich Kalpenstein lebt in der Nähe von Freising im Ampertal. In seinen humorvollen Romanen erzählt er schwungvoll und witzig von Situationen, die jeder kennt – vom ganz normalen Wahnsinn des Alltags eben.

Die »Herbert«-Reihe hat Kultstatus erreicht und ist auch als Hörbuch sehr beliebt. Der erste Teil, »Ich bin Single, Kalimera«, kam 2013 als E-Book im Selbstverlag heraus und wurde im März 2015 von Tinte & Feder in einer neuen Version aufgelegt. Kalpenstein setzte die Erfolgsserie mit »Wie Champagner«, »Männerferien« und »Alpengriller« fort.

Weiterhin erschienen von ihm bei Tinte & Feder die Romane »Das Leben ist kein Zweizeiler« und »Sie haben Ihr Ziel erreicht.«

FRIEDRICH KALPENSTEIN

Gipfelträumer

ROMAN

TINTE & FEDER

Deutsche Erstveröffentlichung bei
Tinte & Feder, Amazon Media EU S.à r.l.
5 Rue Plaetis, L-2338 Luxembourg
Januar 2018

Umschlaggestaltung: bürosüd° München, www.buerosued.de
Umschlagmotiv: © FooTToo / Shutterstock; © mimolette / Shutterstock; © Steve Cukrov / Shutterstock; © Africa Studio / Shutterstock; © siiixth / Shutterstock; © wernimages / Shutterstock; © GlebSStock / Shutterstock; © ffolas / Shutterstock; © estike / Shutterstock
Lektorat: Media-Agentur Gaby Hoffmann, www.profi-lektorat.com
Printed in Germany
by Amazon Distribution GmbH
Amazonstraße 1
04347 Leipzig, Deutschland

ISBN: 978-1-503-90067-7

www.tinte-feder.de

DER HERBERT

»Mit Zwiebeln?«

»Ja, tun Sie ein paar drauf. Ich hab zwar am Nachmittag ein Meeting, aber …« Der Typ im Business-Look kam etwas näher an die Klappe und sah geheimnisvoll nach beiden Seiten. »Für was ist man denn Chef!« Dann lachte er dreckig.

Ich tat es ihm gleich und lachte noch dreckiger. Schließlich sollte sich meine Kundschaft bei mir wohlfühlen.

»Hier, bitte. Lassen Sie ihn sich schmecken!« Ich reichte dem Anzugträger mittleren Alters seinen Burger und gleich noch seine Limo hinterher.

»Und was genau ist da jetzt bio?«, wollte er wissen und hob den Deckel des Brötchens ein wenig an, um einen prüfenden Blick auf das Fleisch zu werfen. Macht in etwa genauso viel Sinn, wie als Laie bei einer Fahrzeugpanne die Motorhaube zu öffnen, um wichtig hineinzuglotzen.

»Na, alles!«, versicherte ich ihm. »Dafür stehe ich mit meinem Namen.« Ich deutete an die Fahrzeugwand hinter mir, auf der in großen schwarzen Buchstaben »DER HERBERT« prangte. »Brötchen, Fleisch, Salat … nur vegan ist er halt nicht, gell!« Jetzt lachte ich als Erster dreckig und er schloss sich kurz darauf freudig an. Er stellte den Teller auf einem der drei Tischchen ab, die vor meinem Wagen standen, und setzte sich. Anschließend packte der Feinschmecker den Burger mit beiden Händen, drückte ihn zusammen und biss herzhaft hinein. Das war der Moment, den ich am meisten mochte. Der mich darin bestätigte, den richtigen Weg gegangen zu sein.

»Haben Sie auch Salat to go?«

Mein Blick schweifte zu zwei Damen, die wie aus dem Nichts plötzlich vor meinem Truck aufgetaucht waren und die Tafel mit den Speisen des Tages studierten.

»Selbstverständlich. Aber *to eat* hier vor meinem Truck. Wegen des Mülls. Wissen S', die Damen, es reichen doch schon die ganzen Coffee-to-go-Becher, die überall in der Stadt rumliegen. Da tun Sie sich und der Erde was Gutes. Frisch und knackig aus der Region. Mit Sprossen und Pinienkernen, wenn Sie mögen. Vielleicht darf es aber auch etwas Herzhaftes sein? Ein Burger vielleicht? Oder ein Sandwich?«

»Um Gottes willen. Bloß kein Fleisch!«, rief die eine, die bereits in ihrer hellbraunen Tasche nach ihrem Handy kramte, das sich lautstark mit *My Heart will go on* von Celine Dion meldete. Zu ihrem Gesichtsausdruck bei »Bloß kein Fleisch« hätte *Hells Bells* von AC/DC besser gepasst.

Ich richtete die Aufmerksamkeit auf ihre Begleitung. »Ich könnte Ihnen auch Grünkernbratlinge anbieten! Die mach ich selbst!«

»Nein, danke«, winkte die ab. »Bloß einen Salat. Haben Sie Mozzarella am Start?«, fragte sie mit spitzer Lippe.

»Natürlich. Vom Büffel«, konterte ich stolz.

»Dann werfen Sie doch ein wenig davon über den Salat, so wird das eine runde Sache.« Auch sie wühlte nun in der Handtasche und holte ihr Handy hervor.

»Ein wenig Dinkel-Ciabatta dazu«, schlug ich vor, bevor sie zu wählen begann.

»Keine Kohlehydrate!« Energisch wandte sie sich ebenfalls von mir ab.

Ich spähte zu meinem Burgerkunden, der die Damen seit ihrer Ankunft fixiert hatte. Er zuckte nur mit den Schultern und wischte sich den Mund mit der Papierserviette ab, bevor er von seiner Biolimonade einen Schluck nahm.

Nachdem die Damen versorgt waren, konnte ich meine Dienste als beendet betrachten. Es war ein guter Tag. Mit Stammkundschaft! Das ist das wichtigste Standbein, der Fels in der Brandung sozusagen, hatte ich von Anja gelernt.

Hätte mir vor einem halben Jahr jemand prophezeit, ich würde demnächst mit meinem eigenen Food Truck irgendwo in München in einem Industriegebiet vor einem Bürokomplex stehen und Burger braten, den hätte ich für verrückt erklärt.

Gut, das übernahm im Nachhinein Hans, als er von meiner Idee hörte. »Du und Grillen?«, unkte er.

»Hans«, hatte ich ihm widersprochen, »ich grille nicht, ich brate!«

Dennoch war er skeptisch, wie übrigens auch Anja, als ich ihr von meiner Geschäftsidee berichtete.

Glücklich hatte ich meinen Job als Finanzbeamter gekündigt. Ein paar meiner Kollegen haben seitdem sogar schon bei mir gegessen.

Ich verließ meinen Truck, um die Tische abzubauen, und verweilte wie jeden Tag um diese Zeit vor meinem ganzen Stolz und betrachtete ihn liebevoll. Ein alter VW Bulli. Komplett restauriert und umgebaut. Nein, hatte ich nicht selbst gemacht, sondern günstig geschossen von einem, der mit seiner Geschäftsidee pleiteging. Ich sage nur: *Vegan hat Charme!* So hieß sein kleiner rollender Laden. Das wäre fast ein K.-o.-Kriterium bei Anja gewesen.

»Wenn der schon pleiteging, warum sollte es dann bei dir klappen?«

Ich hatte ihr eine einfache Gegenfrage gestellt: »Anja, wo steht bei einem Imbiss auf einem Trödelmarkt die größere Schlange an? Beim Tofu-Guru oder beim Currywurst-Brutzler?«

Eben. Da waren plötzlich all ihre Argumente verflogen.

Schön sah mein Bulli aus, wie er da so sauber in der Sonne blinkte. Die Lackierung war allerdings neu. Hatte ich ganz alleine ausgesucht. Ein edles Grau und in schwarzer, feiner Schrift prangte groß DER HERBERT drauf. Darunter etwas kleiner: *Finest Bio-Burger of Munich*. Cool, oder? Auf der einen Seite konnte ich die gesamte Länge aufklappen, die diente als Durchreiche. Das komplette Dach ließ sich ebenfalls ein gutes Stück nach oben schieben. Sonst würde ich in dem Ding nicht stehen können. Zwei große Bratflächen, Kühlschrank, Waschbecken, eine große Anrichte … alles da. Sogar 'ne herrliche Fritteuse. Bei mir gab es nämlich nicht einfach nur Pommes, nein. Bei mir bekam man *Wedges* – von der Biokartoffel. Die schnitzte ich täglich eigenhändig aus der Knolle heraus. Ich hatte Pappteller und Holzgabeln. Aber auch richtiges Geschirr und echtes Besteck. Mein Angebot reichte von verschiedenen Bio-Burgern und -Sandwiches bis hin zu Salaten und grünen Smoothies. Das mit dem Bio, da hatte sich Anja durchgesetzt. Wer mich davor kannte, der wusste, dass man mich genauso schnell mit dem Begriff *bio* in Verbindung brachte wie eine Schweinshaxe mit einem Vegetarier. Ich gebe aber zu, dass es super ankam. Und das Fleisch kaufte ich frisch von der Heidi. Auch die anderen Sachen wie das ganze Grünzeug und den Käse. Tja, der Käse! Wenn einer auf seinen Burger einen Bergkäs' wollte, tat ich Käsehasser mich immer noch ein bisserl schwer damit. Aber ich hatte ja Handschuhe an. Die schwarzen. Ich hatte halt selber keine Ahnung, wie's schmeckt. Die Leute aber schwärmten davon.

Die Heidi. Ich erinnerte mich noch wie gestern, als die das erste Mal beim Hans auf dem Hof stand. So nervös hatte ich Hans noch nie gesehen. Mich wunderte es ja kolossal, dass er mit ihr noch immer zusammen war. Anscheinend hatte der alte Schwerenöter nun doch in ihr seine Meisterin gefunden. Die beiden wohnten allerdings nicht zusammen. Vielleicht war das ja das Geheimrezept. Sein Funpark lief übrigens bombig. Wobei *Funpark* wirklich übertrieben war. Mittlerweile nahm er nur noch Kundschaft an, die sich tatsächlich für Wanderungen oder Radtouren interessierte.

Seine Heidi also, Betreiberin eines Biohofes in Berchtesgaden, lieferte mir die Ware zu einem Bioladen in Schwabing. Das hatte Anja eingefädelt. Seit sich die beiden kennengelernt hatten, zählte Heidi auch zu ihren Lieferanten. Networking eben, wie der Bayer sagt.

Als ich gerade den letzten Tisch in meinem Bulli verstaute, hörte ich eine A-Klasse hupen, bevor diese vor meinem rollenden Burger-Schlitten zum Stehen kam.

»Mama! Was machst du denn hier?«, staunte ich, als sie aus dem Wagen stieg. »Servus, Papa. Das ist ja eine Überraschung!«

»Deine Mutter ließ sich nicht abhalten«, erklärte mein Vater, als er den Mercedes verschloss. Er entfernte sich voraussichtlich zwar keine fünf Meter davon, aber … München halt. *Wer weiß, wer in so einer Großstadt alles herumschwirrt*, dachte sich mein Vater mit Sicherheit.

»Ich hab doch gesagt, dass ich bei euch heute vorbeikomme und die Sauce abhole.« Ich umarmte meine Mutter, nachdem sie die Plastikbox mit den Weckgläsern auf dem ausgeklappten Tisch an meinem Bulli abgestellt hatte.

»Ach was, wir waren doch sowieso in der Nähe!«

»In der Nähe?«, lachte mein Vater. »Wenn du *in der Nähe* das über dreißig Kilometer entfernte Freising nennst, dann war es wirklich nur ein Katzensprung! Servus, Bub.«

»Da habt ihr aber Glück. Ich war gerade schon auf dem Sprung.«

»Um diese Zeit? So schön möchte ich es auch mal haben!«, witzelte er.

»Papa, du bist Rentner. Du hast es noch schöner. Ich muss morgens früh raus. Was meinst du, wer den Salat wäscht und die Wedges vorbereitet?«

»Bub, hilft dir denn die Anja so überhaupt nicht?« Er kniff die Augen zusammen.

»Papa, die Anja hat selbst …«

»Nun streitet euch doch nicht!«, fuhr meine Mutter dazwischen. »Schön, dass der Bub etwas gefunden hat, das ihm gefällt!« Sie streichelte über meine Wange.

Somit war wieder einmal bewiesen: Man(n) kann über vierzig sein und bleibt doch auf ewig der Bub.

»Wenigstens zieht er den Leuten nicht mehr das Geld aus der Tasche.«

»Papa, ich war beim Finanzamt und nicht Hütchenspieler in den Straßen Palermos.«

»Trotzdem. Musste es denn wirklich ein Imbiss sein? Ich weiß überhaupt nicht, was ich beim Stammtisch sagen soll.«

»Es ist ja auch kein Imbiss. Ich verkaufe hier feinste Bioware. Die Leute stehen drauf.« Das hörte wohl nie auf. Jedes Mal das gleiche Geplänkel.

»Wenn es auf Rädern fährt, ist es ein Imbiss. Bio! Hatten wir alles nicht. Und schau mich an!« Er zeigte auf das Display seiner Pulsuhr, die ich ihm letztes Weihnachten geschenkt hatte. »Zweiundsiebzig Puls. Wie ein Baum!« Er klopfte auf seine Brust. Im nächsten Moment hustete er.

Ich nahm ein Weckglas aus der Box und begutachtete die BBQ-Sauce, die meine Mutter exklusiv für mich produzierte. Das war zwar etwas übertrieben ausgedrückt, weil sie ansonsten ja auch nur für meinen Vater kochte, dennoch rechtfertigte diese Tatsache für mich den Zusatz *exklusiv*. Meine Mutter karamellisierte die Zwiebeln in braunem Zucker. Das war mir ganz wichtig. Sie hatte zwar zunächst die Augen bei meiner Ansage verdreht, aber sie machte es.

»Mama, passt du auch auf, dass nur Bioware da reinkommt?«

»Natürlich Junge. Ist alles vom Supermarkt.«

»*Bioware*, Mama. Nicht Billigware.«

»Na, was weiß ich, wo die Zwiebeln herkommen! So genau funktioniert das doch nicht.« Sie wedelte mit der Hand.

Mein Vater grinste.

»Mama, ich hab einen Ruf zu verlieren. Bitte, pass da auf! Nichts Gespritztes und nur aus kontrolliertem Anbau.«

Sie verschränkte die Arme. »Früher hat es dir immer sehr gut geschmeckt. Seit du in München wohnst …« Sie schüttelte den Kopf.

»Das hat doch damit nichts zu tun. Ich fahre hier einfach ein Konzept und meine Kunden sollen auch das bekommen, was ich ihnen verspreche.«

Mein Vater sagte gar nichts und betrachtete in Ruhe meinen Bulli. Er verschränkte die Arme auf dem Rücken und schlenderte um den Wagen.

»Die Profiltiefe hast du im Blick?«

»Klar, Papa. Auch den Reifendruck. Das Wischwasser ist aufgefüllt.«

Das genügte ihm.

»Wo ist denn der Kleine?«, wollte meine Mutter wissen.

»Oskar?«

»Na, wie viele Kinder hast du denn noch?«

»Unsere Nanny ist bei ihm. Ich habe euch doch von ihr erzählt.«

»Früher hat es das alles nicht gegeben. Da war die Mutter daheim beim Kind und gut. Und wenn überhaupt, dann hatte man ein Kindermädchen und keine Hanni oder Nanni.«

»Das ist doch das Gleiche«, belehrte ich sie.

»Der Kleine hat auch noch Großeltern. Wir sehen ihn überhaupt nicht mehr. Bis wir uns versehen, studiert er und ist aus dem Haus.«

»Mama, er ist gerade zwei geworden. Ich glaube, da hat er noch ein Weilchen hin.«

»Das geht schneller, als du denkst«, widersprach meine Mutter. »Der Enkel von den Paulis über uns, den haben die nach seiner Lehrzeit über Jahre nicht mehr gesehen.«

»Mama, weil der im Knast war wegen schwerem Raub.« Manchmal war ich mir echt nicht sicher, ob ich nicht im falschen Film war.

»Ach …«, wedelte meine Mutter wieder energisch durch die Luft. »Was die Leute immer reden!«

Ich wechselte das Thema. Sonst wäre das so weitergegangen.

»Denkt bitte dran, wir fahren morgen für ein paar Tage in den Urlaub.«

»Und Oskarchen nehmt ihr mit?« Meine Mutter packte die nächste Gelegenheit beim Schopf.

»Klar. Familienurlaub.«

»Ihr hättet ihn auch zu uns geben können. Der Opa hätte ja etwas mit ihm bauen können. Oder in den Zoo gehen. Hätte euch beiden gutgetan, einmal alleine wegzufahren.«

Da hatte sie sicherlich nicht ganz unrecht. Seit mein kleiner Thronfolger auf der Welt war, hatten Anja und ich kaum Zeit füreinander. Wie das eben so ist, als frischgebackene Eltern. Nach zwei Jahren.

»Komm jetzt, Gertrud, wir müssen. Ich helfe dem Karl doch bei der Garage«, drängte mein Vater und klopfte mir zum Abschied auf die Schulter.

Meine Mutter drückte mir einen Kuss auf die Wange. »Grüß schön und meldet euch. Und schick uns doch mal ein Bild von Oskar auf Papas Handy. Ihr jungen Leute macht das doch so.«

»Mama, Papa hat ein uraltes Nokia. Da siehst du bis auf ein paar bunte Quadrate nichts.«

»Dann eben per Mail. Der Papa hat das eingerichtet.«

»Hab ich dir doch geschrieben«, warf mein Vater ein.

»Ja, mach ich. Passt auf euch auf. Die Straßen sind rau in der Großstadt«, witzelte ich und blieb noch kurz stehen, um zu winken, als sie abfuhren.

Ich verstaute die Plastikbox mit den Gläsern meiner exklusiven »Beinahe-Bio-BBQ-Sauce« im Bulli und verschloss die Klappe. Dann kehrte ich noch kurz den Platz vor meinem Wagen. Damit sich keiner beschweren konnte. Dieser Standort war wie ein Sechser im Lotto für mich und mein kleines Unternehmen. Ich hatte die richtige Gegend und die richtige Zielgruppe gefunden. Den Hausverwalter des Bürokomplexes, vor dem ich stand, kannte ich aus meiner Schulzeit. Bis auf eine Pizzeria und einen China-Food-Laden war in diesem Industriegebiet und in der näheren Umgebung nichts zu finden. Mein Konzept passte prima in die Zeit der Ernährungs- und Fitnessjunkies. Bio und Umwelt! Tagtäglich schmiss ich mit diesen Begriffen nur so um mich. Ich wollte das Gefühl vermitteln, dass man sich mit meinem Speisenangebot etwas Gutes tat. Allerdings nahm mir meine Kundschaft die Aussage, man würde sich nach einem Burger bei mir das Fitnessstudio sparen, nicht ab.

Hamburg am Hafen

Ich war fast schon daheim, als mir Anja in den Sinn kam. Bestimmt hatte sie heute auch alle Hände voll zu tun. So ist es doch immer, wenn man in den Urlaub geht. Zuvor muss man Gas geben, damit nichts liegen bleibt, und wenn man wieder zurück ist, muss man nacharbeiten und dafür büßen, dass man überhaupt weg war.

Ich trat auf die Bremse und wendete unter lautem Gehupe auf der Leopoldstraße und fuhr mit meinem Bulli zur Zuckerrübe, Anjas Café. Ich dachte mir, dass sie sich sicher freuen würde, wenn ich ihr vielleicht ein wenig zur Hand ginge. Jetzt, wo ich ja quasi auch ein Gastronom war. Vielleicht konnte sie dadurch ein bisschen eher Schluss machen.

Als ich von Weitem das Café sah, entdeckte ich Anja auf dem Gehsteig vor den Tischen ihres Außenbereichs, der für einen Nachmittag unter der Woche gut besucht war. Sie redete mit einem Mann im Anzug. Ich wurde langsamer und parkte hundert Meter vor dem Café auf der anderen Straßenseite, weil dort jemand just in diesem Moment einen Parkplatz frei machte. Nachdem ich den Motor abgestellt und nach meiner Sonnenbrille im Handschuhfach geangelt hatte, Schwabing ohne Sonnenbrille geht gar nicht, sah ich noch mal zu Anja. Sie wurde von dem Anzugträger in den Arm genommen. Ha, dachte ich, da war er bei Anja an der ganz falschen Adresse. Wenn sie eines nicht abkann, dann war das unkontrolliertes Grapschen und zu viel körperliche Nähe zu Fremden. Moment! Sah ich da richtig?

Anja drückte den Typen nicht von sich weg. Im Gegenteil. Sie legte ihre Arme um ihn und verweilte in dieser Haltung ein wenig. Danach gab er ihr einen Kuss auf die Stirn, nahm seine Sonnenbrille aus den blonden Haaren und setzte sie auf seine Nase. Sag ich doch. Schwabing! Anja blieb lächelnd stehen und schaute ihm hinterher, wie er in sein Auto einstieg. Blau, Audi A4, Hamburger Nummer. Außendienst. Ganz bestimmt. Bis ich zwölf Jahre alt war, dachte ich immer, HH stünde für Hamburg am Hafen.

Er parkte aus, ließ die Scheibe der Fahrertür herunter und winkte heraus. Nebenbei hupte er, als er davonfuhr.

Ich duckte mich ein wenig, weil er an mir vorbeikam.

Anja winkte dem Typen nach. Sie ging nicht gleich in den Laden zurück und kümmerte sich auch nicht um die Belange ihrer Gäste an den Tischen vor der Tür. Stattdessen stand sie noch ein Weilchen da und blickte dem Nordlicht und seiner Vertreterkarre nach.

Sollte ich nun aussteigen, zu ihr gehen und so tun, als ob nichts gewesen wäre? Vielleicht war es irgendein Bekannter aus früheren Jahren. Oder ein sehr, sehr guter Kunde. Bestimmt war es aber auch einfach nur Schwabing. Da war doch alles ein bisschen lockerer. Bussi hier, Küsschen da …

Ich öffnete meine Fahrertür, um auszusteigen, hielt kurz inne, dann schloss ich sie wieder.

Anja schlenderte zwischenzeitlich zurück in ihr Café. Da die Leopoldstraße sehr lang ist, konnte sie ihm ein paar hundert Meter hinterherglotzen. Entschuldigung. Gucken. Anscheinend war ich etwas geladen. Oder schon wieder übertrieben eifersüchtig.

Obwohl ich bei ihrem Ex, dem Jens, ein gutes Gespür an den Tag gelegt hatte, was das Wildern anderer Typen in meinem Revier anging. Da hatten auch alle behauptet: »Ach, der macht doch nix!« Und dann hatte der Arsch Vollgas gegeben. Das ist eben alles die Art Probleme, die man als Single nicht hat. Doch das Singleleben war auch nicht schön. Allerdings hätte ich gerne auf diese Herausforderungen verzichten können.

Ich warf den Motor wieder an und fuhr los. Am Ende hätte Anja noch gedacht, dass ich ihr hinterherspioniere. Unter erneutem Hupen anderer Verkehrsteilnehmer drehte ich verbotenerweise auf der Straße und trat meinen Heimweg an.

»Sie hat ihm echt lange hinterher … geschaut«, murmelte ich vor mich hin.

Ich schleuderte meine Sonnenbrille zurück ins Handschuhfach, nachdem ich in den Dritten geschaltet hatte. Nein, Anja hatte da nichts am Laufen. Da war ich sicher. Außerdem waren wir eine kleine glückliche Familie. Da war eine andere Qualität an Verantwortung gefragt.

An der nächsten Ampel bog ich links ab und fuhr gleich danach vorsichtig in die Hofeinfahrt einer alten Druckerei, die schon seit Generationen dort ansässig war. Zu Fuß waren es vielleicht zweihundertfünfzig Meter zu unserer Haustür. Der Besitzer der Druckerei und ich hatten einen Deal, dass ich an den Wochenenden und bei längerer Abwesenheit meinen Bulli nah an der Hauswand in seinem Hof parken durfte. Dafür gab es dann hin und wieder für ihn und seine drei Angestellten Burger satt. Außerdem durfte ich mein rollendes 4-Sterne-Restaurant dort an den Strom hängen, damit mir die Kühlung nicht ausfiel. Momentan war ich froh, dass ich diese Möglichkeit hatte. Durch die Baustelle vor unserer Haustür und das damit verbundene Durchfahrverbot wurden die eh schon knappen Parkplätze noch weniger.

Ich schnappte mir aus meinem Kühlschrank die letzten Pattys, die ich für heute vorbereitet hatte, und verschloss mein Schätzchen, damit sich niemand an Muttis einzigartiger BBQ-Sauce vergriff, während ich weg war.

»Jemand zu Hause?«, rief ich in unser trautes Heim, als ich die Wohnungstür geöffnet hatte.

»Hörst du? Der Papa ist schon da. Schnell, lauf!«, flötete Fiona, unsere Nanny, aus dem Wohnzimmer.

Ein paar Sekunden später schoss Oskar auf seinen kurzen Beinen um die Kurve und scheiterte fast an der Kommode im Flur, die er schon so oft gerammt hatte. Jedes Mal wieder stand dieses blöde Ding plötzlich wie von Zauberhand einfach da.

»Baba!«, rief er freudig.

So ein kleiner Bub ist doch wie ein Hund. Der freut sich auch immer, wenn Herrchen heimkommt.

»Ja, wo isser?«, fragte ich und ging in die Knie. Nun bemerkte ich es auch, dass ich vielleicht wirklich bei der Begrüßung mit Oskar sprach, als wäre er ein Welpe.

Ich stellte schnell die Dose mit den Pattys auf dem Boden ab, um meinen Stammhalter gebührend zu empfangen. Ich nahm ihn hoch und kitzelte ihn. Das mochte er. Wobei es nicht nur einmal vorkam, dass ich hinterher seine Windel wechseln musste. Vielleicht noch ein Jahr, dann konnte er bestimmt ohne und war ein ganzer Mann.

»Auto gespielt!«, kreischte er freudig und tapste mit seinen dicken Fingern in meinem Gesicht herum.

»Ja? Hast du schön mit der Fiona Auto gespielt?« Immer wieder war ich froh, wenn er *Auto* und nicht *Puppe* sagte. Wobei ich manchmal dazu neigte, ihn verbessern zu wollen. »Oskar, jetzt noch mal in einem vollständigen Satz. Ich … habe … heute … Auto …« Das ging natürlich nicht. Habe ich im Internet recherchiert, weil ich es Anja nicht geglaubt hatte.

»Wo ist denn die Fiona? Führst du mich zu ihr?«, fragte ich Oskar und setzte ihn wieder auf dem Parkett ab.

»Zimmer!«, quiekte er und zeigte mit seinem Finger in Richtung Wohnzimmer.

»Wer als Erster da ist!«, rief ich und klatschte in die Hände. »Schnell!«

Er drehte sich um und knallte natürlich voll gegen die Kommode. Wo auch immer das Ding nun schon wieder herkam. Vielleicht sollte ich mit doppelseitigem Klebeband ein paar Kissen an dem Teil anbringen.

»Hoppla. So ein böser Schrank!« Ich gab der Kommode mit der flachen Hand einen leichten Klapps.

Oskar tat es mir gleich.

Anja mochte nicht, wenn ich Möbel verhaute. Sie wollte, dass Oskar gewaltfrei aufwuchs. Ich hingegen vertrat an dieser Stelle zwei Thesen. Zum einen wollte ich einem kleinen Aua keine zu große Beachtung schenken. Mir war nämlich im Englischen Garten schon öfter aufgefallen, dass die Kleinen nach einem Aua erst einmal die Lage abcheckten. Ein Beispiel: Ein Kind läuft über eine Wiese, ein Grashalm steht quer, Kind fällt hin. Kaum ein Kind weint sofort. Mit heruntergezogener Schnute werden umgehend die Eltern begutachtet. Schenken die diesem kleinen Sturz keine besondere Beachtung, ist alles gut und weiter geht es. Aber wehe, Papa oder Mama werfen sich zu Boden und beginnen um die Wette zu pusten. Dann ist aber Holland in Not und der Nachwuchs ist nur mit zwei Kugeln Schoko in der Waffel zu beruhigen. Wer die Wäsche seines Kindes selbst wäscht, weiß, welchen Kummer so ein Eis mit sich bringen kann. Außerdem sollte sich mein Bub später im Kindergarten wehren dürfen. Wenn da ein anderes Kind meinem Oskar einen Bauklotz entwendete, dürfte er ruhig schubsen. Musste doch nicht alles erst ausdiskutiert werden. Nur, weil ich der Kommode zeigte, wo es langging, mutierte unser Kleiner noch lange nicht zum Schläger.

»Hallo, Fiona! Na, alles klar?«, fragte ich unsere Nanny, als ich das Wohnzimmer betrat.

»Alles super. Oskar ist erst seit einer Stunde wieder wach. Erst hat er *A-a* gemacht und dann *Bubu.*«

»Das ist ja schön, Fiona.«

Gut. Er hatte also erst die Windel voll und war gleich danach ins Koma gefallen. Ich hatte es einfach nicht so mit der Babysprache. Ich hatte da stets Angst, dass er das nicht mehr loswurde und später seine Freundin fragte: »Willst du mit mir Bubu machen?« Dann war die aber schneller weg, als er für sein A-a brauchte.

Fiona sah wieder malerisch aus, wie sie mit den Spielzeugautos auf dem Boden im Wohnzimmer kniete. Die Sonne schickte ein paar helle Strahlen in den Raum und streifte ihre blonden Haare. Sportliche Figur, immer lässig gekleidet. In der Nase trug sie einen Stecker mit einem kleinen, funkelnden Stein. Für eine Zwanzigjährige wahrscheinlich das Normalste von der Welt. Ich würde niemals wollen, dass Anja sich so ein Teil stechen ließ, doch zu Fiona passte es. Sie sprach Münchner Bayerisch. Also für mich, eine Mischung aus Nieder- und Oberbayer, schon fast Hochdeutsch. Einen Freund hatte sie nicht. Anja hatte das wissen wollen. Nicht ich!

Fiona war bei uns, seit ich mit meinem Food Truck gestartet war. Sie wartete auf eine freie Stelle in einem internationalen Kindergarten. Ich hoffte ja, dass die Stelle niemals frei werden würde. So eine wie sie fand man nicht an jeder Ecke. Auf Fiona konnten wir uns von Anfang an verlassen.

»Und? War er brav?«

»Natürlich, wie immer. Nicht wahr, Oskar? Wir beide verstehen uns!«, sagte sie freudig und hielt Oskar sein Polizeiauto vor die Nase.

Er schnappte es sich und warf sich umgehend zu Boden, um damit eine heiße Verfolgungsjagd zu starten. Zwar nur mit dem Polizeiauto alleine, aber immerhin. Zu diesem Zweck legte er sich mit dem Gesicht aufs Parkett und kurvte mit dem Auto ganz nah vor seiner Nase hin und her. Dabei imitierte er das Motorengeräusch des Wagens, indem er seine kleine Zunge durch die Lippen presste und pustete. Hatte er von mir. Bloß kann ich das ohne Spucki.

»Du bist heute früh dran«, wunderte sich Fiona. Wir waren per Du. Das machte das Miteinander einfacher und wirkte nicht so geschäftlich.

»Ja, ich habe heute etwas früher Schluss gemacht. Wo wir doch morgen in den Urlaub fahren. Da sind noch einige Sachen vorzubereiten.«

»Wo geht es noch mal hin?«

»Nach Österreich. Besser gesagt, ins Salzburger Land. Mal was anderes.«

Mal was anderes! Als ob ich mich dafür entschuldigt hätte, dass wir nur nach Österreich fuhren und nicht auf die Seychellen flogen.

»Ach, wie schön! Ich fliege bald nach Kapstadt. Das ist in Südafrika.«

»Ach was. Toll!«

»Ja. Während der Zeit kann ich nicht auf Oskar aufpassen. Den genauen Termin teile ich euch aber noch mit. Vorausgesetzt, ich bin dann noch bei euch. Ich meine, bei Oskar.« Sie verstaute die Autos in der durchsichtigen Plastikbox, in der sich alle Autos von Oskar stapelten.

Plastikbox … Dose … da war was. Ich ging zurück in den Flur, schnappte mir den Behälter mit den Pattys und legte ihn in den Kühlschrank.

»Du weißt doch«, rief ich durch die Wohnung, »du kannst hier so lange bleiben, bis Oskar Abitur macht.«

Sie kam in die Küche zu mir. »Ich hoffe, dass ich bis dahin einen Job im bilingualen Kindergarten habe oder, noch besser, nicht mehr arbeiten muss. Vielleicht gewinne ich ja im Lotto oder heirate einen reichen Typen.«

»Spiel Lotto. Glaub mir«, riet ich unserer Nanny. »Du kannst übrigens gerne früher Schluss machen. Ich bin ja jetzt hier.«

»Ui, super. Ich wollte noch mit einer Freundin zu A&F.«

»Zu wem?«, forschte ich nach.

»Abercrombie & Fitch.«

»Ah, der Klamottenladen, in dem es so dunkel ist. Na, dann viel Spaß.«

Sie verabschiedete sich von Oskar und gab ihn mir auf den Arm. Wir winkten ihr beide hinterher, bis sie die Wohnung verließ. Ein nettes Mädel.

»Und wir beide? Was machen wir jetzt?«

»Yoda«, kam aus ihm heraus. Mein Bub. Ein echter Star-Wars-Fan. Mit zwei!

»Nein. Keine Zeit wir haben, junger Jedi. Viel vorbereiten wir müssen, bis Prinzessin Leia wieder nach Hause kommt.«

Er mochte es, wenn ich so redete. In solchen Augenblicken starrte er mich immer mit großen Augen an.

Tja, Prinzessin Leia. Hätte ich sie auf den HH-Typen ansprechen sollen? Nein. Das hätte weinerlich geklungen. Außerdem ging es am nächsten Morgen in unseren ersten gemeinsamen Urlaub. Da konnte niemand eine Missstimmung gebrauchen.

Restaurant-Quartett

»Wo sind denn meine Männer?«

»In der Küche!«, rief ich in den Flur.

»Mama!«

»Ja, jetzt ist die Mama daheim. Magst du sie begrüßen?« Ich nahm den kleinen Racker aus seinem Hochstuhl und führte ihn in den Flur um die Kommode herum.

Anjas Augen leuchteten, als sie Oskar sah. Sie nahm ihn auf den Arm und knuddelte ihn, bis er quiekte.

»Hallo, Schatz.« Sie gab mir einen Kuss.

»Sag nicht *Schatz*. Schatz sagen alle.«

»Wie soll ich dich denn dann nennen?«

»Seit heute Obi Wan Kenobi.«

»Oje!« Anja setzte Oskar auf dem Boden ab, damit sie sich ihre Schuhe ausziehen konnte.

Oskar lief zurück ins Wohnzimmer.

»Habt ihr wieder Krieg der Sterne gespielt?«

»Wir Jedis bevorzugen Star Wars und ja, haben wir. Oskarchen wird immer besser mit dem Laserschwert.«

»Und ich sage immer noch, dass ich keine Waffen im Haus haben möchte«, ermahnte sie mich mit hochgezogenen Augenbrauen.

»Da denkst du anders drüber, wenn fremde Wesen vom Todesstern in unsere Wohnung eindringen und dein kleiner Jedi dich im Wohnzimmer verteidigt.« Ich nahm sie in die Arme.

Sie drückte mich.

»Ich bin so urlaubsreif, das glaubst du nicht.«

»Doch, glaube ich«, versicherte ich Anja. »War viel los heute?«

»Volles Haus. Ist ja auch gut, wenn der Laden läuft, aber manchmal … Und bei dir?«

»Hab fast alles verkauft. Sogar zwei Salate.«

»Wie ist denn das passiert?« Anja ging ins Bad, um sich die Hände zu waschen.

»Weiß auch nicht. Da kamen zwei Frauen und schwups … Mit Mozzarella.«

»Du Armer! Hast du es überlebt?«

»Siehst du doch. Ich hatte Handschuhe an.«

»Mundschutz auch?«, hakte sie nach.

»Nein! Das verstört die Leute nur! Heute Abend gibt es übrigens Burger.«

»Schon wieder?« Anja zog eine Schnute. »Können wir nicht mal Sandwiches essen?«

»Sorry, sind alle weg.«

Ich ging zurück in die Küche, um den Tisch fürs Abendbrot weiter zu decken.

»Wird das jetzt die Regel, dass wir abends essen, was du nicht verkauft hast?« Anja setzte sich mit Oskar auf dem Arm an den Tisch.

»Quatsch. Das ist doch nur, weil wir morgen wegfahren. Wäre doch schade, wenn ich das gute Fleisch entsorgen müsste. Ist alles bio.«

»Sag bloß«, witzelte Anja. »Wie war es mit Fiona?«

»Oskar scheint sie wirklich zu mögen. Er ist total entspannt. Sie fährt übrigens bald nach Kapstadt. Das liegt in Südafrika.

Das können wir jetzt allen Menschen erzählen. Unsere Nanny kann sich Südafrika leisten. Weil sie bei uns so gut verdient.«

»So teuer ist das auch wieder nicht. Ob das gut für Oskar ist, wenn wir ihn schon so früh an jemand Fremdes abgeben?« Anja setzte ihren skeptischen Gesichtsausdruck auf. Stirn in Falten, Augen zusammengekniffen, Nase nach oben gezogen.

»I wo. In seinem kurzen Leben ist das so, als würde er Fiona schon Jahre kennen.«

»Wahrscheinlich hast du recht. Mir haben die Nannys auch nicht geschadet. Meine Mutter hatte einen regen Verschleiß an Au-pair-Mädchen.« Anja streckte ihre Arme aus. »Schau, alles gut gegangen. Ich lebe noch.«

»Fernseh gucken!«, grölte Oskar, während er mit der Fernbedienung in der Tür herumfuchtelte.

»Nein, Oskar, jetzt nicht. Schau, der Papa macht Abendbrot«, versuchte Anja, ihn umzustimmen.

»Oh!«, machte er, blickte erschrocken drein und blieb mit offenem Mund wie angewurzelt stehen.

»Ui«, stöhnte ich, als ich meinen Sohn anschaute. »Ich kenne diesen Gesichtsausdruck. Gehst du?«

»Klar!«, meinte Anja, stand auf, nahm Oskar hoch und roch an seiner Hose. »Ja, eindeutig.«

»In fünf Minuten ist das Essen fertig«, rief ich den beiden nach.

»Das schaffen wir. Nicht wahr, mein Kleiner?«

»Fernseh gucken!«

»Nein. Jetzt machen wir das *A-a* wieder fein, ja?«

Na bitte. Schien doch alles okay zu sein. Anja wirkte entspannt und schien sich auf den Urlaub zu freuen, genauso wie ich. Das wäre bestimmt nicht so, wenn etwas im Busch wäre. Manche Sachen darf man in einer Beziehung einfach nicht überbewerten. Bestimmt sah ich schon wieder Gespenster.

»Wirklich gut, deine Burger!«, lobte mich Anja.

»Danke. Sagte ich schon, dass das alles …«

»… bio ist. Ich weiß. Die BBQ-Sauce auch?«

»Klar! Übrigens, schönen Gruß von meinen Eltern.«

»Ah! Warst du in Freising?«

»Nein. Sie haben mich in meinem fahrenden Restaurant besucht. Meine Mutter hat Nachschub gebracht. Sie wünschen uns einen schönen Urlaub.«

»Danke. Wir müssen noch packen. Vergiss nicht, deine Sportschuhe mitzunehmen.«

»Vielleicht möchte ich einfach nur chillen und die Bergluft von einer Liege aus genießen?«

Anja unterbrach ihren Kauvorgang und schaute mich an. »Das ist ein Aktivhotel. So stand es zumindest im Internet.«

»In erster Linie ist es ein Familienhotel. Das bedeutet: Wir machen alles gemeinsam.«

»Schön. Dann können wir jeden Tag auf einen anderen Berg wandern. Ach ja, die Kraxe dürfen wir auch nicht vergessen.«

Ich belegte mir meinen zweiten Burger. Einer war keiner. Oskar genoss seine Nudeln mit Tomatensoße. Für den Fall, dass er einen Nachschlag wollte, war noch genügend von allem da. Neben seinem Teller, in seinem Gesicht und auf seinem Lätzchen.

»Anja, sag, findest du das nicht unfair den Liftbetreibern gegenüber, wenn wir die Berge hinaufgehen? Ich meine … die haben sich solche Mühe mit den Seilbahnen gegeben. Ich bin dafür, die Leute zu unterstützen.«

»Faul bist du. Tut dir ganz gut, dich einmal ein wenig zu bewegen.« Sie klopfte auf meinen Bauch.

»Ach was. Ich sitze nur falsch.« Umgehend richtete ich mich auf und zog meinen Bauch ein. »Außerdem ist die Hose eingelaufen.«

»Und das T-Shirt auch?« Anja grinste.

»Da steckt die Klamottenindustrie dahinter. Wetten? Die wollen doch bloß, dass wir ständig etwas nachkaufen. Und die Lebensmittelindustrie mit ihren Lightprodukten. Ich sag dir, die stecken alle unter einer Decke. Deshalb habe ich mich ja mit meinem Food Truck selbstständig gemacht. Ich habe einen Auftrag!«

»Sollen sich die Leute bei dir schlank essen?«

»Zumindest sollen sie mit einem guten Gefühl von mir wieder weggehen. Ich will die Leute zufriedener machen.« Das klang fast schon etwas missionarisch. Aber egal.

»Apropos zufrieden«, warf Anja ein. »Schon mal daran gedacht zu expandieren?«

»Klar. Ich dachte so an vierzig Fahrzeuge bis Kiel hoch. Und einen Bulli gebe ich Fiona mit. Dann kann die in Südafrika damit herumgurken.« Ich biss genüsslich in meinen Nachschlag-Burger.

»Depp. Ich meine das ernst. Du musst größer denken.«

Da war sie wieder. Frau von Schönborn. Die Tochter ihres Vaters. Wenn es ums Geschäft ging, legte sich regelmäßig bei ihr ein Schalter um. Da suchte ich die liebevolle Anja vergebens hinter dieser strengen, erfolgsorientierten Fassade. Ich hasste es, wenn sie mich gängelte.

»Und wenn ich das nicht will? Das ist mein Konzept. Klein und fein«, verteidigte ich mich.

»Umsatz generierst du durch Masse, mein Schatz!«

Boah! Jetzt aber … Ich versuchte, ruhig und besonnen zu bleiben.

Oskar klopfte mit seinem Plastiklöffel auf dem Teller herum und quiekte.

»Masse und bio … das passt einfach nicht zusammen. Mir geht die Hutschnur hoch, wenn Fast-Food-Ketten irgendwo *bio* draufschreiben. Das suggeriert den Leuten doch bloß, dass Massenware gesund sei.«

»Ich sage ja nicht, dass du gleich mit einer ganzen Flotte München überschwemmen musst. Aber so ein zweiter oder ein dritter Bulli …«

»Weißt du, wie schwierig die in diesem Zustand zu bekommen sind?« Ich schwieg und konzentrierte mich auf meinen Burger.

Anja legte ihre Hand auf meine Schulter. »Hab ich was Falsches gesagt?«

Ich grunzte nur.

»Du, das tut mir leid, wenn ich da etwas …«

»Schon gut«, lenkte ich ein. »Da kommt eben dein Vater bei dir durch.«

Sie stand auf, trat hinter mich und begann, meinen Nacken zu massieren.

Da war ich chancenlos.

»Ich will doch nur, dass es dir gut geht.«

»Mir geht es gut. Ich will Spaß bei der Arbeit haben. Sonst hätte ich ja gleich bei meinem Bürojob bleiben können. Ich liebe, was ich tue.«

»Das sehe ich ja auch.« Sie schmiegte sich an mich. »Ich habe einfach Angst, dass du dein Potenzial nicht erkennst.«

Ich wischte mir meinen Mund mit der Serviette ab.

Oskar tat es mir gleich. Obwohl da Hopfen und Malz verloren waren.

»Ich kenne mein Potenzial. Ich sehe gut aus, brutzle die besten Burger der Stadt und kann wahnsinnig gut blöd daherreden.«

»Wohl wahr!«, bekam ich umgehend die Bestätigung meiner mich liebenden Partnerin.

»Fernseh?«

»Nein, Oskar, nicht Fernseh. Waschen und dann Heia!«, widersprach Anja unserem Nachwuchs und nahm ihn aus seinem Hochstuhl. Sie ging dabei äußerst vorsichtig vor. Fast so, als würde sie einen randvollen Topf mit heißem Wasser vom Herd holen und dürfte nichts verschütten.

»Ich glaube, ich mach den kleinen Racker hier mal sauber«, lachte sie und trug Oskar vorsichtig, um sich nicht zu beklecken, aus der Küche.

»Geh doch in den Innenhof runter und schließ den Schlauch an!«, rief ich ihr noch hinterher, während ich den Tisch abräumte.

»Geht nicht! Was sagen denn da die Leute!«

»Auch wieder wahr!«

Anja und ihre Angst, ich würde auf der Strecke bleiben. Immer größer, weiter, schneller. Ich liebte es, morgens in meinen Bulli zu steigen und zu meinem Standort ins Industriegebiet zu fahren. Meine Stammkundschaft wuchs, den Leuten schmeckte, was ich ihnen vorsetzte, und Geld kam auch in die Kasse. Gut! Natürlich könnte es mehr sein. Aber ich war mein eigener Chef und hatte keine Personalverantwortung. Ich war glücklich mit meinem kleinen, aber feinen Bio-Burger-Universum.

»Schläft er?«

»Das Mobile über seinem Bett wirkt auf ihn immer wie ein Narkotikum«, versicherte mir Anja, als sie ins Schlafzimmer kam und ihren Koffer aufs Bett hievte. »Glaubst du, er kriegt schon mit, dass wir in den Urlaub fahren?«

»Spätestens morgen, wenn er eine Kuh sieht, wird er wissen, dass wir die Stadt verlassen haben.«

Ich packte meine Sachen fein säuberlich in meine riesige Sporttasche, die ich mir eigens für diese Reise gekauft hatte. Mein Trolley hatte leider bei meinem letzten Trip, als ich Hans auf seinem Hof besucht hatte, gelitten. Sollte heißen: Ein Rad drehte sich nicht mehr. Und das war in etwa so, als wäre Han Solo ein Triebwerk seines Millennium Falken ausgefallen. Ergo musste ich meinen treuen Freund, der mich auf so viele

Reisen begleitet hatte, erschießen. Also habe ich ihn auf den Wertstoffhof gefahren. Als ich zu Anja hinüberlugte, sah ich plötzlich Berge von Wäsche und Kleidung auf dem Bett liegen.

»Habe ich was nicht mitbekommen? Ziehen wir um?«

»Wieso denn?«, sah sie mich mit großen Augen an. »Das brauche ich alles.«

»Du weißt aber schon, dass wir nur ein paar Tage bleiben?« Ich stopfte weiter meine Unterhosen in die Tasche.

»Natürlich. Aber was weiß ich, wie das Wetter wird. Vielleicht pfeift die Klima im Speisesaal. Also brauche ich einen Schal. Mindestens drei Bikinis! Du willst doch auch, dass ich gut aussehe, oder?«

»Klar. Aber wenn du das alles gleichzeitig anziehst, sieht ja keiner mehr was von dir.«

»Ich will einfach auf alle Eventualitäten vorbereitet sein. Ich bin eine Frau. Was erwartest du?«

»Die Heidi packt für ein paar Tage bestimmt nur einen kleinen Rucksack ein.« Autsch. Herbert! Niemals die eigene Frau mit anderen vergleichen!

Anja hielt kurz inne und blickte mich süffisant an, blieb aber cool.

»Heidi ist ja auch ein Kind der Natur und ich ein Stadtkind. Das merkst du schon an den Fingernägeln.«

Puh! Das ging gerade noch mal gut.

»Ich meine ja nur, wenn du noch mehr einpackst, brauchen wir entweder ein größeres Auto oder so einen Sarg aufs Dach.«

»Au ja, da können wir dich reinsetzen, dann können Oskar und ich während der Fahrt alle Rolf-Zuckowski-Lieder singen.«

»Ich sag dir«, drohte ich mit erhobenem Zeigefinger, »ich fahre nicht mit so einem Ding auf dem Dach durch die Prärie.«

»Das musst du auch nicht!«, beruhigte mich Anja. »Ich fahre ja.«

»Das wüsste ich aber. Dass du fährst und ich danebensitze. Am besten pflanze ich mich noch nach hinten neben Oskar.«

Anja lachte. »In diesem Fall dürftet ihr sogar eure Laserschwerter mitnehmen.«

Ich verdrehte die Augen.

Anja kam neben meine Seite des Bettes und legte ihre Arme um meinen Hals.

»Ach, ich freue mich so auf die kommenden Tage. Endlich mal weg von dem ganzen Stress. Die Füße hochlegen, sich bedienen lassen …«

»Ja, ich weiß, was du meinst«, bestätigte ich und legte ebenfalls meine Arme um sie.

Anja drückte ihr Gesicht an meine Brust.

»Na, ein Unterschied ist das schon. Mir sind zwei Mitarbeiter krank geworden, ein Herd ist ausgefallen und die Aufträge für das Catering stapeln sich bis unter die Decke.«

Hörte ich da richtig? Stellte sie schon wieder ihre Arbeit über meine? Zugegeben, natürlich hatte sie mehr Verantwortung und Stress. Dennoch, das braucht doch keiner. Immer dieses ewige Vergleichen. Ich fühlte mich langsam, als würden Anja und ich tagtäglich Restaurant-Quartett spielen. *»Sag an!« »Stress: zehn Stunden. Und du?« »Mist. Nur fünf.« »Ha! Stich!«*

»Du, ich muss auch zusehen, wo ich bleibe«, verteidigte ich mich in einem säuselnden Ton und blieb cool.

»Ach«, sie klopfte mir ein paarmal aufs linke Schulterblatt, »du kannst einfach abends die Klappe deines Bullis schließen und gut ist.«

Ich … also … das war doch …

»Ich geh noch kurz in die Wanne«, meinte sie, als sie sich von mir löste und mir einen flüchtigen Kuss gab. »Die Sachen von Oskar können wir ja morgen früh packen. Geht ja schnell. Hab dich lieb!« Sie winkte, bevor sie mit ihrem Pyjama in der Hand aus dem Schlafzimmer verschwand.

»Und wenn er einen Schal im Speisesaal braucht?«, rief ich, wie ich fand, humorvoll hinterher. *Ruhig, Herbert*, sagte ich mir innerlich.

Anja war einfach nur angespannt. Jetzt war Urlaubszeit. Ich hatte keine Lust auf eine endlose Diskussion, wer von uns beiden mehr arbeiten würde. Die würde Anja eh gewinnen. Aber darum ging es nicht. Ich trug meinen Teil für diese kleine Familie bei. Außerdem hatte Oskar mehr von mir, wenn ich schon nachmittags heimkam.

Ich schnappte mir ein Pils aus dem Kühlschrank und setzte mich auf den Balkon. Mein Handy rappelte. Eine WhatsApp.

HA: Wenn du nicht mehr im Finanzamt arbeitest, wer macht dir denn da die Steuer?

Hans. Typisch. Anscheinend war ihm langweilig. Der saß doch bestimmt schon wieder auf seinem Hof vor einem kleinen Feuer und trank sein Feierabendbier. Okay, wie bei mir. Außer Hof und Feuer. Ich nahm noch einen Schluck und wählte seine Nummer.

»Hans?«

»Ja, servus, alter Spezi. Na, was macht dein Hof? Hast schon wieder alle Gäste vergrault?«

»Spinner. Ich hab die Hütte voll. Ein paar vom Alpenverein und ein älteres Ehepaar. Keine Vegetarier! Und du? Alles klar bei dir?«

»Wir haben gerade gepackt. Morgen geht es los in die Berge.«

Ich hörte, wie Hans aus einer Flasche trank.

»Stimmt. Das hast du ja erwähnt. Da könnt ihr doch auf einen Käsegriller bei mir vorbeikommen!«

»Hans! Familienurlaub!«

»Aber ich gehöre doch quasi zur Familie, mein Blutsbruder.«

Ich ging nicht weiter darauf ein und nahm den letzten Schluck von meinem Pils, stellte die Flasche auf den Boden und legte meine Füße auf dem Balkongeländer ab.

»Hans, stell dir vor, mein Food Truck läuft super. Ich habe sogar schon Stammkunden.«

»Echt? Gratuliere. Also hat dein Kurzaufenthalt bei mir ja doch etwas gebracht. Dann weißt du wenigstens, wie man ordentlich grillt.«

»Hans, noch mal zum Mitschreiben. Ich *brate.*«

»Solange du dein Fleisch nicht dünstest. Oder noch schlimmer, wie heißt das noch gleich, wo die das Fleisch in eine Tüte packen und dann ins Wasser legen …«

»Sous-vide Garen.«

»Totaler Krampf und noch schlimmer, dass du das weißt. Womöglich kannst du das auch noch schreiben.«

Kurze Stille. Hans legte anscheinend Holz nach. Es hörte sich jedenfalls so an.

»Und? Was macht die Liebe?«, erkundigte sich Hans.

»Alles super!«

»Das sagen nur Typen, die restlos unzufrieden sind.«

»Stimmt doch überhaupt nicht. Es ist einfach eine Herausforderung. Kind, Selbstständigkeit, das kriegst du schon noch mit.«

»Spinnst du? Sag das bloß nicht Heidi. Es ist alles gut so, wie es ist. Für einen wie mich ist das sowieso schon fast wie Silberhochzeit. Jeder hat seine Wohnung und kann machen, was er will, und wenn es fad wird, dann machen wir was gemeinsam. So einfach.«

Ich musste lachen. Das war ein Original.

»Hans, pass nur auf, dass es der Heidi nicht zu fad wird.«

»Das lass mal meine Sorge sein. Ich habe alles im Griff. Und du?«

»Ach, ich weiß nicht.«

Ich hörte ein Zischen am anderen Ende. Vermutlich eine zweite Halbe. Oder die dritte?

»Was heißt, ich weiß nicht? Raus mit der Sprache!«

»Da war heute so ein Typ vor der Zuckerrübe, du weißt schon, dem Café.«

»Und?«

»Das war … wie soll ich sagen …« Ich zögerte. »Das war einfach komisch, was ich da gesehen habe. Die Anja hat sich da von einem verabschiedet auf eine Art … das war schon irgendwie mehr als eine normale Verabschiedung.«

»Mach dich locker. Ich habe es dir schon mal erzählt. Wenn sie abends heimkommt, alles gut. Wenn es dann auch noch ein Busserl gibt, alles super. Wenn sie dann aber auch noch mit dir in den Urlaub will, ist das fast schon eine Ehe. Du siehst bloß wieder Gespenster. Mach dich locker und gewöhne dich mal an das Stadtleben. Das ist Schwabing, Herrgott. Da ist das so. Was meinst du, was ich alles in meinen besten Zeiten an den Lippen kleben hatte. Und das war nie was Ernstes.«

»Hans, das will ich gar nicht wissen. Sonst bekomme ich schon vom Zuhören einen Herpes.«

Da war sie wieder. Die originale Standpauke und Beziehungsansprache meines besten Freundes Hans. Vielleicht hatte er aber recht. Es war zwar nie in Stein gemeißelt, was er so von sich gab, aber es hatte meist Hand und Fuß. Außer beim Jens, Anjas Ex. Da hatte auch er sich vertan und der Typ hatte es tatsächlich noch mal probiert.

»Wahrscheinlich stimmt es. Vielleicht sehe ich doch Gespenster.«

»Hast in deinem Bulli schon mal die Abzugshaube überprüft? Vielleicht vernebelt es dir ja jeden Tag deine Gedanken beim vielen *Braten*.«

Ich konnte förmlich sehen, wie er mit beiden Händen Gänsefüßchen formte.

»Depp. Also dann, mach's mal gut, Hans. Und grüß mir die Heidi.«

»Wo fahrt ihr noch mal genau hin? Falls die Heidi fragt. Du weißt doch: Frauen wollen so Randinformationen immer wissen. Was hatte sie an? Was gab's dazu? Wer war dabei?«

»Ins Salzburger Land!«

Ich hoffte insgeheim, dass diese Information wirklich allein für Heidi war. Nicht, dass Hans auf die Idee kam, sich auf die Suche nach uns zu machen. Das Hotel verriet ich ihm natürlich nicht.

Wir verabschiedeten uns und ich musste ihm versprechen, mich nach meiner Rückkehr zu melden. Er wollte unbedingt in München mal wieder einen draufmachen. Das konnte ich meinem Freund natürlich nicht abschlagen, schon der alten Zeiten wegen.

Was sich Männer wünschen

»Ziehst du jetzt bitte die Warnweste aus!«

»Anja, ich möchte auf alles gefasst sein. Dieses Land legt sehr viel Wert darauf, dass sich die Warnweste im Fahrzeuginneren befindet!«

»Genau. *Im Fahrzeuginneren.* Aber sicher nicht am Körper. Peinlich ist das. Wenn uns jemand sieht.«

»Na und? Lass mich doch ein Vorbild sein.«

Anja war genervt und blickte immer wieder zu mir auf den Beifahrersitz. Seit dem Irschenberg hatte ich das neongelbe Teil an.

»Außerdem war das der Deal. Wenn du schon fährst, dann möchte ich wenigstens tun und lassen können, was ich will. Ich fühle mich einfach sicherer dadurch.«

Stimmte natürlich nicht. Ich wollte mich für das Debakel im vergangenen Jahr mit den österreichischen Verkehrskontrolleuren revanchieren. Eine Frechheit war das gewesen. Nur weil ich von München nach Berchtesgaden fuhr, kurz nicht aufpasste und ein paar Kilometer durch Österreich rollte. Der Rest war Geschichte. Kein Pickerl, keine Weste, zur Kasse bitte. Ich brauche nicht zu erwähnen, dass natürlich an diesem Tag niemand aus den Büschen sprang und alles sehen wollte. Obwohl wir schon seit geraumer Zeit die Grenze überquert hatten. Gut, Grenze gibt es ja nicht mehr so richtig. Die Straßenschilder sahen halt anders aus.

Nur zu gern hätte ich an Anja vorbei aus dem Seitenfenster dem Kontrolleur mit meiner Weste am Leib entgegengegrinst. Und nun? Nun waren wir fast an unserem Urlaubsziel und niemand hatte mich gesehen. Außer Anja und Oskar. Oskar fand mich toll in der Warnweste. Wahrscheinlich dachte er, ich sei Bob, der Baumeister. Er stierte mich auf eine Art an, wie Anja gucken würde, wenn plötzlich Sascha Hehn vor ihr stünde.

»Wann sind wir denn da? Du kannst ruhig ein bisschen aufs Gas treten. Mittlerweile ist die Karre eingefahren.«

»Ruhe auf den billigen Plätzen. Außerdem ist hier sechzig!«

Passat. Neu. Mein ganzer Stolz. Gut, er gehört mir nicht alleine. Es ist unser Familienfahrzeug. Ich habe alles gegeben, dass er nicht wie eine Vertreterkarre daherkam. Sportfahrwerk, super Felgen, hinten zweihundertfünfundvierziger Schlappen. Anja meinte, dass sie vom Fahrwerk Kopfweh bekäme und durch die Reifen jede Unebenheit zu spüren sei. Stimmt. Wir waren quasi mit der Straße direkt verbunden. Ein Sportlenkrad und hinten verdunkelte Scheiben. Damit wollte ich unbedingt vermeiden, dass wir, wie tausend andere Eltern, mit einem in der Scheibe eingeklemmten Handtuch durch die Gegend gurkten. Innen war alles aus Leder. War eine lange Diskussion im Autohaus gewesen. Als ich allerdings die Frage in den Raum stellte, was sei, wenn Oskar mal im Auto spucken müsste, war das auch durch. Der Verkäufer zwinkerte mir noch zu.

»Hier geht es ganz schön steil runter!«, bemerkte ich, als ich aus meinem Fenster sah. »Schau mal Oskar, Kühe! Muh!«

Oskar interessierte das nicht. Er starrte immer nur mich und meine Weste an. Wahrscheinlich hatte ich auf dieser Fahrt die Weichen dahingehend gestellt, dass er später unbedingt einen Beruf ergreifen wollte, bei dem er genau diese Weste tragen konnte.

»Vorsicht!«, brüllte ich aus vollem Hals, als plötzlich nach einer unübersichtlichen Kurve vier Schafe auf der Straße standen.

Anja erschrak und legte eine Vollbremsung hin. Da wir zu diesem Zeitpunkt etwa fünfzehn Stundenkilometer fuhren, war diese Aktion wenig spektakulär.

»Mann! Du machst mich noch wahnsinnig«, schimpfte sie.

»Ich sagte noch: Lass uns nach Griechenland fliegen. Wie schnell ist was passiert.«

»Da kann genauso plötzlich ein Schaf auftauchen«, meinte Anja und fuhr vorsichtig am Hindernis vorbei.

»Auto!«, rief Oskar zu uns nach vorn.

»Ja, Oskar, wir fahren in einem Auto«, bestätigte ich ihm und kitzelte seinen rechten Fuß. »Wenn überhaupt, kann dir das in Griechenland höchstens mit einer Ziege passieren. Glaube mir, ich habe da so meine Erfahrungen.«

Die Landschaft war malerisch. Kleine Wolken hingen an den Bergspitzen, blauer Himmel, saftige Wiesen und Natur, so weit das Auge reichte. In der Ferne entdeckte ich eine kleine Bergbahn, an deren Seilen sich ein paar Gondeln den Berg hinaufkämpften. Herrlich. Ja, ich konnte dieser Gegend etwas abgewinnen. Wir fuhren schon eine Weile die enge Serpentinenstraße hoch, als Anja nach einer der nächsten Kurven unser Hotel entdeckte.

»Sieht doch schick aus«, freute sie sich.

»Genau wie im Internet. Ja, nicht schlecht! Schau mal, Oskar, da oben wohnen die Mama und der Papa mit dir.«

Oskar hatte schon wieder diesen unheilschwangeren Gesichtsausdruck, als ich mich umdrehte. Dieser vermittelte mir, dass es eine Entladung gab.

»Du, Anja, ich glaube …«

»Pipi!«, rief er freudig und biss in eines von Yodas Ohren.

»Hast du Pipi gemacht? Gleich macht die Mama das wieder fein, ja?«

Ich fragte mich wirklich, wann Anja damit beginnen wollte, diese Dinge normal zu benennen. Warum konnte sie nicht sagen: »Oskar, Junge, deine Mutter hält gleich an und wechselt dir deine Windel, weil du das noch nicht kannst.« Oder so ähnlich.

»Ganz schön groß, der Hotelkomplex. Hoffentlich ist es nicht so voll«, meinte Anja, als sie die letzte Kurve nahm und wir geradewegs eine lange Straße auf das Hotel zu entlangrollten.

»Natürlich ist es voll. Was denkst du denn. Ich verstehe sowieso nicht, warum wir mitten in den Ferien in den Urlaub fahren. Jetzt, wo wir es uns noch aussuchen könnten. Kommt noch früh genug, dass Oskar in die Schule geht. Dann müssen wir in den Ferien fahren«, moserte ich.

»Es hat jetzt gut gepasst. Ich kann doch nicht einfach alles stehen und liegen lassen, nur weil keine Ferien sind. Und bis zur Schule sind es noch vier Jahre. Ich denke, da haben wir genügend Gelegenheiten, außerhalb der …«

»Vorsicht!«, schrie ich abermals. Diesmal war es wirklich knapp. Ein paar Kinder kamen wie aus dem Nichts über die Wiese auf die Straße gerannt. Grund dafür war ein Fußball, der vor ihnen her rollte.

Beherzt griff ich zum Lenkrad und hupte zweimal.

»Spinnst du? Du kannst doch nicht mal eben auf die Hupe drücken! Ich fahre. Außerdem, was sollen denn die Leute denken.«

Zugegeben. Das war vielleicht ein wenig stürmisch von mir.

»Jetzt wissen wenigstens alle, dass wir da sind«, sagte ich kleinlaut.

»Schule«, blökte Oskar und zeigte auf das Hotel.

»Nein, Oskar. Das ist keine Schule. Aber du gehst mal in eine. Und da bekommst du eine ganz hübsche Lehrerin.«

Anja boxte mich an den Oberarm. »Erzähl ihm nicht einen solchen Quatsch. Zieh lieber mal diese Weste aus. Ich schwöre dir: Wenn du mit dem Teil aussteigst, drehen wir sofort um.«

»Ist ja schon gut«, gab ich klein bei und schnallte mich ab, um mich besser aus der Weste schälen zu können.

Nach unserer Notbremsung fuhren wir die letzten Meter zum großen Parkplatz, der sich neben den beiden Tennisplätzen befand.

»Spielt überhaupt noch irgendjemand Tennis? Die spielen doch allesamt Golf«, fragte ich, bekam aber keine Antwort, weil Anja mit dem Einparken beschäftigt war. Souverän machte sie das. Tja, als Münchnerin war sie in dieser Beziehung ein Profi.

»Komm, Oskar. Jetzt sind wir da.«

Er freute sich und begann, wie irre in seinem Kindersitz hin und her zu ruckeln.

Abschnallen konnte er sich noch nicht. Das übernahm Anja, als sie ausgestiegen war.

Auch ich schälte mich aus dem Wagen und streckte mich.

»Diese Luft!«, rief ich freudig, weil die das in den Heimatfilmen immer so machten, nachdem die aus der Isetta ausgestiegen waren.

Ein wenig roch es natürlich auch nach Kuhmist, was auf das Konto der kleinen Herde etwa zwanzig Meter weiter unten ging. Es wimmelte nur so von Naturbegeisterten. Der Parkplatz war voll. Jedes zweite Auto hatte einen Sarg auf dem Dach. War ich froh, dass wir nicht dazugehörten. Was die Leute aber auch alles brauchten im Urlaub. Wahrscheinlich nahmen die sogar den Thermomix mit.

»Warum sind wir eigentlich nicht bis zum Haupteingang gefahren?«, meckerte ich, als wir den Weg vom Parkplatz zum Hotel liefen. Ich trug Oskar. »Da vorne sind zwei Parkplätze.«

»Das macht man nicht. Reicht schon, dass du gehupt hast.«

Neben dem Haupteingang parkten etwa fünfzehn Mountainbikes. Eine Gruppe Biker stand um einen Guide im Halbkreis herum und meldete sich abwechselnd mit Handzeichen, als Namen verlesen wurden. Etwas weiter hinten startete eine Nordic-Walking-Gruppe ihren Marsch. Vielleicht war es aber auch Reinigungspersonal, das herumliegendes Papier aufsammeln wollte. Spaß beiseite. Zwei hübsche Mädels standen vor dem Haupteingang und waren umringt von einer Horde Kinder, die allesamt ein Cap des Hotels aufhatten.

Mir schwante etwas. Bestimmt stand für mich ab morgen auch irgendetwas auf dem Programm. Anscheinend war Familienhotel und Aktivhotel wirklich ein und dasselbe.

»Wie herrlich die Gartenanlage hier ist. Dieser Brunnen da vor dem Haupteingang! Ist der nicht toll?« Anja nahm mir Oskar ab und stellte ihn auf den Boden. »Schau mal, Oskar! Wasser. Das ist ein Brunnen.« Sie ging neben ihm auf die Knie und plätscherte mit ihrer Hand im Wasser.

Oskar tat es ihr gleich, war aber nicht so begeistert wie Anja, was bestimmt an seiner vollen Windel lag.

»Schule!«, beharrte er und deutete auf den Hoteleingang. »Fernseh gucken!«

»Nein, Oskar. Wir gucken jetzt nicht Fernsehen. Schau mal, oh! Die anderen Kinder da. Was machen die da? Magst du mal rübergehen?«

Oskar betrachtete die Jungs und Mädels nur mit großen Augen, lief dann aber auf mich zu. Aktive Kontaktaufnahme war noch nicht so ganz seine Stärke. Ich nahm ihn wieder auf den Arm.

Aus dem Hotel kam eine Wandergruppe, alle mit Rucksack bewaffnet. Hier ging es zu wie am Stachus.

»Ach, Wandern möchte ich auch. Versprich mir, dass du mit mir wanderst. Der Ausblick, die Natur, die Luft …« Anja war überhaupt nicht mehr zu bremsen.

Entweder freute sie sich wirklich, oder es war ihre Art, eventuelle Missstimmungen meinerseits präventiv abzufedern. Wobei ich ihr diese Freude abnahm. Der Glanz in ihren Augen hatte sie verraten. Ich ermahnte mich selbst, meiner Liebsten den Urlaub nicht zu vermiesen. Was wollte ich mehr? Ich hatte meine eigene kleine Familie, wir mussten nicht arbeiten und waren an einem traumhaft schönen Ort. Ich sollte dankbar sein. Andere Männer hatten da mit ganz anderen Herausforderungen zu kämpfen. Die mussten irgendwo hinfliegen und den ganzen Tag mit ihren Frauen am Pool herumlungern und die Geldbörse aufhalten. Abends dann saßen sie allein für zwei Stunden irgendwo in der Prärie herum und warteten, bis sich die Frau für das Abendessen schick gemacht hatte, bei dem sie sowieso nur einen kleinen Salat aß.

Anja war da anders. Klar konnte sie auch schick. Immerhin war sie ein echtes Münchner Kindl. Mit allem, was dazugehörte. Dennoch konnte sie sich auch an den einfachen Dingen des Lebens erfreuen. Wenn ich ihr die Wahl ließ, durch die Kaufinger Straße zu schlendern oder durch den Englischen Garten zu radeln, saßen wir eine halbe Stunde später mit Sicherheit im Sattel. Durch den Englischen Garten zu radeln wäre mir in diesem Moment auch lieber gewesen. Als ich einen Blick auf die Mountainbikes warf und gleich daneben die Beine des Guides sah, bildeten sich in meinen Waden umgehend ein paar Krampfadern. Solche Haxen kamen nicht von ungefähr. Da steckten Tausende von Höhenmetern drin. Ach, was war das bisher immer schön gewesen, ebenerdig die Leopoldstraße auf und ab zu radeln. Nie wieder würde ich herumdiskutieren, wenn Anja daheim mit dem Fahrradschlüssel winkte. Ich schwöre.

»Gehst du mit ihm schnell die Windel wechseln?«, fragte ich Anja. »Dann melde ich uns schon mal an der Rezeption an. Ach, Mist! Jetzt haben wir die Windeln im Auto …«

In diesem Moment zog Anja eine frische aus ihrer Handtasche.

»Wir Frauen sind auf alles vorbereitet«, verkündete sie freudestrahlend und nahm Oskars Hand.

»Weil ihr Taschen habt.«

»Die gibt es auch für Männer. Sind echt schick.«

»Nie im Leben hänge ich mir solch ein Teil um. Außer das mit meinem Food Truck wird nichts und ich arbeite als Briefträger. Und wenn überhaupt, dann gehören in eine Männertasche höchstens ein Handy, die Sonnenbrille und ein iPad. Eventuell noch Zigaretten. Wenn man Raucher ist.«

So, damit hatte ich dieses Thema auch geklärt. Wäre doch schade, wenn mir Anja solch ein Ding zum Geburtstag geschenkt hätte. Wehret den Anfängen. Ich war mir sicher, dass fünfzig Prozent der Männer mit so einer Tasche umherlaufen, weil sie zu schnell »Ach wie schön« gesagt haben, nachdem ihnen ihre Liebste ein ganz tolles Exemplar aus Rindsleder in einer Zeitschrift gezeigt hat. Eine Doppelseite mit der Überschrift: *Was sich Männer wünschen*. Gleich daneben ein ganz toller Hut, ein Füller mit vergoldeter Feder und ein Bonsai-Bäumchen. Von Tischgrill, Universal-Fernbedienung und Flaschenöffner, der »Olé, olé, olé« singt, wenn man den Kronkorken abhebelt, keine Spur. Menschen, die solche Artikel in Frauenzeitschriften verfassen, sind entweder Single oder wurden schwer enttäuscht.

»Und wenn wir ihm doch mal eine Stoffwindel anziehen? Vielleicht wird er dann schneller …«

»Herbert, du warst doch dabei und hast gehört, was der Kinderarzt gesagt hat. Meist klappt es erst so richtig zwischen dem dritten und fünften Lebensjahr mit dem Saubersein. Gib ihm doch die Zeit.«

»Ich mein ja nur«, fügte ich an. »Dann brauchst du nicht immer eine Windel herumzuschleppen.«

»Das schaffe ich gerade noch. Meldest du uns an? Wir zwei kommen gleich wieder. Nicht wahr, mein Kleiner?« Sie kniff ihn in die Nase, worauf er niesen musste.

Ich setzte ihn ab und die beiden marschierten los.

So eine Windel ist doch was Feines, dachte ich mir. Da hätte ich mit dem Hans auf dem Oktoberfest sitzen bleiben können, bis die uns aus dem Zelt geworfen hätten.

Wenden in zwanzig Zügen

»Hallo, servus. Neumann. Wir haben reserviert!«, begrüßte ich die freundliche Rezeptionistin, die mich bereits anlächelte, bevor ich ihren Tresen erreicht hatte.

»Hallo, herzlich willkommen im Club *Sternenmeer*! Ich heiße Burgi. Und du?«

Sie sah mich kess an.

Ich sie offensichtlich etwas ungläubig.

»Ach, mein Fehler«, entschuldigte sie sich. »Wir sind hier alle per Du.«

»Klar. Kein Thema. Herbert. Also … ich heiße Herbert.« Die war vielleicht mit einer flotten Zunge unterwegs.

»Habt ihr gut hergefunden?«

»Natürlich. Wir haben ein Navi. Nur die Schafe hat es uns nicht angezeigt. Da hätten wir fast das Abendessen für heute mitgebracht«, witzelte ich.

»Ja, die laufen hier frei herum. Da muss man vorsichtig sein«, lachte sie zurück.

Sie trug ein rot-weiß kariertes Trachtenhemd und eine kurze, abgewetzte Lederhose. Bisher gefiel es mir überhaupt nicht, wenn Frauen auf der Wiesn eine Lederhose trugen. Ich finde, Frauen sind am schönsten in einem feschen Dirndl. Nicht so ein Wegwerfteil für ein paar Euro, wie man sie jetzt überall bekommt. Ein echtes Dirndl muss es sein. Und ein Kropfband um den Hals. Finde ich absolut sexy. Außerdem sollte ein Dirndl bei einer Frau bis zu den Knien gehen. Wir waren doch nicht in Las Vegas. Burgi allerdings stand diese Lederhose ausgezeichnet. Das war wahrscheinlich der Umgebung geschuldet. Ihre Kolleginnen trugen alle eine Lederhose. Aber nur bei ihr sah sie top aus, weil sie top saß.

Sie blickte vom Bildschirm hoch. »Wie war der Name noch gleich?«

»Herbert.«

»Nein, der Nachname.«

»Ach, Neumann. Neumann wie Altfrau.«

Sie unterbrach ihre Suche im System, starrte mich für ein paar Sekunden an, dann lachten wir gleichzeitig. Ja, wir beide waren auf einer Wellenlänge.

»Ich finde hier nichts unter diesem Namen.«

»Ah, wahrscheinlich, weil meine Freundin gebucht hat. Sehen Sie … ich meine, du, doch mal unter Schönborn nach. Noch besser *von Schönborn*.«

Sie tat es und fuhr mit der Maus auf der Ablage hin und her.

»Ah, da habe ich euch. Zwei Erwachsene, ein Kind?«

»Ja, genau«, bestätigte ich. »Wir sind nicht verheiratet.«

Sie lächelte. Keine Ahnung, warum ich sie nun nochmals explizit über unseren Familienstand unterrichtet hatte.

»So. Hier ist euer Zimmerschlüssel, ihr könnt sogar schon rein.«

»Super«, tat ich freudestrahlend kund. »Wenn nur unsere Vorgänger schon draußen sind.«

»Ha, ja, das wäre was. Dort hinten bekommt ihr einen Willkommensdrink. Frühstück ab acht, Abendessen ab achtzehn Uhr, mittags gibt es einen kleinen Snack, wenn ihr mögt.«

»Bestimmt!«

»Was *bestimmt*?«

Ich hörte eine vertraute Stimme hinter mir und drehte mich um.

»Ah, da seid ihr ja. Wir sprachen gerade vom Essen.«

»Hallo, Schönborn«, stellte sich Anja vor. »Und das ist Oskar.«

Oskar sah Burgi kurz an, interessierte sich aber umgehend für den Kofferwagen, der neben dem Eingang stand.

»Wir sind hier alle per Du. Das ist die Burgi, Burgi, das ist Anja, meine Freundin.«

Anjas Mundwinkel wanderten kurz nach unten. Sie fing sich aber schnell wieder. Ich Dödel. Wir hatten seit Oskars Geburt vereinbart, trotz fehlendem Trauschein Mann und Frau zu sagen. Anja fand, dass alles andere etwas für Zwanzigjährige wäre. Nun sprach ich von meiner *Freundin*. Vorsichtshalber legte ich den Arm um meine Frau und zog sie näher an mich heran. Danach legte ich kurz mein Kinn auf ihrem Kopf ab, um ihr gleich darauf einen kleinen Kuss auf die Stirn zu geben. Machte aber die Sache, wie ich schnell merkte, auch nicht unbedingt besser.

»Auto!«, hörten wir Oskar rufen.

Wir drehten uns gleichzeitig um und bemerkten, wie er eifrig versuchte, den Kofferwagen zu bewegen.

Schnell spurtete ich zu ihm.

Anja erhielt die Schlüsselkarten fürs Zimmer und kam zu uns.

»Wir bekommen einen Begrüßungsdrink!«, verkündete ich freudestrahlend, in der Hoffnung, dass wir so meinen Fauxpas einfach unter den Teppich kehrten.

»Das ist ja nett. Und aufs Zimmer können wir auch schon. Holst du die Koffer? Oskar und ich können ja währenddessen das Hotel erkunden oder uns schon einmal das Zimmer anschauen. Oskar, magst du einen Saft?«

Er nickte, bewegte seine Augen aber immer noch nicht vom Kofferwagen weg. Was ein Kind alles faszinierte. Nicht auszudenken, wenn ich jetzt noch meine Warnweste geholt hätte.

»Ich fahr unser Schätzchen mal eben vor die Türe, dann kann ich ausladen. Wo sind denn die Schlüssel?«

»Du wirst doch jetzt nicht das Auto noch mal starten und die paar Meter hier hochfahren. Das wäre ja peinlich.«

Komisch. Wenn ich mir das Leben etwas leichter gestalten konnte, war das immer peinlich.

»Du glaubst doch wohl nicht, dass ich unser Gepäck hier hochschleppe.«

»Nein.« Na, da war ich aber erleichtert. »Nimm doch den Kofferwagen. Dafür ist er da.«

Ich sah ein, dass ich hier nach der *Freundin* nur noch verlieren konnte, wenn ich eine Diskussion startete. Da hatte ich mich ganz schön ins Aus manövriert. Wiederwillig zog ich den Schwanz ein, nahm Anja den Schlüsselbund ab, den sie mir entgegenstreckte, und schnappte mir den Kofferwagen. Dies löste bei Oskar fast einen Tobsuchtsanfall aus, weil ich mit dem Ding spielen durfte und er nicht. Wir einigten uns darauf, dass er mitdurfte.

»Ich warte dort drüben mit einem Prosecco auf euch.«

»Prost«, sagte ich, hievte Oskar auf das Gefährt und machte mich auf den Weg.

Der Kofferwagen sah aus, als wäre er aus einem Grand Hotel aus einem alten Film. Eine Bodenplatte auf vier Rädern, auf die eine große, zur Krone gebogene Stange aus Messing montiert war. Damit holte man vielleicht in Monaco das teure Gepäck eines Grafen und seiner Gattin aus dem Rolls Royce, aber sicher nicht Oskars Windeln aus dem Passat. Oskar thronte auf der Platte und schlang alle vier Extremitäten um die Stange, damit nichts passierte. Wir tuckerten los. Natürlich hatte nun das Ganze durch Oskars Anwesenheit einen völlig anderen Unterhaltungswert für mich. Und es sah nicht so dumm aus, als wenn ich alleine mit dem Ding zum Parkplatz geschlendert wäre. Eine Sackkarre wäre definitiv praktischer gewesen, wie ich auf der uneben geteerten Straße feststellen musste. Die Räder waren äußerst ungeeignet. Besonders, als wir den Parkplatz erreichten, der abwechselnd aus Kopfsteinpflaster und Wiese bestand.

»Oskar? Alles klar bei dir da vorne?«

Er drehte seinen Kopf zu mir nach hinten und wirkte dabei wie ein Wackeldackel auf der Hutablage eines alten Opel Commodore. Absolut köstlich. Ganz verbissen krallte er sich immer mehr an die Stange.

»Sneller!«, rief er. Das mit dem *Sch* klappte noch nicht.

Diesen Wunsch konnte ich ihm jedoch nicht erfüllen, da ich befürchtete, auf einen Schlag stecken zu bleiben. In diesem Fall wäre Oskar in hohem Bogen über den Parkplatz gesegelt. Das konnte ich als treu sorgender Vater nicht verantworten.

Was man ebenfalls nicht verantworten konnte, war das, was meine müden Augen in naher Ferne erkennen mussten. Ein Mann, etwa Mitte vierzig, stand etwas verloren auf dem Parkplatz. Auf dem Rücken trug er eine Kraxe mit einem Kind, etwa ein Jahr alt. In der einen Hand einen Koffer, in der anderen ein rosafarbenes Sonnenschirmchen. Ich betone *Schirmchen*! Dieses Ding stammte von einem Kinderwagen. Da die Farbe alleine nicht reichte, war es ringsherum mit einer Borte aus weißer Spitze versehen. Der Mann schaute genauso dumm drein, wie er sich anscheinend fühlte. Mir wäre es an seiner Stelle nicht anders ergangen. Als ich ihm näher kam, bemerkte ich, dass er einen Kleinbus fixierte, der Zentimeter für Zentimeter weiter hinten auf dem Parkplatz umherrangierte. Vermutlich amüsierte dies das rosa Schirmchen. Er ließ den Kleinbus überhaupt nicht mehr aus den Augen.

Zeit für mich, um die ersten Kontakte zu knüpfen. Ich verringerte die Geschwindigkeit und blieb souverän mit meinem Kofferwagen samt Oskar neben ihm stehen. Er bemerkte uns nicht.

Oskar sah mich fordernd an, ich aber starrte zum Kleinbus.

Eine Frau saß am Steuer. Sie kurbelte wie wild am Lenkrad herum und kämpfte sich in eine übergroße Parklücke, etwa dreißig Meter von uns entfernt. Den Bus auf diesem Stellplatz zu parken, war ebenso eine Herausforderung, wie einen Golfball aus drei Meter Entfernung in ein Fußballtor zu schussern. Ohne Anlauf.

Oskars komplette Aufmerksamkeit galt nun auch der Tante hinter dem Steuer. Wahrscheinlich dachte er sich: *Was um Himmels willen macht die Frau da? Mama wäre längst drin!*

Ich musterte meinen Nachbarn aus den Augenwinkeln. Es schien, als hätte er ein leichtes Grinsen im Gesicht.

»Na?«, machte ich den Anfang. »Was das wohl am Ende des Tages werden soll? Vielleicht Wenden in zwanzig Zügen?« Ich lachte ihn an und wippte freudig auf meinen Fußsohlen vor und zurück.

Jetzt erst bemerkte er mich. Er musterte mich. Dafür musste er allerdings das Schirmchen ein wenig anheben, weil ich größer war als er.

»Ah. Hallo«, grüßte er knapp und widmete sich wieder der Frau, die in diesem Augenblick zum wiederholten Mal die Fahrertür öffnete, um einen prüfenden Blick nach hinten zu werfen.

»Da hat wohl jemand in der Fahrschule beim Thema *Einparken* gefehlt, was? Vielleicht hat sie aber auch erst seit Kurzem den Führerschein«, versuchte ich gönnerhaft, dieses kleine Spektakel zu erklären.

Er sah mich abermals an, dann aber gleich wieder zum Kleinbus.

Die Kleine in der Kraxe biss nervös auf einem Beißring herum. Wahrscheinlich zahnte sie.

»Nein, nein!«, brach es zögerlich aus ihm heraus. »Angela hat ihren Führerschein schon seit Jahren.«

»Ah! Na denn ...«, erwiderte ich. Dann erst hatte ich seine Aussage verarbeitet. »Ach, Sie kennen die Dame?«, erkundigte ich mich vorsichtig mit leicht zusammengekniffenen Augen.

»Das ist meine Frau.«

Scheiße! War ja klar! Ich und mein loses Mundwerk. Da möchte man einen unverbindlichen Small Talk starten, dann so etwas.

»Äh, sorry. Also, das mit den zwanzig Zügen und dem Fehlen und so.«

»Hm?« Er wirkte irgendwie ausgelaugt. Vielleicht hatten die eine lange Fahrt hinter sich. Und das war nicht nur auf die Kilometer bezogen. Neben dem falschen Partner kann einem die Fahrt zum Getränkemarkt um die Ecke schon wie eine halbe Ewigkeit vorkommen.

»Das, was ich eben gesagt habe. Das war nicht so gemeint«, wiederholte ich mich.

»Ach«, winkte er ab. »Schwamm drüber! Die kann das ab.«

»Wer genau?«

»Angela.«

Ich hatte nicht den Eindruck, als würde bei ihm und seiner Einparkqueen der Himmel voller Geigen hängen.

»Ich bin übrigens Sven. Sven Fleischer.« Er wechselte das Schirmchen nach links, um mir die Hand zu geben.

»Herbert. Einfach Herbert.« Wir waren ja hip und alle per Du. Ich hatte aufgepasst.

»Schon lange hier?«, wollte er wissen, während er den Beißring vom Boden aufhob, den seine Kleine kurz zuvor verloren hatte. Fast hätte ihn sich Oskar geschnappt. Der war mittlerweile aus Langeweile aufgestanden und krallte sich an meinem Bein fest. Als Sven den Beißring aufhob, sah es so aus, als hätte er es mit den Bandscheiben. Kerzengerade ging er in die Knie. Nicht, dass seine Tochter vorzeitig die Kraxe verließ.

»Nein. Wir sind eben erst angekommen.« Ich deutete auf den Kofferwagen.

»Warum fährst du denn nicht hoch zum Ausladen wie alle anderen auch?«, wollte er wissen.

Eigentlich hätte er sich für diese Frage eine zünftige Watschn verdient. Doch ich blieb gelassen wegen Urlaub und so. »Ach, die paar Meter«, bemerkte ich. »Die Bewegung nach der langen Autofahrt tut ganz gut.«

»Woher kommt ihr denn?«

»Aus München.« Das sagte ich gern. *Aus München!*

»Na, da war die Anreise ja nicht so lang. Wir kommen aus Berlin. Haben nur einmal gehalten. Ich hab seit gestern sechzehn Uhr nichts mehr getrunken.«

Irgendwie zog mich der Kerl mit seiner monotonen Art ziemlich herunter. Dennoch hatte er so etwas Geknicktes an sich. So … ohne Motivation. Hätte ich ihm einen Ball zugeworfen, wäre der sicher an seinem Bauch abgeprallt, ohne dass er seine Arme auch nur einen Millimeter bewegt hätte.

»Dann habt ihr euch sicher abgewechselt mit der Fahrerei, oder?«, heuchelte ich weiter Interesse.

»Nein. Ich habe keinen Führerschein. Ich fahre in Berlin alles mit dem Rad.«

»Wie, auch zur Arbeit?« Eigentlich interessierte es mich überhaupt nicht, ob der Typ mit dem Dreirad oder einem Lamborghini zur Arbeit gurkte. Geschweige denn, was er sonst so tat.

»Ich bin Hausmann!«, erklärte er. Ups, damit hatte ich allerdings nicht gerechnet. Das hatte ich ja schon ein paar Monate hinter mir. Vielleicht war er deshalb so verspannt.

»Cool! Ich war ebenfalls für längere Zeit bei dem Kleinen daheim. Man bekommt ja so viel zurück! Ich muss dann mal«, drängelte ich.

Ich wollte mit meiner kleinen Familie die Zeit verbringen und nicht mit Schirmchen. Außerdem eilte seine holde Maid auf uns zu. Wie durch Zauberhand hatte sie das Vehikel ordnungsgemäß in die Parklücke gedrückt.

»Man sieht sich«, verabschiedete ich mich und rollte mit Oskar ein paar Meter weiter bis zu unserem Passat.

Er nickte nur.

Als Angela an Oskar und mir vorbei zu ihrem Mann ging, grüßte ich freudestrahlend.

Außer einem Hauch von Kälte kam nichts von ihr zurück.

Ich öffnete den Kofferraum.

Oskar stieg ab, weil er die Box mit seinen Autos entdeckt hatte. Eigentlich war es ein kleiner Koffer, den er selbst tragen konnte. Darin war das Nötigste, das er brauchte, wenn es zu Oma und Opa ging. Ergo: circa zehn Autos und sonst nichts.

»Warum hast du mich denn nicht eingewiesen? Halt das Schirmchen anders. Die Kleine ist ja in der prallen Sonne. Hauptsache, du hast Schatten, oder?«

Meine Fresse! Die hatte ja Haare auf den Zähnen. Nun verstand ich auch Sven und seine lebensbejahende Ausstrahlung. An seiner Stelle würde ich auch einfach nur in der Gegend herumstehen und atmen.

»Frau lustig«, rief Oskar und zeigte mit seinem kleinen Wurstfinger auf Angela.

»Pst!«, zischte ich. Ich nahm ihn hoch und setzte ihn in den Kofferraum. Da hockte er auch immer, wenn wir beim Saugen waren. »Nicht mit dem Finger auf andere Leute zeigen, hörst du?«

Er starrte auf seinen Daumen und präsentierte ihn mir.

»Ja! Das ist der große Onkel.« Gut so, Oskar. Beschäftige dich lieber mit deinem Vater als mit der Eiskönigin. Aus den Augenwinkeln prüfte ich, ob dieser Sven mit Frau und Tochter noch auf dem Parkplatz waren. Ein Glück! Sie waren fast schon am Hotel. Hoffentlich erzählte er nichts von der kleinen Plauderei mit mir. Bestimmt war die in einer leitenden Position eines internationalen Unternehmens und aß zum Frühstück täglich einen Praktikanten. Die hatte so was von Haaren auf den Zähnen!

Endlich hatte ich unser gesamtes Gepäck auf den Kofferwagen gewuchtet. Durch das Gewicht war er allerdings mit den Rädern in der etwas feuchten Wiese eingesunken. Anscheinend hatte es die vorangegangene Nacht heftig geregnet. Doch mit etwas Schwung brachte ich das Gefährt schon frei. Es war mir zu gefährlich, Oskar auf einen der Koffer zu setzen, weshalb ich ihn auf meine Schultern nahm. Die Rollen drehten sich nun dummerweise etwas schwerer, weil das ganze Gras und die Erde bremsten.

»Völlig ungeeignet, das Teil. Nicht wahr, Oskar?«

»Sneller!«, rief der bloß und klopfte, wie fast immer in dieser Position, auf meinem Kopf herum.

»Gut festhalten. Jetzt geht's los!«

Oben am Hoteleingang angekommen, erwartete mich schon ein Typ mit einer Kniebundhose und einem Trachtenhemd. Er trug klobige Bergsteigerstiefel und einen Tirolerhut. Typ Luis Trenker.

»Was machst denn du da mit dem Kofferwagen?«

Hätte ich nun auf meine mir eigene Art antworten sollen? *Was macht man mit einem Kofferwagen? Vielleicht habe ich den Kühen unten auf der Weide ein wenig die Gegend gezeigt?*

»Na, ich habe meine Koffer damit vom Wagen geholt«, verteidigte ich mich.

Oskar klopfte weiter.

»Aber dafür kannst du doch dein Auto zum Be- und Entladen kurz vor die Tür fahren. Der Wagen ist nicht dafür gedacht, um damit in der Prärie herumzufahren.«

Er bückte sich, um nach den Rädern zu sehen. Anscheinend hatte er eine innige Beziehung zu diesem Gerät.

»Ach du meine Güte! Nun sieh sich das einer an! Da ist ja alles voller Dreck. Das bekomme ich nie wieder sauber.« Er hob den Wagen leicht an und versuchte, eines der Räder zu drehen. Bei dem Versuch löste sich etwas Erde ab und rieselte in den Eingangsbereich.

Ich hingegen spurtete mit Oskar auf den Schultern auf die andere Seite des Kofferwagens, damit unser Gepäck in dieser Schräglage nicht herunterrutschte.

»Das dreht sich ja überhaupt nicht mehr«, schimpfte er weiter.

Anja kam hinzu und ich gab ihr Oskar auf den Arm. Sie verkniff sich, etwas zu äußern. Immerhin war es ihre Idee gewesen. Wer wollte denn den Passat kurz nach oben holen?

»Ich stelle nur rasch unser Gepäck in den Aufzug, ja?«, versuchte ich, mich schnell aus der Affäre zu ziehen. »Es tut mir wirklich sehr leid. Ich dachte …«

»Der Wagen ist lediglich fürs Haus gedacht«, schimpfte er weiter, ohne die Augen von seinem Schätzchen zu nehmen.

Mir war heiß. Bis zum Aufzug waren es ein paar Meter. Dass mir ständig Urlauber mit Stöcken und Rucksäcken entgegenkamen, machte die Sache nicht leichter. Ich kam mir vor wie ein Hafenarbeiter im Verladedock.

Anja entschied, mit Oskar schon mal die Treppe zu nehmen. Gut so. Wir hätten sowieso nicht allesamt Platz in dem Aufzug gefunden. Wahrscheinlich befürchtete sie auch, ich könnte eventuell sauer reagieren, weil ich auf sie gehört und mir einen gehörigen Anschiss abgeholt hatte.

Als ich mich allerdings erfolgreich von Herrn Trenker und seinem geliebten Kofferwagen verabschiedet hatte und im Aufzug stand, war die Welt schon wieder etwas mehr in Ordnung. Nun wussten wirklich fast alle, dass wir hier waren. Hätten wir überhaupt nicht zu hupen brauchen.

»Herbert is in the house!«

Als ich unser Stockwerk erreicht hatte und die Tür des Fahrstuhls aufging, stand Anja mit Oskar vor mir.

Oskar streckte mir eins seiner Autos entgegen. Sein Allheilmittel, wenn er nicht gut drauf war. Vermutlich dachte der kleine Kerl, das könnte bei mir auch helfen. Natürlich hatte Anja das eingefädelt. Konnte ich ihr da noch böse sein? Wir hatten doch unseren ersten gemeinsamen Urlaub.

Das Auto vom Hasselhoff

Als ich meine Schlüsselkarte in den Schlitz des Kartenlesers unserer Zimmertür steckte, summte es und die Tür sprang auf. Natürlich ließ ich Anja den Vortritt. Ladys first. Oskar tippelte hinterher. Ich schnappte mir zwei der Koffer.

»Das ist doch nett!«, rief Anja, als sie inmitten des Zimmers stand und sich einmal um ihre eigene Achse drehte.

»Fernseher!«, rief Oskar und deutete zu dem kleinen Röhrengerät, das in der Ecke an einer Wandhalterung befestigt war.

»Das ist ja geil. Voll retro!«, rief ich. »So ein Teil habe ich das letzte Mal gesehen, als ich zwölf war. Im Krankenhaus.«

Anja blickte mich mahnend an.

»Blinddarm«, ergänzte ich. »Mein Zimmernachbar, ich glaube, der hatte die Mandeln raus, wollte unbedingt *Raumschiff Enterprise* schauen. Haben wir dann aber gelassen.«

Anja verdrehte die Augen. »Und warum? Du gibst ja doch keine Ruhe, bis du es erzählt hast.«

»Wir haben es zwischen den ganzen Sternen im Weltall nicht gefunden!« Ich lachte laut.

Der war doch der Knaller. Den hatte ich schon lange nicht mehr erzählt. Lag vermutlich daran, dass es nirgendwo auf der

Welt noch solche Röhrendinger gab. Nein, stimmte nicht. Das Deutsche Museum hatte bestimmt so ein Teil irgendwo im Technikbereich herumstehen.

Anja ging zur Balkontür und öffnete sie. »Oskar, da kannst du hinuntergucken!«

Er tippelte schnurstracks mit seinem Windelhintern zu ihr, machte einen großen Schritt über den Türrahmen, ging weiter zum Geländer und presste sein Gesicht dagegen.

»Spielplatz!« Er streckte seinen Arm durch die Balkonbretter hindurch, um ihn uns zu zeigen. Während er uns ansah, öffnete er seine Hand, und das Matchbox-Auto raste aus dem zweiten Stock nach unten. »Oi, oi, oi!«, quengelte er und riss die Augen auf.

Ich ahnte Schlimmes. Bestimmt war es nicht irgendein Auto, sondern eins von denen, auf die er besonders aufpassen sollte, weil es meine waren. Also aus meiner Kindheit. Er fixierte mich derart, dass es nur mein Auto sein konnte.

Ich eilte auf den Balkon und glotzte nach unten. Suchend kreisten meine Augen zwischen Bodendeckern, Wiese und Kies hin und her. »Oi, oi, oi!«, quietschte diesmal ich. »Ich sehe ihn.«

»Was siehst du?« Auch Anja starrte nach unten.

»Da! K.I.T.T.!«, stöhnte ich.

»Und wer ist dieser …«

»K.I.T.T.!«, fiel ich ihr ins Wort. »Na, Knight Rider. Das Auto vom Hasselhoff.«

Anja lachte. »Quatsch. Der hatte so ein rotes Ding, mit dem er immer ins Wasser gesprungen ist.«

»Ja! In *Baywatch*. Das war doch eine völlig andere Serie«, erklärte ich genervt. »Mensch, den gibt es nicht mehr!« Hörte ich mich weinerlich an?

Oskar wurde nervös, was mir natürlich leidtat. Aber hey: Da unten lag K.I.T.T.

»Sollen wir ihn holen?« Anja zog die Augenbrauen hoch.

»Ja, bitte. Ich packe einstweilen aus.«

»Oh! Ein Kompromiss. Wir kommen voran in unserer Beziehung«, witzelte sie und schnappte sich Oskar.

»Auto!«, betonte der.

»Ja, mein Kleiner. Auto! Das holen wir jetzt dem Papa. Sonst kann der heute Abend kein anständiges Bubu machen.«

Sie nahm ihn auf den Arm und grinste mich an, als sie das Zimmer verließen.

Natürlich fand sie das affig und ja, auch mein Leben wäre ohne dieses Auto weitergegangen. Schwer, aber die Möglichkeit bestand. Frauen verstehen so etwas nicht. Ich habe zu Hause eine Figur von Darth Vader. Der ist beim Umzug damals das Laserschwert abgebrochen. Anja sagte nur: »Kleb es doch einfach wieder an deine Puppe dran.« Puppe! War das zu fassen? Ich wollte Anja sehen, wenn einer ihrer heiß geliebten Paul-Green-Schuhe da unten im Kies gelandet wäre. Gekreischt hätte sie. Ich schwöre.

Schlecht war das Zimmer wirklich nicht. Aber im Urlaub stellte ich mir etwas anderes vor. Ich möchte mich doch nicht verschlechtern, wenn ich Geld dafür bezahle. Zumal die Miete zu Hause weiterlief, während wir hier waren. Ich knipste das Licht im Bad an. Toll. Keine Wanne. Nur eine Dusche. Und ein Duschvorhang. Ich zog ihn prüfend auseinander. Wenigstens keine Stockflecken. Ein Schminkspiegel. Super. Der nächste Diskussionspunkt. Ich wollte daheim einfach nicht die Fliesen im Bad anbohren. Ein Blick in die Toilette zeigte, dass der Spülkasten richtig eingestellt war. Kein Rinnsal, das Verfärbungen verursachte. Ich knipste das Licht wieder aus, um weiter auszupacken. Natürlich nahm ich die obersten Regale im Schrank, damit Anja sich nicht so strecken musste. Fein säuberlich legte ich meine Sachen nach Kategorien und Farben geordnet hinein. Wäsche, T-Shirts, Polos, Hosen lang, Hosen kurz, Socken. Die beiden Gürtel, die ich mitgebracht hatte, rollte ich zusammen und packte sie neben den Zimmersafe, da an dieser Stelle eh kaum Platz war. Normalerweise liegen dort die Beutel für die Wäsche und ein Schuhlöffel. Nicht, dass ich das Zeug jemals gebraucht hatte. Dennoch machte ich mich auf die Suche. Nichts. Vielleicht wurde hier nicht gewaschen. Meine Hemden hängte ich auf die Kleiderbügel. Acht Bügel. Verdammt. Ich hatte fünf Hemden dabei. Viel zu viel. Doch auch im Urlaub möchte ich mich entscheiden können und nicht das nehmen müssen, was da war. Ich hängte alle Hemden auf. Vielleicht hatte ich Glück, dachte ich, und Anja merkte es nicht.

Auch Oskars Sachen packte ich aus. Das ging schnell. Die kleinen Hosen und T-Shirts … Ein Handgriff und seine Tasche war leer. Die Windeln stellte ich nach unten in das Abteil, in dem meine Hemden hingen. Sollte ich mich auch an Anjas Sachen wagen? Was, wenn sie danach nichts mehr fand? Egal. Ich öffnete ihren Koffer und ein Föhn stach mir ins Auge.

Wortlos ging ich zurück ins Badezimmer und knipste das Licht an. Meine Augen kreisten vom Duschvorhang aus über das Waschbecken an die linke Wand zum Schminkspiegel und … voilà. Ein Föhn. Ich knipste das Licht wieder aus.

»Hm!«

Das war alles an Emotion, was von mir kam.

Immerhin war Anja gerade mit Oskar unten, um das Spielzeugauto ihres einundvierzigjährigen Freundes zu suchen. Entschuldigung, ihres Mannes.

Als ich wieder zu Anjas Koffer ging, fiel mir auf, dass man nicht unter das Bett gucken konnte. Hatte das Teil am Ende einen Bettkasten? Ich ging auf die Knie und klopfte dagegen. Kein Holz. Ich stand wieder auf und nahm die Tagesdecke ab. Brauchte eh kein Mensch. Umgehend knüllte ich das Teil zusammen und stopfte es zu den Wolldecken ganz oben im Schrank, die auch keiner brauchte. Ich zumindest fasste diese Dinger nicht an. Die wurden doch niemals gewaschen.

Was war denn das nun mit diesem Bett? Ich zog das Betttuch zur Seite und entdeckte eine Auflage. Unter dieser befand sich die Matratze. Als ich auch diese anhob, blickte ich nicht, wie erwartet, auf einen Lattenrost. Ich blickte auf eine Box, die komplett verschlossen war. Ach du meine Güte. Das war doch so ein …

»Wir sind wieder da!«, hörte ich Anja rufen, als die Zimmertür aufging. Sie staunte nicht schlecht. »Überziehst du die Betten neu?«

Oskar rannte sofort herbei, um zu helfen. Hatte ich ihm beigebracht.

»Hast du schon gesehen?« Ich deutete wieder zum Bett.

»Ja, ein Bett. Da legen sich die Menschen rein, um zu schlafen.«

»Verarschen kann ich mich selbst. Das ist ein …«

»Boxspringbett. Ich weiß. Stand doch im Internet.«

»Wer liest denn das?«, staunte ich ungläubig.

»Ich!«, meinte sie und zog ihre Schuhe aus.

»Aber, weißt du denn nicht, was das heißt?«

»Klar, mein Schatz.« Sie gab mir einen Kuss auf die Wange und machte sich an ihren Koffer. »Das bedeutet, wir werden traumhaft schlafen.«

»Nein, meine Liebe. Das heißt: Schimmel!«

»Ach, Quatsch. Du wieder.«

»Anja, ich habe mich da mal schlau gemacht. Die Teile müssen zum Luftaustausch und Feuchtigkeitsabtransport ganz gut gelüftet werden. Glaubst du, hier im Hotel bei weiß Gott wie vielen Zimmern, dass da die Reinemachefrau jede Matratze Tag für Tag …«

»Nun beruhige dich wieder. Die wissen schon, was sie tun.«

»Wehe, wenn ich mir die Atemwege verätze mit dem Schimmelgeruch«, drohte ich.

»Dann kaufe ich dir eine Nasendusche. Du wirst weiterleben können.«

»Warum nur habe ich das Gefühl, dass du mich nicht ernst nimmst?«

»Weil es so ist. Zumindest teilweise«, verbesserte sie. »Mein Koffer ist ja auf.«

»Ja, den wollte ich dir gerade auspacken.«

»Das ist ja lieb von dir.« Sie freute sich richtig.

»Soll ich deinen Föhn zu dem anderen im Badezimmer legen?«

»Nein, den lasse ich bei meinen Sachen«, entschied sie. Dass dies ein kleiner Seitenhieb meinerseits war, merkte sie nicht. Oder aber sie ging nicht darauf ein, weil sie nicht diskutieren wollte.

Mir war es ja egal, ob Anja einen Föhn mitbrachte. Wobei es stimmte, dass diese Hotelföhns meist ziemlich schwach auf der Brust waren. Ich hatte mal so ein Ding in Berlin. Damit hätte man nicht einmal einen Wattebausch vom Badewannenrand pusten können. Ich mochte es jedenfalls, wenn Anja ihre Haare lufttrocknen ließ. Dann hatte sie ganz leichte Naturlocken.

Langsam wurde mir klar, dass diese Tage hier im Hotel eine ziemliche Bewährungsprobe werden würden. Der erste Urlaub, dann gleich mit Kind ... Zu allem Übel auch noch alle Mann in einem Zimmer. Da konnte es etliche Reibungspunkte und Stolperfallen geben, wenn man da nicht aufpasste. Besser, ich nahm mich zurück. Das wirkte bestimmt deeskalierend. Außerdem war mir die Beziehung zu Anja wichtiger, als recht zu haben. Ich wusste ja, wann ich recht hatte. Das genügte mir in den meisten Fällen. Irgendwann würden wir vielleicht heiraten, da sollte ich mich jetzt schon einmal von meiner besten Seite zeigen.

»Ich habe zu wenig Bügel«, murrte Anja und stand mit einer Bluse in der Hand vor dem Kleiderschrank.

Oskar saß darin und ließ K.I.T.T. nicht mehr los. Natürlich nahm ich ihm nun das Auto nicht weg. Ich wollte ihm erneut

Vertrauen schenken, damit er sich beweisen konnte. Hatte ich in einer Elternzeitung gelesen. Anjas Eltern hatten uns ein Abo geschenkt. War wohl an mich gerichtet.

»Echt?«, tat ich unschuldig. »So was!«

»Du hast dir einen zu viel genommen«, zählte sie nach.

»Soll ich …«

»Ja, bitte«, fiel sie mir ins Wort. »Das ist Leinen.«

»Und? Das knittert edel!«

»Nein«, monierte sie. »Das knittert scheiße.«

Ich gab nach und hängte ein Hemd über ein anderes. Da wollte ich nicht so kleinlich sein.

»Wollen wir nachher runtergehen und einen Happen essen?«, schlug Anja vor, während sie ihren Kulturbeutel ins Badezimmer stellte. »Ich hab jetzt richtig Hunger.«

»Klar. Ich könnte auch was vertragen. Und du, Oskar?« Ich nahm ihn aus dem Schrank. »Hat unser Großer Hunger?«

»Pommes«, brüllte er.

Au, wenn das meine Schwiegermutter in spe gehört hätte. Da bekam er nur Couscous. Fast Food war verpönt. Ich teilte da nicht unbedingt ihre Meinung. Meine Devise bei Oskar war: Keinen Heißhunger aufkommen lassen. Sonst würde er später alles nachholen.

»Ja, der Papa schaut gleich, ob es Pommes für dich gibt, gell?«

Er grinste und atmete einmal tief durch. Komisch, dass er noch nicht müde war. Eigentlich seine Zeit, um ein Nickerchen einzuläuten. Wahrscheinlich hatte ihm der kurzzeitige Verlust von Papas Auto Adrenalin durch seine Äderchen gepumpt.

Anja wechselte ihre Hose in eine knielange Jeans. Ich fand es toll in unserer Beziehung, dass sie sich dafür nicht ins Bad einsperrte. Das war so ein kleiner Jieper für zwischendurch.

»Ich habe hier ein ganz beschissenes Netz«, stellte ich fest, als ich mit meinem Handy wünschelrutenartig durchs Zimmer schlenderte.

»Nicht vor dem Kleinen«, ermahnte mich Anja und schloss den Kleiderschrank.

»Du hast vorhin gesagt, dass deine Bluse scheiße knittert.«

»Das ist was anderes. Du weißt doch, wie er dich fixiert, wenn du Technikkram in der Hand hast. Das erhöht seine Aufmerksamkeit.«

»Trotzdem ändert das nichts an der Tatsache, dass ich hier genau einen Balken habe. Schau du mal«, bat ich Anja und deutete auf ihr Handy auf dem Nachttisch.

»Herbert, wir beide haben dasselbe Handy und denselben Netzanbieter. Warum in aller Welt sollte ich hier plötzlich besseres Netz haben als du?«

»Weiß nicht? Vielleicht, weil es deines ist? Außerdem haben wir beide das GLEICHE Handy.«

»Mein ich doch.«

Ich tigerte im Zimmer mit Blick auf mein Display weiter auf und ab. »Wenn es nämlich dasselbe Handy wäre, dann würden wir beide uns ein Handy …«

»Sagtest du nicht eben, dass du auch Hunger hast?«, unterbrach sie mich genervt.

Ich steckte mein Handy in die Hosentasche und schnappte mir Oskar und die Schlüsselkarte.

»Klar, mein Goldschatz.« Ich küsste sie. »Hunger … läuft.«

Ich eilte zur Tür, um sie gentlemanlike für Anja zu öffnen. Auf solche Sachen achtete sie.

Oskar windelte ihr nach.

Ich sagte es ja bereits: *Deeskalation* lautete das Zauberwort. Das hatte ich heute voll drauf.

Ein Schmarrn ist das

»Na, das ist ja übersichtlich!«, stellte ich fest und tat dies lautstark kund.

»Pst! Das soll auch nur ein Snack sein.«

»Schon, aber das hier …«

»Pommes!«, schrie Oskar, der auf meinen Schultern weilte, als er sie entdeckt hatte.

Super. Dann war ja doch etwas für mich dabei. Ich parkte Oskar in einem Hochstuhl auf der Terrasse.

Anja setzte sich ebenfalls an den Tisch.

Ich bot an, für unseren Wonneproppen ein kleines Menü zusammenzustellen. Zwei Gänge auf einem Teller. Pommes mit Ketchup. Natürlich sollte das nun nicht für ihn zur Regel werden. Aber auch Oskar hatte Urlaub von seinem Alltag. Um Vitamine konnten wir uns wieder zu Hause kümmern.

Anja bestellte derweil bei der netten Bedienung die Getränke.

»So, mein Kleiner. Yummi! Nicht wahr?«

Er klatschte in die Hände. Ich hatte den Teller noch nicht ganz vor ihm abgestellt, da zog er schon ein paar Pommes durch den Ketchup. Vielleicht sollten wir das mit dem Heißhunger doch noch mal überdenken.

»Ich sprinte noch mal los, wo ich gerade stehe, und hole mir auch einen Teller Pommes.«

»Nicht dein Ernst, oder?«, fragte mich Anja, in die Sonne blinzelnd.

»Warum denn nicht? Die sind doch für alle da.«

»Ja! Für alle Kinder. Da steht groß drüber: FÜR UNSERE KLEINEN. Du kannst doch den Kindern nicht das Essen wegschnappen.«

Doch, konnte ich schon. Hatte auf Rhodos mit den Kroketten auch prima geklappt.

»Du hast natürlich recht«, lenkte ich ein. »Dann prüft der Papa mal, was es da so Schönes für die Großen gibt.«

Ich machte auf dem Absatz kehrt und marschierte zurück an die Snackbar. Salat, Gurkensalat, Bohnensalat, eine Suppe. So, wie sie roch, Spargel. Nö! Tomatensalat … ah! Was sahen meine trüben Augen? Wurstsalat! Na, da war ich doch zu Hause. Bayerischer Wurstsalat. Da konnte man nun wirklich nichts verkehrt machen.

»Schau, die haben einen bayerischen Wurstsalat«, verkündete ich, als ich mich mit meinem vollen Teller an den Tisch setzte.

»Oder einfach Wurstsalat«, wurde ich jäh verbessert. »Wir sind in Österreich.« Das liebte Anja. Diese kleinen Diskussionen. Ich irgendwie auch. Das hielt unsere Beziehung auf einem gewissen Level.

»Spatzl«, korrigierte ich, »das ist ein bayerischer Wurstsalat. Ohne Käse. Sonst wäre es ein Schweizer. Außerdem gibt es in Bayern auch griechischen Joghurt, Wiener Würstel und Berliner. Das ist nicht alles plötzlich bayerisch, weil es dort gegessen wird.«

Sie wuschelte mir durchs Haar, ging zur Snackbar und kam ein paar Minuten später mit einem gemischten Salat zurück.

»Der Wurstsalat ist nix. Da fehlt es an allen Ecken und Enden. Ich hole mal schnell das Öl.«

Ich goss einen guten Schuss über meinen Salat, schnappte mir zwei Löffel und wendete fachmännisch meinen Salat, um das Öl optimal zu verteilen. Anscheinend etwas zu enthusiastisch.

»Die Leute gucken schon.«

»Das ist der Neid«, witzelte ich. »Weil du einen Mann hast, der was vom Kochen versteht.«

Ich schmeckte erneut ab.

»Hm, da fehlt ein bisserl Essig. Bin gleich wieder da.«

Ich wiederholte das Prozedere. Schnell noch etwas Salz, Pfeffer und Schnittlauch. Im Prinzip hatte ich den Wurstsalat komplett neu angemacht.

»So, jetzt ist das rund.« Oskar war im siebten Himmel. Er schaute mampfend, was sein Papa da so trieb, ließ es aber unkommentiert. »Ist zwar immer noch nicht perfekt, aber das, glaube ich, liegt an der Wurst. Dafür kann ich wirklich nichts.«

Anja wartete mit ihrem Salat geduldig, bis auch ich bereit war. Das war Liebe.

Oskar hatte mittlerweile eine rote Schnute.

»Entschuldigen Sie«, ertönte es zu meiner Linken. »Benötigen Sie noch den Essig?« Eine Dame mittleren Alters stand mit ihrem Grünzeug neben mir.

»Nein. Machen Sie ruhig«, gab ich zu verstehen und reichte ihr die Flasche.

»Ach, da ist ja auch das Öl und … wissen Sie was, geht ganz schnell.« Sie stellte ihren Teller neben mir auf unserem Tisch ab. »Ich mach das schnell hier. Ist ja alles da.«

Ich sah zu Anja. Sie schmunzelte.

Oskar zeigte mit einer Fritte auf die Dame. »Frau!«, rief er.

»Ja!«, nickte die Dame. »Die macht hier Sachen, was?« Sie lächelte unseren Kleinen liebevoll an.

Oskar konzentrierte sich lieber wieder auf seinen Teller.

»Wie alt ist er denn?«, wollte sie wissen, während sie einen langen Guss Essig über ihren Salat schüttete.

»Hundert Wochen«, entfuhr es mir.

Anja trat mich unterm Tisch ans Schienbein.

»Er ist vor einem Monat zwei geworden«, ging Anja dazwischen und lächelte die Dame freundlich an.

»Na, da bist du aber schon groß, was?«, zwinkerte sie Oskar zu. Sie war ihm suspekt. Wahrscheinlich befürchtete er, dass sie an seine Pommes wollte. Er spähte zwischen Anja und mir hin und her und machte eine Schnute.

»Den großen Kopf hat er von mir«, fügte ich hinzu. »Meine Mutter wirft mir heute noch vor, dass das nicht schön für sie war, als ich rauskam.«

Sie riss ihre Augen auf, nickte dankend, dass sie ihren Salat mit meinen Sachen anmachen durfte, und verschwand.

»Was sagst du denn da?«, zischte mich Anja an.

»Small Talk«, meinte ich.

In dem Moment kam Sven Fleischer mit seiner Tochter auf dem Arm an unserem Tisch vorbei und grüßte.

»Servus, Sven!«, rief ich ihm zu und winkte mit meiner Gabel.

»Und wer war jetzt das?«, wunderte sich Anja. Auch sie grüßte den ihr Unbekannten.

»Das war der Sven«, erläuterte ich kurz, während ich mir meinen Mund mit der Serviette abputzte. »Normalerweise hat er ein kleines, rosa Schirmchen dabei. Wie die Kleine heißt, weiß ich nicht.«

Seine Frau kam hinterher. Die Sonnenbrille hatte sie in ihre brünetten Haare gesteckt. Sie war schlank und wäre sicherlich gar nicht so unattraktiv gewesen, wenn sie nicht diesen unheilschwangeren, fiesen Ausdruck in den Augen gehabt hätte. Sie telefonierte.

Ich grüßte auch sie.

Anja tat es mir gleich.

Sie grüßte allerdings nicht zurück. Obwohl ich mir sicher war, dass sie uns gesehen hatte. Sie machte einen auf ganz beschäftigt.

»Und wer ist das?«, wollte Anja wissen.

»Angela, glaube ich. Seine Frau. Die kenne ich aber nicht näher.« Ich stach wieder mit der Gabel in meinen Salat.

»Ach, und den Sven kennst du aber schon näher?«

»Nein. Vom Parkplatz halt.«

Damit Anja Ruhe gab, erzählte ich ihr, dass ich Sven nur kurz auf dem Parkplatz kennengelernt hatte. Angelas Einparkkünste ließ ich selbstverständlich unerwähnt.

Plötzlich wurde es laut auf der Terrasse. Eine fünfköpfige Familie trat auf und enterte einen Tisch in unserer Nähe.

Sogar Oskar hörte auf zu kauen. Und das hieß etwas, wenn es Pommes gab.

Der Papa scheute sich nicht, seine drei Kinder lautstark zu zügeln. Da waren die Kinder ja fast noch angenehmer. Mir wurde umgehend klar: Richtige Erholung gab es erst wieder, wenn das Auto gepackt war und wir die Heimreise antraten.

Anja hingegen wirkte entspannt und verbrachte die meiste Zeit auf der Terrasse damit, andere Gäste anzulächeln, um Offenheit für ein Gespräch unter Eltern zu signalisieren. Sie war quasi zur Kontaktaufnahme bereit.

»Fiona, Fritz! Jetzt setzt euch gefälligst hin und wartet, bis wir Getränke haben. Sonst rappelt es!«, mahnte der Vater.

Die Mutter, etwas korpulent, setzte sich ebenfalls an den Tisch. Sie hatte ein hochrotes Gesicht und wirkte dauergestresst. Sie fächelte sich mit der Hand Luft zu.

»Fabian, das gilt auch für dich«, schimpfte sie. Die Kinder hörten natürlich überhaupt nicht.

Ihr Mann hatte ebenfalls ein paar Pfunde zu viel auf den Hüften. Dadurch wirkte er sehr stämmig und stark. Er war ein paar Jahre älter als sie. Als sich alle an dem Tisch beruhigt hatten, wurde es wieder etwas entspannter auf der Terrasse. Ein paar der Gäste spielten Kniffel oder Karten mit ihren Kindern, andere wiederum rauchten oder lasen etwas. Das Publikum war sehr gemischt, was mir entgegenkam. Ich mochte nämlich beides nicht so gerne, weder Schickimicki-Hotels noch All-Inclusive-Billigschuppen, in denen die Gäste den ganzen Tag über mit Plastikbechern voller Gratisgetränke durch die Gegend flanierten. Hier spürte ich ein ausgewogenes Mittelmaß. Da sah ich uns. Anja war da bestimmt ganz anderer Meinung.

»Ist schon schön mit unserem Oskar!«, betonte ich, nahm mein Bierglas zur Hand und streichelte mit der anderen Anjas Oberschenkel.

»Ja«, bestätigte sie mir. »Aber noch so ein kleiner Wurm, das wäre noch schöner, oder?«

Mir kam fast mein Pils durch die Nase geschossen. Ich stellte das Glas ab und hustete.

Anja klopfte auf meinem Rücken herum. Ob dies wirklich eine Hilfe war, hatte ich schon immer bezweifelt. Wahrscheinlich diente es nur zur Ablenkung, damit man nicht merkte, wenn man erstickte.

»Alles in Ordnung?«, fragte Anja besorgt.

»Klar. Da kam nur was quer.« Ich hustete nochmals abschließend.

»Wäre das nicht schön?«, griff sie das Thema wieder auf und putzte Oskar mit seinem Lätzchen den Mund ab.

»Ach«, winkte ich ab. »Ich glaube, unser Oskar ist sehr zufrieden alleine. Stell dir mal vor, dann geht das alles wieder los. Aufstehen, Schnulli abkochen, Bäuerchen …«

»Du tust ja gerade so, als wäre Oskar eine Last gewesen. Gell, mein Kleiner, das warst du nicht. Nein.« Sie putzte weiter an ihm herum.

»Pommes!«, verlangte er und grinste.

»Ja! Pommes. Die waren fein.« Anja konnte das gut, Oskars Bitten in eine Feststellung umzuwandeln. Danach war es für ihn auch immer gut und er forderte nicht weiter.

»Quatsch. Er war doch keine Last. Aber immer nur schön, wie es im Fernseher gezeigt wird, das ist nun auch wieder übertrieben. Diese Babys, die den ganzen Tag bloß lächeln und über den weißen Flauschteppich krabbeln, um die Welt zu entdecken. Beim Windelwechseln grinsen sie fortwährend und quieken in die Kamera. Nachts wird an der Schnur des Mobiles gezogen und die Kleinen fallen nach kurzem Gähnen ins Koma. Die lügen doch alle wie gedruckt. Wobei das mit dem Mobile bei Oskar wirklich so war. Zumindest für eine Stunde.«

»Das ist Werbung«, erkannte Anja. »Ist doch klar, dass die da übertreiben.«

»Trotzdem. Und ständig überall dieser Satz: *Aber wenn sie dich nur einmal anlächeln, ist alles wieder gut!* Ein Schmarrn ist das. Das hat mit der Realität nichts zu tun.« Ich richtete mich auf. »Anja, du kennst mich. Ich liebe unseren Kleinen und würde ihn für nichts auf der Welt hergeben. Aber wenn er mich beim Windelwechseln anpinkelt, da braucht es schon mehr als einen Lächler, das kann ich dir verraten.«

»Meinst du, bei mir passiert das nicht?«

»Klar passiert das auch bei dir«, bestätigte ich sie. »Aber Mütter haben da ein ganz anderes Feeling für ihre Kinder. Immerhin waren die in euch. Für mich ist Pipi immer noch Pipi. Egal von wem. Dass es von meinem eigenen Sohn stammt, macht die Sache für mich nicht besser. Basta!« Ich trank meinen letzten Schluck Pils aus und stellte das Glas auf dem Tisch ab.

»Aufstehen?«, quengelte Oskar.

»Das ist mal ein Wort!«, sagte ich und sah Anja an, die mich von der Seite die ganze Zeit fixierte.

»Was?«, fragte ich und wischte vorsichtshalber über mein Gesicht. »Habe ich was im Gesicht oder auf der Stirn?«

»Nein«, erwiderte sie. »Eher dahinter. Gell, du hast manchmal schon einen ganz schön großen Knall«, lachte sie.

»Klar«, meinte ich. »Und weißt du, was das Beste ist? Ich weiß es. Das entspannt die Sache ungemein.«

Das Ego eines Bayern

Mit Oskar in unserer Mitte schlenderten wir durch das Areal, um uns mit der Umgebung für die nächsten Tage vertraut zu machen. Unterhalb der Terrasse befand sich eine große Wiese, die mit ausreichend Sonnenliegen bestückt war. Daneben lag der Eingang zum Hallenbad. Die große Fensterfront war komplett geöffnet, sodass man meinen konnte, es handele sich um einen überdachten Pool. Die Wiese erstreckte sich noch weit vor das Hotel. Links von der Terrasse begann der Saunabereich, der durch eine breite, hohe Holzwand vor neugierigen Blicken geschützt war. Schade eigentlich. Das wäre es gewesen. Ein paar nackte Hintern bei Wurstsalat und Spezi.

Zwischen dem Hotel und dem Parkplatz begann der Aktivbereich. Zwei Tennisplätze und ein Beachvolleyball-Feld. Alles in einem Topzustand. Schade, dass es keinen Außenpool gab. Ich hätte nur zu gerne meine Bahnen mit Blick auf den Hochkönig gezogen. Angrenzend neben dem Haupteingang befand sich ein kleiner Shop, der fünfmal die Woche für ein paar Stunden geöffnet hatte. Dort war vom Fahrradhelm über Badeklamotten bis hin zur Sonnencreme alles zu bekommen. Ein richtiger kleiner Outdoor-Laden. Ich war mir sicher, dass Anja dort nicht nur einmal interessiert durchschlendern würde. Oskar war gar nicht mehr zu beruhigen, weil er neben dem Laden einen Sandkasten entdeckt hatte. Okay, also war das auch geklärt. Ich würde einige Zeit mit Förmchen und Schaufel in diesem Katzenklo verbringen.

Gerade in dem Moment, als wir wieder zum Haupteingang gehen wollten, wurde Anja fast von einem Biker gestreift. Der Rüpel machte einen Schlenker nach rechts und umfuhr meine Süße ganz knapp, bevor er eine Vollbremsung hinlegte. Gefolgt wurde er von einem Bub, der die gleichen Klamotten trug.

»Hey! Augen auf«, schrie ich ihm zu.

Oskar zeigte auf den Radfahrer und sagte: »Auto!«

Anja sagte überhaupt nichts, sie fasste sich nur erschrocken vor die Brust.

Der Typ stieg ab, nahm seine Sportbrille von der Nase und schob seinen Drahtesel zu uns.

»Sorry! Habe ich Sie gestreift?«

»Fast«, meinte ich grimmig zu ihm. Wenn einer meiner Anja zu nahe kam, wurde ich fuchsig.

»Tut mir leid!«, entschuldigte er sich, nahm seinen Fahrradhelm ab und wuschelte sich durch die schwarzen Haare. Sein Trikot klebte wie maßgeschneidert an seinem durchtrainierten Körper. Mit seinen Haxen konnte er selbst dem Hans Konkurrenz machen. Die Waden zeigten, dass er nicht zum ersten Mal auf einem Rad saß.

»Ich habe das Bike gerade erst geliehen und war wohl zu sehr mit der Gangschaltung beschäftigt«, meinte er. »Da habe ich nicht auf den Weg geachtet. Mein Fehler.«

Klar war das sein Fehler. Eine Unart, die ich oft hörte. »*Entschuldigung, mein Fehler.*« Das liegt doch auf der Hand, wenn sich schon einer entschuldigt. Noch nie habe ich jemanden sagen hören: »Entschuldigung. Ihr Fehler!« Ist doch Quatsch.

Ich atmete tief ein und wollte gerade loslegen, da fiel mir Anja ins Wort. Gut, dachte ich, sie wurde fast überfahren, dann durfte sie ihn auch zusammenscheißen.

»Na, ist doch nichts passiert. Sie haben ja schnell reagiert.« Das war also Anjas Antwort. Super.

»Da bin ich aber froh. Fast hätte ich Ihre Frau überfahren«, bemerkte er zu mir. Ich war überrascht, dass er mich miteinbezog.

»Na, ist ja noch mal gut gegangen«, quälte ich mir raus und machte gute Miene zum bösen Spiel.

Oskar war da etwas schmerzfreier. Er holte mit seinem Fuß aus und trat gegen den Vorderreifen des Mannes, der seiner Mama fast wehgetan hätte. So war es richtig. Da kamen emotionale, väterliche Gefühle in mir hoch.

»Ui, kleiner Mann«, staunte der Typ. »Da muss ich mich ja in Acht nehmen, was?« Alle lachten.

Ich auch.

»Wie heißt du denn?«

»Das ist Oskar. Und Sie?«, fragte Anja neugierig.

Ich für meinen Teil hätte es ja toll gefunden, wenn Oskar wenigstens die Chance gehabt hätte, seinen Namen selbst zu nennen.

»Ich bin Boris Jäger. Also … Boris. Wir sind doch hier alle per Du. Wurde mir zumindest bei unserer Anreise gesagt.«

»Ich bin Anja, das ist mein Mann Herbert.«

Ich nickte.

»Tja, und das ist, wie schon erwähnt, Oskar. Gell, Oskar? Das bist du!« Anja nahm ihn auf den Arm.

»Ich habe auch so einen«, sagte Boris. »Nur in einer etwas größeren Ausgabe.«

Er pfiff auf seinen Fingern. Sein Sohn, der seit dem Gespräch ein paar Meter von uns entfernt im Kreis fuhr, machte auf seinem Fahrrad kehrt und rollte auf uns zu. Kurz vor seinem Vater bremste er mit der Vorderbremse, woraufhin sein Hinterrad vom Boden abhob.

»Das ist Luis.«

Luis sah uns überhaupt nicht an. Er war gelangweilt und wollte nur noch los.

»Luis ist neun!«, ergänzte Boris.

»Fast zehn!« Sieh einer an. Er konnte sprechen.

»Stimmt.« Boris verdrehte die Augen.

Wir grüßten den Knaben.

»Und deine Frau?«, quetschte ihn Anja aus. »Fährt die auch mit euch eine Tour?«

»Oh … nein. Ich bin geschieden. Luis und ich sind alleine hier. Ein richtiger Männerurlaub.« Boris boxte seinen Sohn leicht an die Schulter.

Der aber interessierte sich lieber für die Felgen seines Bikes, die er die ganze Zeit anstarrte.

Ich nahm Anja unseren Bub ab. »Wir beide machen auch einen Männerurlaub. Aber mit Frau, gell, Anja?«

Boris nickte mir lächelnd zu. Dann drängelte sein Sohn.

»Ja, ja«, meinte Boris zu Luis. »Wir müssen los. Immerhin warten noch ein paar Höhenmeter auf uns.«

»Na, dann gute Fahrt«, wünschte Anja den beiden.

»Werden wir haben. Man sieht sich.«

Die beiden machten auf ihren Rädern kehrt und radelten davon.

Da war meine Anja ja richtig neugierig gewesen. Ein Wunder, dass sie ihn nicht gefragt hatte, wie lange er schon geschieden war.

»Das könntet ihr beide doch auch mal machen?«

»Was?«, fragte ich.

»Eine Biketour. Nur ihr zwei Männer.«

Super! Genau das hatte ich gebraucht. Einen Überpapa mit Sohn, der jede patchworkwillige Alleinerziehende zum Lodern brachte. Der dann auch noch meiner Frau ganz tolle Ideen einpflanzte. Ich setzte Oskar am Boden ab und sah zu ihm hinunter. Er zu mir hoch. Dann blickte ich zu Anja.

»Gut. Ich gehe zu dem Fahrrad-Typ da hinten bei den Bikes und frage, ob die ein Rad mit Stützrädern hier haben. Vielleicht bekommen die ja den Sattel so tief nach unten, dass Oskar mit seinen Beinchen an die Pedale kommt.«

Anja verschränkte die Arme, legte ihren Kopf schief und schmunzelte mich an.

»Ach, Schmarrn«, fuhr ich weiter fort und gestikulierte. »Wir sind ja eh auf einem Berg. Wir schieben ihn einfach an und schauen, was passiert. Passieren kann ja nichts. Sein Hintern ist gut gepolstert.«

»Mensch, Herbert. Natürlich später mal. Wenn Oskar alt genug ist. Vorausgesetzt, dass du dann noch kannst.«

Ah, Anja wurde immer besser im Kontern. Ich liebte das. Es brachte so viel Leben in die Bude.

»Wie sollen wir es machen?«, fuhr ich weiter fort und musste mich echt zusammenreißen, dass ich nicht lachte. Immerhin war ich schon ein wenig angepisst. »Erinnerst du mich noch mal in sechs, sieben Jahren, oder wollen wir die Tour auf Termin legen?« Ich hob meinen Zeigefinger. »Ich tippe gleich einen Tag in den Kalender meines Handys. Dann rappelt's!«

»Haben wir hier vielleicht das Ego eines Bayern getroffen?« Sie sah mich feixend an.

»Da!« Oskar deutete auf den Haupteingang und zog an meiner Hand. Er hatte dort anscheinend irgendwas gesehen.

»Anja, nur weil irgendein Typ mit seinem Sohn einen Berg hinauffährt, dort einmal an den Baum pinkelt und dann wieder runterfährt, macht das aus ihm noch lange keinen Superman.«

Ich folgte meinem Kleinen dorthin, wo er unbedingt hinwollte.

Anja kam mit.

Wir gingen durch den Haupteingang wieder zurück ins Hotel.

»Auf den Arm«, wies mich mein Sohn an. Ich hob ihn hoch.

»Ah«, sagte ich zu Anja. »Er hat da in diesem Schaukasten den Biber entdeckt. Jetzt ist es amtlich. Unser Sohn mag Tiere. Zumindest ausgestopfte. Oskar, schau dir mal die Zähne an! Hoho! Ganz gelb. Siehst du? Weil der die nicht putzt. Und groß sind die!«

Oskar atmete tief. Er war sehr aufgeregt. So ein Tier hatte er noch nicht gesehen.

Anja interessierte sich für die Infos, die am schwarzen Brett hingen.

»Schau mal, Herbert, was die hier alles anbieten. Bogenschießen, Nordic Walking, Zumba, Mountainbike-Touren, leichte Wanderungen, schwere Wanderungen, alles da. Da wird doch wohl etwas für uns dabei sein. Ich glaube, ich mach mal Zumba. Wollte ich immer schon einmal ausprobieren.«

Ich stellte mich neben Anja und begutachtete ebenfalls sehr interessiert das schwarze Brett. Es hätte so schön sein können. *Irgendwo im Süden, am Strand … Oskar buddelt im Sand, wir bauen eine Burg, Anja macht Zumba, ich hüpfe ins Meer, vielleicht ein Cocktail an der Poolbar, abends zu dritt in den Speisesaal, dann zur Animation – Oskar müde machen, vielleicht ein wenig Kuscheln im Hotelzimmer …*

»Herbert! Ich habe dich was gefragt!«

»Ja, Spatzl, jetzt bin ich bei dir. Ich hab da nur, ich wollte … was war noch gleich?«

»Ich sagte, ich würde vor dem Abendessen gerne noch in die Sauna.«

»Klar!«, freute ich mich. »Gehen wir in die Sauna.«

»Aber das funktioniert doch nicht. Wo soll denn Oskar in der Zeit hin?«

»Stimmt auch wieder«, stellte ich fest.

Beide sahen wir Oskar an. Er nahm seinen Blick nicht vom Biber. Hoffentlich fand er den gut. Nicht, dass ihn das Tier bis in den Schlaf verfolgte.

Anja sichtete im Hausprospekt Fotos der Saunalandschaft. Vielleicht war es nach der ganzen Blödelei meinerseits wieder Zeit, den ernst zu nehmenden Partner und Vater zu spielen.

»Weißt du was?«, säuselte ich. »Du gehst jetzt mal schön in die Sauna und entspannst dich. War ja ganz schön stressig für dich die letzten Tage.« Ich wandte mich an Oskar. »Und wir beide marschieren mal zur Kinderbetreuung und melden dich an.«

Er starrte mich mit großen Augen an.

»Oh, das würdest du wirklich machen?«, freute sich Anja.

»Klar. Wofür bin ich denn Papa! Ist doch Ehrensache. Vielleicht ergibt es sich ja die nächsten Tage mal, dass wir zusammen in die Sauna können. Jetzt geh du mal.« Ich küsste sie.

»Gut!«, ergab sich Anja. »Wenn ihr meint, dann verschwinde ich jetzt in die Sauna.«

Wir sahen ihr hinterher, wie sie die Treppen, die um den Aufzug herum nach oben liefen, hinauftänzelte. Sie winkte noch kurz, bevor sie aus unserem Sichtfeld verschwand.

»Und wir zwei Hübschen suchen dir jetzt mal ein paar Spielgefährten! Oder?«

»Biba!«, rief er.

»Biber«, verbesserte ich ihn. Es war wichtig, dass er die Worte gleich richtig lernte. Er wiederholte. »Und schon kennst du wieder ein neues Wort. Noch ein paar mehr, dann kennst du alle. Na, komm, wir suchen mal das Kinderdings.«

Es dauerte nicht lange, bis wir die Kinderbetreuung gefunden hatten. Das lag daran, dass an der Wand neben der Rezeption ein großer Pfeil hing, auf dem *ZUR KINDERBETREUUNG* stand. Der Weg führte durch einen langen Gang, der Oskar ein wenig suspekt erschien. Er verlangsamte seine Schritte und sah mich ein wenig ängstlich an.

»Hörst du schon die anderen Kinder? Ich glaube, da ist es toll!«, versuchte ich, ihm das Ganze schmackhaft zu machen.

Er traute mir nicht, wackelte aber artig mit. Nach einer kleinen Biegung kamen wir zu einer großen Glastür, die fast komplett mit Scherenschnitten und gemalten Bildern zugekleistert war. Darüber stand in großen Buchstaben: RÄUBERHÖHLE. Na, hoffentlich war der Name nicht Programm und ich konnte Oskar guten Gewissens dort abgeben.

»Magst du die Tür selbst aufmachen?«, fragte ich den Kleinen.

Der aber nickte nur etwas ungläubig und rieb sich die Augen. Wie immer, wenn er nicht weiterwusste oder ihm etwas peinlich war. Dann wurde er plötzlich von Müdigkeit überrollt.

Ich öffnete die Tür und wurde von zwei hübschen Mädels, so Anfang zwanzig, angelächelt. Sie saßen mit ein paar Kindern auf einem großen Teppich und sangen Kinderlieder. Ich deutete, dass sie ruhig weitermachen könnten, und ging neben Oskar in die Hocke. Jetzt erinnerte ich mich wieder. Das waren die beiden, die ich heute schon am Haupteingang wahrgenommen hatte. Sauber. Kind müsste man sein.

Oskar wippte ein wenig zum Takt, war sich aber noch nicht sicher, ob ihm gefiel, was er sah und hörte.

Ich schaute mich um. Ein paar Tische, auf denen Bastelutensilien lagen, kleine Stühle, die Wände voller Bilder und von der Decke hing allerlei, was man eben aus Tonpapier so basteln konnte. Die Regale an der Wand waren voll mit Brettspielen. So stellte ich mir einen klassischen Kindergarten vor. Ich war überrascht, dass man sich in einem Hotel dermaßen ins Zeug legte. Vielleicht gar nicht so schlecht für Oskar. Dann hatte er schon einen kleinen Vorgeschmack dessen, was ihn in ein paar Monaten erwartete. Am anderen Ende des Raumes zog sich eine große Glasfront von einer Seite zur anderen, die komplett geöffnet war. Draußen im Garten standen eine Rutsche, zwei Schaukeln und eine Wippe. Die fuhren dort wirklich das volle Programm auf. Vielleicht war genau diese Nummer hier das Geheimnis für ein volles Haus. Schließlich wollten die meisten Eltern, dass es ihren Kleinen im Urlaub an nichts fehlte. Oder aber, sie wollten ihren Nachwuchs mit gutem Gewissen irgendwo parken, um ein wenig die traute Zweisamkeit genießen zu können.

Die Brünette steuerte auf uns zu.

Ich stellte mich wieder hin.

»Hallo! Herzlich willkommen in der Räuberhöhle. Wer seid ihr beide denn?«

Sie bückte sich zu Oskar und reichte ihm die Hand.

Der aber steckte seine halbe Faust in seinen Mund, machte einen Schritt nach rechts und versteckte sich hinter mir.

»Er ist ein bisserl schüchtern«, lachte ich sie an und reichte ihr stattdessen die Hand. Genauer gesagt, zog ich sie wieder hoch.

»Das macht überhaupt nichts. Das geht vorüber. Magst mir deinen Namen sagen?«, fragte sie ihn. »Ich bin die Gabi. Und du?«

Wieder blickte Oskar nur mich an.

»Ich glaube, das wird heute nichts«, stellte ich fest. »Der junge Mann hier heißt Oskar. Ich bin Herbert.«

»Freut mich. Seid ihr gerade angekommen?«

»Ja, also, vorhin.«

»Ah«, nickte sie und wuschelte Oskar durch seine Haare.

Er lachte kurz. Schau an. Was für ein Charmeur!

Die Blondine kam zu uns. »Ein neues Gesicht.« Sie beugte sich zu meinem Sohn. »Wer bist du denn?«

»Oskar!«

Jetzt war ich baff. Nun war es amtlich. Mein Sohn stand auf Blondinen.

»Oskar? Was für ein schöner Name. Ich heiße Kirsten.« Sie reichte ihm die Hand.

Er streckte ihr vorsichtshalber beide hin, was sie dazu animierte, ihn auf den Arm zu nehmen. Die war ja schnell bei der Sache. Dann grüßte sie mich. Ich gebe zu, dass ich mit dieser Situation etwas überfordert war. Nicht, weil mir diese Kirsten gerade mein Kind weggenommen hatte. Vielmehr, weil ich mich nicht entscheiden konnte, wer von den beiden mir besser gefiel. Nicht, dass dies von Belang gewesen wäre. Dennoch war ich ganz leicht verschossen in Gabis rehbraune Augen. Kirsten hingegen hatte tiefblaue Augen, die durch ihre platinblonden Haare und ihren braunen Teint erst so richtig zur Geltung kamen. Beide hatten perfekte, schneeweiße Zähne. Kirsten schätzte ich auf Mitte zwanzig, Gabi ein wenig jünger.

»Wie lange bleibt ihr denn?«, fragte mich Kirsten, sah dabei aber Oskar an.

»Ein paar Tage. Mal die Seele baumeln lassen. Meine Frau ist gerade in der Sauna. Also, meine Partnerin.«

»Ah.« Sie setzte Oskar ab und erlaubte ihm, sich ein wenig selbst umzusehen.

Oskar warf mir einen fragenden Blick zu.

»Geh nur. Ich bin hier.« Er wackelte los.

Die beiden Mädels schauten ihm nach, wie er zu den anderen Kindern ging. Etwa acht Stück saßen am Boden und machten irgendwas. Vom Alter her war zwischen vier und acht alles dabei.

»Und wie läuft das jetzt bei euch?«, fragte ich. Es sollte ja irgendwie weitergehen.

»Wir haben hier drei Gruppen«, erläuterte mir Kirsten. Gabi nickte zustimmend. »Die ganz Kleinen sind die Murmeltiere, das sind die Drei- bis Siebenjährigen. Dann gibt es noch die Biber, das sind die Kinder von acht bis elf, und dann haben wir die Entdecker. Das sind die Großen von zwölf bis siebzehn Jahre. Die kommen aber in dem Alter kaum mehr zu uns.«

Gabi stimmte ihr zu.

War ja auch klar. In dem Alter entdeckten die etwas ganz anderes. Da waren Gesellschaftsspiele und Wanderungen in der Gruppe aber so was von out.

»Und ich gebe Oskar hier einfach so ab?«, wollte ich wissen und tat sehr interessiert.

»Kommt ganz darauf an«, warf Kirsten in den Raum und blickte zu Oskar. »Wie alt ist er denn?«

»Drei!«, log ich wie aus der Pistole geschossen.

»Wirklich? Er kommt mir, bitte nicht falsch verstehen, ein wenig klein vor.«

»Ach«, winkte ich ab. »Das meinen alle. Ich war in seinem Alter auch so klein.« Alle drei sahen wir meinen Sohn an, wie er vor einem Regal stand und zur Musik wippte, die aus einem CD-Player kam. Er interessierte sich für ein Monopoly-Spiel. Das war bestimmt der Einfluss seines Opas mütterlicherseits.

»Muss ich da was unterschreiben?«, trieb ich die beiden mit meiner Frage an. Ich wollte nicht, dass wir am Ende noch eine Diskussion um Oskars Alter starteten. Was waren schon elf Monate! Das war ja nicht mal ein ganzes Jahr.

»Wir haben eine Einverständniserklärung, die du unterschreiben musst, das war es eigentlich. Wir machen mit den Kleinen hin und wieder einen Bollerwagenausflug. Aber nie weiter als zwei Kilometer von hier entfernt. Wichtig ist für uns, wo die Eltern sind. Falls was ist oder wenn die Kleinen abgeholt werden wollen.«

»Ah!«, lachte ich. »Der kleine Oskar möchte gerne aus dem Kinderparadies abgeholt werden. Wie bei IKEA!«

»Na, eine Durchsage gibt es natürlich nicht.«

»Und wenn wir gerade auf einem Berg sind?«

»Das geht nicht«, schaltete sich Gabi dazwischen. »Die Eltern sollten hier schon auf dem Gelände bleiben. Besonders bei den Kleinen. Wie alt ist Oskar noch mal?«

»Drei!«, log ich blitzartig erneut. Das war ein Test. ich bin ja nicht blöd.

»Gut. Dann unterschreibst du hier und hier, dann kannst du den kleinen Mann ab morgen bringen. Wir sind ab neun Uhr hier. Falls ihr Oskar erst nachmittags bei uns abgebt, sollte er bis spätestens siebzehn Uhr wieder abgeholt werden. Aber dann gibt es ja eh Abendessen.« Kirsten deutete mir die Stelle zum Unterzeichnen auf dem Formular an.

Ich kritzelte Neumann ins Feld. Anschließend rief ich Oskar. Brav kam er zu mir hergedackelt.

»Ach ja«, fügte Kirsten hinzu. »Die Murmeltiere sollten nicht länger als zwei Stunden am Stück bei uns sein. Das wird denen schnell zu lange. Ist ja alles neu für die Kleinen. Daheim im Kindergarten ist das ja etwas ganz anderes.«

»Wem sagst du das!«, heuchelte ich und nahm Oskar auf den Arm, als er vor mir stand. Er sah vergnügt aus. Ich war mir sicher, dass er am nächsten Tag für ein Weilchen bleiben würde.

»Na?«, lachte Kirsten meinen Sohn an, während sie ihn am Kinn neckte. »Kannst du uns denn auch schon zeigen, wie alt du bist?«

Stolz streckte Oskar ihr Daumen und Zeigefinger entgegen.

»Oskar, da fehlt aber noch einer. Wie oft denn noch«, wies ich ihn an und klopfte sanft auf seinen Mittelfinger. Er sah mich ungläubig an, streckte ihn aber wie die beiden anderen Kirsten entgegen. »Ja! Siehst du? Geht doch!«, lobte ich ihn.

Dafür kam ich bestimmt in die Hölle.

»Und ihr beide seid gelernte Kindergärtnerinnen?«, versuchte ich wieder, die Aufmerksamkeit auf andere Dinge zu lenken.

Gabi biss die Zähne zusammen und sah aus dem Augenwinkel gespannt zu Kirsten.

»Erzieherin!«, rief die. »Ich bin Erzieherin. Gabi ist gelernte Kinderpflegerin.«

Ui. Da hatte ich wohl etwas falsch gemacht.

»Entschuldigung«, bat ich kleinlaut. »Mein Fehler.« Super! Ich hörte mich schon an wie dieser … wie hieß er noch gleich … Boris. Genau.

»Allerdings!«, meinte Kirsten und versuchte dabei, ihr Temperament wieder ein wenig mit der Alpenatmosphäre in Einklang zu bringen. »Kindergärtnerin! Pff! Das wäre ja so, als würde man heutzutage zu einer Hairstylistin Friseuse sagen.«

Ach, sagte man das auch nicht mehr? Gut, dass ich das nur gedacht hatte.

Kirsten schwirrte ab.

»Oi, oi, oi, da habe ich mich ganz schön in die Nesseln gesetzt, was?«

»Ach was«, beruhigte mich Gabi. »Bei dem Thema ist sie einfach empfindlich. Was machst du so?«

»Ich betreibe in München einen Food Truck.«

»Oh!«, wunderte sich Gabi. »Ich hätte schwören können, du bist bei einer Bank oder Versicherung.«

»I wo. Ich doch nicht. Ich mache die besten Burger der Stadt. Alles bio«, gab ich an.

Gabi war beeindruckt. Dennoch sollte ich mein Erscheinungsbild etwas überdenken. Wie aber sah jemand aus, der einen Food Truck besaß? Sicher nicht wie ein Biker.

»Wir sind wieder da!«, rief ich in unser Zimmer, nachdem Oskar erfolgreich die Tür mit der Karte geöffnet hatte.

»Bin im Bad!«

»Lass dir Zeit! Oskar und ich gehen solange auf den Balkon und werfen Autos nach unten!«

Oskar sah mich erschrocken an. »Nicht!«, jammerte er.

»Nein, Oskar. War nur Spaß! Der Papa macht nur Spaß!«, wiederholte ich. Meine Art von Humor verstand er einfach noch nicht.

Anja kam mit dem Bademantel aus dem Bad und rubbelte sich die Haare mit dem Handtuch trocken. Sie küsste uns in der Reihenfolge, die sich, seit wir zu dritt waren, durchgesetzt hatte. Erst Oskar, dann mich.

»Und? Wie war es in der Sauna? Viel Fleisch?«

»Ja«, prustete sie. »Sehr viel Fleisch. Der Saunabereich war brechend voll. Deshalb habe ich auch nur einen Saunagang in der Bio-Sauna gemacht. Anscheinend sind auch etliche Paare ohne Kinder hier.«

»Das glaube ich nicht. Die sind alle in der Räuberhöhle«, stellte ich fest.

Anja blickte mich fragend an.

»Ach so. Mein Fehler!« Verdammt. Dieser blöde Spruch hatte sich richtig in mein Hirn gefressen. »So heißt die Kinderbetreuung.«

»Aha!« Anja setzte sich aufs Bett, formte das Handtuch auf ihrem Kopf zu einem Turban und nahm Oskar auf den Schoß.

»Ich bin sooo viel!«, sagte Oskar stolz und streckte ihr seine Finger entgegen.

»Ach ja!«, grinste ich. »Unser Sohn ist jetzt drei. So schnell kann's gehen.«

»Wieso das denn?«

»Weil er sonst nicht in die Räuberhöhle darf. Im Übrigen ist er jetzt ein Murmeltier.«

Anja stellte Oskar auf den Boden, stand auf und stemmte die Hände in ihre Hüften.

»Das ist jetzt nicht dein Ernst. Du kannst doch nicht …«

»So beruhige dich doch, mein Schatz. Ich wollte erst nicht. Als ich dann aber gesehen habe, wie neugierig er auf die anderen Kinder war, da konnte ich nicht anders.«

»Stimmt das, Oskar?«, strahlte Anja und nahm den Kleinen auf den Arm. »Hast du schon andere Kinder kennengelernt?«

Er sagte nichts, zeigte ihr aber stattdessen drei Finger.

»Jetzt müssen wir nur noch überlegen, wie wir das bei den Behörden angehen wollen.«

»Wie, Behörden?«, fragte Anja ungläubig, während sie Oskar an seiner Nase kitzelte.

»Na, überleg doch mal, was das für Möglichkeiten bietet«, flüsterte ich geheimnisvoll. »Jetzt, wo er nun mal drei ist, könnte er früher in die Schule, er kann früher arbeiten, früher seinen Führerschein machen …«

»Mhm! Und er ist früher strafmündig. Das könnte ihm zum Verhängnis werden, wenn er wie sein Vater wird. Das ist doch kriminell.«

Ich sah sie wortlos an und musste mit mir kämpfen, um nicht zu lachen.

»Oh, du …« Sie kniff die Augen zusammen.

Ich prustete los und ließ mich aufs Bett fallen.

Anja setzte mir Oskar etwas ruckartig auf meinen Bauch.

»Au!«, rief ich und hielt Oskar fest, damit er nicht von mir herunterrutschte.

Er quiekte.

Anja gab mir mit den Badelatschen aus Frottee noch einen Tritt ans Schienbein, holte ihren Turboföhn aus dem Schrank und verschwand wieder im Bad.

Ich stemmte Oskar in die Luft und er breitete seine Arme wie Tragflächen aus.

»Brrr«, ahmte ich ein Flugzeug nach. Er machte es mir nach. Jedoch drückte er wieder seine Zunge durch die Lippen und pustete, was das Zeug hielt. Es bildeten sich kleine Blasen aus Spucki, dies sammelte sich zu einem Tropfen an der Unterlippe, wurde größer und … nein, bitte nicht. So schnell konnte ich gar nicht gucken, da löste sich der Tropfen und machte sich an einem langen Speichelfaden auf den Weg zu meinem Gesicht. Treffer!

»Wäh!« Ich legte Oskar auf dem Bett ab.

Er gackerte.

Daran würde ich mich nie gewöhnen. Er kurvte mit seinem Spielzeugauto auf der Matratze umher. Aus dem Badezimmer dröhnte der Föhn. Anja ließ stets die Badezimmertür beim Föhnen auf. Weil es sonst zu heiß werde. Gegenüber vom Bad hing ein Spiegel an der Wand, in dem ich Anja beobachten konnte. Sie hatte den Bademantel abgelegt und war nur mit einem Slip bekleidet.

Jetzt kam ich ganz bestimmt in die Hölle. Oskar hatte die anderen Kinder in der Räuberhöhle nicht eines Blickes gewürdigt. Aber war es denn wirklich so verwerflich, dass ich ein wenig Zeit mit Anja alleine verbringen wollte? Ein Spaziergang zu zweit, ein Drink auf dem Balkon, Sauna … Okay, ich gebe es zu. Es ging mir um zwei Stunden Hotelzimmer. Aber normal! Ich schaute wieder zum Spiegel. Ich glaube, mit diesem Wunsch war ich nicht alleine auf der Welt. Zumindest, was die Wünsche der Männer betraf. Frauen reichten wahrscheinlich ein Glas Merlot und ein gutes Buch.

Houston, wir haben ein Problem

»Nur große Tische?«, stellte ich fest, als wir den Speisesaal betraten.

»Klar!«, wusste Anja. »Das ist ein Familienhotel und nicht der Club der einsamen Herzen.«

»Pommes!«, rief Oskar und deutete mit seinem Finger irgendwo hin.

»Nein, Oskar. Heute gibt es keine Pommes mehr. Die haben hier bestimmt Nudeln für dich oder einen Knödel.«

Anja legte viel Wert auf abwechslungsreiche Ernährung. Von mir aus könnte es jeden Tag Leberkäs geben. Oder meine Burger.

»Da, ganz hinten ist ein großer Tisch frei«, deutete Anja durch den Saal und ging voraus. »Da setzt sich bestimmt niemand zu uns, ist ja Platz genug.«

»Dafür sehen wir zu hübsch aus, liebe Anja. Ich wette, wir sitzen keine zwei Minuten alleine.«

Ich kam mit Oskar an der Hand hinterher und zählte die Stühle am Tisch. Zehn! Ging es nicht noch größer? Da sah man ja beim Anblick seines Gegenübers die Erdkrümmung.

»Geht ihr schon mal ans Buffet, ich bestelle die Getränke«, bot ich an. »Was magst du denn?«

»Einen Merlot.«

Natürlich. Ich ließ meinen Blick durch den Saal schweifen. Vor dem Kinderbuffet war die längste Schlange. Da durfte ich aber eh nicht hin, weil Anja dabei war. Über einer Station stand: »Spezialität des Abends!« Die Schlange dort war ebenfalls lang. Wahrscheinlich ein Trick. Einfach *Spezialität* drüberschreiben, schon kommen sie alle. Will doch niemand daheim sagen müssen, es hätte das Übliche gegeben. Die Salattheke war, bis auf zwei mir bekannte Gesichter, weniger frequentiert. Anja und Oskar. Mein Kleiner liebte Gurken über alles. Wie wir das geschafft hatten, war mir ein Rätsel. Beilagen konnte man sich selbst nehmen. Fleisch oder Fisch wurde vom Personal hinter den Theken auf die Teller portioniert. Man konnte wirklich nicht sagen, dass hier …

»Ist bei Ihnen noch frei?«, wurde ich aus meinen Gedanken gerissen.

Ich sah in ein bebrilltes Grinsegesicht mit hoher Stirn. Daneben eine Frau, brünett, schulterlanges Haar und zwei Kinder. Mädchen und Bub.

»Bitte. Setzt euch«, duzte ich den Kerl mit dem umgehängten Pulli. Er trug ein weißes Poloshirt und eine gelbe Bermudahose. Lederslipper, keine Socken.

»Ach, natürlich«, grinste er. »Hier ist man ja per Du.« Sie nahmen am anderen Ende des Tisches Platz, während die Bedienung kam.

»Was darf's denn sein?«

»Einen Merlot, eine gelbe Limo und ein Weizen.«

»Hell oder dunkel?«

»Der Merlot?«

»Nein, das Weizen.«

»Ähm, dunkel. Und wenn Sie vielleicht noch einen Hochstuhl haben?«

Zu Hause trank ich stets helles Weizen. Tja! Urlaub.

»Und die Herrschaften?«, rief sie über den Tisch hinweg.

»Haben Sie eine Weinkarte?«, wollte der Typ wissen, während er seine Brillengläser mit dem Ärmel seines umgehängten Pullis polierte.

»Klar. Bring ich gleich. Und die Kleinen?«

»Paul, Helena, was wollt ihr?«

»Wasser«, meinten die im Chor.

Die Mutter strahlte selbstgefällig.

Somit waren mir auch die Kinder nicht ganz geheuer. Wasser! Pff!

»Und, wo kommst du her?«, schrie mir mein Gegenüber zu.

»Aus München«, antwortete ich knapp. Es war mir zu anstrengend, mich den ganzen Abend über die Tischplatte hinweg mit diesen Leuten zu unterhalten. Deshalb fasste ich mich kurz. Doch er ließ nicht locker und tat, als hätte ich eine Gegenfrage gestellt.

»Wir sind aus Frankfurt!«

»Ah.«

»Ich bin Björn, Björn Schnabel. Das ist meine Frau Cora. Und die beiden hier heißen Paul und Helena. Zwillinge. Sie sehen sich aber nicht ähnlich!« Jetzt lachte die ganze Familie. Wohl ein Running Gag.

»Oh! Wir sind nicht mehr alleine!«, hörte ich Anja, als sie mit unserem Bub wieder an den Tisch kam.

»Eins zwanzig!«, sagte ich trocken zu ihr und bedankte mich bei der Bedienung, die in dem Moment die Getränke brachte.

»Was?«

»Unter zwei Minuten. Wie ich gesagt habe. Weil ich so hübsch bin.«

Ich parkte Oskar im Hochstuhl zwischen Anja und mir. Er schnappte sich seine Gabel und schob die erste Gurkenscheibe in seinen kleinen Mund.

»Das sind Björn, Cora, Paul und Dings. Das sind meine Frau Anja und unser Sohn Oskar. Ich hole mir was zu essen.«

Im Weggehen hörte ich, wie sich Anja erkundigte, wo die Leute denn herkämen.

»Aus Frankfurt!«

Sie war einfach das genaue Gegenteil von mir und offen für neue Bekanntschaften. Ich war der ruhige Typ. Mir reichten Hans und Heidi. Außerdem wollte ich Zeit mit meinen Liebsten verbringen und nicht mit Mr Umhängepulli samt Gattin und wassertrinkenden Kindern.

Ui, Kroketten! Nein. Das konnte ich nicht machen. Vielleicht auch etwas Gesundes? Nicht, dass ich am Ende unseres Kurztrips mit zwei Kilo mehr auf den Hüften nach Hause kam. Und was das bedeuten würde, lag auf der Hand. Joggen im Englischen Garten. Vielleicht etwas Fisch? Der Gemüseauflauf sah auch nicht schlecht aus. Mit einem bisserl Hackfleisch wäre er allerdings bestimmt noch besser.

»Stell dir vor, die beiden sind Augenärzte!«, verkündete Anja, als ich mit meinem Teller wieder den Tisch erreichte.

»Ist das so?«, heuchelte ich Interesse.

»Ich erzählte gerade, dass wir eine Gemeinschaftspraxis haben.«

Gut, ich ergab mich und spielte mit. Natürlich erst, nachdem ich einen großen Schluck von meinem Weizen getrunken hatte. Noch schnell etwas von der Rinderroulade hinterher und ich war bereit. Ich liebe Rouladen.

»Na ja, die Augen sind schon wichtig!«, bemerkte ich.

Anja war beruhigt.

»*On ne voit bien qu'avec le cœur*«, knallte Björn raus.

Seine Cora säuselte ein beherztes »Hach«.

Ich verstand nur irgendwas mit Likör.

Anja tat, als würde sie in Gedanken übersetzen. Dabei konnte sie meines Wissens nur Englisch. Und ein bisserl Bayerisch.

Björn erbarmte sich, nachdem ich ihn wortlos angestarrt hatte.

»Soll heißen: ›Man sieht nur mit dem Herzen gut.‹ Ist ein Zitat aus ›Der kleine Prinz‹ von Antoine de Saint-Exupéry. Habe ich während meines Auslandssemesters in Paris aufgeschnappt.« Er trank ganz stolz von dem Weißwein, der mittlerweile vor ihm stand.

»Dass du das noch weißt!«, freute sich seine Gattin und blickte freudestrahlend zu uns. »Da haben wir uns kennengelernt!«

»Hört, hört«, unkte ich. »›Houston, wir haben ein Problem!‹ Das ist aus Apollo 13 mit Tom Hanks und dem Schinken-Kevin. Ich meine, dem Kevin Bacon.«

So! Jetzt war die Sache mit der Augenhöhe wiederhergestellt.

Ich zog ein Stück Kartoffelknödel durch die Sauce, während Anja sich mit den beiden freute. Mir war es egal, ob sich die beiden in Paris oder im Wartezimmer eines Psychiaters kennengelernt hatten. Viel interessanter war in diesem Augenblick für mich die Frage, ob der Koch bei der Roulade absichtlich kein Gürkchen hineingewickelt hatte.

»Limo ist aber nicht so gut für dein Kind«, belehrte mich Paul, der Zwilling. Der Klugscheißer war vielleicht gerade acht oder neun.

Seine Mutter strich ihm wohlwollend die Haare aus dem Gesicht und lächelte ihn zustimmend an.

Ich wäre am liebsten zu ihm rüber und hätte ihm seine blonde Kopfbehaarung kräftig durchgewuschelt. War natürlich absolut tabu. Er war ja schwächer als ich.

»Ach, das geht schon in Ordnung.« Ich riss mich Anja zuliebe zusammen und blieb cool.

»Na«, mischte sich Björn ein, »unser Sohn hat recht. Ist ganz schön viel Zucker in so einer Limo.«

»Unsere Kinder gehen in Frankfurt auf eine Privatschule. Ganztagsbetreuung!«, wechselte Cora das Thema. Anscheinend sollte dies die Erklärung dafür sein, dass ihr Sohn so gescheit und ein Ernährungsexperte war.

Ich putzte meinen Mund mit meiner Serviette ab, trank einen Schluck und gab meinen Senf dazu. »Ich habe eine Studie von einem anerkannten Kinderpsychologen aus Portugal gelesen. Der hat Kinder vom Kindergarten bis hin zum Studium beobachtet. Wisst ihr, was da herauskam?«

Die Arztfamilie klebte mir an den Lippen.

Anja stierte mich unheilschwanger von der Seite an, während Oskar einen Schluck Limo durch den Strohhalm saugte.

»Was denn?«, erkundigte sich Björn interessiert und schob seine Brille näher an die Augen.

»Es kam heraus, dass es überhaupt nicht gut ist, seinen Kindern alles zu verwehren. Das fördert später ein ausgeprägtes Suchtverhalten.« Ich legte mein Besteck auf den Teller und beugte mich etwas nach vorne. »Kinder, die zum Beispiel in ihrer Kindheit keine Cola oder Chips bekommen haben, wurden später nach der Volljährigkeit häufig drogensüchtig. Und wir alle wissen, was das nach sich zieht.« Ich nahm mein Besteck wieder auf und säbelte mit meinem Messer durch die Roulade. »Ich sage nur: Beschaffungskriminalität. Raubüberfälle, manchen Mädchen blieb letztendlich nur noch die Prosti…, na, ihr wisst schon.«

»Mama? Was ist Prosti?«, wollte Helena wissen.

»Das ist ein Medikament, Schatz. Kommt ihr beiden? Jetzt gucken wir mal, was es hier Gutes zu essen gibt.«

Björn fixierte mich. »Und wie heißt dieser Professor aus … wo kam der noch mal her?«

»Portugal«, antwortete ich mit vollem Mund. »Der hieß Professor Doktor … hach, Anja, wie hieß der gleich noch?«

»Ich weiß es auch nicht mehr!«, antwortete sie, ohne den Blick von ihrem Teller zu nehmen.

»Wir wissen es nicht mehr.«

Ich leerte mein Weizen und orderte bei der Bedienung Nachschub. In dieser Hinsicht konnte ich mich auf Anja voll und ganz verlassen. Auch, wenn ich hinterher einen Anschiss kassierte, vor dem Feind waren wir wie ein Mann! Quasi ein Fels in der Brandung. Ich sah, wie Anja schmunzelte. Klar. Der Schuss von dem kleinen Klugscheißer ging mindestens zu fünfzig Prozent an sie als Mutter unseres zuckersüchtigen Kindes. So ein Schmarrn! Hin und wieder eine Limo hatte noch keinem Kind geschadet. Schließlich putzten wir artig zusammen die Zähne. Dieser Paul war bestimmt unterzuckert.

Boris Jäger, der Rennfahrer von heute Nachmittag, stand plötzlich mit seinem Luis neben uns.

»Ist bei euch noch frei?« Er deutete auf die leeren Stühle neben uns.

»Sicher. Setzt euch! Ist Platz genug«, entschied ich.

Der war mir tausendmal lieber als das Vierergespann. Auch wenn er fast meine Anja über den Haufen gefahren hätte.

Boris grüßte in die Runde und klopfte zweimal auf den Tisch.

Sein Bub nahm seine Augen nicht vom Bildschirm seines Handys.

Ich war gespannt, was Paul wohl dazu sagen würde.

»Und? Habt ihr ein paar Gamsen überfahren?«, fragte ich Boris interessiert.

Er lachte. Ein Mann mit Humor.

»Nein! Wir wollten zur Steinbockalm. Aber für diese Tour sind wir zu spät los. Außerdem wären das über tausendfünfhundert Höhenmeter gewesen. Da sind wir einfach ein bisschen durch die Gegend geradelt. Immerhin haben wir Urlaub und trainieren nicht für die Olympiade. Nicht wahr, Luis?«

Auch er wuschelte seinem Sohn durch die Haare. Vielleicht stand das in irgendeinem Erziehungsratgeber.

»Mein Reden! Gell, Anja?«

Ich drehte mich zur ihr und wuschelte nebenbei Oskars Haare.

Er erschrak und hustete ein Stückchen Gurke an die kleine Salzmühle, die vor ihm auf dem Tisch stand.

»Hoppla!«, rief ich und entfernte das Gemüse mit meiner Serviette.

Anja stand auf, um Oskar etwas Richtiges zum Essen zu holen. Schließlich ist Gurke nichts anderes als Wasser zum Kauen.

»Wir sind aus Frankfurt!«, rief Björn zu Boris.

»Da war ich schon mal«, meinte der und gab bei der Bedienung die Bestellung der Getränke auf. Ha! Sein Sohn trank Cola. Aus dem wurde mal was!

Mittlerweile waren auch die Zwillinge samt Mutti wieder am Tisch. Auf dem Teller hatten sie ein wenig Brokkoli, Möhren und gedünsteten Fisch. Was stimmte denn mit den beiden nicht?

Anja kehrte mit Oskars Teller zurück. Er bekam einen Semmelknödel mit Soße. So gefiel mir das. Anja hatte Nudeln mit Pesto auf ihrem Teller und wurde sofort von Cora in Beschlag genommen. Ich kümmerte mich um meinen Tischnachbarn.

»Männerwirtschaft also? Wohnt der Bub bei dir?«

»Ich lebe bei meiner Mama und ihrem neuen Freund. Der hat ein Boot am Starnberger See«, prahlte Luis, der immer noch nicht die Augen vom Display nahm.

»Du hast ihn gehört. Ein Boot.« Boris rückte etwas näher. »Sechs Meter. Nichts Besonderes«, flüsterte er und prostete mir zu, als sein Pils kam. »Luis, hol dir doch was zu essen, ja?«

Der Bub spielte noch sein Level fertig und latschte dann zum Buffet.

»Jungs!«, stellte ich beiläufig fest und versuchte, Verständnis aufzubringen.

»Ihm ist ein wenig langweilig. Er kann es kaum erwarten, wieder nach Hause zu fahren. Dann fliegen meine Ex und ihr Neuer mit ihm in den Urlaub. Dubai!« Er verdrehte die Augen und nahm einen weiteren Schluck vom Bier.

»Die Möhren sind ganz toll knackig, Papa. Die musst du probieren«, meinte Paul und hielt seinem Vater die Gabel vor die Nase.

»Möhren, was?«, brachte ich mich ein. »Sind gut für die Augen. Deshalb tragen Hasen auch keine Brille.«

Boris lachte und prostete mir erneut zu.

Der gefiel mir.

»Aber kein Tier trägt ...« Der Kleine wurde von seinem Vater unterbrochen.

»Das ist ein uralter Witz, Paul. Herbert hat nur einen Witz gemacht.« Er lächelte gequält. Tja, manche Sachen lernte man eben nicht auf einer Privatschule.

Als Luis wieder mit einem Teller Pommes auftauchte, wurde er von der kleinen Helena fixiert. Anscheinend hatte das Mädchen ein Auge auf ihn geworfen.

Nach dem Nachtisch leerte sich der Saal immer mehr. Björn und Cora hatten uns eine Visitenkarte überreicht. Falls mal was am Auge wäre, könnten wir sie kontaktieren. Sicher nicht. Dann verschwanden sie mit ihren Kurzen und einem Brettspiel an einen der Tische nahe der Rezeption.

Ich hatte Oskar auf dem Arm. Sein Kopf lag schwer auf meiner Schulter. Immer wieder fielen ihm seine Augen zu. Ich hatte gute Lust, mir noch einen Absacker an der Bar zu genehmigen, die sich gleich vor dem großen Speisesaal befand. Musik ertönte aus den Boxen, zwei Barkeeper zauberten hinter der Theke Drinks und ein paar Mädels schwärmten mit ihren Tabletts aus, um die umliegenden Tische zu bedienen.

Luis unterrichtete seinen Dad, dass er sich auf eine Couch in der Lobby werfen wolle, weil dort der WLAN-Verstärker hing. Er wollte sich noch einen Film downloaden.

Sein Vater hatte nichts dagegen. Er sah Anja und mich an, als wir den Speisesaal verließen.

»Noch einen Schlummertrunk oder muss der kleine Mann schon ins Bett?« Er warf einen Blick auf meinen Stammhalter.

»Also, nicht für mich.« Anja hängte sich bei mir ein. »Ich bin für heute durch. So wie es aussieht, ist auch Oskar reif fürs Bett. Ist eh schon spät genug.«

Ich spähte verstohlen auf meine Uhr. Halb neun.

»Klar«, nickte Boris verständnisvoll und lächelte Anja an.

»Aber ihr beide könnt doch noch was trinken. Ich gehe schon mal mit Oskar vor.«

Hm, dies war der erste Abend hier im Hotel für mich und meine kleine Familie. Da blieb man zusammen. Wie sah es denn aus, wenn ich Anja mit Oskar allein aufs Zimmer gehen ließ, während ich noch ein oder zwei Bierchen mit einem Typen, den ich kaum kannte, an der Bar runterkippte.

Hey! Zeit, um es auszuprobieren.

»Super!«, freute ich mich und gab Anja den Kleinen auf den Arm. »Ich mach auch nicht zu lange.«

»Das will ich hoffen. Schließlich wollen wir morgen etwas unternehmen. Wandern oder so.« Sie küsste mich und verabschiedete sich damit.

»Ist ja gut drauf, deine Frau«, urteilte Boris und hielt nach einem geeigneten Platz an der Bar Ausschau.

»Ja, da hatte ich Glück. Anja ist toll. Du hattest wohl weniger Glück, was?«

»Hör mir bloß auf. Das ist eine lange Geschichte. Wie wäre es da drüben?« Er deutete auf zwei Barhocker, die unbesetzt waren.

»Super!«

Es war wirklich nett von Anja, mich noch etwas um die Häuser ziehen zu lassen. Oder wenigstens an die Bar. Ich war mir sicher, dass die wenigsten Frauen so reagiert hätten. War es ein Test? Wollte Anja sehen, ob ich die Situation ausnutzte? Nein. Sie wollte bestimmt ein bisschen ihre Ruhe haben. Eine halbe Stunde Zeit mit Oskar alleine verbringen. Vielleicht aber auch eventuellen Annäherungsversuchen meinerseits aus dem Weg gehen. Bestimmt würden beide schon schlafen, wenn ich aufs Zimmer kam.

Nein, so dachte Anja nicht. Sie würde mir offen sagen, wenn was nicht in Ordnung war. Das hatte sie in der Vergangenheit auch so gehalten. Warum sollte sich daran etwas ändern?

Testosterongesteuerte Typen

»Ist hier noch Platz für uns zwei?«, fragte ich einen der drei Männer, die am Tresen saßen und ihr Bier tranken.

»Aber immer doch.«

Ich bestellte zwei Pils.

»Geil! Nüsschen!«, freute sich Boris und griff beherzt zu.

»Echt?«, wunderte ich mich. »Du traust dich aber was.«

»Warum? Die sind echt lecker. Willst du auch?« Er hielt mir das Schälchen unter die Nase.

»Oh Gott, nein! Da grabbelt ja jeder mit seinen Fingern rein!«

Ich wollte die Sache nicht weiter erläutern und ihm nicht den Appetit verderben. Zu spät, der Zug war anscheinend abgefahren. Er schob das Schälchen weit von sich.

»Prost, Männer!«, rief ich unseren drei Nachbarn zu.

Im Chor prosteten sie zurück. Als ich mein Glas abstellte, schweifte mein Blick auf das, was vor ihnen stand.

»Was habt ihr denn da für Hightechgeräte? Peilt ihr damit einen Satelliten an? Vielleicht eine Wetterstation?«

»Quatsch. Das sind stinknormale Babyfone. Noch nie so ein Ding gesehen?«, raunte der Mittlere.

»Klar!«, antwortete ich. »Hab ja auch eins daheim.«

»Ein Kind oder ein Babyfon?«

»Beides«, parierte ich.

»Und? Wo ist deins?«, wollte der links außen wissen. Dann trank er.

»Mein Kind ist auf dem Zimmer mit meiner Frau und das Babyfon ist, wie schon erwähnt, daheim.«

»Schau an. Ein Glückspilz. Unsere Frauen sitzen da hinten und trinken ein Gläschen.« Wir starrten zu dem großen Tisch in der Lobby.

Eine der Damen prostete uns zu. Gemeinschaftlich nickten wir alle synchron.

»Und warum sitzen die nicht hier bei euch?«, fragte ich den, der wie gebannt auf sein Babyfon glotzte.

»Weil unsere Frauen Urlaub vom Muttersein haben.«

Er zuckte, weil die LEDs seines Gerätes in den roten Bereich ausschlugen.

»Pst!«, zischte er. Dann Entwarnung. Es war nur ein Bäuerchen. Dafür schlug das Babyfon meines direkten Nachbarn Alarm und er spurtete los. Natürlich nicht, ohne vorher einen Schluck Bier mit auf den Weg zu nehmen.

Die Damen in der Lobby kicherten.

»Da bin ich ja fast froh, dass ich alleine hier bin!«, flüsterte mir Boris zu.

»Wem sagst du das! Also … ich meine hier an der Bar … ohne so ein Babyfon. Du … du weißt schon, was ich meine.«

Ich bestellte mir ein weiteres Bier. Die Nüsschen wären echt was Feines gewesen. Doch ich konnte mich einfach nicht überwinden.

Ich verstand ehrlich gesagt nicht, was die Jungs für ein Problem hatten. War doch alles gut. Kinder schliefen, Frauen amüsierten sich und die Männer saßen zusammen an der Bar. Die zogen allerdings einen Flunsch, dass man meinen konnte, ihr Leben wäre vorbei. Dabei waren die noch gar nicht so alt. Der Typ ganz links mit Brille und Halbglatze durfte nicht älter als fünfunddreißig gewesen sein. So schätzte ich auch seinen Nachbarn. Der allerdings hatte vermutlich eine Wette verloren. Niemand lässt sich so einen Rauschebart freiwillig wachsen. Ganz zu schweigen von dem, der gerade losgesprintet war. Wer, bitteschön, trägt weiße Socken in Sandalen?

Das Babyfon schrie immer noch wie blöde und zeigte vollen Ausschlag.

»Sollte er nicht schon lange auf dem Zimmer sein?«, bemerkte der mit der Brille.

»Eigentlich schon«, bestätigte sein Nachbar und bestellte einen Ramazzotti.

»Könntet ihr das ein wenig leiser stellen?«, bat der Barkeeper und wirkte leicht genervt. »Das geht ganz schön an die Nieren!«

»Leider nicht. Sonst hören wir nicht, ob Klaus erfolgreich war«, erklärte Rauschebart und sah gebannt zur Treppe.

Der Sockenträger war wieder zurück.

»Du, Klaus, dein Kind schreit immer noch«, machte ihn Rauschebart aufmerksam.

Klaus setzte sich cool auf seinen Hocker und trank von seinem Bier.

»Nö«, erwiderte er trocken und tauschte sein Babyfon mit dem seines Nachbarn. »Ich habe dir doch gesagt, *das* ist mein Gerät. Meins hat die graue Antenne, siehst du?«

Er hielt ihm das Ding vor die Nase.

»Aber, das bedeutet ja, dass …«

»Ganz genau«, meinte Socke cool und grinste, während Rauschebart nun zur Treppe spurtete.

»Weil die Dinger aber auch alle gleich aussehen«, murrte der Dritte im Bunde und starrte wieder zu seinem Teufelsgerät, das leise vor sich hin rauschte.

Plötzlich stand ein junger Kerl zwischen uns und bestellte einen Wodka Lemon.

»Hi!«

»Servus«, grüßte ich zurück. »Allein hier?«

Ui! Dieser Satz konnte von Mann zu Mann in manchen Bars falsch aufgefasst werden.

»Nein. Meine Freundin, die Sandra, ist auf dem Zimmer. Sie ist schwanger und hat sich ein bisschen hingelegt.«

»Wann ist es denn so weit?«, wollte Boris wissen und stieß mit seinem Glas an das des etwa Fünfundzwanzigjährigen.

»Sie ist im neunten Monat. Ich heiße übrigens Nick.«

»Herbert.«

»Boris.«

»Klaus.«

»Bernd! Prost! Michael kommt gleich wieder.«

Er deutete aufs Babyfon, das immer noch brüllte, mittlerweile war aber auch dieser Michael zu hören.

»Und wer schreit da so?«, wunderte sich Nick.

»Das ist sein Sohn Claudio.«

»Ah! Dann ist die Mama Italienerin?«

»Nö. Sie fahren nur gerne an den Gardasee. Übrigens: Gewöhn dich schon mal an das Geräusch. Das wirst du bald öfter hören.«

»Nun macht dem Armen doch keine Angst«, schaltete ich mich dazwischen. »Das muss doch gar nicht sein. Vielleicht wird es ja noch schlimmer!«

Die anderen prusteten los.

»Nein, Quatsch«, lenkte ich ein. »So muss es wirklich nicht sein. Die Windeln allerdings …«

»Au ja, die Windeln!«, fiel Boris ein. »Die können fies sein. Am besten niemals auf nüchternen Magen aufmachen. Dagegen ist ein Güllewagen das reinste Blumenmeer!«

Wieder lachten alle.

Ich nahm mein Pils und legte meinen Arm auf Nicks Schulter.

»Im neunten Monat, sagst du?«, fragte ich den werdenden Papa.

Er nickte.

»Mannomann! Ihr seid ja hart drauf. Da fahrt ihr noch weg?«

»Eigentlich hatten wir Afrika gebucht. Da wussten wir noch nicht, dass wir schwanger sind. Haben wir natürlich gecancelt. Der Flug, ihr versteht?«

Klar. Der Flug war das einzige Problem. Dass seine hochschwangere Freundin in einem Jeep während einer Safari mitten im Busch ihr Kind zur Welt bringen könnte, das war zweitrangig. Diese jungen Leute heutzutage.

»Warum nehmt ihr eigentlich diese vorsintflutlichen Babyfone mit? Da gibt es doch eine tolle App für!«, lachte Nick und zeigte auf die drei Geräte, die am Tresen standen.

»Hört ihn euch an!«, frotzelte Klaus. »Hey, Michael. Da bist du ja wieder.«

Michael kehrte mit Schweißperlen auf der Stirn zurück an die Bar.

»Das ist Nick. Nick, das ist Michael. Du, der will wissen, warum wir statt der Babyfone nicht eine App haben!«

Michael kippte sich sein Bierchen auf ex hinter die Binde und wischte seinen Mund an seinem Unterarm ab. »Weil hier beschissenes WLAN herrscht und die Netzverbindung ebenso scheiße ist. So ist das nun mal in den Bergen.« Er bestellte sich ein weiteres, frisches Bier.

Weißsocke lugte zu den Frauen auf der Couch in der Lobby, um sich zu vergewissern, dass sie nicht zuhörten. »Hoffentlich habt ihr es in der letzten Zeit noch mal so richtig krachen lassen. Du weißt schon«, flüsterte er.

»Ich verstehe nicht.«

»Na … wenn ihr allein wart. Nachts. Jetzt stell dich nicht so an.«

»Er meint Sex!«, grölte Michael in die Runde.

»Das sag ich nicht«, verteidigte Nick seine Privatsphäre.

»Ich mein ja nur«, fuhr Klaus fort. »Damit ist, wenn erst mal das Kind da ist, nix mehr los.«

»Au ja, das stimmt«, pflichtete ihm Boris bei. »War bei mir auch so.«

»Ich hab damals aus lauter Verzweiflung Frauenzeitschriften verschlungen, um wenigstens ein bisschen Haut zu sehen«, gestand die Halbglatze. »Ihr glaubt ja nicht, wie viele Frisuren es gibt.«

»Hast du ein wenig auf die Seite gelegt?«, fragte ich Nick, der immer nervöser zwischen uns umherblickte.

»Klar. Wir wollen ja auch irgendwann heiraten.«

»Au! Mhm, ui, ui, ui«, kam es bestürzt von uns.

»Was ist daran denn nun verkehrt? Ihr seid doch bestimmt alle verheiratet, oder?«

»Ich nicht«, gab ich bekannt.

»Ich bin geschieden«, verkündete Boris.

Klaus und Michael waren auf dem zweiten Bildungsweg und Bernd verriet, dass seine Freundin nicht heiraten wollte. Irgendwie mussten wir auf Nick wirken wie ein Club aus verzweifelten Vätern, die durch die Wucht des auf sie einprasselnden Lebens hier gestrandet waren.

Bernd bestellte Nick einen zweiten Wodka Lemon.

»Überlege dir das mit der Hochzeit noch einmal ganz genau!«, fuhr Michael fort. »Du hast ja bald ganz viel Zeit dazu. Schlafen werdet ihr das erste halbe Jahr sowieso nicht mehr, wenn erst einmal euer Bub da ist. Oder wird es ein Mädchen?«

»Wir wollen uns überraschen lassen«, sagte Nick stolz.

»Au! Mhm! Ui, ui, ui!«, kam es sofort wieder von uns.

»Was ist denn daran nun wieder falsch?« Nick wirkte mittlerweile verzweifelt und nahm einen großen Schluck seines Getränks.

»Du musst vorbereitet sein. Wird es ein Junge, musst du dir sofort einen guten Namen für den Kleinen überlegen. Der kann über sein ganzes Leben entscheiden!«

»Da sagst du was, Bernd. Der Name ist ausgesprochen wichtig!«, bestätigte ich.

»Und wenn es ein Mädchen wird?«

»Dann kannst du dir schon mal überlegen, wie du die ganzen testosterongesteuerten Typen von deiner kleinen Prinzessin fernhältst, wenn sie in die Pubertät kommt. Denk mal an deine Jugend zurück, wenn du mit deiner geladenen Waffe in der Hose am Wochenende in die Disco geschlendert bist! Genau diese Typen stehen dann vor eurer Haustür Schlange!«

Nick hielt kurz inne, nahm sein Glas und schaute uns verstört an.

»Ich muss dann mal wieder«, meinte er eingeschüchtert und machte sich vom Acker.

Wir mussten uns schwer zusammenreißen, um nicht umgehend loszubrüllen. Zumindest warteten wir, bis die Aufzugtür verschlossen war.

»Das war jetzt schön!«, freute sich Bernd und rieb sich die Hände.

»Aber auch gemein.« *Der arme Nick*, dachte ich.

»Klar war das gemein. Aber ist es uns anders ergangen, als unsere Frauen schwanger waren?« Michael sah uns fragend an.

Allgemeines Kopfschütteln.

»Seht ihr. Oder hat vielleicht einer von euch so etwas gehört wie: *Na, da werdet ihr aber Freude haben*. Oder: *Wir freuen uns für euch. Euer Leben wird noch viel schöner, als es jemals war.*«

»Nein!«, erscholl es einstimmig.

»Na also. Das war die Feuertaufe für den Kerl. Nun ist er vorbereitet.«

»Prost! Darauf trinken wir!« Ich erhob das Glas, um auf Nick und seine Sandra anzustoßen.

»Auf dass er eines Tages auch hier sitzt und sein Babyfon anstarrt!«, rief Klaus.

Ich verabschiedete mich. Schließlich wollte ich meinen Freigang nicht übertreiben. Außerdem hatte ich langsam, aber sicher einen im Tee.

Boris blieb noch ein bisschen. Er wirkte nicht mehr ganz so frustriert und fühlte sich anscheinend in dieser Runde bestens aufgehoben.

Als ich aufs Zimmer kam, schliefen beide bereits.

Oskar schmatzte in seinem Bettchen und hatte Yoda fest umschlungen.

Ich zog seine Decke ein wenig weiter nach oben.

Anja hatte meine Seite des Bettes bereits aufgedeckt. Sie schlief tief und fest.

Ich zog mich leise aus und warf meine Klamotten über den Stuhl am kleinen Schreibtisch an der Wand. Auf Zehenspitzen schlich ich mich ins Bad, um mir die Zähne zu putzen. Danach kroch ich unter meine Decke und hauchte Anja einen leichten Kuss auf ihre Stirn.

Sie atmete einmal tief durch und grummelte kurz.

Von draußen schien Licht in unser Zimmer.

Ich strich über Anjas Haare. Schön sah sie aus.

Ob die Jungs an der Bar auch solche Momente erlebten?

Was hatte ich doch für ein Glück! Diese Männerrunde hatte auf mich wie eine Woche Krankenhaus gewirkt. Danach weiß man auch erst, wie schön es daheim ist.

Rosa Schirmchen sind aus

»Hey, neue Gesichter! Wann seid ihr denn angekommen?«

Vor uns stand ein blonder, durchtrainierter Typ mit einem Apfel in der Hand und grinste lebensbejahend. Er sah aus wie Adam aus dem Paradies.

»Gestern. Und du bist?« Ich verteilte weiter die Himbeermarmelade auf meiner Semmel.

»Sorry. Ich bin Moritz. Der Fitnesstrainer und Ernährungscoach.«

»Ah, deshalb der Apfel«, stellte ich fest und biss in meine Semmel.

Eigentlich hatte ich mich ja auf ein ruhiges Frühstück mit meiner Familie gefreut.

»Ich darf doch«, meinte er, zog einen Stuhl zu sich heran und setzte sich verkehrt herum drauf.

Der war ja witzig. Dann biss er in seinen Apfel.

»Gerne. Setz dich zu uns«, bot ihm Anja an, lächelte und schnitt dann wieder Oskars Nutellabrot in kleine Happen.

Der konnte es kaum erwarten und klopfte auf dem Tisch herum.

»Habt ihr euch schon eingelebt?«

Ich war mir nicht sicher, worauf dieser Typ hinauswollte. Ich wusste nur, er störte mich.

»Nein, noch nicht so ganz. Wir genießen momentan die himmlische Ruhe bei einem netten Frühstück zu dritt.«

Wenn das kein Wink mit dem Zaunpfahl war. Anja reagierte überhaupt nicht auf das, was ich sagte. Anscheinend hatte sie sich an meine zuvorkommende Art Fremden gegenüber gewöhnt.

»Lust auf eine Wanderung heute?«

Anja bekam große Ohren.

»Wanderung?«, fragte ich nach.

»Ja.«

»Kommt ganz darauf an.«

»Auf was?«

»Wohin die Wanderung geht. Für eine Steilwand habe ich nicht die richtigen Schuhe dabei.«

Er musterte mich kauend. Im nächsten Moment lachte er los. »Ich dachte schon, du meinst das ernst! Ha! Steilwand!« Sein Lachen wechselte in ein hyänenartiges Kichern. Dann fing er sich wieder. »Spaß beiseite. Wir wollten zur Riedingalm hoch. Die Tour dauert vielleicht drei bis vier Stunden.«

Er war hoch motiviert und knabberte mittlerweile am Kerngehäuse herum.

»Ach, ich weiß nicht so recht. Wir haben uns noch gar nicht so richtig akklimatisiert.«

Anja sah mich an, als würde sie die Idee von diesem Moritz gut finden. Es war dieser Blick, der mir zu sagen schien: *Du bist echt ein Langweiler.*

Ich hatte aber wirklich keine Lust. Ich wollte lieber in den Pool. Besser gesagt, in das Hallenbad, das immerhin zu einer Seite geöffnet war.

»Akklimatisieren könnt ihr euch am besten in den Bergen. Na, kommt schon! Wir haben auch Kraxen.«

»Die haben wir selbst dabei.« Was dachte der denn?

»Krix krax krax krux«, machte Oskar mit seiner Nutellaschnute.

»Siehst du? Der Kleine hat auch Bock. Wäre doch schade, wenn ihr die Kraxe umsonst mitgenommen hättet. Wie heißt denn der Kleine?«

»Oskar«, antwortete Anja mit vollem Mund und goss sich etwas grünen Tee nach.

Wer war er denn? Ein Verkaufsgenie? Der schnappte ja alles auf, was ich sagte, und drehte es zu seinem Vorteil. Man mochte meinen, er kämpfte um seine Daseinsberechtigung im Hotel. Mindestens aber um sein Ego.

»Die Tour ist auch nicht zu schwierig. Die schafft ihr schon«, fuhr er fort.

Ich sah aus den Augenwinkeln Anja schmunzeln. Der Arsch. Das war doch armselig, mit dieser Masche zu kommen. Schaute ich etwa so aus, als bräuchte ich eine Kinderwagentour? Wobei man sich da auch ganz schön irren konnte, wenn man glaubte, die Wege dieser Touren wären geteert. Alles schon erlebt.

»Na gut, wenn es sich nicht vermeiden lässt. Was meinst du, Anja? Willst du mitgehen?«

Sie wirkte überrascht. »Gerne kommen wir mit!«

»Na super. Wir treffen uns um zehn Uhr vor dem Haupteingang. Und cremt euch ein. Die Sonne in den Bergen ist tückisch!«, wies er uns an, stand auf und schob den Stuhl unter den Tisch.

»Und ich dachte, das wäre hier dieselbe Sonne wie bei uns in München!«

Er sah mich fragend an. Endlich fiel der Groschen. »Ha! Dieselbe Sonne! Der ist gut. Du bist witzig.«

Und du bist nicht die hellste Kerze auf der Torte, dachte ich mir.

»Jetzt hast du mich überrascht«, wunderte sich Anja und streichelte mir über den Hinterkopf.

Ich fühlte mich, als wäre ich neun und hätte eine Eins in Mathe nach Hause gebracht. Anja hatte neuerdings die Angewohnheit, Oskar und mich auf die gleiche Art zu loben. Trotzdem freute ich mich darüber und ließ mir die Liebkosung gefallen. Anscheinend hatte sie sich schon damit abgefunden, dass wir die Tage hier ruhiger gestalteten. Meinetwegen. Da hatte sie aber die Rechnung ohne ihren Schatz gemacht. Ich war immer für eine Überraschung gut. Erst recht dann, wenn so ein aufgeblasener Heini meinte, ich wäre nicht fit genug. Nur, weil es ein bisschen bergauf ging. Der ist wohl noch nie mit dem Rad die Leopoldstraße einmal rauf und wieder runter gefahren. Das ist anstrengend.

Ich holte mir noch etwas von dem erstklassigen Speck. Ein bisschen Rührei konnte auch nicht schaden. *Low Carb* war meine Devise.

»Onkel? Kannst du mir helfen?«

»Was? Wer?« Ich drehte mich um. Ein kleines Mädchen stand vor mir.

Ich lächelte sie an. »Hast du deine Mama verloren?«

»Nein.«

»Den Papa?«

Sie schüttelte den Kopf. Dann streckte sie mir eine Müslischale entgegen. »Kannst du da was reinmachen?«

»Klar! Was willst du denn?«

»Die Schokodinger da hinten!«, wies sie mich an.

»Milch?«

»Erst noch die Honig Pops!«

»Zu Befehl!«

Ich gab zwei Löffel hinzu und zeigte ihr das Ergebnis.

»Ist es so recht?«

»Mehr!«, fuchtelte sie mit ihrer kleinen Hand.

»So?«

»Noch mehr!«

»Jetzt kriegen wir aber kaum noch Milch in das Schälchen.«

»Dann reicht es.«

Na endlich war die Kleine zufrieden. Ich goss noch etwas Milch hinterher und überreichte ihr das Frühstück der Champions. Zucker mit Zucker.

»Löffel!«, befahl sie mir.

»Das heißt, *Löffel, bitte*!«

Ich erfüllte ihr den Wunsch und steckte den Löffel in das überfüllte Schälchen.

Sie schwirrte ab. Ich sah ihr nach, bis sie ihren Tisch erreichte. Daran saßen zwei Elternpaare, die sich lebhaft unterhielten. Die eine Mutter hatte sich einen zweiten Stuhl herangezogen und gemütlich ihre Füße darauf geparkt. Die Männer unterhielten sich angeregt. Die Kinder saßen zusammen am anderen Ende des Tisches. Als die Kleine ihre Schale auf den Tisch stellen wollte, vergoss sie die Hälfte. Ich hatte ja gleich gesagt, dass es zu viel war.

* * *

»Da sind wir ja komplett!«, erkannte Moritz, nachdem er die Anzahl der Gruppe mit der auf seiner Liste verglichen hatte.

»Ach, ich freu mich so!«, lächelte Anja mich an und kniff Oskar, der in der Kraxe auf meinem Rücken saß, liebevoll in die Wange. Er quittierte die Liebesbekundung mit ein paar Klapsen auf meinen Hinterkopf.

»Haben alle gutes Schuhwerk an den Füßen?« Moritz blickte in die Runde.

»Ja!«

»Natürlich!«

»Sicher!«

Was dachte er denn? Ich war ein waschechter Bayer. Und der geht niemals mit Turnschuhen in die Berge.

»Sind wir nicht ein bisschen zu viel?«, flüsterte ich Anja zu.

»Jetzt bleib locker, Herbert. Wir sind genau drei Familien.«

»Eben. Genau zwei Familien zu viel.«

»Du wirst es überleben. Den einen da kennst du doch schon, oder? Den mit dem rosa Schirmchen.« Sie schmunzelte. »Wenn ich seine Frau wäre, würde ich ihm das Ding verbieten.«

»Du irrst, meine Liebe. Ich bin mir sicher, er muss dieses Schirmchen tragen. Für irgendwas lässt sie ihn büßen.«

Sven Fleischer wirkte ein bisschen deprimiert. Wahrscheinlich hatte er keine Lust, sein Kind mit dem Schirmchen zu schützen. Dass der aber auch keinen Sonnenschutz an seiner Kraxe hatte. Wahrscheinlich am falschen Ende gespart. Oskar hatte ein kleines Sonnensegel über seinem Kopf. War ja wohl klar. Und ein Käppi hatte er auch auf. Zur Sicherheit. Schließlich hatten wir Bergsonne und nicht die lächerliche Funzel, die über der Stadt am Himmel hing. Also, die Fleischers winkte ich durch. Diese Angela würde sowieso mit niemandem sprechen. Dumm nur, dass ausgerechnet diese laute Familie mitmusste, die wir schon am Vortag auf der Terrasse erlebt hatten. Drei Kinder. Ein Mädchen und zwei Jungs, die sich schon seit einer halben Ewigkeit gegenseitig in den Arm boxten.

Der Vater sprach ein Machtwort: »Wenn ihr nicht sofort aufhört, boxe *ich* euch!«

Damit war also der Stand der Pädagogik in dieser Familie auch geklärt.

Ein Lichtblick. Gabi, die Kinderpflegerin, tanzte mit einem kleinen Bollerwagen für die Kinder an.

»Wie, das geht auch?«, fragte ich verwundert.

Wieso erzählte der Typ heute Morgen beim Frühstück was von einer Kraxe?

Auch Sven sah ein Licht am Ende des Tunnels. Zumindest hätte er zwei Fliegen mit einer Klappe schlagen und auch sein Schirmchen loswerden können. Pah, rosa Schirmchen! Seine kleine Mila würde bestimmt keinen psychischen Schaden bekommen, wenn sie ein grünes oder blaues hätte. Ich schickte mich an, meinem Oskar einen Platz zu sichern. Dies bekamen allerdings die drei Kinder der Großfamilie mit und warfen sich mit lautem Gebrüll in den Bollerwagen.

»Besetzt!«, rief der eine und machte sich breit.

Fabian, wie sich herausstellte, als ihn seine Mutter ermahnte, nicht so vorlaut zu sein.

»Später wird sowieso durchgewechselt«, beruhigte Gabi uns und wies den Vater der Kids an, mit ihr den Wagen zu ziehen.

Immerhin waren die schon über das Kleinkindalter hinaus und alles andere als leicht. Ich ließ mir nichts anmerken und lächelte Anja an. Schließlich wollte ich nicht weinerlich wirken.

»Wie süß er aussieht mit seinem kleinen Rucksäckchen«, freute sich Anja, als sie auf meinen Rücken zu Oskar sah.

Hatte ich ihm gekauft. FC Bayern. Mit der Meisterschale drauf. Allerdings verstand ich den Sinn dieses Rucksacks nicht.

»Erklär es mir bitte noch mal, liebe Anja. Warum hat Oskar den Rucksack dabei?«

»Damit er lernt, dass er seine Sachen, die er unbedingt mitnehmen möchte, selbst tragen muss.«

Oskar hatte ein Matchboxauto, Yoda und die Batteriefachabdeckung seines Spielzeughandys dabei. Von Yoda schaute ein Ohr aus dem Rucksack. Wegen der Batterieabdeckung hatte es fast ein Drama gegeben, als ich ihm klarmachen wollte, dass er damit alleine nichts anfangen könne. Das war der Dickkopf der Schönborns, den er geerbt hatte.

»Anja, Schatz, dir ist aber schon klar, dass ich Oskar trage. Also trage ich im Umkehrschluss auch seinen Rucksack.

Außerdem sitzt er mit dem Ding ziemlich eingeengt in der Kraxe.«

»Quatsch. Da ist sowieso viel zu viel Luft. Das polstert doch seinen Rücken.«

»Wenn du meinst.«

Wir schlenderten los. Gabi mit Papa und Kids voraus, der Trainer Moritz voller Elan mit uns in der Mitte und das Schlusslicht bildeten Angela und Sven mit Mila auf dem Rücken.

»Und du bist also auch Ernährungscoach?«, fragte Anja, obwohl sie dies ja schon wusste. Ergo eine klassische Small-Talk-Eröffnung.

»Ja, genau. Und ihr? Was macht ihr so?«

»Wir sind beide in der Gastronomie tätig«, antwortete sie freudig. Schön zu sehen, dass sie stolz auf das war, was wir uns aufgebaut hatten.

»Ich führe ein gut laufendes Café in Schwabing. Nebenbei leite ich noch mein eigenes Cateringunternehmen. Herbert hat einen fahrenden Imbissstand.«

Boah! Hatte ich richtig gehört? Imbissstand? Ich machte zwei schnelle Schritte und presste mich mit Oskar in der Kraxe zwischen Anja und Moritz.

»Genau genommen habe ich einen stylischen Food Truck und serviere Bio-Burger von bester Qualität. Ist ein VW Bulli. Komplett restauriert. Im Herbst lasse ich meine Ware mit einem Biosiegel zertifizieren.«

Moritz war interessiert.

»Und was genau zeichnet dich aus?«

»Na, dass alles bio ist. Das Fleisch ist aus Berchtesgaden von einem Biohof, die Saucen, das Dressing, die Semmeln, der Salat, alles bio. Da ist kein Gen oder Spritzmittel dran. Alles aus der Region, damit die Umwelt nicht zu sehr belastet wird!«

»Interessant. Und dir schmeckt es auch, was?«, feixte er und zeigte auf meine höchstens zwei Kilo Übergewicht oberhalb der Gürtellinie.

Anja hüstelte. Sie hatte gut lachen. Sie konnte essen, was sie wollte. Ihr Körper war irgendwie fettabweisend.

»Ach, das gebe ich nicht her«, prahlte ich. »Das sind meine Genusspfunde.«

»Ich kann dir ein paar Tipps geben, wie du schlank bleibst und trotzdem satt wirst.«

»Wirklich?« Anja war voll auf Sendung.

Man hätte meinen können, dass sie dieses Gespräch von langer Hand geplant hatte.

»Klar. Der Schlüssel heißt: Weniger Kohlehydrate, mehr Bewegung.«

»Siehst du, Moritz«, lachte ich, »ich wusste, da ist ein Haken an der Sache.«

Er schmunzelte.

»Außerdem gehören so vier bis fünf Pfund extra zu einem gestandenen Bayern. Wie schaut denn das sonst in der Lederhose aus, oder?«

Ich klopfte Moritz beherzt auf die Schulter und dachte, er hätte meinen kleinen, freundlichen Wink verstanden. *Schnauze halten, weitergehen und aufhören mit der Klugscheißerei.* Hatte ich natürlich nicht gesagt.

Im Bollerwagen herrschte Tumult. Die Kids waren sich über die Sitzplatzverteilung uneinig. Der Papa packte beherzt zu, zog einen nach dem anderen aus dem Vehikel.

»Wer ist der Nächste?«, Gabi sah mich und Sven an.

Jetzt mochte ich auch nicht mehr. Meinen sauberen Sohn dort hineinsetzen, wo diese Rüpel mit ihren dreckigen Schuhen drin gewesen waren. Wo Oskar doch ständig seine Finger im Mund hatte.

»Nö. Ich hab ihn gerade so schön auf dem Rücken. Außerdem tut das meinem Training ganz gut«, wies ich das Angebot zurück.

Anja presste die Lippen zusammen.

Sven sah seine Chance, die kleine Mila samt Schirmchen in dem Wagen zu parken.

»Sven, nein. Gerade jetzt ist für die Kleine die Nähe zu uns besonders wichtig«, fauchte Angela.

Er knickte ein und ließ sich wieder zurückfallen.

Nähe? Sie war ihrem Kind ungefähr so nahe wie die Erde dem Mond. Gut, das war übertrieben. Wie Hamburg zu München.

Moritz blieb kurz stehen und atmete tief ein und aus. »Seht ihr die tolle Natur? Die herrliche Luft? Das tut doch gut, oder? Das öffnet das Herz!«

Anja tat es ihm gleich.

Ich atmete auch tief ein. Fand es allerdings nicht so prickelnd. Da roch doch etwas nach …

»Anja? Guckst du mal? Ich glaube, wir brauchen eine neue Windel.«

Bei Windel fing Oskar erneut an, mir auf den Kopf zu patschen.

»Pause!«, rief Gabi. Nach nicht mal zwei Kilometern.

»Na? Hat er ein Kacka gemacht? Ich bin übrigens Heinrich.« Der Papa der Großfamilie reichte mir die Hand.

»Ich bin Herbert, das sind meine Frau Anja und unser Sohn Oskar.«

»Meine Frau heißt Miriam. Das sind Fiona, Fritz und Fabian.«

Seine Kinder standen um Anja herum und beäugten, was sie da mit Oskar anstellte. Ihm war so viel Aufmerksamkeit nicht ganz geheuer.

»Weggehen. Die da!« Oskar zeigte auf die Kinder.

»Habt ihr nicht gehört? Schaut lieber die Blumen an. Aber nicht abreißen«, wies Heinrich in einem forschen Ton seine Kinder an.

Gehorsam schwirrten sie ab.

»Entschuldigt unsere Rabauken. Die ersten zwei Tage haben die immer einen Urlaubskoller. Dann verstehen sie sich wieder. Und ihr? Euer Erster?«

»Ja. Ist schon schön!«, verteidigte ich mich umgehend, als ob ich mich für *nur* ein Kind schämen müsste.

»Noch schöner sind drei. Nicht wahr, Miriam?«

Sie wurde rot im Gesicht. Anscheinend war sie keine Frau der Konversation. Dafür redete er für zwei.

»So, kleiner Mann. Jetzt ist wieder alles gut!« Anja stellte Oskar auf seine Füße.

Schnurstracks rannte er zum Bollerwagen.

»Mitfahren. Ich will mitfahren!«, grölte er und wippte aufgeregt auf der Stelle.

»Oh! Anja! Hast du das gehört? Drei Wörter. Und auch noch in der richtigen Reihenfolge. Da hat er Yoda was voraus!«

Wie hätte ich da Nein sagen können. Natürlich durfte er mitfahren. Bei der Gelegenheit warf ich auch gleich die Kraxe hinein und parkte die Windel in der hinteren, linken Ecke. Den Rucksack schnallte ich Oskar wieder auf den Rücken. War ja wichtig.

Auch Angela erbarmte sich und erlaubte ihrem Mann, die kleine Mila ebenfalls in den Bollerwagen zu stecken. Aufgeregt starrte sie Oskar an.

Als er ihr zweimal auf den Kopf klopfte, war das Eis gebrochen.

Sven und ich erlösten Gabi und übernahmen das Ziehen des Wagens. Gut, dass mich Hans nicht sah.

Dummerweise hatte Oskar nur noch Augen für das rosa Schirmchen. Sehr zur Freude von Anja. Sie wusste genau, dass ich damit nur schwer umgehen konnte. Oskar hielt schützend das Schirmchen mit der weißen Borte über sich und seine neue Bekanntschaft, die ihn immer noch anstarrte.

Anja knipste wie verrückt mit dem Handy, um diesen Moment für die Ewigkeit festzuhalten.

Selbst Angela konnte sich einer kleinen Verzückung nicht verwehren. So lange, bis Mila zu quengeln begann.

»Pause!«, rief Gabi nach weiteren zweihundert Metern erneut.

Klar. Warum sollte die Kleine auch die Gelegenheit nutzen, als wir Oskars Windel gewechselt hatten. So hatte sie ihren ganz eigenen Moment der Aufmerksamkeit. Oskar bekam von alledem nichts mit. Da kam ich wohl nicht drumherum, meinem Sohn gleich nach unseren Ferien ein Schirmchen zu kaufen. Wie gut, dass es in München kein rosa Schirmchen gab. Die waren alle ausverkauft. Ganz sicher. Bestimmt wurden die nicht mehr produziert. Aber einen roten Schirm gab es. Im FC-Bayern-Shop. Am Flughafen.

Das sind nette Leute

»Schatz! Wir haben eine Stunde!«, rief ein Mann mittleren Alters, während er nach unserer Rückkehr von der Wanderung in der Lobby an uns vorbeistürmte. »Die Kinder sind beim Tischtennisturnier!«

»Die können doch überhaupt nicht Tischtennis spielen«, monierte seine Frau.

»Scheißegal! Komm, mach schnell!«

Die beiden rasten die Treppe hinauf zu den Zimmern.

»Was war denn das?«, staunte Anja und blickte mich an.

»Das liegt doch auf der Hand. Familienzimmer!«

»Familienzimmer? Was hat das denn mit Tischtennis zu tun?«

»Also, Anja, manchmal stehst du wirklich auf der Leitung. Die knattern jetzt. Nix mit Sex am Abend oder nachts, wenn die ganze Familie in einem Raum ist. Was glaubst du, warum die Kinderbetreuung in Hotels erfunden wurde? Sicher nicht, damit es die Kleinen schön haben.«

»Denkst du auch so?«

»Ich? Natürlich nicht. Ich finde es wichtig, wenn Oskar mit gleichaltrigen Kindern zusammenkommt, nicht wahr, Oskar?«

»Ich bin drei!«, gluckste er und streckte mir seine Finger entgegen.

»Unser Sohn ist ab dem Ortsschild München wieder fünfundzwanzig Monate alt. Ist das klar?«

»Klar. Mir brauchst du das nicht zu erzählen«, lachte ich Anja an. »Sag das ihm.«

Als wir in unser Zimmer kamen, riss ich die Balkontür auf. Es war stickig, weil die Sonne durchs Fenster knallte und den Raum aufheizte.

»Hier ist es ja wie in einer Sauna!«, stellte ich fest und zog mein T-Shirt aus.

»Lass uns schwimmen gehen. Ich brauche dringend eine Abkühlung!«, schlug Anja vor und zog ebenfalls ihr Shirt aus.

Ich schlenderte an sie heran.

»Abkühlung klingt gut«, raunte ich mit einem lasziven Unterton und drückte meinen Oberkörper an ihren Rücken. Sie schwitzte. Egal. Ich auch. Ich küsste ihren Nacken und strich mit meinen Händen über ihren Bauchnabel. Doch bevor ich ihre Brüste erreichen konnte, drehte sie sich um.

»Na, na, na! Was soll denn das? Guck doch, wie Oskar schaut.«

Wir sahen beide zu ihm. Er kaute auf dem Deckel des Batteriefachs seines Pseudohandys herum und starrte uns an. Seine Augendeckel waren mittlerweile auf halbmast.

»Ich könnte ihn ja in die Räuberhöhle bringen«, schlug ich vor.

»Aha! Wusste ich es doch. Du bist genauso wie die anderen.«

»Stimmt doch gar nicht«, versuchte ich, mich herauszureden.

Sie schlüpfte komplett aus ihren Klamotten und streifte sich ihren blau-weiß gestreiften Bikini über.

Ich schnappte mir Oskar und legte mich mit ihm aufs Bett.

»Du weißt schon, dass ich diese Farben nur dulde, weil das auch die Farben Bayerns sind. Normalerweise müsstest du als meine Frau rot-weiß tragen.«

»Das steht mir aber nicht. Rot macht mich dick!«

»Ach, jetzt verstehe ich«, ich fasste mir an die Stirn. »Ich dachte mir schon letztens im Stadion, dass die Mannschaft irgendwie ein wenig zugelegt hatte. So um die Hüften herum.«

»Spinner!« Sie schlüpfte in ihre Flipflops.

»Apropos dick! Wollen wir vor dem Schwimmen noch einen Happen an der Snackbar schnabulieren? Ich hätte ein wenig Appetit.«

»Herbert, du hast auf der Almhütte eine Leberknödelsuppe, zwei Scheiben Brot und vier Landjäger verdrückt.«

»Tja! Bergluft halt.«

»Pst!«, zischte Anja.

»Was denn?«, flüsterte ich.

»Schau, Oskar schläft. Mach doch ein bisschen Bubu mit ihm und kommt dann einfach nach, wenn er aufgewacht ist, ja?«

»Aber … ich …«

Und weg war sie.

Kein Wunder, dass Oskar ins Koma fiel. Wenn ich daran dachte, wie Oskar und die kleine Mila in dem Bollerwagen hin und her geschuckelt worden waren. Ich war nicht müde. Langsam stand ich auf und hievte Oskar ein wenig mehr in die Mitte des Bettes und deckte ihn zu. Er schmatzte. Vorsichtig nahm ich ihm die Abdeckung ab und legte sie auf mein Nachtkästchen, damit er sie gleich wiederhatte, wenn er aufwachte. Was es mit diesem bescheuerten Plastikteil auf sich hatte, war mir ein Rätsel. Da überlegte man sich als Vater die tollsten Dinge wie Autos, Lego, Star-Wars-Kram, und dann spielte der mit einer Plastikabdeckung. Wollte er uns damit etwas mitteilen? Ich hatte keine Ahnung. Vielleicht aber sollten wir als Eltern umdenken. Ich würde ihm einfach zum achtzehnten Geburtstag einen Tankdeckel schenken. Was wollte er denn mit einem Auto? Oder zum sechzehnten

Geburtstag für seine Party zwanzig Kronkorken von einem Kasten Bier. Er würde jubeln und ich der beste Papa aller Zeiten sein.

Mit ein paar Burger-Rezepten, die ich mir aus dem Internet geladen hatte, setzte ich mich auf den Balkon. Schließlich wollte ich meiner Kundschaft eine abwechslungsreiche Speisekarte bieten. Klar, letztendlich lief es immer irgendwie auf Burger hinaus. Zu dumm aber auch. Kein WLAN auf dem Zimmer, Scheißempfang. Ich konnte nicht einmal Hans anrufen. Vielleicht besser so. Wenn der gehört hätte, dass ich heute wandern war ... Er wäre überzeugt gewesen, dass ich die ganze Strecke über im Bollerwagen gesessen hatte.

Mein Blick schweifte über das Gelände unter mir. Unser Balkon war zur Terrasse und zum Garten hinaus gelegen. Normalerweise ungünstig, da es dadurch nachts schon mal lauter werden konnte. Zu diesem Zeitpunkt aber wunderbar. Zur anderen Seite hinaus gab es nur Wald. Da war dieser Ausblick eindeutig spannender. Auf der Terrasse saßen ein paar Familien und aßen vom Snackbuffet. Toll. Auf einem Teller erspähte ich zwei Fleischpflanzerl. Die hätten noch locker in mich hineingepasst. Ich überlegte, ob der Österreicher auch Fleischpflanzerl sagte oder Frikadellen. Die meisten Frauen aßen Salat. Und damit war kein Wurstsalat gemeint. Ob hier alles bio war?

Weiter hinten im Garten stand ein Indianerzelt. Oder? Ich holte meinen Fotoapparat und zoomte. WICKIE stand in Großbuchstaben darüber. Ich korrigierte: Ein Wikingerzelt. Da musste ich unbedingt mit Oskar hin. Das gefiel ihm bestimmt. Dazu mussten wir aber erst die anderen Kinder verscheuchen, die es besetzt hatten. Gabi und Kirsten saßen links vom Zelt an einem kleinen Tisch und schminkten ein paar Mädchen, die brav in einer Reihe warteten, bis sie dran waren. Überraschung: Alle Mädchen waren danach Kätzchen. War das der Wunsch dieser Kinder oder konnten Gabi und Kirsten nichts anderes? Vielleicht sollte ich Kirsten darauf ansprechen. Wo sie doch Erzieherin war. Mir würde schon etwas anderes einfallen, wie man die Mädels schminken könnte. Halloween war immer ein dankbares Thema.

Ich spähte kurz ins Zimmer zu Oskar. Er schlief noch. Neben ihm lag Anjas Kleidung auf dem Bett. Toll sah sie aus in ihrem Bikini. Wir sollten öfter zur Isar hinunter. Seit Oskar auf der Welt war, sah ich Anja kaum noch in Unterwäsche. Da sich immer einer von uns um unseren Nachwuchs kümmerte, waren wir tagsüber zeitversetzt im Bad oder Schlafzimmer. Und wenn Oskar schlief, nutzte auch Anja die Zeit, sich etwas auszuruhen. Also war es das jetzt. Zumindest bis Oskar aus dem Haus war. Vorausgesetzt, wir legten nicht noch ein zweites nach. Damit jeder eins hatte. Wie bei Hunden. Wenn zwei Menschen an einem Welpen herumdoktern, kommt dabei meist ein Vierbeiner raus, der nicht hört und den ganzen Tag kläfft. Nicht, dass ich befürchtete, dass Oskar in ein paar Jahren die Nachbarn anbrüllen würde, wenn die im Treppenhaus an unserer Wohnung vorbeigingen.

Anja hatte jedenfalls schon öfter solche Andeutungen gemacht. Damals im Finanzamt hatte ich bei Kollegen stets das Gefühl, sie legten sofort noch ein Kind nach, damit Ruhe war. Dann konnte man die Strampler noch mal verwenden und der arme Nachzügler musste die Klamotten des älteren Bruders auftragen. Wenn er Glück hatte, war es ein Bruder und keine Schwester. Sonst könnte es ab der fünften Klasse peinlich werden. Der größte Benefit der zügigen Vermehrung schien aber zu sein, dass man später schneller Ruhe hatte. War ja doof, wenn man das größte Kind vor der Rente endlich auf den Weg gebracht hatte und ein noch Neunjähriger auf der Couch saß.

Links spähte ich zur weit geöffneten Glasfront des Hallenbades. Dass man sich hier nicht auch noch für ein Außenbecken entschieden hatte, war mir schleierhaft. Ich beobachtete, wie Anja mit den Beinen im Wasser am Beckenrand saß. Sie sah den Kindern zu, wie sie ins Becken hopsten. Das war bestimmt verboten. Sie griff nach einem Ball und warf ihn einer Mutter zu. Ich drehte mich nochmals zu Oskar. Er schlief immer noch. Unbedingt wollte ich ins Wasser. Moment! Was sahen meine trüben Augen? Doktor Schnabel. Mister *Schau mir in die Augen, Kleines*! Er stolzierte an Anja vorbei.

»Geh bloß weiter!«, knurrte ich in mich hinein. Das tat er auch. Glück gehabt, Burschi. Doch was musste ich sehen? Anja rief ihm hinterher. Super! Was sollte denn das?

Schnabel blieb stehen, drehte sich um und grinste.

Ich nahm wieder meine Kamera zur Hand und zoomte.

»Komm«, sagte ich leise. »Geh weiter. Komm!«

Jetzt setzte der Typ sich auch noch zu Anja an den Beckenrand und ließ seine Haxen ins Wasser gleiten. So. Nun reichte es mir. Ich ging ins Zimmer.

»Hatschi!« Da musste wohl eine Polle vorbeigeflogen sein.

Oskar blinzelte mich an.

»Ja, wer hat denn da so fein Bubu gemacht? Und so lange!« Er streckte sich. »Die anderen Kinder sind schon im Wasser. Willst du auch ins Wasser? Ein bisschen schwimmen? Beim Papa auf dem Rücken?«

»Ja! Schwimmen!«

Jetzt war er voll da. Schön, wenn man sich auf sein Kind verlassen konnte.

»Wo ist denn deine Schwimmwindel? Hast du die vor dem Papa versteckt?« Ich kramte im Schrank und fand sie schnell. Eins fix drei war das Ding an ihm dran. Ich musste auch noch in meine Badeklamotten und ging zum Umziehen ins Bad. Wegen des Größenunterschieds wollte ich nicht, dass … Na, das ist eben eine Sache unter Männern.

»Oskar, wo sind denn deine Schwimmflügel?«

Er sah mich an, als würde er wirklich überlegen, wo er sie hingetan hatte.

»Pommes!«, verlangte er.

»Nein. Fleischpflanzerl hätte es gegeben. Jetzt ist nix mehr da.«

»Fleischpff…«

»Pflanzerl!«, wiederholte ich mich. Doch jetzt war keine Zeit für bayrische Hochkultur.

»Haben wir alles? Ja!«, entschied ich und verließ mit einem noch etwas müden Oskar das Hotelzimmer in Badelatschen, Badehose und T-Shirt. Oskar hatte ich bereits die Schwimmflügel angelegt und aufgepustet. Eingecremt hatte ich uns nicht. Warum auch.

»So, da sind wir auch schon«, rief ich Anja entgegen, als wir zum Becken kamen.

»Mama!«

Sie war überrascht, uns zu sehen.

»Was macht ihr denn schon hier? Das war aber ein kurzes Schläfchen.«

Sie breitete die Arme nach Oskar aus.

»Tja, was soll ich sagen. Am Flur war es ein bisschen laut, da ist er aufgewacht.«

»Hast du so kurz Bubu gemacht?«

Oskar nickte.

»Wir haben früher auch immer Bubu gesagt«, lachte Björn, der Medizinmann des Auges.

»Wer ist wir?«, wollte ich wissen.

»Ich und Cora, meine Frau.«

»Apropos Frau ... wo ist sie denn?«

»Die ist mit den Kindern auf dem Tennisplatz«, gab er an. »Wisst ihr, Paul spielt demnächst in unserem Club ein Turnier. Da muss er fit sein.«

Anja nickte bewundernd.

»Ist das nicht ein bisschen unvernünftig in der Nachmittagssonne?«

Für diese Frage erntete ich von Anja einen mahnenden Blick. Dabei zeigte ich mich von meiner fürsorglichsten Seite.

»Die sind gut eingecremt.«

Das klang ein wenig schnippisch. So, als hielte er mich für einen Klugscheißer. Mich! Der sollte lieber mal seine Brut angucken. Plötzlich starrte er auf meine Füße. Vielleicht ein Fetisch?

Dies blieb auch Anja nicht verborgen. Sie starrte nun ebenfalls nach unten.

»Du hast einen Hallux valgus.«

»Einen was?«

»Einen Hallux valgus«, wiederholte er sich. »Dein großer Mittelfußknochen da, der wandert zur Außenseite.«

Jetzt tatschte er mich auch noch an.

Ich schaute an mir herunter. »Quatsch! Ich steh nur schief!«

»Hat denn das dein Orthopäde noch nicht bemerkt?« Jetzt sah er zu mir auf und wirkte übertrieben besorgt, als hätte ich nur noch ein paar Tage zu leben.

»Nö!«, meinte ich. »Aber vielleicht zeige ich das mal meinem Augenarzt. Mal sehen, was der dazu sagt.«

»Ich meine ja nur. Deine Gesundheit.«

Anja wurde es zu viel und rutschte ins Wasser. Sie schnappte sich Oskar vom Beckenrand. Er quiekte. Mit ihm auf dem Arm hüpfte sie zur Beckenmitte. Kein Problem, da man überall stehen konnte. Oskar gefiel es.

Ich setzte mich neben den Doc. Vielleicht gut, wenn Anja merkte, dass ich mich bemühte, ein wenig Konversation zu treiben.

»Also, Tennis!«, knüpfte ich an und hatte wieder seine Aufmerksamkeit.

»Ja!«

»Spielt man das überhaupt noch?«

»Wie meinen?«

»Na, die meisten spielen doch heutzutage Golf oder Paintball!« *Paintball!* Was Dümmeres war mir in diesem Augenblick wirklich nicht eingefallen.

»Tennis erlebt momentan nur eine Flaute. Das kommt wieder.«

Da war er wieder. Der schnippische Unterton. Meister Auge hatte wohl Probleme mit kritischen Anmerkungen meinerseits.

»Das hat man vom Windsurfen auch gedacht. Und was ist daraus geworden? Stand Up Paddling. Ist wohl jemandem eingefallen, der sein Segel verlegt hatte«, lachte ich.

Er nicht. Dabei war der Joke echt gut.

Er stand auf. »Ich muss dann mal wieder. Man sieht sich!«

»Ha! Der war auch gut!«

Er starrte mich fragend an.

»Man sieht sich! Ein Insider unter Augenärzten, oder?« Ich zwinkerte ihm zu.

Er blinzelte verstört, winkte Anja zu und verschwand.

Der war vielleicht verspannt. Innerlich klopfte ich mir auf die Schulter, weil ich erfolgreich mein Revier verteidigt hatte. Das ging wirklich nicht. Sich einfach neben meine Frau zu setzen und womöglich unter Wasser zu füßeln. Das konnte er mit seiner Cora machen. Aber die scheuchte ja die Kinder über den roten Sandplatz. Wahrscheinlich der Klassiker. Die Kinder mussten das erreichen, was sie nicht geschafft hatten. Ich würde später von Oskar nicht verlangen, ein Jedi-Ritter zu werden. Oder Fußballprofi. Wobei das cool wäre. Dann könnte ich auch beim Training am Spielfeldrand stehen und den Trainer zusammenscheißen.

Ich ließ mich ins Wasser gleiten und paddelte zu meinen beiden Freischwimmern.

»Hallo. Ich bin David Hasselhoff. Soll ich Sie retten?«, feixte ich und schnitt für Oskar ein paar Grimassen.

Anja verzog keine Miene. Zweiter Versuch. Mit ihr zusammen lästern ging immer. Quasi unser Hobby. Bei mir etwas ausgeprägter als bei ihr.

»Hast du gesehen, was der Doc für einen Eierschneider anhatte? Das nenne ich aber mal aktive Geburtenkontrolle. Wahrscheinlich wollen die kein Drittes! Das Teil klemmt dir alles ab. Scheint nicht gut zu laufen, seine Praxis. Die Hose ist wahrscheinlich aus einer Zeit, als Helmut Schmidt noch …«

»Was war denn das jetzt wieder?«

»Was denn?«

»Das war vollkommen unnötig von dir. Das sind nette Leute!«

»Mhm. Besonders die Kinder. *Oh, da ist aber viel Zucker in so einer Limo! Ihr seid ganz schlechte Eltern*!«

»So haben die das überhaupt nicht gesagt.«

»Aber zwischen den Zeilen«, konterte ich.

»Und das kannst du heraushören!«

»Klar.« Jetzt nur nicht einknicken.

»Mensch, das sind Kinder! Warte nur, bis Oskar richtig sprechen kann.«

»Anja, da brauchen wir uns keine Gedanken zu machen, weil wir gute Eltern sind.«

Sie ging überhaupt nicht auf meine These ein.

»Da lernen wir mal nette Menschen kennen und du hast nichts Besseres zu tun, als sie zu vergraulen.«

»Ach, komm, die sind doch nicht nett. Das sind ganz überspannte, selbstverliebte Snobs. Die meinen, nur, weil sie studiert haben …«

»Ach, daher weht der Wind. Du hast ein Problem, weil die studiert haben?«

»Schmarrn.« Hatte ich wirklich nicht. Wobei es da ein Muster gab. »Schau dir diese Familie Kant mit ihren drei Kindern an. Die Kinder sind vielleicht ein wenig gewöhnungsbedürftig, aber das sind bodenständige Leute. Die sind nett. Vielleicht ein bisschen rustikal, aber dafür ehrlich.«

»Rustikal?«, lachte Anja. »Der Heinrich hat auf der Hütte vom Boden gegessen!«

»Das ist dir auch schon passiert, meine Liebe. Wenn du den Knödel mit der Gabel nicht genau mittig …«

»Ich bin drei!«, beteiligte sich Oskar an unserem Gespräch und grinste.

»Hier.« Sie streckte mir unseren Bub entgegen. »Du kannst ihm ja noch ein paar Knaller beibringen. Vielleicht kann er danach die Schule komplett überspringen und gleich studieren. Ach nein. Geht ja nicht. Dann wäre es ja nicht unser Kind.«

Das war sarkastisch. Ich blieb lieber ruhig, weil ich diese Art von ihr kannte. Alles Weitere hätte die Lage nur verschlimmert.

»Ich gehe schon mal duschen. Ich brauche jetzt mal einen Moment. Ach, zur Info: Ich habe morgen einen Beautytermin. Das bedeutet, dass ich da eine Stunde für mich alleine brauche.«

»Klar!«, bestätigte ich kleinlaut und hob den Daumen.

Sie versäumte es trotz aller Wut nicht, Oskar einen Schmatz auf den Kopf zu geben. Ich ging leer aus.

»Pommes!«, rief er.

»Später, mein Spatz!« Sie warf mir einen ernsten Blick zu und schwamm zur Leiter.

War das nur ein typischer Urlaubsblues, von dem ich schon öfter meine früheren Kollegen hatte reden hören, oder war das eine Krise? Ich hatte keine Ahnung. *Zur Info, ich brauche eine Stunde für mich alleine.* Dabei hatte ich doch mit Oskar Bubu gemacht?

Ich zog mit meinem Bub ein paar Kreise durchs Becken. Dazu kletterte er auf meinen Rücken und hielt sich an meinen Schultern fest. Hatten wir zwei Wochen zuvor in der Erdinger Therme einstudiert. Die Schweißnähte seiner Schwimmflügel kratzten tierisch. Oskar strampelte wie irre mit seinen Beinen und trat mir dabei ständig in die Nieren. Für so einen kleinen Mann tat mir das schon ein bisschen weh. Doch ich ließ mir nichts anmerken. Seine Fingernägel waren auch zu lang. Jedes Mal, wenn er mit einer Hand abrutschte, krallten sich die Teile in mein Fleisch. Langsam bekam ich das Gefühl, dass ich ihm da einen ziemlichen Schmarrn beigebracht hatte. Warum machten wir nicht etwas mit einer Schwimmnudel oder einem Schwimmreifen? Ich wusste, warum. Ich war ein Papa der neuen Generation. Da war Nähe zum Kind unwahrscheinlich wichtig. Stand in einer von Anjas Zeitschriften. Das war psychologisch und pädagogisch besonders wertvoll und führte dazu, dass die Kinder später nicht sofort Haus und Hof verscherbelten, wenn man nicht mehr war. So ähnlich stand das in diesem Artikel. Ich hatte ihn nur überflogen.

Ich sah zum Beckenrand und bemerkte, dass ich bei den Damen im Bad Aufmerksamkeit erregte. Ganz verklärt schauten sie mir zu, wie ich mit Oskar auf dem Rücken wie ein Wikinger durchs Wasser glitt. Ich tat natürlich so, als würde ich von alledem nichts mitbekommen. Aus den Augenwinkeln registrierte ich, wie ein paar Mütter tuschelten und dann wieder auf mich und meinen Bub starrten. Ich nahm Oskar nach vorne und zog ihn mit ausgestreckten Armen durchs Wasser.

»Brrr«, machte er wie ein Motorboot. Er schluckte etwas Wasser, wir stoppten, er hustete und weiter ging es.

»Brrr«, unterstützte ich ihn.

Heinrich Kant stand plötzlich mit einem der anderen Väter am Beckenrand.

Ich winkte ihm zu.

Er winkte mich zu sich heran.

Oskar und ich folgten der Anweisung. »Hey, Heinrich. Was gibt's?«

Er ging in die Hocke und visierte mich grimmig an.

»Mit deiner Show machst du uns das Leben hier nicht gerade leichter. Lass das!«

Light ist ohne Zucker

»Da sind ja meine zwei Männer«, freute sich Anja und kam auf uns zugesprungen.

Ich verstand die Welt nicht mehr. Was war denn nun passiert? Hatte sie sich nicht gerade noch über mich geärgert?

»Und? Seid ihr noch schön geschwommen?«

»Ja«, meinte ich vorsichtig und setzte mich auf den Stuhl am Schreibtisch.

Ich nahm Oskar auf den Schoß, um ihm die Schwimmflügel auszuziehen. Natürlich nicht, ohne vorher die Luft aus den Dingern zu lassen. Das Debakel bei unserem letzten Besuch in der Therme durfte sich nicht wiederholen. Erst hatte er geweint und mich danach für den Rest des Tages ignoriert.

»Du, wegen vorhin, da habe ich wohl ein wenig überreagiert.«

Ja, liebe Anja, wie so oft in letzter Zeit, hätte ich beinahe gesagt. Ich verkniff es mir. Erstens wollte ich meine Harmonie zurück, und zweitens … nein, es gab kein Zweitens.

»Ach, das kommt schon mal vor.«

»Weißt du, ich habe nachgedacht. Ich verstehe dich ja.«

»Ist das so?«

»Klar. Ich meine, wer ist der denn?«

»Redest du von Doktor Björn – ich habe Medizin studiert und deshalb quillt mein Gehirn aus der Schädeldecke – Schnabel?«

»Ja. Ich meine, wer ist er denn, dass er dir im Vorbeigehen einen Hallux diagnostiziert!«

Anja öffnete ihren Bademantel und offenbarte mir einen Slip mit passendem BH. Die beiden hatte ich vorher noch nie gesehen.

»Schick!«, stellte ich mit einem bewundernden Blick fest.

Anja sah sich im Spiegel an. »Gefällt's dir?«

Ich wollte nicht das Thema wechseln. Da ich Oberwasser hatte, sollte dieses Gespräch noch nicht vorbei sein.

»Und der Anschiss, den ich vorhin von dir kassiert habe, der war unbegründet?« Ich zog Oskar die Badehose samt Schwimmwindel aus.

»Na, so ganz nicht. Durch deine Art machst du es uns nicht gerade leicht, neue Leute kennenzulernen.«

»Schatz, die Schnabels wohnen in Frankfurt. Wir in München. Auch wenn die nett wären, käme eine innige Freundschaft nicht infrage. Außerdem haben wir Hans und Heidi.«

»Die haben aber keine Kinder.«

»Das macht sie doch nicht zu schlechten Menschen.«

»Nein, Dödel. Aber vielleicht möchte ich mich auch mal über Kindersachen unterhalten. Kinderlose Paare verdrehen doch gleich die Augen, wenn man den Namen seines Kindes überhaupt nur erwähnt.«

»Das stimmt gar nicht.« Das war nun wirklich übertrieben. »Also mich regen eher die mit Kindern auf, wenn ich ehrlich bin. Die tun immer so, als wären ihre Ableger das Wichtigste auf dieser Erde.«

»Na, dann bist du ja hier genau richtig«, lachte sie und holte eine Bluse vom Kleiderbügel.

Ich ging ums Bett herum und nahm sie in den Arm.

»Ich wollte doch einfach nur in Ruhe ein paar schöne Tage mit euch beiden verbringen und nicht ständig mit fremden Menschen quatschen.«

»Oh! Kommt da vielleicht der Familienvater in dir raus?«

Noch ehe ich antworten konnte, meldete sich Oskar zu Wort. »Pommes!«

Anja blickte mich an.

»Glaubst du, wir ernähren unser Kind falsch?«

»Quatsch. Außer, du fragst die superschlauen Kinder der Schnabels. Dann wird es höchstwahrscheinlich für unseren Sohn mit Tofu und Brokkoli enden. Unser Kleiner isst einfach vorher ein paar Gurken, das neutralisiert die Sache wieder.«

Sie lachte. Na bitte! Ordnung und Harmonie wiederhergestellt.

»Und wer macht jetzt Bekanntschaft mit dem Seifenmonster?« Ich drehte mich um, bückte mich nach vorne und breitete die Arme aus.

Oskar stierte mich mit großen Augen an und verschwand hinter dem Vorhang. Er quietschte.

»Oh, ich sehe da einen kleinen Jungen hinter dem Vorhang! Gleich werde ich ihn holen«, drohte ich mit tiefer Stimme.

Blitzschnell kam er hinter dem Vorhang hervor und kämpfte sich aufs Bett.

Ich bewegte meine Finger und verstellte meine Stimme. »Kitzelmaschine gestartet. Objekt auf dem Bett gesichtet. Over and out!«

»Nein!«, schrie er lachend und warf sich auf den Rücken.

Der ergab sich ja schnell. Ich warf mich neben ihn aufs Bett und kitzelte ihn.

»Herbert, Oskar hat keine Windel an. Du weißt, was passiert, wenn du ihn kitzelst.«

»Da hat die Mami recht«, sagte ich zu Oskar und schnitt eine Grimasse.

Er kraxelte auf mich drauf und versuchte, mich zu kitzeln.

»Komm, Oskar, wir müssen jetzt duschen und du musst dich noch rasieren.« Er liebte meinen Rasierapparat.

»Rasiere ihn nicht wieder, sonst bekommt er zu früh einen Bart.«

»Das, meine Liebe, ist ein Mythos. Habe ich mit neun während einer Eigenstudie herausgefunden.«

»Und beeilt euch. Seit Oskar *Pommes* gesagt hat, habe ich Hunger. Ich glaube, ich esse heute auch Pommes.«

Ich stand mit meinem Sohnemann auf und marschierte ins Bad.

»Das geht nicht, meine Liebe, die gibt es nur am Kinderbuffet. Und wer sind wir denn, dass wir den Kindern das Essen wegschnappen?«

Sie grinste und verstand genau, was ich ihr damit sagen wollte. Trotzdem war ich mir sicher, dass sich Anja an ihre eigenen Regeln nicht halten würde. Schließlich hatte sie Oskar unter Schmerzen zur Welt gebracht. Diese Tatsache entschuldigte alles.

* * *

»Hey, ihr seid ja auch schon da!«, begrüßte uns Boris, als wir den Speisesaal betraten. Sein Sohn saß mit seinem Handy neben ihm und daddelte damit herum.

»Hallo, Boris«, grüßten wir zurück.

»Kommt, setzt euch doch zu uns.« Er zog einen Stuhl neben sich zur Seite.

Da hatte er aber die Rechnung ohne den Wirt gemacht. Gut, dass Anja und ich das geklärt hatten.

»Gerne«, hörte ich Anja sagen und fiel vom Glauben ab.

Der verdammte Speisesaal war zur Hälfte leer und dann …

»Klar, warum nicht«, schloss ich mich mürrisch an.

Ich schnappte mir vom benachbarten Tisch einen Hochstuhl und parkte das Ding zwischen Anja und mir. Der Tisch neben uns war, wohlgemerkt, leer.

Mir war nicht klar, ob dies von Anja ein Akt der Höflichkeit war, oder ob sie der Idylle zu dritt aus dem Weg ging. Fest stand nur eins. Ich war schon wieder angepisst.

Gerade, als ich Oskar in den Hochstuhl hieven wollte, drehte sich Anja zu mir.

»Schatz, kannst du heute was mit Oskar holen?«

»Klar.« Ich marschierte mit ihm los.

War mir sowieso lieber. Mit meinem Kleinen an der Hand bewegte ich mich zum Kinderbuffet.

»Da sind die Pommes. Magst du jetzt welche haben?«

»Ich mag Nudeln«, brabbelte er und blickte mich fordernd an.

»Hey, schon wieder ein ganzer Satz. Toll, Oskar«, lobte ich ihn, auch wenn mir der Inhalt dieses Satzes suspekt war.

»Also Nudeln. Mit Tomatensoße?«

Er nickte.

»Gurken?«

Er schüttelte seinen Kopf.

Anscheinend machte unser Bub eine Ernährungsumstellung durch. Gut, dann keine Gurken. Nachdem ich ihm seinen Teller gezeigt und er den Inhalt abgesegnet hatte, ging es zurück zum Tisch. Ich setzte ihn in den Hochstuhl.

»Keine Pommes?« Anja war verwundert.

»Tja. Was soll ich sagen. Unser Sohn hat beschlossen, sich etwas gesünder zu ernähren. Ich hole dann noch was für mich«, entschied ich und zog wieder los.

Mhm, es gab Rollbraten. Und Knödel.

»Darf es ein Scheiberl sein?«, fragte der Herr hinter der Theke für Warmes.

»Gerne auch zwei!«

»Zwei Scheiberl für den jungen Mann mit dem bayerischen Akzent, kommt sofort.« Er begann zu schneiden. »Und, habt ihr euch schon eingelebt?«

»Na ja. Ich schon. Meine Frau … da bin ich mir noch nicht so sicher. Das ist unser erster Urlaub mit Kind.«

»Ah, verstehe. Nur die Ruhe. Ich habe schon viele Paare kommen und gehen sehen. In den meisten Fällen gehen sie zufriedener, als sie gekommen sind.«

Er hatte etwas Väterliches an sich. Sein Bauch füllte die Kochjacke aus, seine grauen Haare waren nur noch als Kranz um den Hinterkopf herum vorhanden. Brille. Auf der Brusttasche der Kochjacke war sein Name eingestickt. Kurt Weber – Chefkoch.

»Sieh an, ich werde ja vom Chefkoch höchstpersönlich bedient.«

»Das hat hier nichts zu sagen. Im Team sind wir alle gleich. Da lege ich großen Wert drauf. Weißt du, ein Team ist nur so stark wie sein schwächstes Glied. Deshalb ist es wichtig, dass sich alle wichtig und gebraucht fühlen. Wie in einer guten Ehe.«

»Hört, hört. Welch weise Worte!«

»Das ist reine Lebenserfahrung. Ich bin nun seit fast vierzig Jahren verheiratet. Mit ein und derselben Frau. Weißt du, warum?«

Weil sich nichts anderes ergeben hat, dachte ich.

»Nein. Warum denn?«

»Weil ich zuhöre und hinschaue.«

»Ah. Okay! Dann werde ich das auch mal tun.«

»Glaube mir, das ist das beste Rezept. Und genauso halte ich es hier mit meinen Leuten.« Er streckte mir meinen Teller entgegen. »Guten Appetit.«

»Den werde ich haben. Und danke für den Tipp.«

»Gerne. Ich bin immer hier. Schon seit fünfundzwanzig Jahren.«

Zuhören, hinschauen. Tat ich doch. Aber wenn ich zuhörte, erfuhr ich nur, was ich nicht richtig machte. Wenn ich hinschaute, dann sah ich nur … dass sich meine Frau mit diesem Boris angeregt unterhielt. Bis jetzt mochte ich den Kerl ja. Wie wir gemeinsam mit den anderen Papis diesen Nick hochgenommen hatten, das war schon klasse.

»Es gibt Rollbraten«, verkündete ich und setzte mich neben meinen Sohn. »Was ist denn das?« Ich zeigte auf Oskars Glas.

»Wasser. Wollte er haben.«

»Das waren die Kinder vom Augenarzt. Die haben ihm gestern diesen Floh ins Ohr gesetzt.«

»Herbert, wenn überhaupt, dann hat er sich das abgeguckt.«

»Findet ihr die auch so furchtbar?« Boris rückte etwas näher. »Ich habe heute, als ich zum Wagen ging, ein wenig beim Tennis zugesehen. Die Mutter ist die reinste Furie. Die hat die Kinder herumgescheucht, das glaubt ihr nicht.«

»Siehst du, Anja? Meine Rede.«

»Das Schlimmste ist, dass sie mich stark an meine Ex erinnert.«

»Pst!«, zischte Anja. »Dein Sohn.«

»Ach, der hört das nicht. Wenn er sein Handy hat, ist er in einer anderen Welt. Nicht wahr, Luis?«

Luis daddelte verbissen mit seinem Handy und antwortete nicht.

»Seht ihr?«

»Was war denn nun mit deiner Ex?«, bohrte ich neugierig nach.

»Nichts konnte ich ihr recht machen. Dabei wollte ich mich als Vater einbringen. Die ganze Zeit hören wir doch immer von allen Seiten, dass sich die Väter mehr einbringen sollen! Ist doch so, oder?«

Ich nickte zustimmend.

Anja starrte mich ungläubig an, sah dann aber wieder gespannt zu Boris. Sie liebte solche Geschichten über andere Beziehungen. Als ob sie stets die Bestätigung suchen würde, dass es bei ihr doch eigentlich ganz gut lief.

»Ich konnte mich aber nicht einbringen. Sie gluckte regelrecht um Luis herum und war nur am Nörgeln. Tu dies nicht, tu das nicht … furchtbar.«

»Dafür bist du jetzt geschieden.«

»Glaube mir, Anja, das war mit Abstand die beste Option.« Er prostete uns zu.

»Das sagt Mama auch immer zu Johann«, haute Luis raus, ohne auch nur ansatzweise seine Augen vom Handy zu nehmen.

»Johann?«, fragte Anja nach.

»Der Neue meiner Ex.«

»Ah!«

So viel also zum Thema: *Wenn er sein Handy hat, ist er in einer anderen Welt.*

Anja stand auf. »Ich hole mir auch was zu essen. Wo gibt es denn den Rollbraten?«

»Da hinten beim Kurt. Er ist schon fast vierzig Sommer verheiratet und etliche Monde hier im Haus.«

»Gut zu wissen.«

»Fräulein, noch ein Weizen bitte«, orderte ich bei der Bedienung. »Ach, und … habt ihr zuckerfreie Limo für meinen Bub?«

»Light haben wir. Die ist ohne Zucker.«

»Gut, dann die.«

Softporno für einsame Herzen

Nach dem Essen war ich gut drauf. Zwischenzeitlich zwar etwas genervt, weil ich auf dem Weg zum Nachtisch zwei fremden Kids ein ganzes Menü zusammengestellt hatte, während sich deren Eltern den Merlot in den Rachen schütteten. Doch das dritte Weizen hatte mich wieder friedlich gestimmt.

Es war neunzehn Uhr dreißig. Kinderdiscozeit! Vor der Bühne in der großen Lobby tanzten bereits drei Kids Stehblues zu *Macarena*.

»Schau dir mal die Kleinen an«, lachte ich zu Anja. »Was für ein trauriges Bild.«

Ich dachte an das, was Boris über das Einbringen der Papas gesagt hatte. Zeit, Stellung zu beziehen.

»Oskar! Wie schaut's aus? Magst du ein bisserl mit deinem Papa die Hüften kreisen lassen?«

Er hörte mich nicht. Er stand nur da und stierte mit der Hand im Mund die anderen Kinder an.

»Kommst du mit?«, fragte ich Anja und reichte ihr die Hand.

»Ich mache mich doch hier vor den ganzen Eltern nicht zum Affen«, prustete sie und setzte sich an einen Seitentisch neben der Tanzfläche.

»Ich schon! Komm, Kleiner.«

Ich zog Oskar hinter mir her. Er war skeptisch. Das legte sich aber schnell, als ich zu *Macarena* tanzte. Ein paar der Moves hatte ich noch von Rhodos im Kopf und wiederholte diese, so gut es ging und meine eingerosteten Hüften es zuließen. Schnell kam ich ins Schwitzen. Aber hey: Ich brachte mich ein.

Die Schnabels saßen gelangweilt ein paar Tische weiter und warteten auf die Darbietung der Animateure, die später auf der Bühne stattfand. Das Musical *Cats*. So stand es zumindest auf der Tafel neben dem Speisesaal. Dass deren Kinder nicht tanzten? Vielleicht waren sie zu geschwächt vom Tennis. Oskar war ganz Feuer und Flamme. Er tapste mit seinen Beinen hin und her und versuchte, meinen Bewegungen nachzueifern. Machte er ganz gut, der kleine Travolta. Seine Hüftbewegungen liefen eindeutig geschmeidiger als meine. Er quiekte, dass es eine reine Freude war. Anscheinend war ich der Grund dafür, dass sich die Tanzfläche mehr und mehr mit Kindern füllte. Anja konnte sich ein Lächeln nicht verkneifen. Na? Wer war nun der Superpapi?

»Hey, Macarena!« Und einen Hopser zur Seite.

Das nächste Lied kannte ich nicht, bot sich aber prima für eine Polonaise an. Ich legte meine Hände auf Oskars Schultern und wir marschierten los. Es dauerte nicht lange, bis wir ein Zug aus bestimmt fünfzehn Kindern waren. Außer mir keine Erwachsenen. Egal. Auch die Tatsache, dass mich ausnahmslos jeder Honk mit dem Handy filmte, hielt mich nicht davon ab, mit meinem Sohn Spaß zu haben. Deren Problem, wenn sie sich zu fein waren. Ich lenkte Oskar in die Richtung des Tisches, an dem sich Familie Schnabel langweilte. Kurz davor begann ich wie Quasimodo mein Bein nachzuziehen.

»Geht schon viel besser mit dem Hallux!«, rief ich Björn zu.

Er grinste gnädig.

Wenigstens waren sich Gabi und Kirsten nicht zu fein, sich unserem Umzug durch die Hotellobby anzuschließen. Obwohl es für die beiden ja kein Problem darstellen durfte. Kindersachen zu machen, war schließlich deren Beruf. Dann endlich war es acht Uhr und die Kinderdisco zu Ende. Die Kinder und ich applaudierten dem DJ. Eigentlich hatte er nichts anderes getan, als die CD einzulegen und auf *Play* zu drücken. Egal. Die Kids fühlten sich wie auf einem Open-Air-Festival.

Wir gingen zurück zu Anja.

»Du spinnst!«, lachte sie mich an und nahm Oskar auf den Schoß.

»Da irrst du, liebe Anja. Ich bin der Superpapi.«

Ich sah mich um und entdeckte Heinrich, der mich kopfschüttelnd musterte. Mir doch egal. Außerdem hatte ich ein bisschen einen im Tee. Es war mir also verziehen.

»Wollen wir ins Bett gehen, Oskar?«, fragte Anja den Kleinen und stupste an seine Nase.

»Echt? Gleich singen und tanzen die auf der Bühne. Wollen wir nicht noch ein bisschen bleiben? Wenigstens für eine halbe Stunde.«

Wir betrachteten beide Oskar, um zu prüfen, ob er noch fit war.

Ich nahm ihn nun zu mir auf den Schoß und beschleunigte das Ganze. »Oskar, willst du lieber aufs Zimmer gehen und Bubu machen oder ganz tolle Sachen hier gleich auf der Bühne sehen?«

Im gleichen Moment ging der Vorhang auf und das Licht wurde heruntergedimmt.

Anja blickte vorwurfsvoll zu mir. »Na toll. Was soll er darauf schon antworten?«

»Katze!«, rief Oskar begeistert und zeigte zur Bühne.

Mit einem Schlag war mein Bub voll da.

Musik setzte ein. Schönes Bühnenbild. Holla! Nebelmaschine und professionelle Beleuchtung. Hier wurde Wert auf Entertainment gelegt.

»Ist doch gar nicht so schlecht, oder?«, versuchte ich, Anja zu ein wenig mehr Begeisterung zu animieren.

Kaum war die Bühne von den vorwiegend weiblichen Darstellern besiedelt, füllte sich zunehmend der Zuschauerbereich und die Handys wurden wieder gezückt. Und das lag sicher nicht am guten WLAN im Empfangsbereich. Etwa acht Mädels so um die zwanzig tummelten sich auf allen vieren in Gymnastikanzügen und Netzstrümpfen auf der Bühne. Den Vätern gefiel, was sie sahen. Mir, ehrlich gesagt, auch. Hätte man den Mädels den Schwanz gekürzt und Hasenohren aufgesetzt, wären die prima als Playboy-Bunnys durchgegangen. Gerne hätte auch ich ein Erinnerungsfoto gehabt. Doch ich konnte in diesem Moment schlecht mein Handy herausholen und wild drauflos knipsen. Kaum zu glauben. Da fuhren die Leute extra in die Großstädte, um ins Cabaret zu gehen. Dabei gab es das hier in den Bergen gratis. In einem Familienhotel.

»Katze!«, rief Oskar erneut.

»Ja!«, bestätigte ich meinem Bub. »Und schau mal, was die für große Ohren haben!«

Anja sah mich grantig an.

»Was denn? Stimmt doch.«

»Ist mir schon klar, dass dir das gefällt«, sagte sie schnippisch.

»Was heißt *gefallen*. Ich bewundere einfach nur, wie gelenkig die Mädels sind. Und wie schnell die sich bewegen können. Ich könnte das nicht mit meinem Hallux!«

Oskar und ich sahen gebannt zur Bühne. Eine Frau meines Alters kam in einem Fellkostüm auf die Bühne und gab den Song *Memory* zum Besten. Sie selbst sah aus wie ein Wischmopp, der seine besten Tage hinter sich hatte, doch ihre Stimme war gigantisch. Ich blickte mich um. Kein einziger Hotelgast wollte sie für die Ewigkeit festhalten. Erst als die Bunnys wieder über die Bühne robbten, wurden sämtliche Akkus leer gesaugt. Anja lugte immer wieder zu mir, als ob sie darauf warten würde, dass auch ich mein Handy bemühte. Aber wer war ich denn? Ich war Familienvater und hatte mein Kind auf dem Schoß. Außerdem gab es von diesem Abend bestimmt genügend Material auf YouTube.

»Katze streicheln?«, forderte Oskar ein und versuchte, auf den Boden zu kommen.

»Das geht jetzt nicht Oskar. Die sind ganz scheu.«

Doch mein Argument ließ er nicht gelten und begann, wild mit seinen Beinen zu strampeln.

»Pst, Oskar. Schau, die anderen Leute wollen in Ruhe die Fusselkatze hören. Bleib beim Papa«, versuchte ich, ihn zu beruhigen.

Er fing zu weinen an.

»Pst!«, kam es von hinten.

»Ich will die Katze streicheln!«, rief er nun zornig und bekam rote Backen.

»Hey, Anja! Hast du das gehört? Das war der längste bisher!«

»Ist jetzt endlich Ruhe da vorne!«

Ich drehte mich um und sah in eine Kameralinse. Sie gehörte einem Mann Mitte fünfzig, der mit seiner Familie hinter uns saß.

»Hey«, maulte ich zurück. »Mein Sohn hat gerade seinen ersten langen Satz gesagt.«

»Wir würden jetzt aber gerne das Stück in Ruhe ansehen.«

»Du filmst es doch. Dann kannst du es ja auch daheim noch mal anschauen. Könnte ich da übrigens eine Kopie haben? Da ist bestimmt mein Sohn zu hören, wie er *Ich will die Katze streicheln* sagt.«

»Jaaa! Katze streicheln«, rief nun Oskar erneut und versuchte abermals, sich in Freiheit zu kämpfen.

»Pst!«, machte Anja und nahm Oskar zu sich.

»Na endlich!«, kam es wieder von hinten.

Jetzt ging mir der Typ auf den Keks. Was dachte der denn, wer er war? Ich drehte mich wieder zu ihm um.

»Immer langsam reiten, ja? Das hier ist nicht die Philharmonie und ihr habt keinen Eintritt bezahlt. Also dreh deinen Softporno für einsame Herzen weiter und lass uns in Ruhe die Kätzchen kucken.«

»Wie war das?«

»Pst!«, zischte ich kurz zu ihm nach hinten und sah interessiert zur Bühne.

»Na, wieder neue Freunde gefunden?«, flüsterte mir Anja zu.

»Na, hör mal. Ich habe unseren Sohn verteidigt.«

Oskar hatte sich wieder beruhigt. Kurz darauf war das Stück vorbei.

»Oskar, möchtest du jetzt zu den Katzen gehen und ein Foto machen?«, schlug ich ihm vor und zog vorsichtshalber schon mal mein Handy aus der Hosentasche.

»Ja!«, freute er sich, hüpfte von Anjas Schoß und spurtete los.

Kurz vor der Bühne blieb er stehen. Erwartungsvoll blickte er sich zu uns um, weil er sich nicht alleine traute.

»Ich geh dann mal mit ihm zu den Kätzchen und mach ein Foto. Du hast ihn ja gehört. Den Wunsch können wir ihm nicht abschlagen.«

»Ja!«, lachte Anja etwas übertrieben. »Mach du dein Foto von deinem Sohn und den Kätzchen. Aber pass auf, dass auch Oskar mit auf dem Bild ist.«

»Was denkst du denn von mir!«, verteidigte ich mich.

»Nur das Beste, mein Traummann!«

Hörte ich da einen Hauch Sarkasmus mitschwingen? Egal, ich hatte einen Fototermin mit den Bunnys. Nicht, dass ich ihnen am Ende noch in die Umkleide hätte folgen müssen.

Nachdem ich etwa vierzig Bilder geschossen hatte, verschwand auch das letzte Kätzchen hinter die Bühne.

»Katze weg?«

»Ja, Oskar, Katze weg. Komm, wir gehen wieder zur Mama.«

Mit verschränkten Armen wartete sie auf uns.

»Und? Hast du alles drauf?«

»Klar! Unser Sohn ist wahnsinnig fotogen.«

»Darf ich mal sehen?« Sie griff nach meinem Handy.

»Die müssen erst bearbeitet werden. Ein Künstler zeigt keine unfertigen Arbeiten!« Ich steckte mein Handy weg.

»Aha!«

»Und nun?« Schnell das Thema wechseln.

»Nun bin ich, dank dieser Darbietung und der Aufregung mit meinen zwei Männern, hellwach. Ich würde an der Bar noch einen Absacker nehmen. Bringst du Oskar schon mal ins Bett?«

»Klar.« Wie konnte ich ihr nach dem gestrigen Abend diesen Wunsch abschlagen? Das war nur fair.

»Ach, seid ihr so lieb und bringt mir noch kurz das Handy runter? Ich habe es auf meinem Nachttisch zum Laden angesteckt.«

»Die Bunnys sind jetzt aber weg«, feixte ich. »Die kannst du nicht mehr fotografieren.«

»Quatschkopf. Ich muss meine Mails checken. Nicht, dass was im Laden schiefläuft und ich kriege es nicht mit. Ich bin an der Bar.«

»Kein Thema, oder, Oskar? Bringen wir der Mama noch das Handy?«

Er reagierte nicht. Stattdessen starrte er immer noch zur Bühne, ob vielleicht doch noch einmal ein Kätzchen zu sehen war. *Sehr gut, mein Kleiner. Niemals aufgeben. Die Hoffnung stirbt zuletzt.*

Ein ausgewachsener Hirsch

»Magst du aufsperren?«

Oskar griff sich die Schlüsselkarte und steckte sie zwischen Türstock und Türe.

»Nein, Oskar. So machen das die Räuber bei Aktenzeichen XY!«

»Räuberhöhle!«, rief er.

»Ja, da darfst du morgen hin.«

Ich steckte mit ihm zusammen die Karte in den Schlitz des Lesegeräts unterhalb der Klinke. Das rote Lämpchen wechselte auf grün und … voilà.

»Fein hast du das gemacht. Jetzt brauchen wir nur noch Mamas Handy.«

Er knipste das Licht an, spurtete zu seinem Rucksack und holte den Batteriefachdeckel hervor.

»Nein, Oskar. Das Handy von der Mama.«

Ich sah es natürlich längst liegen, aber so machte es mehr Spaß.

»Och!«, freute er sich, als er es auf dem Nachttisch neben dem Bett erspähte.

Schnell kraxelte er aufs Bett und krabbelte auf die andere Seite. Er schnappte sich das Handy, zog den kleinen Stecker ab und streckte es mir entgegen.

»Vielen Dank, der Herr!«

Beim Abziehen des Steckers sprang das Display an und die Vorschau einer WhatsApp-Nachricht war zu sehen.

KA: … dort weitermachen, wo wir aufgehört haben.

Das Display ging wieder aus. Anscheinend hatte sich trotz des beschissenen Empfangs im Laufe des Abends diese Nachricht durchgemogelt.

Ich zog mein Handy aus der Hosentasche und starrte aufs Display. Hm, ein Balken. Okay. Auf diesen fünfzig Quadratzentimetern vor Anjas Nachttisch hatte man zumindest schwaches Netz.

Dort weitermachen, wo wir aufgehört haben? Was war denn das? Ich grübelte!

Oskar knipste die Nachttischlampe an und aus.

Ich konnte mir beim besten Willen keinen Reim aus diesen Wortfetzen machen. Ich grübelte. Ob ich nachsehen sollte? Nein. Das wäre ein Vertrauensbruch. Ausflippen würde ich, wenn Anja ungefragt in meinen Sachen stöbern würde. Sollte allerdings Jens, ihr Ex, schon wieder an meiner Anja rumgraben, musste ich das wissen. In dem Fall würde ich ihn aufsuchen und ihm erneut einen kräftigen Arschtritt verpassen. Vorzugsweise im Englischen Garten. Um der alten Zeiten willen.

»Oskar, hörst du bitte auf damit?«

Er ließ den Lichtschalter in Ruhe und entdeckte die Fernbedienung des Fernsehers.

»Fernseh gucken!«

»Nein, Oskar. Es ist schon spät. Wir bringen jetzt der Mama das Handy und dann machen wir Bubu, ja?«

»Spazieren gehen?«

»Ja, wir gehen noch mal spazieren. Magst du ein paar Sachen in deinem Rucksack mitnehmen?«

So. Oskar war beschäftigt.

Scheiß drauf, dachte ich. *Ich schau jetzt nach.*

Ich drückte auf den Home-Button. PIN-Eingabe. Klar. Oskars Geburtsdatum. Ich hatte es mal aus den Augenwinkeln beobachtet. Zufällig. Wie fahrlässig von Anja, das Geburtsdatum ihres Kindes zu nehmen. Weiß doch jeder, dass man das nicht tun sollte. Ich hatte mein Geburtsdatum als PIN.

Das Display wurde freigegeben. Ich startete die App. Sieh einer an. Eine neue Nachricht. Wer war denn »KA«? Ich tippte drauf.

KA: Ich war gestern im Laden. Schade, dass du so weit weg bist. Ich würde gerne dort weitermachen, wo wir aufgehört haben – Hauke.

Hauke? Wer aber war KA? Vielleicht der Nachname.

Mir wurde heiß und kalt. Wut stieg in mir hoch. Okay, ich fasste zusammen: Anja und Hauke. Mit was weitermachen? Ruhig, Herbert. Vielleicht ein neues Projekt? Brainstorming über ein zweites Café ... oder wegen des Caterings? Sie hatte nichts erzählt. *Wo wir aufgehört haben* ... das bedeutete, es war schon was in Planung.

Ich sah, dass es noch weitere Nachrichten gab, und scrollte nach oben.

KA: Dein Kleiner ist echt ein Süßer. Kein Wunder – bei der Mutter.

Gut, mir war klar, dass Anja nicht nur von mir Komplimente bekam. Sie war eine tolle und attraktive Frau. Dennoch hätte mich interessiert, wer diese Pfeife war. Ich scrollte weiter.

KA: Ich bin schon von der Autobahn runter und tanke noch. In einer halben Stunde bin ich im Café. Ich freue mich schon auf dich.

Ein bisschen aufdringlich, der Typ.

»Fertig!«, rief Oskar und stand mit seinem Rucksack auf dem Rücken abmarschbereit vor mir.

»Gleich, Schatzi. Gleich geht's los. Der Papa muss nur noch schnell …«

KA: Danke für die stürmische Begrüßung. Schade, dass uns deine Mitarbeiterin gestört hat. Du küsst gigantisch!

Das traf mich wie ein Blitz. Ich setzte mich aufs Bett.

»Nicht schlafen!«, protestierte Oskar und zog an meinem Arm.

»Nein. Der Papa schläft noch nicht.«

Mein Blick fixierte das Display. Plötzlich sah ich in Gedanken Anja und diesen Typ vor dem Café stehen. Das konnte nur der mit dem Hamburger Kennzeichen sein. Ich Hornochse. Wäre ich doch bloß ins Café gegangen und hätte sie zur Rede gestellt. Stattdessen saß ich hier auf irgendeinem Berg und machte auf heile Welt, während mir Anja Hörner aufsetzte. Damit war nun Schluss.

»Oskar, auf geht's!« Ich stand auf.

»Spazieren? Zur Mama?« Er wippte aufgeregt auf seinen Sohlen hin und her.

»Ja, wir spazieren jetzt zur Mama. Und wie wir zwei jetzt zur Mama spazieren!«

Ich nahm Oskar bei der Hand, steckte die Schlüsselkarte ein und zog die Zimmertüre hinter uns zu. Hatte Anja eigentlich auch zurückgeschrieben? Ich scrollte nochmals wild in diesem Chat mit diesem Hauke KA hin und her. Nichts von Anja zu sehen. Meine Hilflosigkeit, die eben noch im Zimmer über mich kam, wechselte in Wut und Enttäuschung.

»Komm, Oskar. Wir müssen ein bisserl schneller machen«, trieb ich ihn an.

Er war einfach müde und tippelte neben mir her.

»Aufzug fahren. Ich will Aufzug fahren!«

»Ja, das machen wir jetzt auch. Komm, lauf und drück schon mal den Knopf!« Er spurtete los.

Dass ich in Anjas Handy geschaut hatte, würde sie mir bestimmt als Vertrauensbruch verbuchen. Aber das war mir scheißegal.

Wir standen vor der verdammten Aufzugtür. Die Anzeige darüber zeigte E. Daran änderte sich auch nichts, als ich wie wild auf den verdammten Knopf hämmerte.

»Verdammt! Wer blockiert denn da dieses Scheißding!«

»Seiße!«, wiederholte mein Bub und patschte ebenfalls auf den Knopf.

Mir wurde es zu blöd.

»Komm, Oskar. Planänderung. Wir müssen noch mal aufs Zimmer.«

Er sah mich genervt an. Egal. Wir Männer mussten in manchen Situationen zusammenhalten. Das war eine davon.

»Hier ist die Karte! Glaubst du, du schaffst es, die Türe alleine zu öffnen?«, motivierte ich ihn.

Mein Plan ging auf und er spurtete los.

Sicherlich machte sich Anja schon Gedanken, wo wir blieben. Zu Recht. Sie würde sich gleich noch viel mehr Gedanken machen müssen. Da war ich mir sicher. Hauke KA – ein neuer Stern am Arschgeigenhimmel, um den ich mich kümmern musste. Erst der Ex, jetzt die Pfeife. Typen, die die Welt nicht brauchte. Schon gar nicht eine Beziehung auf dem Prüfstand. Denn wer glaubt, dass das erste gemeinsame Kind keine Bewährungsprobe für eine Partnerschaft darstellt, der irrt gewaltig.

»Super hast du das gemacht!«, lobte ich ihn, als er mit strahlenden Augen vor unserer offenen Zimmertüre stand.

Er klatschte sich selbst Beifall. Gut, dass er noch nicht verstand, um was es hier ging.

»Wo ist die Kraxe?«

Oskar sah sich suchend im Zimmer um.

»Ui, ui, ui«, rief er und deutete auf den Kleiderschrank, auf dem das Ding lag.

»Nur keine Sorge. Der Papa ist groß. Der schafft das schon.«

Ich holte die Kraxe vom Schrank, setzte Oskar samt Rucksack hinein und schnallte sie auf meinen Rücken. Dies war eindeutig die bessere Wahl, als mit einem bettschweren Kind an der Hand die ganzen Stufen hinunterzutrotten. Beim Blick in den Spiegel erkannte ich, dass ich Oskar verkehrt herum hineingesetzt hatte. Egal. Für solche Kleinigkeiten hatten wir keine Zeit.

»Bereit?«, rief ich nach hinten.

»Seiße!« Dass sich kleine Kinder aber auch immer die Sachen merkten, die für ihre Ohren ungeeignet waren.

Erneut zog ich die Tür hinter mir zu und spurtete los.

Oskar summte.

Ich glaube, er fand es toll zu sehen, wie sich alles von ihm entfernte. Auf dem Weg zur Treppe kam uns Boris Jäger mit seinem handysüchtigen Sohn entgegen. Als er mich mit der Kraxe entdeckte, lächelte er mich schon von Weitem an. Er signalisierte Small-Talk-Bereitschaft. Ich hatte weder Zeit noch Lust, stehenzubleiben.

»Ja, ich kann auch tolle Papa-Sohn-Sachen machen!«, warf ich ihm flüchtig hin, als ich an den beiden vorbeiflitzte.

»Seiße«, gab Oskar seinen Senf hinzu und summte weiter.

Da sich die meisten Hotelgäste zu dieser Zeit auf ihre Zimmer begaben, war unser Weg Richtung Bar mit dummem Gelächter gepflastert. Mir war das egal. Ich hoffte nur, dass es Oskar bei diesem Treppenmarathon nicht schlecht wurde und er sich nicht übergeben musste. Wobei in diesem Fall seine Sitzposition die bessere Wahl gewesen wäre. Zumindest für meine Haare.

»Rotzlöffel!«, rief ich den drei Jungs entgegen, die den Aufzug im Erdgeschoss mit einem Stuhl blockierten. »Dafür holt euch der Krampus!«

Quer durch den Eingangsbereich sah ich Anja an der Bar sitzen.

Sie sah mich ebenfalls und verdrehte die Augen, als ob sie sich für mich schämte.

Ich war mir sicher, dass sie sich gleich für etwas anderes schämen konnte. Ungewollt war ich die Attraktion in der Lobby und zahlreiche Handys waren auf mich und Oskar gerichtet.

»Wehe dem, der meinen Sohn ins Netz stellt, dann rauscht es! Ich schwöre es euch!«, drohte ich reihum mit erhobenem Zeigefinger.

»Seiße!«, kam es von hinter mir. Wenigstens einer, auf den ich mich verlassen konnte.

Endlich hatten wir die Bar erreicht.

»Was soll denn das nun wieder?«, wollte Anja wissen und guckte peinlich berührt an mir vorbei zu den anderen Gästen, die immer noch mich und meine Kraxe samt Oskar anglotzten.

»Halte diesen Augenblick gut fest, meine Liebe. Vielleicht ist es ja der letzte peinliche Moment, den du mit deinem minder erfolgreichen Mann erleben musst! Entschuldige: *Freund.* An welcher Stelle stehe ich denn? Eher etwas weiter unten oder habe ich es durch Oskar in die oberen Top Ten geschafft?«

»Ich verstehe nicht …« Anja wusste nicht, wie ihr geschah.

»Hier! Dein Handy!«

»Danke.«

»Ach ja, Hauke vermisst dich schon. Wo du doch so schön küssen kannst.«

Sie wurde schlagartig kreidebleich, was meine Vermutung bestätigte. Gott, was hätte ich mir gewünscht, dass sie loslachte. Ja, mich sogar auslachte. Dieses Gesicht aber verriet mir nur eines: *Verdammt, ich wurde ertappt.*

»Das … das ist nicht so, wie …«

»… wie ich denke? Doch, Anja! Genauso ist es.«

»So lass es dir doch erklären.«

»Da brauche ich keine Erklärung. Ich weiß, was ich gesehen habe. Zieht es dich jetzt in den hohen Norden?«

Sie überlegte. Dann bekam sie große Augen.

»Sag mal, spionierst du …«

»Nein, meine Liebe. Ich spioniere dir nicht nach.«

»Könntest du es vielleicht lassen, meine Sätze zu beenden?«

»Du, wir können noch ganz andere Sachen beenden. Sofern ich dazu überhaupt gefragt werde. Sollen wir deinen Hauke KA aus HH anrufen?«

»Herbert, bitte. Die Leute gucken schon.«

»Ach!«, lachte ich gekränkt. »Ich bitte dich. Du weißt genau, wie wurst mir das ist. Komm. Ruf ihn an, deinen Hauke. Wahrscheinlich wartet er schon ganz sehnsüchtig auf deinen Anruf. Er könnte ja zu uns stoßen. Dann kann ich euch beide im Bollerwagen zur Riedingalm hochziehen. Die tausendsechshundert Höhenmeter sind trotz Hallux kein Problem für mich. Als ausgewachsener Hirsch bin ich solche Steigungen durchaus gewöhnt.«

Anja wirkte verzweifelt. Fast hätte sie mir leidgetan. Doch ich war zu sauer und nahm mir das Recht heraus, dies auch zu zeigen.

»Herbert, ich …«

»Kein Problem. Ich gehe ja schon. Dann bist du ungestört.«

Ich nahm ihr Sektglas zur Hand, leerte es auf ex und stellte es wieder auf den Tresen.

»Crémant?«

»Ja«, bestätigte sie mir mit Tränen in den Augen.

»Sieh einer an! Da habe ich ja doch ein wenig was gelernt in unserer Beziehung.«

Ich klopfte zweimal auf den Tresen, drehte mich um und verließ mit Oskar auf dem Rücken den Barbereich in Richtung Aufzug.

»Seiße!«, rief Oskar und entlockte ein paar umherstehenden Gästen ein leichtes Schmunzeln.

Ich kam an Heinrich Kant vorbei, der die Show mitbekommen hatte. Er nickte mir wohlwollend zu. Auf seine bewundernden Gesten konnte ich in diesem Augenblick gerne verzichten.

Ich scheuchte die Kids aus dem Aufzug, entfernte den Stuhl von der Lichtschranke und drückte den Knopf für mein Stockwerk. Während die Tür zuging, sah ich nochmals zu Anja, die mich anstarrte. Dann setzte sich der Aufzug in Bewegung.

»Spazieren vorbei?« Er hörte sich müde an.

»Ja, Oskar. Spazieren vorbei.«

Wickie und Winnetou

»Das ging ja schnell!«, wunderte ich mich, als Anja in unser Hotelzimmer kam. »War wohl ein kurzes Telefonat.«

»So lass dir doch erklären …«

»Da gibt es nichts zu erklären. Da habe ich wohl aufs falsche Pferd gesetzt. Schade nur, dass der Einsatz so hoch war.« Ich zeigte auf Oskar.

Anja legte ihr Handy und ihre Clutch auf dem Schreibtisch ab, setzte sich aufs Bett und versuchte, mich am Arm zu sich zu ziehen.

»Lass! Du siehst doch, dass ich unser Kind bettfertig mache.«

Oskar brabbelte mit Yoda, dem ich ihm zuvor in die Hand gedrückt hatte. Besser, er war abgelenkt. Glücklicherweise kam noch eine gehörige Portion Müdigkeit dazu. Ich zog ihm seine Jeans aus und merkte, dass ich gleich auch noch seine Windel wechseln konnte. Doch das stand vor dem Schlafengehen sowieso an.

Anja saß regungslos hinter mir. Hin und wieder hörte ich ein Schniefen, drehte mich aber nicht um. Ich wollte ihr einfach nicht in die Augen schauen.

»Ich verstehe ja, dass du verletzt bist«, startete sie erneut einen Versuch, mit mir zu reden.

Doch ich war zu geladen, um mir irgendwelche Erklärungen anzuhören.

»Kommt jetzt das große ABER?«, unterbrach ich sie, ohne mich umzudrehen. »Aber Herbert, versteh doch, eine Frau wie mich kann man nicht für sich alleine haben? Eine Anja gehört allen!«, flötete ich.

Immer wieder lächelte ich Oskar an. Ein verzweifelter Versuch, die Stimmung im Raum nicht an ihn heranzulassen. Zum Glück war er sehr mit dem grünen Langohr beschäftigt.

»Würdest du bitte aufhören, sarkastisch zu sein?« Sie sprach sehr leise und wirkte heiser. Ich unterbrach den Windelwechsel und drehte mich kurz zu ihr um.

»Tut mir leid, aber das ist nicht möglich. Sarkasmus ist das Einzige, was mich momentan vom Ausflippen abhält!«

Sie saß zusammengekauert auf dem Rand der Matratze. Fast tat sie mir leid. So hatte ich sie noch nie gesehen. Doch ich wollte Gefühle dieser Art einfach nicht zulassen. Ich war hier das Opfer. Der Geprellte.

»So gib mir doch wenigstens die Chance, dir zu sagen, wie es dazu gekommen ist!«

Sie wurde schroffer, ja fast aggressiv.

»Du, das kann ich mir lebhaft vorstellen«, gab ich ihr zu verstehen. »Geiler Typ kommt ins Café und erzählt von den Landungsbrücken, Frau bekommt feuchte Augen und ab mit ihm in die Kiste.«

»Du bist unfair!« Sie stand auf und stellte sich neben mich.

»Nein, Anja.« Jetzt blickte ich sie an. »Unfair ist, wenn man von der Frau, mit der man ein Kind hat und die man liebt, beschissen wird.«

»Mensch, Herbert, ich habe doch nicht mal mit ihm geschlafen.«

Wie bitte? Damit war alles erklärt? Langsam ging mir die Hutschnur hoch.

»Ach, und damit ist die Sache vom Tisch? Wunderbar. Dann gehe ich jetzt in die Räuberhöhle und knutsche ein wenig mit Gabi herum. Oder vielleicht auch mit Kirsten. So genau weiß ich das noch nicht. Ach nein! Jetzt habe ich es! Wir knutschen zu dritt ein bisserl herum. Ist doch nett und bedeutet ja nichts.«

Sie zeigte mit dem Finger auf mich und tat, als hätte sie mich bei etwas ertappt.

»Oh, ich wusste es. Du stehst auf die beiden.«

»Lenk nicht ab«, ich drückte ihren Finger von mir weg. »So ein Schmarrn! Nichts weißt du. Man muss ja andere Frauen nicht gleich hässlich finden, nur, weil man in einer Partnerschaft ist. Im Gegensatz zu dir bleibt es bei mir nur beim Schauen.«

»Ich bin doch bloß kurz mal schwach geworden und habe mich hinreißen lassen«, versuchte sie, mir erneut zu erklären. Diesmal in einem leiseren Ton.

Ich merkte, wie sie alle Gangarten durchprobierte, um vielleicht mit einer zu mir durchzudringen.

»*Hinreißen* lassen?« Ich sah ihr tief in die Augen, nachdem ich Oskar zugedeckt hatte. »Wie oft denn? Dreimal, viermal? Wie lange geht das denn schon mit dem Typen?«

Sie setzte sich wieder aufs Bett.

Ich blieb stehen. Mich zu ihr aufs Bett zu setzen, hätte Gesprächsbereitschaft signalisiert.

»Dreimal haben wir ein bisschen herumgeknutscht. Mehr war da nicht.«

»Das reicht für mich, meine Liebe. Fast wäre es mir lieber gewesen, du hättest mit dem Typen gepennt. Aber küssen … Ich weiß ja nicht, wie es dir geht, aber für mich sind da Gefühle im Spiel.«

Sie stand wieder auf und wandte sich von mir ab.

»Und beim Sex sind keine Gefühle im Spiel, oder was?«

»Das weiß ich nicht, liebe Anja. Ist schon zu lange her. Jetzt weiß ich ja, warum. Wenn du gesättigt nach Hause kommst … Schon klar, dass du da keine Lust mehr auf traute Zweisamkeit hast.«

»Ich sagte doch eben, dass da nicht mehr war.«

Ich räumte Oskars Kleidung in den Schrank. Ich war froh, mich bewegen zu können. Auf diese Weise verbrauchte ich ein wenig Energie, die sich in meinem Körper mehr und mehr aufbaute.

»Was ist das eigentlich für ein Typ?« Ich drehte mich zu ihr um und starrte sie an.

»Er ist ein Kaffeelieferant!«

»Ah, das wird ja immer besser. Ein Außendienstler.«

»Was soll denn daran besser sein?« Sie sah mich ungläubig an.

Ein weiterer Versuch von ihr, Dampf aus der Diskussion zu nehmen.

»Er ist ein Vertreter. Du weißt doch, was man über die sagt. Weiß doch jeder Idiot, dass der in jedem Hafen eine Perle hat. Und mit Hafen meine ich jedes gottverdammte Café in Schwabing.«

»Das stimmt doch überhaupt nicht!«

»Ah!«, fuhr ich sie an. »Jetzt verteidigst du deinen Lover schon.«

Ich durchschaute sie und ließ nicht locker. Ich wollte Klarheit und das Thema in diesem Moment auf den Tisch bringen. Keine Zeit vergehen lassen und ihr erst recht nicht die Möglichkeit geben, sich plausible Gründe für ihr Handeln ausdenken zu können.

»Wie heißt er eigentlich mit vollem Namen?«

Sie hielt inne.

»Wieso? Willst du jetzt nach Hamburg fahren und ihm eine aufs Maul hauen, oder was?«

»Ich bin nur neugierig. Hauke KA?« Ich starrte sie fragend an.

»Das KA steht für KAFFEE.«

Ich lachte schallend und klatschte in die Hände. Sicher hörte ich mich an, als würde ich kurz vor einem Nervenzusammenbruch stehen. Jedenfalls fühlte ich mich fast so. Wenigstens wurde ich langsam nüchtern.

»Das wird ja immer besser. Der Typ heißt also mit Nachnamen KAFFEE. Dann ist der Name ja Programm.«

»Er heißt nicht mit Nachnamen KAFFEE. So habe ich ihn nur genannt, damit es nicht gleich so offensichtlich ist, wenn du doch mal in mein Handy spickst!«

»Jetzt wird die Sache rund. Erzähl mir also nicht, das ist einfach so passiert. Da steckt mehr dahinter. Eine flüchtige, einmalige Knutscherei zieht nicht solch ein Handeln nach sich. Das ist ein Plan, meine Liebe, den du da verfolgt hast. Der Anfang einer Affäre.«

Ich ging zu ihr. Entweder wirkte ich bedrohlich oder sie hatte Angst davor, welche Konsequenzen ich aus dieser Sache ziehen würde. Ich hoffte auf Letzteres. So gut müsste sie mich kennen, um zu wissen, dass ich ihr niemals etwas tun würde. Ich war sehr gekränkt und wollte dies zum Ausdruck bringen. Sie sollte wissen, was sie angerichtet hatte. Keinesfalls aber wollte ich weinerlich wirken. In diesem Fall hatte ich nur eine Chance: Sarkasmus. Eine meiner Charaktereigenschaften, mit der sie bisher gut umzugehen wusste.

Ich trat nahe an sie heran und blickte ihr intensiv auf die Lippen.

Ihre Unsicherheit steigerte sich. »Was … was ist?« Sie betastete ihren Mund.

»Sehe ich da ein wenig Hornhaut? Wenn man halb Schwabing an den Lippen kleben hat, muss das ja ein paar Spuren hinterlassen.«

Ich grinste hämisch. Zugegeben. Nicht der glanzvollste Moment in meinem Leben.

Sie kniff die Augen zusammen, holte aus und klebte mir eine.

Mit einem Schlag war ich stocknüchtern. Ein Kaffee hätte dafür auch gereicht. Ich hätte eh gewusst, von wem ich mir den geholt hätte. Anja hatte ja die besten Beziehungen.

Ich hielt mir die Wange.

Anja sah mich ebenso erschrocken an wie ich sie.

»Geht es dir nun besser?«, fragte ich sie und tat cool. Obwohl es ganz schön geklatscht hatte und meine Wange heiß wurde.

Sie sah mich weiter nur an.

»Gut«, meinte ich, »dann wäre ja alles gesagt.«

Ich schnappte mir ein Bier aus der Minibar und ging hinaus auf den Balkon. Vielleicht doch keine so gute Idee mit dem Nüchternwerden. Oskar schlief bereits. Klar! Für Kinder war nichts beruhigender, als beim Einschlafen die Stimmen der Eltern zu hören.

Ich öffnete die Flasche männermäßig am Balkongeländer. Der Kronkorken verabschiedete sich nach unten. Ich nahm einen großen Schluck und wischte mir den Mund ab. Der Himmel war bewölkt. Passend zur Stimmung und dem Nebel in meinem Kopf. Unten im Garten stand das Wickiezelt. Ich fragte mich, wie es nun weitergehen sollte. Zähneputzen, rein in den Pyjama und Licht aus? Sicher nicht. Wie sollte es außerdem morgen früh weitergehen? Abreisen konnte ich nicht. Bei einer Verkehrskontrolle hätte mir bei einem Alkoholtest die Warnweste auch nichts gebracht. Außerdem wollte ich nicht die Segel streichen. Zum einen war mir meine Beziehung zu Anja doch zu wichtig, und dann war da ja noch der Kleine. Wäre es wirklich legitim, seine Frau zu verlassen, nur, weil sie fremdgeknutscht hatte? Ich war jedenfalls sauer.

Wie viele Gelegenheiten hatten sich mir in den letzten zwei Jahren geboten? Und? Hatte ich mich vielleicht hinreißen lassen? Vielleicht war ich deshalb sauer. Fakt war jedenfalls, dass sich nun jemand gewaltig Mühe geben musste. Und der war nicht ich!

Ich leerte das Bier mit einem Zug und stolperte wieder ins Zimmer hinein.

Anja stand immer noch wie angewurzelt da und starrte mich an. Sie ging einen Schritt auf mich zu.

Ich aber wich ihr aus. Ich schnappte mir Oskars Kraxe und räumte den Inhalt der Minibar hinein. Nicht zu fassen, was alles in so einen kleinen Kühlschrank passte. Die Knabberei packte ich ebenfalls ein. War ja nur für mich ganz allein.

»Was wird das jetzt?«

»Ich packe ein paar Sachen«, antwortete ich, ohne aufzusehen.

»Das sehe ich. Wofür? Ich meine, wo willst du denn damit hin?«

»Dorthin, wo Schafe, Hirschen und Deppen nun einmal die Nacht verbringen. Ins Freie!«

Sie lachte gequält. »Mach dich doch nicht lächerlich!«

»Bitte, nach dir!«, spielte ich diesen Ball zurück und schnappte mir mein Bettzeug.

Aus dem Bad holte ich meinen Kulturbeutel, noch ein paar Klamotten aus dem Schrank und mein Handy vom Nachttisch. Ich prüfte die Akkuanzeige: voll.

»Ich bin über WhatsApp erreichbar. Wie das funktioniert, weißt du ja.«

Anja machte Andeutungen, mich von meinem Vorhaben abzubringen. Doch es blieb nur bei einem kleinen Versuch. Anscheinend fand sie meine Idee nicht so schlecht, sich erst einmal aus dem Weg zu gehen. Für einen war es jedenfalls das Beste. Für Oskar.

Ich zog die Tür hinter mir zu und machte mich mit meinem Gepäck auf dem Rücken auf den Weg zum Aufzug. Die Flaschen aus der Minibar klapperten bei jedem Schritt. Ein Ehepaar kam mir auf dem Flur entgegen und starrte mich entgeistert an. Ich hatte jedoch andere Sorgen, als mir um meine Außenwirkung Gedanken zu machen. Ich mied den Aufzug und nahm die Treppe. Ich wollte nur noch aus dem Gebäude raus. Der Garten war um diese Uhrzeit nicht mehr beleuchtet. Meine Augen aber hatten sich schnell an die Dunkelheit gewöhnt. Einige Schritte später war ich an meinem Quartier angekommen. Ich öffnete das Zelt und steckte meine Rübe hinein. Stockfinster. Als ich mit der Lampe meines Handys einen zweiten Versuch startete, mich ortskundig zu machen, staunte ich nicht schlecht: eine Schachtel Zigaretten, ein Feuerzeug, Schminkutensilien für Kinder und zwei noch eingeschweißte Kondome. Was für eine Mischung! Entweder hatte sich hier jemand etwas versprochen oder das Zelt war ein Geheimtipp für einsame Herzen. Meiner Meinung nach mangelte es jedenfalls an der Umsetzung. Wie sollte das denn aussehen? Schminken, poppen und dann ein feines Zigarettchen? Sicher nicht. Bei Anja brannte Licht im Zimmer. Ich sah aus den Augenwinkeln, dass sie mich beobachtete.

Ich packte die Kraxe in meine neue Unterkunft und holte mir von einer der Liegen im Garten eine Wolldecke, die vergessen worden war. Ich richtete mich ein, schnappte mir ein Bier und die Zigaretten und setzte mich vor das Zelt. Vereinzelt brannte in den Hotelzimmern noch Licht. In unserem Zimmer ebenfalls.

Anja trat auf den Balkon.

Ich blickte hinauf, sie zu mir herunter. Cool schnappte ich mir eine der Zigaretten und zündete sie an. Ich nahm einen tiefen Zug und inhalierte den Rauch. Total cowboymäßig. Leider war ich in diesem Moment nicht mehr als ein Hilfssheriff und bekam einen ausgewachsenen Hustenanfall, der sich gewaschen hatte. Tränen stiegen mir in die Augen. Vor lauter Schreck ließ ich den Glimmstängel in meinen Schoß fallen. Dort begann die Glut, meine Hose anzukokeln. In Sekunden stand ich, immer noch hustend, auf meinen Beinen und klopfte mir wie irre gegen meinen Schritt. Als ich mich erholt hatte, war Anja bereits wieder im Zimmer verschwunden. Das war ja peinlich. Ich ließ mich wieder auf dem Boden nieder und startete einen neuen Versuch, lässig eine zu rauchen. Ich beließ es besser beim Paffen.

Kurz darauf löschte Anja das Licht.

Ich fragte mich, ob sie schlafen konnte. Ich hoffte nicht. Das war nicht böse gemeint. Jedoch wäre es fatal, wenn sie nach diesem ausgewachsenen Krach einfach so ins Land der Träume abgleiten könnte. In diesem Fall hätte ich mich wohl in meiner Frau geirrt.

Ich blickte auf mein Handy. Mittlerweile war es kurz vor Mitternacht. Cool, wenn Hans jetzt hier wäre. Der könnte mich wenigstens auf andere Gedanken bringen. Ich sah wieder aufs Display. Hey! Hier im Freien volles WLAN. War das zu fassen? Wenn das Luis, der Bub von Boris, gewusst hätte, wäre das Zelt bereits besiedelt gewesen.

Ich überlegte, ob ich Hans eine WhatsApp schreiben sollte. Ach was. Wir sind Männer. Die schreiben sich nicht. Außerdem war dies eine schwerwiegende Angelegenheit.

»Wer stört?«, knurrte es mürrisch aus meinem Handy.

»Servus, Hans. Hier ist dein bester Freund!«

»Rudi?«

»Depp. Ich bin es. Wer ist Rudi?«

Hans lachte schallend. »Das weiß ich doch nicht. Ich hab deine Nummer gesehen, du Schlaumeier.«

»Störe ich dich gerade bei irgendwas?«, fragte ich vorsichtig. Nicht, dass er gerade mit Heidi zugange war.

»Ehrlich gesagt, ja. Bei meiner Schlummerhalben. Draußen vor meinem Lagerfeuer.«

»Na, dann geht es ja. Und, sonst alles klar bei dir?«

»Freilich. Die Hütte ist voll, keiner nervt, Heidi schläft bei sich daheim … ich lebe meinen Traum. Und bei dir? Dass du noch nicht Bubu machst!«, zog er mich auf.

»Mei! Noch nicht müde. Hier ist es echt toll. Wir waren wandern, ich bin heute schon mit Oskar geschwommen. Essen ist auch gut … ach ja. Und ich habe mich gerade von Anja getrennt.«

»Du und schwimmen?«, kam es zurück. »Da lachen ja die … Moment! Du hast was?«

»Hast schon richtig gehört, mein Lieber.«

»Und warum, wenn ich fragen darf?«

Ich nahm einen Schluck von meinem Bier. Wie sollte ich das jetzt am besten erklären? Hans sah solche Dinge ja immer schon ein wenig anders als ich.

»Tja, was soll ich sagen. Einen anderen hat sie.«

»Schmarrn! Doch nicht die Anja. Ist etwa der Jens wieder da? Der probiert es doch alle Heilige Drei Könige.«

»Erstens ist Sommer und nein, der ist es nicht. So ein Vertreter aus dem hohen Norden.«

»Au!«, rief er. »Das ist hart. Ist er Sankt-Pauli-Fan?«

»Ja. Und er hat Schuhgröße zweiundvierzig, hört gerne die Beatles und war als junger Bursch im Schützenverein. Sag einmal, was glaubst du denn, wie gut ich den kenne!«

»Ist ja schon gut. Auf mich brauchst du nicht sauer zu sein. Ich hab nicht mit deiner Anja geschlafen.«

»Das hat der ja auch nicht. Wobei mir du in dem Fall immer noch lieber wärst. Wegen unserer Blutsbrüderschaft, verstehst?«

Stille am anderen Ende. Ich hörte, wie Hans' Gehirnzellen aneinanderschrubbten.

»Die haben *nicht* miteinander geschlafen?«, bohrte er detektivisch nach.

»So hat es mir zumindest Anja versichert.«

»Was haben die dann gemacht?«

»Anja sagt, zwei- bis dreimal geknutscht.«

Hans lachte so laut, dass ich das Handy etwas von meinem Ohr nahm. War ja klar, dass er das lockerer sah als ich. Schließlich war er Zeit seines Lebens derjenige, der etwas mit liierten Frauen am Laufen hatte.

»Ach, Herbie. Du bist mir echt einer!«

Er beruhigte sich langsam wieder. Ich öffnete ein weiteres Bier und sah zu unserem Balkon hinauf. Es war dunkel in unserem Hotelzimmer. Dafür konnte ich eine Etage tiefer Heinrich Kant erkennen, der im gleißendem Licht, das durch das Fenster nach draußen schien, eine Zigarette auf seinem Balkon rauchte und zu mir herabsah. Mir war nicht bewusst, dass der unter uns wohnte. Ich tat, als würde ich ihn nicht wahrnehmen.

»Herbert!«

»Ja?«

»*Was du denn jetzt tun willst!*«

»Sorry, ich war abgelenkt. Habe jemanden entdeckt.«

»Fährst du jetzt heim? Du kannst zu mir kommen und untertauchen.«

»Nein. Ich sitz das aus und will nicht flüchten. Ich bin umgezogen.«

»Jetzt? Um diese Zeit? Scheint ja kein tolles Hotel zu sein, wenn du da so mir nichts, dir nichts ein Zimmer bekommst.«

»Das Hotel ist ausgebucht«, erklärte ich. »Ich wohne in einem Zelt, im Garten vor dem Haus. Genauer gesagt ist es ein Wikingerzelt.«

Nach kurzer Stille begann Hans wieder zu lachen.

»Du bist echt die Härte. Du überraschst mich immer wieder.«

Zwischenzeitlich ging es auf dem Balkon der Kants ab. Sie kam aus dem Zimmer zu ihrem Mann hinaus und begann einen Streit, der sich gewaschen hatte.

»Du, Hans, jetzt geht's hier voll ab. Auf dem Balkon unter uns ist die Hölle los.«

»Scheint ja unter keinem guten Stern zu stehen, das Hotel. So beziehungstechnisch.«

»Schmarrn. Da kann das Hotel doch nichts dafür, wenn wir unsere Probleme von daheim mitbringen.«

Heinrich Kant gab ordentlich Kontra und ließ sich nichts gefallen. Dann gingen beide ins Zimmer zurück und knallten die Balkontür zu.

»Ich kann dir nur den Rat geben, nichts zu überstürzen und Ruhe zu bewahren«, versuchte Hans, mich milde zu stimmen. »Jetzt schläfst du mal eine Nacht in deinem Zelt und morgen sieht die Welt schon wieder ganz anders aus.«

»Du hast gut reden.«

»Herbert, wie oft denn noch! Das ist Schwabing. Bussi hier, Bussi da, das hab ich dir schon so oft gesagt. Hauptsache, die Anja kommt am Abend wieder heim. Dann ist alles gut. Du isst doch manchmal vor dem Abendessen auf dem Nachhauseweg auch hin und wieder noch ein Eis oder einen Dürüm. Und Anja küsst halt mal ein bisserl in der Gegend herum und bleibt dabei aber schlank.«

»Depp!«

»Herbert, ich versuche doch nur, dich ein bisserl aufzuheitern.«

»Funktioniert nicht«, bestätigte ich ihm und nahm noch einen Schluck.

Fast kam mir das Bier durch die Nase wieder raus, als ich aus der Ferne Heinrich Kant sah, der aus dem Hotel mit einem Sixpack in der Hand auf mich zusteuerte.

»Jetzt schlägt es dreizehn!«, flüsterte ich ins Telefon.

»Warum?«

»Ich leg jetzt auf. Wir können ja morgen noch mal telefonieren.«

»Von mir aus«, grummelte Hans. »Und bleib ruhig. Es ist nix passiert!«

»Ja, ja. Tschau!«

Hans hatte leicht reden. Dennoch nahm er mir ein wenig Wind aus den Segeln.

»Ist hier noch Platz für einen Leidensgenossen? Ich habe auch etwas Sprit mitgebracht.«

Er winkte mit dem Sixpack Bier, als er vor mir stand.

»Sicher«, meinte ich, obwohl es mir überhaupt nicht recht war. Mir war nicht nach Gesellschaft.

»Hab schon mitbekommen, dass du etwas Stress hattest. Ihr seid ja quasi über uns.«

»Ah!« Ich nickte, ließ es aber unkommentiert. Verdammter Spanner!

»So ein Stress! Wegen einer Zigarette!«, schimpfte er und setzte sich neben mich.

»Wo hast du denn das Sixpack her?«, wollte ich wissen, um wenigstens ein bisschen Interesse an ihm zu zeigen.

»Hab ich immer dabei. Das Auto ist voll davon. Ich zahle doch denen über die Minibar nicht die Hypothek des Hotels ab. Nicht mit mir!«

Wo er recht hatte. Ich drehte mich um und warf einen Blick ins Zelt zu meiner Kraxe. Egal. Das war es mir wert.

»Du machst es genau richtig. Lässt dir nichts gefallen, packst deine Siebensachen und quartierst dich hier ein. Hätte ich dir nicht zugetraut. Weißt du was, ich bleibe heute Nacht auch hier. Soll sie doch sehen, wo sie bleibt. Immer im Urlaub dieser Stress. Wir Männer müssen zusammenhalten. Einer für alle …«

»Prost!« Ich stieß an seine Flasche.

Ich befürchtete, dass sich Heinrich mit in mein Zelt einnisten wollte. Nicht mit mir. In meinem Zelt wurde nicht gefurzt und auch nicht geschnarcht. Beides traute ich ihm zu. Wehret den Anfängen.

»Das Zelt ist aber definitiv zu klein für uns zwei.«

»Keine Angst«, beruhigte er mich. »Wir sind ja hier nicht bei den Pfadfindern. Ich hab da vor ein paar Tagen was gesehen. Komm! Hilf mir mal.«

Er stand auf und stellte seine Flasche ab. Verdammt! Konnte man sich hier nicht einmal für einen Abend in Selbstmitleid suhlen? Ich folgte ihm zu einem kleinen Geräteschuppen, der etwas abseits der Wiese stand. Er öffnete die Tür.

»Glück gehabt. Nicht abgesperrt. Hähä!«, freute er sich und ging hinein.

Ich stand draußen Schmiere. Nur noch vereinzelt brannte in ein paar Hotelzimmern Licht. Kurz darauf kam er mit einem weiteren Zelt aus dem Schuppen.

»Hier. Die haben mehr davon. Habe ich vorgestern entdeckt. Da haben die mit den Kindern so einen Abend gemacht. Marshmallows, Stockbrot … du weißt schon.«

»Cool!«

»Hilfst du mir schnell, das Ding aufzubauen?«

Konnte ich das ablehnen?

Direkt neben meinem Wikingerzelt stand kurze Zeit später ein Indianer-Tipi. Dann war das also schon mal geklärt. Ich war Wickie und er Winnetou. Ein bisschen wurde ich melancholisch, während wir das Zelt aufbauten. Das wäre eigentlich eine Sache für Oskar und mich gewesen. Stattdessen baute ich das Ding mit einem frustrierten Typen auf, dessen einzige Sorge war, dass sein Bier nicht warm wurde.

Nach getaner Arbeit saßen wir wieder vor unseren Zelten. Ich hatte meine Bettdecke um die Schultern gelegt. Nicht männermäßig, aber warm.

»Du bist so still.«

»Ach, ich dachte nur gerade an meinen Oskar. Ich habe ihm heute nicht mal was vorgelesen. Mache ich eigentlich immer.«

Heinrich reichte mir eine Flasche aus seinem Vorrat. »Ach du grüne Neune. Da kannst du beruhigt sein. Solange der Kleine gewickelt ist und sein Stofftier bei sich hat, braucht der nichts weiter. Glaub mir, ich habe das dreimal mitgemacht.«

Ja, dachte ich, *die Spätschäden haben wir vielleicht alle bei unserer gemeinsamen Wanderung mitbekommen.*

Er aber hatte so seine eigene Theorie. »Ich denke ja sowieso, dass die kleinen Racker viel schlauer sind, als wir alle denken.« Er zündete sich eine Zigarette an und pustete den Rauch demonstrativ in Richtung seines Balkons. Ein wahrer Revoluzzer.

»Wie meinst du das?«, heuchelte ich Interesse, obwohl mich seine Ansichten überhaupt nicht sonderlich interessierten. Ich konnte aber auch nicht einfach sang- und klanglos nach Hause gehen. Also in mein Zelt.

»Ich glaube, dass die Kleinen sich manchmal schlafend stellen, damit wir nichts mehr vorlesen oder am Ende sogar noch singen. Und kaum hast du dann als Vater das Zimmer verlassen, warten die Hosenscheißer eine Weile und beginnen zu plärren. Ich sage dir: Das ist die reinste Machtdemonstration.«

Ich hatte ja so meine eigene Theorie über die Familie Kant. Doch ich ließ sie lieber stecken. Nur zu gerne hätte ich in diesem Augenblick noch mal nach Oskar geguckt. Mittlerweile waren auch die letzten Lichter in den Hotelzimmern erloschen. Diesen Urlaub hatte ich mir eigentlich etwas anders vorgestellt.

Dick bist du nur im Kopf

AN: Das Bad ist jetzt frei. Sind beim Frühstück. Du kannst ja dazukommen, wenn du dich wieder beruhigt hast.

Scheiße! Hatte ich einen Schädel. Wo war ich? Und warum schrieb mir Anja eine WhatsApp und weckte mich nicht einfach? Erneut blinzelte ich auf mein Handy. Doch, ja. Diese WhatsApp kam eindeutig von Anja. Und wo zum Teufel … Ich tastete um mich. Mein Rücken war klamm. Ich bekam ein paar kleine Schnapsfläschchen zwischen die Finger, unter meinem Kopf lag Oskars Kraxe. Als sich meine Augen scharf gestellt hatten, entdeckte ich ein wenig Himmel durch eine kleine Öffnung. Dann dämmerte es mir. Also doch kein Traum.

Ich klappte den Stofflappen, der die Türe meines Zeltes darstellte, zur Seite und blinzelte hinaus. Mein Blick fiel auf ein paar Pumuckl-Sandalen, in denen dünne Beine mit Ringelsocken steckten. Unterhalb des linken Knies klebte ein Pflaster mit Marienkäfer drauf. Ich rieb mir die Augen. Blaue Kinderaugen starrten mich an. Ein Mädchen, etwa fünf Jahre alt, stand mit einer halben Semmel in der Hand vor mir.

»Bist du fertig mit Spielen?«, fragte sie keck und zupfte an der Semmel.

»Da drin kannst du nicht spielen«, versuchte ich, ihr schonend beizubringen.

»Warum denn nicht?«

»Weil …«

Ach, verdammt. Solch schwierige Fragen am Morgen. Darauf war ich nicht vorbereitet. Außerdem hatte ich einen mächtigen Kater.

»Es gab einen Wasserrohrbruch. Das Zelt steht unter Wasser.«

Sie sah mich ungläubig an. »Das geht ja gar nicht.«

»Wer bist du denn? Ein Lehrerkind?« *Ups, Herbert. Immer langsam. Vor dir steht ein kleines Mädchen*, versuchte ich, mich zu bändigen.

»Kann ich da jetzt rein?« Sie ließ nicht locker.

»Kriege ich ein Stück von deiner Semmel?«

»Nö.«

»Guck doch mal zum Tipi nach nebenan. Vielleicht hast du da mehr Glück.«

Gut, Herbert. Ungebetene Gäste an der Haustür immer zum Nachbarn schicken. Außerdem war Heinrich der Kinderflüsterer. So, wie er sich in der Nacht zuvor gegeben hatte, war er die Ausgeburt eines tollen Papas. Nur weil er zwei Kinder mehr hatte als ich, besaß der Mann Profistatus. Glaubte er zumindest.

»Ich bin aber ein Wikinger!«, bestimmte das Mädel und stampfte mit ihren Beinchen ins Gras.

»Also, wenn überhaupt, dann bist du eine Wikingerin.«

Okay, es musste sein. Sie ließ ja doch nicht locker und hatte es so gewollt. Was mochten kleine Mädchen am liebsten?

»Gut, ich will ehrlich zu dir sein. Da drinnen liegt eine tote Katze. Sieht ganz übel aus. Keine Ahnung, was passiert ist. Schlimme Sache!«

Sie starrte mich an. »Ui! Darf ich sie sehen?« Sie grinste über das ganze Gesicht.

Was stimmte denn nicht mit den Kindern heutzutage?

»Ich, äh, also …«

»Luisa! Kommst du von dem Mann da weg?«, plärrte eine Frau von einem der Balkone herunter. »Aber ganz schnell kommst du jetzt hoch!«

Ich sah die kleine Luisa an und zuckte mit den Schultern. Sie rannte davon. Ich winkte der Frau auf dem Balkon. Sie aber ignorierte mich und tat gerade so, als wäre ich ein Landstreicher. Dabei war ich ein treu sorgender Familienvater und Inhaber eines aufstrebenden Unternehmens. Okay, schuldig. Familienvater mit Alkoholfahne, der in einem Kinderzelt übernachtet hatte.

»Was ist denn los? Wer schreit denn da am frühen Morgen?«

Heinrich kam aus seinem Tipi gekrochen. Der Anblick war ernüchternd. Nicht nur, dass er aussah, als hätte er die Nacht durchgezecht. Sein schneeweißer, behaarter Hintern versuchte, sich ins Freie zu kämpfen.

»Heinrich!«

»Was?«

Ich deutete auf seinen Allerwertesten. »Hier sind Kinder.«

Er sah an sich herunter. »Oh! Danke.«

»Kein Thema. Und? Gut geschlafen?«

»Wie ein Murmeltier. Und du?« Er kratzte sich am Bauch und gähnte. Dann stieg er in seine Hose.

»Geht so. Ich werde erst mal duschen.«

»Ja, mach das. Und? Wie läuft es dann weiter?«

»Keine Ahnung. Mal sehen. Also, man sieht sich.«

Ich packte meine Kraxe mit dem Leergut auf meinen Rücken und trottete mit meiner Decke unter dem Arm ins Hotel zurück. Die ersten Gäste sonnten sich bereits auf den Liegen oder kamen vom Joggen zurück. Eine vierköpfige

Familie breitete eine Decke auf der Wiese aus und machte es sich gemütlich. Neid stieg in mir hoch. Warum nur konnte es nicht auch bei mir so harmonisch sein? Vielleicht war das aber auch alles bloß Fassade bei denen. Wer wusste schon, was hinter verschlossenen Türen passierte.

* * *

Nach einer ausgiebigen Dusche war ich wieder in der Zivilisation angekommen. Zuerst hatte ich den Gedanken an ein gemeinsames Frühstück verworfen. Doch so schnell wollte ich das Feld nicht räumen. Wo kämen wir denn da hin, dass ich mir von so einem Kaffeedealer die Tour vermasseln ließ. Doch ich wollte keinesfalls einknicken. Anja war an der Reihe, um mich zu kämpfen. Dafür musste ich ihr natürlich einen gewissen Anreiz geben. Soll heißen: Ich hatte mich rasiert und meine Kauleisten mit Bürste und Zahnseide auf Hochglanz gebracht. Coole Klamotten hatte ich mir zurechtgelegt, während ich mit einem Fetzen Klopapier die Blutung am Hals stoppte. Kleiner Tipp: Seitwärtsbewegungen bei der Nassrasur sollten tabu sein. Noch ein wenig Aftershave und ein letzter, prüfender Blick in den Spiegel. Gut sah ich aus. Wäre doch gelacht! Schnell legte ich der Reinigungsdame noch einen Fünfer auf die Matratze. Wegen der Grasflecken auf meiner Bettdecke.

Im Speisesaal herrschte reger Betrieb. Ich entdeckte Anja und Oskar an einem großen Tisch, an dem noch ein Paar mit einem kleinen Mädchen saß.

»Baba!«, rief Oskar, als er mich sah.

»Ja, wo ist mein Großer?« Ich hob ihn aus dem Stuhl und drückte ihn. Er zog mir das Klopapier vom Hals und ließ es auf den Boden fallen. Gut, wenn Männer gegenseitig auf sich achten. Ich parkte ihn wieder im Stuhl und setzte mich.

»Hallo«, grüßte ich auch Anja etwas verhalten.

»Hallo.«

»Guten Morgen. Na, etwas länger geschlafen?«, grinste mich mein Gegenüber vom Tisch an.

Nein, ich habe noch schnell ein Grinsegesicht wie dich beseitigt und alle Spuren verwischt. Nach dem Frühstück bist du dran. Das hätte ich entgegnen sollen. Doch dann hätte ich gleich abreisen können.

»Ja«, antwortete ich knapp und sah zu Anja.

Ich versuchte, mit meinem Blick keine Aussage zu treffen. Sie sollte nicht merken, woran sie war.

»Und? Hast du dich wieder beruhigt?«, fragte sie mich, bevor sie einen Schluck Kaffee nahm.

Das konnte ich ja überhaupt nicht ab. Ich war der Geprellte. Sie hatte etwas angestellt und mich damit zur Weißglut gebracht. Sie tat ja gerade so, als hätte ich überreagiert. In diesem Fall hätte ich gerne gewusst, wie sie sich an meiner Stelle verhalten hätte.

»Wieso? War was?«, fragte ich süffisant und zugegebenermaßen etwas kindisch. Da ich aber nicht jeden Tag mit Fremdgehen konfrontiert war, konnte man von mir auch nicht verlangen, wie ein Profi zu reagieren.

Die Familie gegenüber studierte eine Karte mit den schönsten Radwegen der Umgebung. Welch eine Idylle!

»Hör zu, das war vielleicht dreimal, dass ich mich mit Hauke …«

»Super!«, brach es aus mir heraus. »Das wird ja immer besser. Du weißt es also nicht einmal, wie oft du dich hast von dem Kerl befummeln lassen? Ich dachte, es waren vielleicht zwei- bis dreimal. Nun könnte es auch vier-, fünf- oder zehnmal gewesen sein?«

Und schon war meine Coolness dahin. Ich stapfte mit meinem Teller ans Buffet. Bester Zeitpunkt, um mich wieder ein wenig zu fangen. Vorher aber küsste ich Oskar auf den Hinterkopf. Auch ich wollte der Idylle an unserem Tisch in nichts nachstehen.

Ich holte mir Speck. Viel Speck. Und Rührei. Ach, was liebte ich Rührei. Auf einen weiteren Teller legte ich noch zwei Croissants und schlenderte wieder zurück an meinen Tisch.

Anja sah meinen Teller und dann mich an.

»Denkst du bitte an deine Blutfettwerte?«, kam es von ihr, während sie Oskars Schnute mit einer Serviette abputzte.

War das nicht nett von Anja? Sie hatte vielleicht fremdgevögelt, aber wichtiger waren meine Blutfettwerte. Das könnte ich später bei der Partnervermittlung angeben. Single, männlich, mit Kind, sucht Frau für den zweiten Bildungsweg. Biete Treue, Fröhlichkeit und erstklassige Blutfettwerte.

»Ha!« Ich konnte nicht aufhören. Wollte auch nicht.

Auch der Papa von gegenüber, der es bis zu diesem Zeitpunkt wunderbar verstand, die Stimmung auf unserer Seite des Tisches erfolgreich zu ignorieren, guckte mich nun an. Das bedeutete für mich: *Er will quatschen.*

»Darfst du auch nur Körner essen?«, fragte ich ihn und biss von meinem Speck ab.

»Ich esse im Allgemeinen …«

Ja, ja, interessiert mich nicht. War ja auch mehr eine rhetorische Frage.

»Ich habe schon einmal von meiner Frau ein Buch geschenkt bekommen mit dem Titel … ach, Anja, wie hieß das Buch?« Sie ging nicht darauf ein. War klar, dass ich die Antwort längst wusste. Dieser Schmöker hatte sich bis in meine Kleinhirnrinde eingebrannt. »Jetzt hab ich's!«, rief ich und haute auf den Tisch. »*Dick bist du nur im Kopf!* Genau, so hieß das. Ein tolles Buch. Ich habe es nicht gelesen.«

Anja schaltete sich nun doch dazwischen. »Ich habe dir schon tausendmal gesagt, dass das im Café vergessen wurde.«

Die Situation war ihr peinlich. Gut so. Mir waren ganz andere Sachen peinlich.

Die Mutter gegenüber schaute hektisch zwischen ihrem Mann und uns hin und her.

Ich kam richtig in Fahrt. Natürlich nicht, ohne vorher genüsslich in mein Croissant zu beißen. »Genau! Im Café vergessen. Wie die Zeitungsberichte mit den Tipps, wie man sich effektiv selbstständig macht.« Unsere Tischnachbarn starrten uns nur an. Mit der Scheiße hatten die sicher nicht gerechnet, als sie an diesem Morgen freudig mit ihrer Landkarte in den Speisesaal gehopst waren. Ich wollte die Leute unbedingt in unseren Disput einbeziehen.

»Wisst ihr, meine Frau nimmt für mich auch gerne Fernsehsendungen von Typen auf, die mit vierzig noch begonnen haben zu studieren. Ach, Anja, Schatz, wie hieß diese Sendung noch mal?« Anja gab keinen Ton von sich. »Jetzt weiß ich: *Es ist nie zu spät – die Reportage.*«

Anja atmete tief durch. Sie quälte sich gegenüber der Familie ein Lächeln ab.

Ich fand, dass es an der Zeit war, den Tisch für uns alleine zu haben. Ich kniff meine Augen ein wenig zusammen und beugte mich leicht nach vorne.

Erwartungsvoll blickten sie mich an.

Das kleine Mädchen war mit der Karte beschäftigt.

»Jetzt mal ehrlich! Aber nicht flunkern. Wart ihr beide euch immer treu? Ganz ehrlich sein. Ich sage es auch nicht weiter!«

Das war den Herrschaften zu viel des Guten.

»Wir sind dann so weit fertig«, meinte der Papa und stand mit seiner Familie auf.

»So wartet doch. Ihr habt mir doch noch …«

Weg waren sie.

Ich gab etwas Salz über mein Rührei und ließ es mir schmecken. Aus den Augenwinkeln erkannte ich, dass mich Anja fixiert hatte.

Oskar kämpfte derweil mit seinem Nutellabrot.

Nach ein paar weiteren Gabeln und einem Stück Speck schaute ich Anja an. »Was?«

»Ist das jetzt dein neues Hobby? Leute verprellen? Die große Herbert-Show?«

Ich zuckte mit den Schultern und goss Kaffee in meine Tasse.

»Warum denn? Ein bisschen Konversation wird doch wohl erlaubt sein. Du klagst doch immer, dass ich keinen Small Talk beherrsche.«

»Wie gestern bei dem Schnabel«, fuhr sie fort. »Da konntest du es auch nicht lassen, dumm daherzureden.«

»Der Typ ist ein Arsch! Basta!«

»Vielleicht meinte er es aber auch nur gut mit dir. Vielleicht ist ja doch was mit deinem Fuß.«

Ich musterte Anja mit hochgezogenen Augenbrauen. »Wieso? Weil ich bei meiner Frau einen schlechten Stand habe?«

»Herbert! Letztens bist du im Stehen gestolpert!«

»Unsinn. Da habe ich nur …«

»Wie soll es denn nun weitergehen?« Oh, Madame kam zum Punkt.

Ich hatte keine Lust, Entscheidungen treffen zu müssen, nur, weil es von mir verlangt wurde. *Wie soll es weitergehen?* Diese Frage war sicher nicht von mir zu beantworten.

»Keine Ahnung. Was habt ihr denn vor, der Hauke und du? Kommt er vorbei, macht ihr eine Wanderung oder so? Ich kann gerne den Oskar nehmen. Schließlich habe auch ich Urlaub. Dann seid ihr beide ungestört.«

Sie stand auf. »Ach, Herbert. Du kapierst überhaupt nichts.« Sie warf ihre Serviette auf den Tisch und blieb neben mir stehen. »Du könntest Oskar aber wirklich heute nehmen, weil ich jetzt gleich einen Wellnesstermin habe.«

Ich beschloss, dass es nun für den Augenblick gut war.

»Okay.«

»Lass uns um achtzehn Uhr auf dem Zimmer sein. Vielleicht bist du ja dann wieder bei Besinnung.«

Ich ging nicht darauf ein. Stattdessen wischte ich Oskars Nutellaschnute ab. Sie verabschiedete sich von dem Kleinen und verließ den Speisesaal.

»Baba!«

»Ja, wo ist der Baba? Geht's dir gut? Hast du gut geschlafen?«

»Auto fahren!«

»Nein, mein Kleiner. Heute fahren wir kein Auto. Das lassen wir schön stehen. Wir überlegen uns gleich, was wir mit unserem Männertag anstellen, oder?« Ich streckte ihm meine Handfläche vors Gesicht. Er schlug ein.

Na bitte. So einfach war das. Unter uns Männern gab es keinerlei Verständigungsschwierigkeiten. Jetzt musste nur noch ein Plan her. Immerhin hatte ich einen Ruf zu verlieren. Keinesfalls wollte ich mit meinem Bub den ganzen Tag faulenzen.

Papa-Sohn-Sachen

»Wo ist Mama?«

»Die Mama lässt sich gerade hübsch machen. Die Mama brauchen wir jetzt aber nicht, weil wir ganz tolle Papa-Sohn-Sachen machen. Hast du Lust?«

Klar hatte er Lust und klatschte in die Hände. Er wusste ja noch nicht, was ich mit Papa-Sohn-Sachen meinte. Oskar hätte ebenso geklatscht, wenn ich gesagt hätte: Wir waschen jetzt ganz fein unsere Weißwäsche, hängen sie auf die Leine und warten, bis sie trocken wird.

Ach, was musste das für ein tolles Gefühl sein, wenn man sich auf alles freute. Nur bei *Bubu* hätte er mich skeptisch angeguckt. Das mochte er untertags überhaupt nicht.

Wäre doch gelacht, wenn ich mit meinem Sohn nicht einen tollen Tag verbringen könnte. Dieser Boris Jäger machte auch nix anderes, als zwei Fahrräder zu leihen und in der Gegend herumzutreten. Das konnte ich auch. Da er das jedoch schon erledigt hatte, wollte ich nicht einfallslos wirken. Außerdem wäre Oskar bei mir mit auf dem Rad gewesen. Dann wäre es ja auch nur die halbe Gaudi gewesen. Warum sonst waren wir in einem Familienhotel? Das hieß doch nicht deshalb so, weil es Familienzimmer gab.

»Wer als Erster am Fahrstuhl ist!«, rief ich Oskar zu, nachdem ich ihn komplett angezogen hatte.

Ich weigerte mich, mir selbst etwas auszudenken, und machte mich mit meinem Bub auf zum Active-Counter in der Lobby. Als wir dort ankamen, bildeten wir das Ende einer Schlange, die etwa aus zwanzig Leuten bestand. Alle hatten Fahrradklamotten an. Es musste doch noch etwas anderes geben als Biketouren.

Sven Fleischer stand plötzlich neben mir und betrachtete die Schlange mit offenem Mund.

»Scheiße. Ich geh joggen«, meinte er knapp und verschwand wieder.

Joggen! Mir war an manchen Tagen in München die Leopoldstraße schon zu steil. Ganz sicher hatte ich keine Lust, hier in den Bergen bei praller Sonne einen Berg hinaufzulaufen. Wer das tat, war entweder lebensmüde oder konnte sich selbst nicht leiden. So etwas brachte einen doch um. Vielleicht war aber genau das Svens Plan.

»Na? Auch auf den Geschmack gekommen?«

»Boris! Du, nee. Einfach mal checken, was die hier so alles anbieten.«

Boris verzog skeptisch sein Gesicht. »Also, ich kann mich ja irren, aber um diese Zeit bekommst du nur noch Bikes.«

»Und was ist mit anderen Sachen? Wanderungen? Sommerrodelbahn oder sonst irgend so was?«

»Also, wenn überhaupt eine Wanderung mit Kindern ansteht, dann sind die schon weg. Ist ja auch schon zehn Uhr durch. Aber leih dir doch ein Bike. Wirst sehen, das macht euch Spaß. Kindersitz hinten drauf und ein paar Höhenmeter schrubben.«

»Ach, lass mal. Ich fahr daheim Rad, ich gönne meinen Waden mal 'ne Pause.«

»Die haben auch E-Bikes!«

Toller Tipp. Was dachte der denn? Dass ich mit einem E-Bike durch die Gegend gondelte? Wenn das Hans gehört hätte! Für ihn war ein Motor in einem Rad eine Art Rollator. War verboten. Sein Motor wären seine Haxen, meinte er immer.

»Ha!«, lachte ich. »E-Bike geht ja gar nicht. Mein Motor sind meine Haxen. Die streiken wenigstens nicht.«

»Na dann. Irgendwas findet ihr bestimmt. Man sieht sich.«

Da ging er hin, mit seinem Astralkörper in Hightech-klamotten. Sein Sohn kam ihm auf halber Strecke entgegen. Genauso angezogen wie Papa. Die beiden klatschten sich ab. Toll. Wie zwei Buddys. Gut, dass Anja das nicht gesehen hatte. Und trotzdem war er alleine mit seinem Sohn hier. Wohl doch nicht so ein toller Typ, dieser Boris. Ich war immerhin mit meinem Oskar und einer Frau hier. Auch wenn es zu diesem Zeitpunkt nicht danach aussah.

»Papa Auto.« Oskar zeigte auf einen der Bollerwagen, die links von uns an der Wand parkten.

»Ja, das war schön, was?«

»Fahren!«, rief er und zog wie verrückt an meinem Arm.

Konnte er ja nicht wissen. *Im* Bollerwagen war es immer schön. Man brauchte nur jemanden, der dieses verdammte Ding zog.

»Leck mich am Arsch! Meine Alte ist total sauer wegen unserer Aktion gestern.«

Der hatte mir gerade noch gefehlt!

Heinrich stand neben mir und legte seinen Arm auf meine Schulter.

»Was heißt hier *unsere* Aktion? Ich habe nur mein Ding gemacht.«

Er ging überhaupt nicht darauf ein, was ich sagte. »Du hättest sie hören sollen. Ich solle wieder zu meinem neuen Freund gehen, hat sie gemeckert. Wegen fünf Bier so ein Aufstand! Ist das zu fassen? Also, du Leitwolf. Was steht an? Was hast du dir denn für uns ausgedacht?«

»Ich … ich habe überhaupt nicht …«

»Auto!«, rief Oskar und pflanzte sich mit seinem Windelhintern in das Ding hinein.

»Prima Idee! Wie heißt der Kleine noch mal?«

»Oskar.«

»Oskar, wir sind dabei.«

Nun kam auch noch Sven mit seiner Mila auf den Schultern ums Eck. Wollte der nicht joggen?

»Na, Männer? Was heckt ihr aus?«

»Unser Anführer hier hat mit seinem Sohn eine kleine Tour geplant. Machst du mit?«

Prima. Nicht nur, dass er mich ständig zum Chef beförderte. Nun animierte er auch noch andere Leute zu einer Tour mit mir, die ich eigentlich, wenn überhaupt, mit Oskar alleine machen wollte.

»Wir sind dabei. Mila steht sowieso total auf deinen Kleinen.«

»Ist das so?«, hakte ich nach. »Wolltest du nicht joggen?«

»Ja. Hat sich aber zerschlagen. Angela nervt es, wenn ich mich im Urlaub am Vormittag mit Sport so verausgabe. Schließlich will sie nachmittags mit mir und der Kleinen auch noch eine kleine Tour gehen.«

Ich verstand gar nichts mehr. Wenn er doch am Nachmittag sowieso …

»Also!«, rief Heinrich. »In einer halben Stunde vor der Tür?«

»Klar. Bin dabei«, freute sich Sven.

»Aber … Oskar und ich sind doch schon fertig!«, brachte ich mich ein, in der Hoffnung, Gehör zu finden.

»Na, komm, die paar Minuten wirst du doch noch haben, oder? Was glaubst du, was ich gefrühstückt habe! Spätestens in zwanzig Minuten sitze ich hinter einem Busch und …«

»Beeilt euch einfach!«, unterbrach ich und winkte ihn mit der Hand von mir weg. Hauptsache, er beendete diesen Satz nicht. Wobei es für mich zu spät war. Ich hatte Heinrich vor Augen, wie er mit einer Zeitung unter dem Arm hinter einem Busch verschwand und vierbeinige Waldbewohner mit seinem weißen Hintern verschreckte.

* * *

»Können wir dann los?«, rief Heinrich, als er mit seinen zwei Jungs aus dem Hotel kam.

Das wurde ja immer besser. Von weiteren Kindern war nicht die Rede gewesen. Eines war sicher. Außer zwei Kleinkindern saß niemand sonst in meinem Bollerwagen. Und die beiden saßen bereits drin. Mila und Oskar. Sollten die Rabauken sich doch von ihrem Vater ziehen lassen.

»Da bist du ja. Wir warten schon.« Sven wirkte genervt. Diesen Vormittag hatte er sich wahrscheinlich etwas anders vorgestellt. Nämlich mit einer Pulsuhr am Arm zwischen Kühen und Gämsen umherstolpernd.

»Sorry, hat etwas länger gedauert. Meine Frau hat mir die beiden hier aufs Auge gedrückt. Damit ich Verantwortung lerne.«

Zu spät, dachte ich mir. Das war allein daran zu erkennen, dass er mir ein Sixpack Pils in den Bollerwagen stellte. Marschverpflegung, wie er seine Fläschchen liebevoll nannte. Seine Jungs machten keinerlei Anstalten, in den Bollerwagen zu wollen. Was für ein Glück! Ich hatte keine Lust auf derlei Konfrontationen.

»Wartet kurz«, bat Heinrich. »Da kommt noch einer mit.«

Wer denn? Ich wollte doch nur ein paar Meter mit meinem Bub durch die Gegend laufen. Doch mittlerweile kam ich mir vor, als hätte ich mich für den Jakobsweg angemeldet. Zusammen mit dem Club der einsamen Väter.

»Hi!«, strahlte uns Nick, der werdende Papa, an. »Ich habe gehört, ihr geht auf eine Alm?«

»Also, von einer Alm war nicht …«, versuchte ich zu erklären, wurde aber sofort verbal niedergemäht.

»Klar. Hoch zur Zapferalm. Da zischen wir ein Helles. Oder einen Almdudler. Du bist ja schwanger!« Heinrich lachte dreckig und klopfte unserem Neuzugang kräftig auf den Rücken.

»Was stehen wir hier noch rum? Auf geht's! Holdrio!«, jodelte Heinrich überschwänglich drauflos, obwohl ihm bereits vor dem Hotel der Schweiß auf der Stirn stand. Wenigstens hatte er genügend Flüssigkeit dabei.

Oskar stierte mich mit großen Augen an. Die kleine Mila rückte ihm ganz schön auf die Pelle und redete wie verrückt auf ihn ein. Er wirkte überfordert. So, als hätte man ihm eine Windel in die Hand gedrückt und gesagt: *Mach selbst.*

Als wir am Parkplatz vorbeikamen, standen die Schnabels mit Pfeil und Bogen bewaffnet auf der gegenüberliegenden Wiese und starrten uns an.

»Na? Ist dem Koch das Fleisch ausgegangen? Hat er euch zum Jagen geschickt?«, schrie Heinrich zu ihnen hinüber.

»Wir haben gleich eine Trainerstunde im Bogenschießen!«, kam es vom Augenarzt zurück.

»Ach nee. Und ich dachte, die gehen reiten«, flüsterte ich meiner Gruppe zu.

Wir lachten.

Das irritierte Björn Schnabel.

»Das ist so eine Nuss, der Typ«, lästerte Heinrich und winkte nebenbei den Bogenschützen. »Der Typ meinte doch glatt, meine Raucherei würde meine Gefäße verengen, und ich würde später vielleicht schlechter sehen können.«

»Und was hast du gesagt?«, interessierte sich Sven.

»Ich habe ihn gefragt, wie viele Glimmstängel er denn täglich in sich hineinziehen würde. Wo er doch 'ne Brille trägt.« Wieder lachten wir und sahen zu den Schnabels.

»Ich habe einen Hallux«, erklärte ich und wechselte die Hand, mit der ich den Bollerwagen zog.

»Was ist denn das?«

»Irgendwas am Fuß. Meint zumindest unser Herr Doktor.«

»Dafür hast du gestern aber ganz schön wild getanzt. Das wollte ich dir sowieso noch mal sagen. Das geht so nicht«, schimpfte Heinrich. »Ich meine, du lässt uns mit so einer Nummer ganz schön alt aussehen.«

»Ach was! Ich werde doch wohl noch mit meinem Oskar tanzen dürfen.« Saublöd! Jetzt verteidigte ich mich auch noch.

»Das sendet ganz falsche Signale, mein Lieber. Ganz falsche Signale!«

»Ich habe Heuschnupfen!«, ging Nick dazwischen.

»Und warum erzählst du uns das?«, fragte Heinrich in seiner gewohnt rücksichtsvollen Art.

»Weiß auch nicht. Ich dachte, wir outen uns gerade.«

»Aus der Bahn!«, rief jemand von hinten. Es war Boris mit Sohnemann, der mit zackiger Geschwindigkeit auf uns zu radelte. »Wir sehen uns nachher auf der Alm. Wir bestellen euch in zwei Stunden schon mal 'ne Apfelschorle.« Und vorbei waren sie.

Der Angeber. Wenn mich der mit Hans gesehen hätte, wie wir im Berchtesgadener Land die Gegend unsicher gemacht hatten, wäre er blass vor Neid gewesen.

»Also mir wäre das ja viel zu dumm, sich hier im Urlaub einen abzustrampeln«, moserte Heinrich den beiden hinterher.

»Ist doch cool«, verteidigte Nick die tretende Zunft. »Ich habe schon mal eine Alpenüberquerung gemacht.«

»Ich auch«, grinste Sven. »Mit dem Flieger. Als wir nach Andalusien geflogen sind.«

Nick warf Sven einen bewundernden Blick zu. Ja! Das war Small Talk unter Männern. Nicht mehr … und noch viel weniger.

Heinrich schickte seine beiden Jungs vor. Sie sollten als Kundschafter vorausgehen und uns den Weg weisen. Keine schlechte Idee von ihm. So lernten die zwei gleich, Verantwortung zu tragen, und trotteten uns nicht gelangweilt hinterher. So viel erzieherisches Feingefühl hätte ich dem Heinrich überhaupt nicht zugetraut.

»Gut. Dann sind die beiden auch aufgeräumt. Müssen ja nicht jedes Wort mitbekommen, das wir schwätzen«, grinste er mich an. Damit waren meine wohlwollenden Gedanken ihm gegenüber auch dahin.

Nach der ersten Biegung ging es ein bisschen steiler den Berg hinauf. Natürlich war uns klar, dass wenn wir zu einer Alm am Gipfel des Berges wollten, es auch nach oben gehen musste. Doch dieses Teilstück war absolut übertrieben und sollte unbedingt nachgebessert werden. Ich bekam von Sven Unterstützung beim Ziehen des Wagens.

Die kleine Mila brabbelte wie verrückt auf Oskar ein.

Der schaute sie nur unentwegt an und ließ es über sich ergehen.

»Verstehen sich ganz gut, die beiden. Wie alt ist dein Junge noch mal?«

»Drei!«

»Bisschen klein für sein Alter. Findest du nicht? Mila ist jetzt etwas über ein Jahr. Schau, im Sitzen sind die beiden fast gleich groß.«

»Ja mei!« Mehr musste dazu nicht gesagt werden.

Heinrich nahm sich ein Bier aus dem Bollerwagen.

»Ihr auch eins?«, rief er in die Runde.

»Nein«, lehnte Nick ab. »Ist ja noch nicht einmal Mittag.«

»Schaut ihn euch an. In deinem Alter, da hatte ich an manchen Wochenenden bereits zum Frühstück ein Bierchen gezischt.«

»Hört, hört«, rief Sven und blinzelte mir dabei genervt zu.

»Ich sag dir, wenn erst einmal dein Kind auf der Welt ist, wirst du dir manchmal keine Gedanken machen, ob schon Mittag ist oder nicht.«

»Also, ich freu mich drauf«, verteidigte Nick sein Ungeborenes. »Ich kenne Eltern, die nicht trinken.«

»Ich trinke doch nicht. Ich meine nur, dass es manchmal nicht schlecht ist, wenn man sich sediert. Familie ist nicht allein eitel Sonnenschein, mein Lieber!« Er hielt Nick erneut ein Bier vor die Nase.

Dieser aber blieb standhaft.

Wir passierten einen Streckenabschnitt, der eben verlief. Zeit, um ein kleines Päuschen zu machen. Immerhin waren wir bereits, ich spähte auf die Uhr, etwas mehr als zwanzig Minuten unterwegs. Was waren wir doch für ein lahmer Haufen.

Fritz und Fabian, die Jungs von Heinrich, waren uns weit voraus und lieferten sich mit abgebrochenen Zweigen einen Zweikampf.

Mila tastete Oskars Gesicht ab.

Der blieb cool und ließ sie gewähren. Nur einmal gab es kurz für Mila eins auf die Finger. Wer lässt sich schon gerne ins Auge fassen! »Hey!«, rief er laut.

Mila zuckte kurz erschrocken zurück, machte dann aber mit der Grabbelei weiter.

Oskar, ganz Gentleman, streckte Mila den Batteriefachdeckel entgegen.

Sie wusste diese nette Geste nicht zu schätzen und ignorierte das Teil. Vielleicht hatte sie aber auch einfach kein Faible für Technik. Seinen Yoda allerdings, den gab er niemals aus der Hand. Der war ihm heilig.

»Schaut euch die beiden an«, machte uns Heinrich aufmerksam und deutete auf den Bollerwagen. »Genau so wird es später auch laufen. Dein Bub sollte sich gleich mal daran gewöhnen.«

»An was genau?« Der Höflichkeit geschuldet fragte ich nach, obwohl mich seine philosophischen Ergüsse überhaupt nicht interessierten.

»Guck doch. Sie fummelt an ihm rum, bis er so ist, dass es ihr passt. Und er begibt sich in die Duldungsstarre und spielt hin und wieder mit einer anderen Puppe.«

»Also, ich lasse mich von Sandra gern befummeln!«, lachte Nick. Sieh einer an, der Junge taute auf.

Wir standen um den Bollerwagen herum und gafften die Kinder an. Sie bemerkten uns überhaupt nicht und waren mit sich beschäftigt.

»Papa! Wann geht's denn weiter?«

»Jetzt bleibt mal schön da vorne und haltet Ausschau nach dem Wetter oder was sonst noch«, schrie Heinrich seinen Jungs zurück.

Wir brachen unser Päuschen ab und marschierten weiter.

Heinrich plauderte aus dem Nähkästchen. Es fehlte nur noch, dass er uns seine sexuellen Vorlieben verriet. Ich hüllte mich zu diesem Thema in Schweigen. Ging doch die Jungs nichts an, wann, wie oft und vor allem, wie ich mit Anja schlief. So weit kam es noch. Ich fiel in meine eigenen Gedanken. Ob dieser Hauke überhaupt von meiner Existenz wusste? Keine Ahnung, was mir lieber gewesen wäre. Sven und ich ließen uns mit dem Bollerwagen ein wenig zurückfallen. Heinrich hatte nun Nick voll unter Beschlag und überschüttete ihn mit seiner gesamten Lebenserfahrung. Blieb nur zu hoffen, dass Nick resistent gegen Heinrichs Lebenstipps war.

»Also, mit Heinrich möchte ich nicht tauschen«, flüsterte mir Sven zu.

»Ich auch nicht«, bestätigte ich ihm. »Der Inbegriff eines Eheopfers im Endstadium. Ist aber, denke ich, auch ein hausgemachtes Problem. Er tut ja gerade so, als wäre es der reinste Horror, verheiratet zu sein.«

»Na ja, manchmal ist es schon hart.«

»Ist das so?«

»Ich will jetzt nicht sagen, dass ich mit Angela nicht gerne verheiratet wäre. Allerdings hat sie manchmal so Anwandlungen, da könnte ich sie …« Er verstummte. »Ihr seid nicht verheiratet, oder?«

»Nein. War auch noch nie so richtig Thema.«

»Glaub mir, Herbert, bei deiner Frau ist das schon seit ihrer Kindheit ein Thema. War der Kleine ein Wunschkind?«

»Na, was heißt Wunschkind! Wir haben es nicht beschlossen und uns dann an die Arbeit gemacht, wenn du das meinst. Es ist halt passiert und gut so, wie es ist. Soll heißen: Ich bin happy, dass es den kleinen Scheißer gibt.«

Wir drehten uns beide um und sahen nach dem Nachwuchs.

»Ich finde Mila auch toll. Allerdings kann ich es Angela in meiner Vaterrolle nur schwer recht machen. Manchmal habe ich das Gefühl, sie will mich erziehen.«

Ach, was sprach mir dieser Sven in diesem Moment aus der Seele! Doch ich wollte mich nicht zu einem offenen Gespräch hinreißen lassen.

»Da, denke ich, habe ich bisher noch Glück gehabt. Bei mir läuft es eigentlich toll.«

»Eigentlich?«

»Nein, es läuft toll.«

»So toll, dass du heute Nacht im Zelt geschlafen hast? Ich habe dich gesehen, wie du mit deinem Bettzeug über die Wiese gelaufen bist.«

»Ach, das! Das gehört eben zu einer funktionierenden Partnerschaft dazu. Dann geht man sich aus dem Weg und schon ist es wieder gut.«

Ich fragte mich nur, wie lange ich Anja aus dem Weg gehen würde. Ach, was wäre ich gerne allein mit meinem Oskar hier umhergestapft. Dann hätte ich mir wenigstens über solche Sachen Gedanken machen können. Oder mit Hans telefonieren. Nun aber konnte ich mir eine Leidensgeschichte nach der anderen anhören, was mich, gelinde gesagt, etwas herunterzog. Ich lief Gefahr, mich von diesen negativen Gedanken anstecken zu lassen und ein Bier zu zischen. Ein Beispiel. Wenn ein Trainer in der Halbzeitpause zu seiner Mannschaft sagt: »Wir werden es nicht schaffen, die anderen sind stärker, ihr seid alles Luschen! Besser, ihr sucht euch schon mal einen neuen Verein. Oder nein. Lasst es gleich bleiben. Ihr werdet das Spiel verlieren.« Wie groß ist die Chance, dass die in der zweiten Halbzeit rausgehen und ein Tor machen? Ganz genau!

»Ich sag dir, ich war gestern eine Handbreit davon entfernt, zu dir runterzukommen. Dann kam mir dieser Heinrich zuvor.«

»Wieso, was war denn?«

»Ach, das Übliche! Sie meinte, dass ...«

Sven hatte den Satz noch nicht beendet, als wir eine scharfe Biegung nach links machten und Heinrich mit Nick und den Jungs vor uns standen. Heinrich war nach vorne gebeugt und stützte sich auf seinen Knien ab. Er hatte einen dicken, roten Schädel und schwitzte.

»Was hat er denn?«, fragte ich Nick.

Heinrich aber ließ ihn nicht antworten.

»Nix habe ich. Wir haben nur auf euch gewartet. Viel mehr aber macht mir dieses Unwetter Sorgen, das scheinbar da hinten im Anmarsch ist.«

Er zeigte mit seinem Finger irgendwo hin, ohne aufzusehen.

»Wo? Ich sehe nichts!« Ich konnte beim besten Willen nichts erkennen. Doch. Jetzt sah ich weit entfernt eine ganz kleine Wolke, die sich malerisch um ein Gipfelkreuz schmiegte. Ich war kein Meteorologe, aber ich vermutete, dass dieses Wölkchen dort sein Ende finden würde und sich während des Tages auflöste.

»Na, seid ihr blind? Glaubt mir. Ich war schon oft in den Bergen. Das ist ruckzuck bei uns, und dann aber gute Nacht, Johanna. Wir wären nicht die Ersten, die in den Bergen verunglücken.«

Ich musste mich wirklich zusammenreißen, um nicht laut loszulachen. Gut, wären wir eine Seilschaft gewesen, die in einer Felswand hing … Doch wir waren auf einem Schotterweg zwischen Wiesen und Weiden unterwegs. Kühe grasten, Schmetterlinge kreisten mit Spatzen um uns herum um die Wette, das Hotel war keine halbe Stunde entfernt. Und wir waren in Lebensgefahr? Ich wagte es nicht, den anderen in die Augen zu sehen. Hier konnten wir nur eines tun. Männermäßig reagieren und ihn nicht spüren lassen, was wir alle wussten. Er hatte schlichtweg keine Puste mehr. Ob das an seinem offensichtlichen Alkoholkonsum oder dem Knödelfriedhof lag, den er vor sich herschob, war reine Spekulation. Fest stand nur eins: Er hatte uns diesen Ausflug versemmelt. Doch hier wiederum gibt es unter Männern ein ungeschriebenes Gesetz. Niemand wird zurückgelassen. Und später wird auch kein Wort darüber verloren.

»Jetzt, wo du es sagst, Heinrich. Ich habe auch das Gefühl, dass sich der Luftdruck verändert. Es wird irgendwie so schwül. Spürt ihr das auch?«, fragte ich in die Männerrunde.

»Ja!«

»Jetzt spüre ich es auch.«

»Papa kann nicht mehr!«, spottete Fabian, Heinrichs Ältester.

»Du kriegst gleich eins hinter die Löffel. Sucht uns lieber den schnellsten Weg zurück zum Hotel. Na los! Oder muss euch der Papa erst noch Beine machen?«

So ging es auch. Wie war das noch gleich? Kindermund tut Wahrheit kund? Die beiden gehorchten und liefen voraus. Das Auffinden des richtigen Weges zurück sollte für die beiden Buben kein Problem werden. Zumal es nicht einmal eine Abzweigung gab, seit wir losgezogen waren.

»Da kann dieser Boris seine Apfelschorle mal schön selber saufen, was?«, schnaufte Heinrich und quälte sich ein Lächeln ab.

»Vorausgesetzt, die schaffen es überhaupt bis zur Almhütte. Wenn das Unwetter erst einmal losbricht … Vielleicht gibt es ja unterwegs einen Unterstand. Wenn er nicht beim Abendessen sitzt, können wir ja die Bergwacht rufen«, schlug ich vor und gab mir wirklich alle Mühe, ernst zu bleiben.

Heinrich sah mich genervt an und ich wusste genau, dass ihm etwas auf der Zunge lag. Doch er wagte es nicht, auch nur einen Laut von sich zu geben. Als er wieder ein wenig Puste hatte, nahm er sich erneut Nick zur Brust und überschüttete ihn mit seinen Weisheiten, die sich in seinen Ehejahren herauskristallisiert hatten. Mein persönliches Highlight war: »Eine Frau, die schweigt, niemals unterbrechen!« Bei diesem Satz hätte ich mir fast eines seiner Biere geschnappt. Der war vielleicht frustriert.

Oskar meldete sich.

»Was ist denn los, mein Schatz?«

Er sah mich böse an. *Schatz* war ihm vielleicht im Beisein einer Dame zu viel.

»Kacka!«, rief er. Nun grinste er.

Verdammt. Windeln. Ich wusste doch, dass ich etwas vergessen hatte.

»Du, Sven, wie schaut's denn aus? Hast du vielleicht was dabei?«

»Klar. Ich bin mir nur nicht so sicher, dass das passt.«

Heinrich und Nick warteten fünfzig Meter vor uns. Die Buben waren nicht mehr zu sehen. Wahrscheinlich waren die schon im Hotelpool. Sven packte eine Windel aus.

»Echt jetzt? Herzen?«

»Klar. Ist ja auch ein Mädchen. Aber das ist das geringste Problem. Schau dir mal die Größe an.«

Ich nahm ihm die Windel ab und hielt sie Oskar vor den Schoß.

»Und wenn wir aus zwei Windeln eine basteln?«

»Dann haut das aber mit dem Auslaufschutz nicht mehr hin.«

»Auch wieder wahr!« Ich kraulte mir das Kinn.

Wie groß war die Chance, dass Oskar auf die letzten Meter nochmals ein Geschäft verrichten würde?

»Sven, weißt du was?«

»Ne.«

»Ich mach ihn jetzt sauber und lasse seinen Piepmatz einfach im Freigehege.«

»Wie? Du willst ihn mit dem blanken Hintern in den Wagen setzen?«

»Schmarrn. Ich sagte doch *Gehege*. Ich zieh ihm einfach seine Hose ohne Windel an. Wird sowieso Zeit, dass er das lernt.«

»Auch wieder wahr«, bestätigte mich Sven.

Obwohl ich mir sicher war, dass er mir nur keine Windel abgeben wollte. Wahrscheinlich hatte ihm seine Angela die Dinger abgezählt.

»Wirf mir doch bitte mal ein paar Tücher zum Saubermachen rüber«, bat ich Sven, nachdem ich Oskar im Bollerwagen die Hose ausgezogen hatte.

»Hast du denn so überhaupt nichts dabei?«

Ich antwortete nicht auf die Frage, weil sie sich erübrigte, und öffnete die Windel.

»Boah!« Sven wich zurück.

»Ja, der kann was. Warte nur, bis deine Kleine alles isst.«

»Da verzieht sich ja sogar Heinrichs imaginäres Unwetter freiwillig hinter die gesamte Bergkette.«

»Der schafft ja im Hotel nicht einmal die Stufen in den ersten Stock. Hast du gesehen, was der für eine Birne hatte?«

»Kein Wunder bei der Sauferei!«

»Na, vielleicht tun wir ihm ja Unrecht und er lässt nur im Urlaub die Sau raus«, versuchte ich, Heinrich zu verteidigen. Obwohl ich genauso dachte wie Sven.

Ich packte die Reinigungstücher in Oskars Windel, verschloss sie so gut es ging und packte das Ding neben Heinrichs Biervorrat in den Wagen. Dann zog ich Oskars Hose hoch und parkte ihn wieder neben Mila, die ihn umgehend wieder betatschte.

Oskar grinste mich an. Bestimmt seine Art, sich bei mir zu bedanken, weil ich ihm vor seiner Begleitung eine neue Windel erspart hatte. Ach, was war er schon erwachsen!

»Weiter geht's«, rief ich zu Heinrich und Nick hinüber. Ich konnte Nicks Erleichterung in den Augen erkennen. Selbst aus dieser Entfernung. Bald hatte er es geschafft und durfte wieder zu seiner werdenden Mutter. Und er würde dankbar sein. Jeden Tag. Weil es überall schöner war als neben Heinrich in den Bergen. Mit einem Unwetter im Nacken. Wo auch immer sich dieses gerade zusammenbraute.

Nähe ist total wichtig

»Mama!«, rief Oskar, als er Anja von Weitem mit zwei Stöcken in der Hand auf uns zukommen sah.

»Ja, Oskar, da ist die Mama. Vielleicht geht die Mama zum Skifahren?«

Es wären nur noch etwa hundert Meter gewesen. Warum musste Anja gerade jetzt hier auftauchen?

»Da vorne ist Miriam«, sagte Heinrich verdutzt, als er seine Frau neben Anja entdeckte.

»Und Sandra!« Nick staunte nicht schlecht. Immerhin war seine Freundin schwanger. Was also tat sie da? Auch Sandra hatte Stöcke in der Hand.

Selbstbewusst stocherten etwa acht Damen auf uns zu. Allen voran eine ziemlich heiße Schnitte. Südländischer Typ.

»Na, das war ja ein kurzer Ausflug!«, belächelte mich Anja, als sie mit der Horde Mädels vor uns stehen blieb. Dann drückte sie sich an mir vorbei, um Oskar einen Kuss zu geben.

»Ski!«, rief Oskar und grinste.

»Wir haben kehrtgemacht – wegen des Unwetters«, wollte ich mich aus der Affäre ziehen.

»Was denn für ein Unwetter?«, fragte die Sporttante.

Natürlich ging ich nicht weiter auf diese Frage ein. Viel mehr interessierte mich, wer diese Frau war. Schon alleine deshalb, weil sie neben Anja stand. Es war nicht meine Idee, dass wir auch zu anderen Menschen Kontakt haben durften.

»Und du bist?«

»Oh, sorry«, entschuldigte sie sich. »Ich bin Beatrice. Die Pilateslehrerin.«

»Hallo, ich bin Herbert.« Ich reichte ihr die Hand, während ich sie charmant anlächelte.

»Oskar ist unser gemeinsamer Sohn«, ging Anja dazwischen.

Da steckte wohl jemand sein Terrain ab. Ich aber nahm meine Augen nicht von Beatrice.

»Beatrice! Ein schöner Name. Wo kommst du denn her?«

»Aus Salzburg!«

»Toll!« Ich hatte meinen vor langer Zeit einstudierten speziellen Unterton auf meine Stimme gelegt. Sie klang dadurch etwas tiefer. Hans hatte mir damals bestätigt, dass ich mich dadurch männlicher anhören würde.

Heinrich hatte Miriam gegenüber alles andere als eine laszive Stimme aufgelegt. »Was zum Teufel machst du denn hier? Ich dachte, du wolltest mit der Kleinen was unternehmen?«

Sie zuckte mit den Schultern.

Nick war um seine Sandra besorgt. Sie wollte sich doch schonen. Nun gurkte sie mit wildfremden Damen in der Mittagssonne in der Gegend herum.

Auch Sven staunte nicht schlecht, dass seine Angela mit von der Partie war. Sie ging nicht zu Mila. Schließlich war in diesem Augenblick nicht ihre Zeit, sich um ihre Tochter zu kümmern. Das trennte sie strikt.

»Sorry«, entschuldigte sich Beatrice abermals. »Das ist alles meine Schuld. Ich hatte im Wellnessbereich nicht lockerlassen und die Damen zu einer Runde Nordic Walking animieren können.«

Mir war es egal, ob Anja beim Walken, Tauchen oder Wellness war. Trotz unserer Differenzen war ich wohl der Einzige unter uns Männern, dessen Frau keine Rechenschaft ablegen musste, was sie tat. Zumindest, was die körperlichen Aktivitäten im Urlaub betraf. Diese Beatrice war wirklich heiß. Dunkle, lange Haare, zu einem Pferdeschwanz zusammengebunden. Ungefähr dreißig und eine hammermäßige Figur, die in einem hautengen Top und einer knielangen Gymnastikhose steckte. Ihre Arme waren definiert. Vielleicht sollte auch ich eine Pilateskarriere anstreben.

»Wir wollen jetzt auch weiter. Sonst kühlen wir aus. Kommt doch das nächste Mal mit«, schlug Beatrice vor, was bei den Frauen einen kleinen Disput auslöste.

Anja verabschiedete sich von Oskar und blickte mich cool an.

»Aber dann kannst du doch die Jungs mitnehmen«, schlug Heinrich seiner Frau vor.

»Geht nicht. Ich muss mich um meinen fetten Arsch kümmern!«

Das saß und Heinrich war schlagartig ruhiggestellt.

»Oskar braucht eine neue Windel. Oder noch besser: überhaupt eine Windel«, wies mich Anja knapp an, bevor auch sie sich Beatrice anschloss.

Toll. Das musste sie ja mitbekommen und mir umgehend aufs Brot schmieren. Dieser Scheiß-Bollerwagen. Irgendwie war dieses Teil eher suboptimal für Oskars Blase. Das war ja ein kurzer Ausflug, hatte sie geunkt. Ich war nicht daran schuld, dass wir schon wieder im Hotel waren. Wäre ich mit Oskar alleine losgezogen, wären wir bestimmt auf irgendeiner Alm unter einem Schirm und würden eiskalte Limo schlürfen. Oder etwas anderes.

Wir starrten ihnen wortlos hinterher, bis sie nicht mehr zu sehen waren.

»Ist das überhaupt gut im neunten Monat?«, wollte Heinrich wissen.

»Sie meinte, dass diese Beatrice gesagt habe, dass sie ja nur schwanger sei und nicht krank. Leichte Bewegung wäre kein Problem.«

»Na, ich weiß nicht. Da kann doch was kaputtgehen.«

»Was denn?«, fragte ich ihn. »Der Kühlschlauch? Oder das Getriebe?«

»Verarschen kann ich mich selber«, maulte er mürrisch.

»Sag uns lieber, was deine Frau mit *fetter Arsch* gemeint hat.«

Auch der Rest der Männer wartete gespannt auf die Auflösung.

»Jaaa«, druckste er herum. »Ich hab da vielleicht mal ein kleines Wörtchen fallen lassen …«

»Also wirklich!«

»Heinrich, Heinrich!«

Sven schüttelte wortlos den Kopf.

»Na, nun tut nicht so scheinheilig! Euch ist bestimmt auch schon mal etwas rausgerutscht.«

»Was wollen wir denn jetzt überhaupt machen? Der Tag ist noch jung und das Wetter prima.« Ich konnte nicht anders, als das Wetter nochmals anzusprechen. Zu dritt sahen wir Heinrich vorwurfsvoll an.

»Na und! Dann hat sich die Gewitterwolke eben wieder verzogen. So ist das in den Bergen. Da steckt man nicht drin.«

»Also, ich mach mit Mila ein kleines Nickerchen. Sie ist ganz müde. Seht sie euch an.«

Mila kippte immer wieder an Oskars Schulter, erschrak, war für ein paar Sekunden hellwach, bis sich ihre Augendeckel wieder senkten.

»Ich muss Oskar eine Windel verpassen.«

»Ich mach vielleicht ein Kreuzworträtsel«, meinte Nick gelangweilt.

»Mannomann, ihr seid mir ja vielleicht ein müder Haufen. In fünfzehn Minuten treffen wir uns vor der Räuberhöhle. Vorausgesetzt, ich finde meine zwei Racker wieder. Irgendwelche Einwände?«

Kopfschütteln.

»Na also. Geht doch. Dann wird was gegessen. Ich habe nämlich einen Bärenhunger.«

* * *

»Hallo. Wir wollten unsere Kinder hier bei euch lassen«, preschte Heinrich vor. Er war genervt, weil seine Jungs partout nicht zu Gabi und Kirsten wollten.

»Also, normalerweise müsst ihr euch bis neun Uhr anmelden. Wir müssen ja schließlich auch planen.« Kirsten war alles andere als begeistert.

Ich konnte sie nur zu gut verstehen. Auch ich fühlte mich von Heinrich ziemlich überrumpelt. Dennoch folgte ich der Truppe wie ein Lemming, als ob ich Schutz suchen würde vor der Einsamkeit.

»Na, da kann man doch mal eine Ausnahme machen. Die Kinder haben sich nun schon so gefreut«, flunkerte Heinrich in der Hoffnung, auf diese Weise bei den Mädels punkten zu können.

Als Kirsten jedoch unsere Kids beäugte, wirkten die alles andere als motiviert. Fritz und Fabian zogen einen Flunsch und Mila schlief in Svens Wickeltuch, das er sich mit seiner Tochter vor den Bauch gebunden hatte. Oskar wirkte relaxed und zeigte Kirsten mit seinen Fingern, wie alt er war.

»Na gut. Ausnahmsweise. Aber noch mal geht das nicht. Die Kleine hier ist noch viel zu jung. Allein aus versicherungstechnischen Gründen dürfte sie überhaupt nicht bei uns bleiben.«

»Klasse«, freute sich Heinrich. »Dafür habt ihr euch was ins Schweinderl verdient. Jungs, Geldbörsen raus.«

Heinrich lächelte Kirsten an, während er zwei Euro in das Sparschwein schob. »Da lasse ich mich nicht lumpen!«, haute er stolz raus und kam sich wie irgendein Yuppie im P1 vor, der gerade eine Magnumflasche hatte springen lassen. Seine edle Spende hingegen reichte nicht einmal für einen Piccolo von der Tanke. Ich versuchte, seinen Fauxpas mit einem Fünfer auszugleichen. Meine Devise lautete stets: Ein Trinkgeld im Schweinderl darf man nicht hören.

»Spätestens um siebzehn Uhr müssen alle Kinder abgeholt werden. Und bitte, bleibt in der Nähe.«

Kirsten nahm Oskar an der Hand, während Gabi sich der kleinen Mila annahm. Vorsichtig schälte sie die Kleine aus Svens Tragetuch und legte sie auf ein kleines Matratzenlager in der Ecke der Räuberhöhle.

»Wollt ihr Pizza?«, fragte Gabi.

»Ja!«, riefen Fritz und Fabian und waren plötzlich überhaupt nicht mehr so angepisst wie noch eine Minute zuvor. Ganz der Papa, wenn es ums Essen ging.

»Gut. Dann gehen wir mal zum Kurt hoch, wenn die kleine Mila aufgewacht ist. Mal sehen, was er uns zaubert.«

Wir verließen die Räuberhöhle, um uns ebenfalls etwas von der Snackbar zu holen. Auf Pizza hätte ich auch Bock gehabt. Doch das konnte man sich hier als Erwachsener abschminken.

Sven war ein wenig mulmig zumute, als wir auf der Terrasse mit unserem Wurstsalat Platz nahmen.

»Meint ihr, wir sind schlechte Väter?«

»Ich weiß genau, was du meinst«, schloss ich mich an. »Ich glaube, ich gucke nachher noch mal schnell ums Eck, was Oskar so treibt.«

Heinrich war abgebrühter als wir.

»Wenn du dich hören könntest!«, meinte er zu mir. »Hast du die beiden Schnecken gesehen? Und da machst du dir Sorgen um deinen Jungen? Männer, seht es doch mal von der Seite. Wir sind gute Väter und sorgen für unsere Racker. Früher wäre ich froh gewesen, wenn meine Kindergärtnerin so ausgesehen hätte.«

Sven konnte mit Heinrichs Thesen überhaupt nichts anfangen.

»Mila ist ein Mädchen«, warf er in die Runde.

Für ihn war die Tatsache, dass Gabi und Kirsten attraktiv waren, kein besonders gutes Argument.

»Na, die werden sich bestimmt auch gut um dein Mädchen kümmern. Und nimm mal diesen Lumpen ab. Geht ja gar nicht als Mann.«

Sven strich beschützend über das Tragetuch.

»Was denn? Mila liebt es, darin zu sein. Nähe ist total wichtig in diesem Alter. Sagt Angela.«

»Ja«, lachte Heinrich, »wenn du stillst, dann mag das 'ne tolle Sache sein. Stillst du?«

»Äh, nein.«

»Also. Geht ja gar nicht als Mann.«

Heinrich redete mit uns, als würden wir uns schon seit der Schulzeit kennen. Man konnte nicht behaupten, dass er sich an fremde Personen und deren Gefühle langsam herantasten würde. Ich entschied mich für einen Themenwechsel.

»Hoffentlich gibt es zum Mittagessen mal was anderes als diesen Wurstsalat. Nichts gegen Wurstsalat, aber gestern gab es den auch schon.«

»Stimmt.« Sven schnappte sich den Pfeffer. »Außerdem schmeckt der ein wenig fad.«

»Schon, oder?«

»Na, Männer, schmeckt's?« Kurt Weber, der Koch des Hauses, stand plötzlich an unserem Tisch.

Er grüßte Heinrich mit Handschlag. Die beiden kannten sich bereits.

»Wir haben uns gerade über deinen Wurstsalat unterhalten«, schnellte ich vor, bevor Heinrich seinen Senf dazugeben konnte. »Wir waren uns einig, dass der wunderbar schmeckt.«

»Na, dann ist es ja recht. Ich werde es gleich meinem Lehrbuben ausrichten. Der macht ihn jeden Tag. Da freut er sich.«

Er zog einen Stuhl beiseite, legte sein Handtuch über die Schulter und setzte sich zu uns.

»Wo habts denn eure Frauen?«

»Die sind beim Sport.« Heinrich stocherte eine Tomate aus seinem Wurstsalat heraus und platzierte sie auf dem Tellerrand. »Wir haben ihnen Zeit für sich gegeben.«

»Oder sind sie am Ende vor euch geflüchtet?«

Super, dachte ich, noch so einer, der kein Blatt vor den Mund nahm. Doch es war okay. Schließlich waren wir unter uns.

»Mei«, sagte ich, »manchmal ist es eben schwierig.«

»Wem sagt ihr das. Ich bin schon fast mein ganzes Leben mit ein und derselben Frau verheiratet. Glaubt ihr, da ist jeden Tag Sonnenschein? Dann kommen Kinder, der Job ...« Kurt lehnte sich zurück und schlug seine Beine übereinander.

»Und?« Nick bekam große Ohren. »Hast du dann einen Tipp für uns?« Anscheinend wollte er von Anfang an alles richtig machen.

»Ja! Den hab ich sogar.«

Man hätte eine Stecknadel fallen hören können. Gespannt saßen wir da, die Augen auf Kurt gerichtet. Selbst Heinrich stellte den Kauvorgang ein.

»Das müsst ihr selbst herausfinden!« Er grinste.

Wir meuterten. Schließlich hatten wir uns gerade auf Weisheiten eingestellt, die uns, partnerschaftlich gesehen, sicher bis zur Rente brachten.

»Das ist aber keine große Hilfe«, winkte ich ab und würzte demonstrativ mit dem Essig meinen Wurstsalat nach. Das hatte er nun davon.

»Was wollt ihr hören? Jede Frau ist anders. Ihr seid anders.«

»Na ja«, ging Heinrich dazwischen, »jedes Auto auf der Straße ist auch anders. Trotzdem gibt es Verkehrsregeln.«

»Heinrich, der Vergleich hinkt gewaltig. Tatsächlich gibt es aber ein paar Verhaltensregeln, die als Basis unabdingbar für eine gute Partnerschaft sind. Daran müssen sich allerdings beide Parteien halten.«

Wieder herrschte Stille am Tisch. Einzig ein paar Kuhglocken waren von der Nachbarwiese zu hören. Und Tennisbälle, die bestimmt von den Schnabels gequält wurden. Hey. Es war Mittag und die Sonne knallte auf unsere Birnen. Das war genau deren Zeit.

»Ja, was denn nun?« Selbst Sven, der sich sonst in einer Art Duldungsstarre durch den Tag kämpfte, wirkte ungeduldig.

»Ruhe bewahren und sich selbst nicht so wichtig nehmen. Sich bemühen, den anderen zu verstehen, und bei einem Streit nicht immer auf Biegen und Brechen versuchen zu gewinnen. Dann habts gute Chancen, ohne Scheidung davonzukommen. Und bringts hin und wieder Blumen mit. Nicht erst, wenn sie danach fragt. Das mögen s', die Maderl.«

Zufrieden aßen wir weiter. Mit dieser Antwort konnten wir leben.

»Und du hast dich also ins Zelt verkrochen?« Kurt schaute mich mit hochgezogenen Augenbrauen an.

»Äh, nur vorübergehend. Ich hoffe, das …«

»Ach, mach nur. Ein Koch von mir hat dich gestern gesehen, wie du da mit deinem halben Hausstand eingezogen bist.«

Ah. Wahrscheinlich waren das seine Kondome.

»Ich wohne gleich nebenan«, gab Heinrich an und boxte mich freundschaftlich auf meinen Oberarm. Als wären wir Kumpel.

»Das geht schon in Ordnung. Schließlich soll sich hier jeder wohlfühlen. Solange ihr zum Pieseln ins Haus geht, spricht nix dagegen. Ich weiß doch, was ihr gerade durchmacht. Ich habe schon so viele Gäste kommen und gehen sehen.«

Heinrich war beruhigt. Somit war sein Schlafplatz auch für diese Nacht gesichert.

»Sag mal, Kurt, wäre es möglich, dass wir da hinten bei den Zelten heute Abend ein bisschen grillen könnten?«

Was wollte er denn nun? Ich hatte eigentlich vor, mich Anja wieder ein wenig anzunähern. Von Dauercamping war hier nicht die Rede. Das hätte ich günstiger haben können.

»Kein Thema. Ich kläre das mit der Hotelleitung ab, dann geht das schon in Ordnung. Schaut halt, dass ihr nichts abfackelt. Ich richte euch dann ein bisserl was her. Den Grill könnt ihr nachher am Lieferanteneingang abholen.«

»Super!«, freute sich Heinrich. »Dann wird es ja doch noch ein entspannter Urlaub.«

Entspannt für wen? Für mich bestimmt nicht, wenn ich Anja nachher mitteilte, dass ich es mir mit meinen neu gewonnenen Freunden auf der Wiese vor dem Hotel gemütlich machte. Ich sagte erst einmal überhaupt nichts zu dem Thema. Auch Sven und Nick hielten sich zurück.

»Männer, ich muss dann mal. Ich bekomme gleich Besuch von der Räuberhöhle in meiner Küche. Dann machen wir Pizza. Das ist immer ein Spaß für die Kinder.«

»Meinst du, es könnte ein Stück für uns abfallen?«, fragte ich vorsichtig nach.

»Geh, Herbert. Pizza ist doch was für die Kleinen. Gestandene Mannsbilder wie du essen doch lieber noch was von dem leckeren Wurstsalat, der dir so schmeckt, oder? Greif ruhig zu. Ist genügend da. Also, wir sehen uns.«

Was für ein entspannter Typ. Der hatte bestimmt schon einiges erlebt. Wie Gandalf der Graue. Jedoch war das hier alles andere als das Auenland.

»Jungs, heute Abend lassen wir es krachen. Freibier für alle«, freute sich Heinrich.

Ich lächelte ihn verhalten an und beließ es dabei.

»Habt ihr das schon gelesen?« Sven hielt uns einen Zettel vor die Nase, der auf dem Tisch unter der Getränkekarte lag.

»Ja«, wusste Nick. »Der lag heute beim Frühstück auf jedem Tisch.«

»Und was ist das?«, fragte ich neugierig und aß das letzte Stück Lyoner von meinem Salat.

»Ein Ehepaar aus dem Hotel feiert heute seine Veilchenhochzeit in der Sauna mit einem Sonderaufguss und lädt alle recht herzlich ein.«

»Ach was?«, wunderte ich mich.

»Das habe ich auch noch nicht gehört«, lachte Heinrich. »Hochzeit in der Sauna. Egal, ich bin dabei.«

»Wann ist denn das?«

Sven guckte auf seine Uhr. »Jetzt dann.«

»Wunderbar. Gehen wir in die Sauna!«, grölte Heinrich und stand auf.

»Moment«, bremste ich ihn. »Wir haben hier draußen gefühlt fünfunddreißig Grad und du willst in die Sauna?«

»Klar. Stell dir vor, jeder denkt so? Willst du die armen Leute alleine ihre Hochzeit feiern lassen?«

»Wir kennen die nicht einmal.«

»Egal. Da gibt es wenigstens was fürs Auge.«

Ah, daher wehte der Wind. Er wollte nur zum Spannen in die Sauna. Komischerweise waren Sven und Nick sofort dabei, als Heinrich auch noch das Zauberwort fallen ließ. »Gemischtsauna!«

Die beiden folgten ihm. Auch ich stand auf.

»Aber … wir haben doch überhaupt nichts, was wir denen schenken können«, versuchte ich, die drei Männer wenigstens dazu zu bewegen, die Sache noch einmal zu überdenken.

»Da zeigst du ihr gleich deinen nackten Astralkörper, dann freut sie sich. Das ist mehr wert als jede Saunabürste«, lachte Heinrich. Die beiden anderen taten es ihm gleich.

Na gut, dachte ich, *gehen wir eben mitten im Sommer am Nachmittag in die Sauna.* Seit meinem ersten Saunaerlebnis vor ein paar Jahren in einem Münchner Fitnessstudio war ich quasi Profi. Besser also, ich ging mit. Nicht, dass den Dreien die internationalen Saunaregeln nicht bekannt waren.

Pester Power

Anja wirkte sehr abgebrüht, als sie mir zuvor mit dieser Beatrice begegnet war. Was hatte das zu bedeuten? War es ihr letztendlich egal, ob wir die Tage im Hotel gemeinsam verbrachten? Tat sie die Sache mit diesem Hauke wirklich als Bagatelle ab? Ich kramte im Schrank in unserem Hotelzimmer nach meiner Badehose. Auf dem Nachttisch neben Anjas Bettseite lag ihr Handy. Sollte ich nochmals einen Blick hineinwerfen? Nein. Das war zu albern. Außerdem … was hätte ich denn gesagt, wenn ich erneut eine Nachricht vom Kaffeemann gefunden hätte? In dem Fall hätte ich noch mehr verbrannte Erde hinterlassen und das Vertrauen wäre für alle Zeiten hinüber gewesen. Ich fragte mich nur, wie ich jemals wieder Vertrauen zu Anja aufbauen sollte. Konnten wir unsere Beziehung noch retten?

Ich zog meine Wanderklamotten aus und schlüpfte in die Badehose. Dann setzte ich mich auf meine Bettseite. Meine Bettdecke war frisch bezogen und ohne Grasflecken. Da hatte sich also mein Trinkgeld fürs Reinigungspersonal gelohnt. Ich starrte wieder auf Anjas Handy. *Nein, Herbert. Das bist du nicht*, befahl ich mir. Das mit der WhatsApp war ein Zufall gewesen. Nur deshalb hatte ich nachgesehen. Auf keinen Fall wollte ich mir angewöhnen, von nun an in ihren Sachen zu schnüffeln.

Womöglich noch ihre Geldbörse nach Rechnungen anderer Cafés durchzusuchen. So weit war ich noch nicht.

Doch wie sollte es weitergehen? Wenn sich Anja künftig abends mit einer Freundin treffen würde, war es dann wirklich eine Freundin? Wenn ein Zettel auf dem Küchentisch lag, auf dem *Bin bei meinen Eltern* stand, würde sie dann wirklich zu ihren Eltern fahren oder traf sie sich dann wieder mit irgendeinem Typen?

Was waren die Beweggründe, warum sie sich auf einen anderen eingelassen hatte? Lag es am Ende wirklich an mir oder wenigstens teilweise? Hans hatte einmal gesagt, dass beim Scheitern einer Beziehung niemals nur einer schuld sei. Es würde immer Aktion und Reaktion geben, meinte er. Ob er damit recht hatte? Wer aber war ich in dieser Gleichung? War ich derjenige, auf den Anja reagiert hatte, oder hatte ich am Vortag mit meinem Auszug aus unserem Hotelzimmer reagiert? Was war zuerst da? Das Ei oder das Huhn? Ich wusste in diesem Augenblick nur eines: So konnte es nicht weitergehen. Auch wenn andere Paare in unserem sehr übersichtlichen Bekanntenkreis solche Streitereien über Wochen aussitzen konnten, das war nicht meine Welt. Mir fiel es ja schon schwer, abends ohne Aussprache ins Bett zu gehen, wenn wir uns beim Abendbrot gezofft hatten. Trotzdem. Ich musste Stellung beziehen. Ich durfte in dieser Sache nicht nachgeben. Ich war verletzt und das musste ich auch zeigen. Wie hätte es denn ausgesehen, wenn ich einfach so zur Tagesordnung zurückgekehrt wäre? Dann hätte ich Anja signalisiert, dass es mir nichts ausmachte, wenn sie sich anderweitig vergnügte. Das konnte man dann von zwei Seiten betrachten. Zum einen, dass mir unsere Beziehung nichts bedeutete. Andererseits hätte es auf Anja wirken können, als hätte sie von mir einen Freibrief bekommen.

Auf meinem Kissen hockte Yoda. Hatte anscheinend die Dame von der Zimmerreinigung dort hingesetzt. Ob Oskar ihn schon vermissen würde? Vielleicht sollte ich … nein. Er war bei Kirsten und Gabi gut aufgehoben. Da regte ich mich jeden

Tag über diese Helikoptereltern auf und hätte nun beinahe meinem Sohn sein Spielzeug hinterhergetragen. Schnell setzte ich ihn wieder auf mein Kissen. Oskar würde ihn schon entdecken, wenn er ins Zimmer kam.

Ich stand auf und zog mir den Bademantel über, nachdem ich in meine Badelatschen gestiegen war. Klar war ein wenig die Luft aus unserer Beziehung raus, seit Oskar auf der Welt war. Ich hatte aber in einer von Anjas Zeitungen gelesen, dass das völlig normal sei. Das musste sie doch auch gelesen haben, verdammt! Sie konnte sich ja wohl nicht nur für die Frisuren in diesen Blättern interessieren! Oder ob *Brangelina* nun schon das zwanzigste Kind adoptiert hatten! Wir waren wichtig. *Anbert*! Oder meinetwegen auch *Herja*! Zugegeben: *Brangelina* hörte sich eindeutig besser an. Auch wenn die mittlerweile überhaupt nicht mehr zusammen waren.

»Da bist du ja endlich! Die Butze ist schon fast voll«, maulte Heinrich, als ich den Saunabereich unserer Wellnessoase betrat. »Hast nicht die richtige Hose gefunden, was?«

Na, der hatte ja eine Art, mit mir zu reden. Wenn das nicht bald aufhörte, musste ich mir den Burschen wohl mal zur Brust nehmen. So viel war sicher. Nur Hans durfte so mit mir sprechen. Und der war Blutsbruder.

»Ihr hättet doch längst reingehen können«, blaffte ich im selben Ton zurück.

»Und da drinnen eine halbe Stunde auf dich warten? Kommt, Männer. Jetzt machen wir es uns gemütlich. Habt ihr alle eure Kontaktlinsen drin? Am Ende entgeht euch was, hähä!«

Der hatte es nötig.

Sven quälte sich ein Lächeln ab.

Auch Nick war mehr mit sich und seinem Bademantel beschäftigt als mit Heinrichs Kalauer. Gemeinschaftlich zogen wir uns aus. Ich steckte meine Badehose in den Ärmel meines Bademantels und hängte ihn an einen Haken.

Nick kämpfte immer noch mit seinem Mantel, weil der keinen Aufhänger hatte. Selbiges Problem hatte ich in jedem zweiten Hotel mit den Handtüchern auf den Zimmern. Tausend Haken, aber kein Aufhänger an den Scheiß-Tüchern. Irgendwann, wenn es mir zu viel wird, schnappe ich mir die Nagelschere, mache ein Loch in den Stoff und stecke das Teil auf einen Haken.

»Stopp!«, bremste ich Heinrich. »Wo willst du denn hin?«

»Na, in die Neunzig-Grad-Sauna.« Er hatte den Griff bereits in der Hand.

»Aber doch nicht so!«

»Wie? Nicht so?« Er schaute an sich herunter. Dank seiner Wampe konnte er zumindest eine Sache schon mal nicht sehen.

»Na, ohne Handtuch! Oder willst du dich mit deinem nackten Hintern auf die Holzbank setzen?«

Nacheinander sah er uns an. Bis auf ihn hatten sich alle, einschließlich mir, ein Handtuch um die Lenden gebunden. Ich ging ans Regal neben dem Eingang, holte ein weiteres und warf es ihm zu.

»Das wäre ja vielleicht peinlich geworden. Schon allein wegen des Größenunterschieds«, freute er sich und lachte.

Sven, Nick und ich blickten uns wortlos an und dachten anscheinend das Gleiche. Heinrich hatte seinen kleinen Heinrich wohl schon einige Zeit nicht mehr live gesehen. Im Spiegel schaute immer alles größer aus. Erst recht im Make-up-Spiegel.

Wir parkten unsere Badeschlappen vor der Saunatür bereits in zweiter Reihe. Als Heinrich nun endlich die Tür öffnete, war klar, wo die Besitzer der Latschen waren.

»Servus.«

»Hallo.«

»Tag.«

»Moin.«

Toll, dachte ich, *ein Nordlicht.* Waren die denn überall?

Wir suchten uns ein Plätzchen. Dies dauerte einen Augenblick, bis alle zusammengerückt waren, um die letzten Zentimeter für vier weitere Hintern freizugeben. Presspassung nannte man das.

Heinrich stand erneut auf und drehte eine von drei Sanduhren um, die noch nicht abgelaufen war.

»Hey!«, kam es aus der hinteren Reihe.

»Macht nix!«, konterte Heinrich. Was auch immer er damit meinte.

Langsam gewöhnten sich meine Augen an die dunkle Umgebung und ich wagte, meine Saunafreunde abzuscannen. Schließlich wollte ich wissen, wem ich meinen Astralkörper in seiner ganzen Pracht präsentierte. Die oberste Reihe nur Männer. Dick, dünn, durchtrainiert, mit leichtem Bauchansatz, alles war am Start. Da war ich ja in guter Gesellschaft. Als ich damals im Fitnessstudio in der Sauna war, war ich der Einzige mit einem Onepack. Die Schweißtropfen liefen in einem Rutsch über meinen Bauch, während sie bei den anderen wie auf einer Buckelpiste über die Haut schlenderten. Das war hart.

Die mittlere Reihe sah nicht anders aus. Die untere … Moment. Nur ein weibliches Wesen war unter uns. So viel zum Thema *Gemischtsauna*. Natürlich. Frauen kämen im Allgemeinen niemals auf die Idee, bei diesem Wetter in einer Dunkelkammer zu schwitzen. Das ging auf einer Liege im Gras bei herrlichem Sonnenschein und einem Aperol Spritz angenehmer. Außer natürlich, man war ein eingefleischter Saunagänger. Nick neben mir zählte eindeutig nicht dazu.

»Hey, Nick«, stupste ich ihn an. »Stell mal deine Haxen auf dein Handtuch.«

»Oh, sorry«, meinte er und kam meinem Wunsch nach. »Das wusste ich nicht«, fügte er peinlich berührt hinzu.

»Mei, es tropft halt«, wies ich nochmals auf seinen Fauxpas hin und schaute wieder in die Runde.

Eine einzige Frau. Das konnte nur Madame Veilchenhochzeit sein. Ich weiß nicht, was es genau war, aber irgendetwas in mir sagte, ich sollte der Dame wenigstens gratulieren, wenn ich schon so nett eingeladen worden war.

»Entschuldigung«, flüsterte ich vorsichtig und stand gebückt auf. »Sind Sie die Glückliche?«

Sie schaute mich verdutzt an. »Ja, mein Mann und ich feiern heute Veilchenhochzeit.« Sie zeigte auf den Mann neben sich.

»Darf man gratulieren?« Ich streckte ihr meine Hand entgegen. Natürlich hatte ich vorab versucht, sie an meinem Oberschenkel trockenzuwischen, was aber zu keinem vernünftigen Ergebnis führte.

Sie kam mir auf dem halben Weg entgegen. Als sich unsere Hände berührten, hörte es sich an, als würden wir gemeinsam einen Schwamm ausdrücken. Für einen echten Saunagänger bestimmt auch eine Art Blutsbrüderschaft.

Ihr Mann machte es kurz und schloss sich ihr an, ohne ein Wort zu sagen. Einzig seine Lippen presste er leicht zusammen und nickte mit dem Kopf.

»Jetzt habe ich überhaupt nichts für euch«, fügte ich an und zeigte meine leeren Hände. »Wo auch!«, lachte ich die beiden an.

Nachdem mein Gag nicht so wie erhofft ankam, setzte ich mich wieder auf mein Handtuch. Durch meine Geste fühlte sich auch Heinrich dazu animiert, mit Handschlag zu gratulieren. Gefolgt von Nick, Sven und den anderen Insassen, die nacheinander ihren Sitzplatz verließen, um dem Paar die Aufwartung zu machen. Da musste ich erst kommen, um den Herren Manieren beizubringen. Da sah man wieder einmal, was Gruppenzwang bewirken konnte. Jedenfalls war Tumult in der Sauna und sehr viel Haut berührte sich bei dem Versuch, sich in dieser Enge zu drehen. Besonders die Lendengegend war davon betroffen. Ich war froh, dass ich meinen Platz bereits wieder eingenommen hatte, bevor die Unruhe begann. Ich nutzte die Chance und drehte an einer der Sanduhren, die bereits zur Ruhe gekommen war.

Kaum saßen wieder alle, kam Moritz, der Fitnesstrainer, mit einem Lendenschurz herein. Nachdem auch er, jedoch mit trockener Hand, dem Veilchenpärchen gratuliert hatte, begann er mit dem Ritual des Aufgusses. *Ruf des Waldes* hieß die Spezialmischung, die er uns kredenzen wollte. Anscheinend irgendwas mit Pinien und Tannennadeln. Dabei hätte er doch, dem Anlass geschuldet, ruhig ein paar Wiesenblumen auf den Grill werfen können. *Ruf des Waldes* konnte alles Mögliche bedeuten. Immerhin lebten auch Tiere im Wald.

Nachdem er ein paar Kellen Wasser auf die Steine gegeben hatte, begann er wie ein Verrückter sein Handtuch über unsere Köpfe hinweg herumzuschleudern, mit dem Ziel, die Hitze gleichmäßig zu verteilen. Das gelang ihm sehr gut. Dies war daran zu erkennen, dass die Ersten die Sauna fluchtartig verließen. Auch ich hatte die Befürchtung, an diesem Abend wie ein Pfund Trockenobst vor meinem Zelt zu sitzen. Doch ich wollte mir vor Heinrich und den beiden anderen Jungs keine Blöße geben. Der Hitze trotzend hockte ich auf meinem Handtuch, das den Schweiß, der aus meinen Poren schoss, erstklassig aufsaugte. Jeder von uns starrte auf seine Füße. Ich versuchte, mich ein wenig von der Hitze abzulenken und bewegte meine großen Zehen. Vielleicht hatte dieser Augenarzt ja doch recht? Ein bisserl schief waren die Dinger schon.

Sven verließ als Erster von uns die Sauna. Das Jubiläumspaar saß wie ein Fels in der Brandung auf der Holzbank und starrte vor sich hin. Was für eine schöne Feier! Es dauerte nicht lange, bis auch Nick sein Handtuch schnappte und das Weite suchte. Dann sollte es also so sein. Mano-a-Mano. Heinrich gegen mich. Dummerweise war ich mir nicht sicher, ob er mit offenen Augen bewusstlos war oder einfach nur die Hitze gut vertrug.

»Jetzt wird's langsam warm, gell?«, verkündete ich in die Runde.

Die Braut lächelte freundlich, ohne ein Wort zu sagen. Bestimmt, weil ihre Stimmbänder ausgetrocknet waren.

Heinrich wischte sich den Schweiß von der Stirn. Okay, das war ein Lebenszeichen. Was aber, wenn er genug hatte von seiner Ehe und seiner Rolle als Vater von drei Kindern? Was, wenn er diese Sauna als seine letzte Ruhestätte auserwählt hatte? Vielleicht wollte er sich auf diese Art und Weise aus dem Staub machen? Wie ein Frosch, der in der Sommerhitze auf einem Schotterweg verendete. Der war auch irgendwann einfach nicht mehr da. Gut, bei Heinrich würde es etwas länger dauern, bis sein Handtuch alleine auf der Holzbank liegen würde. Verdammt. Das musste ihm doch auch irgendwann zu heiß werden. Vielleicht war sein Bauch ein Wasserspeicher? Meine Augen brannten.

Von draußen glotzten Sven und Nick herein. Neugierig pressten sie ihre Nasen an die Glastür, um irgendwas erkennen zu können.

Aus meinem Körper wich jeglicher Elan, den beiden zu winken. Eine Minute später hielt ich es nicht mehr aus. Mit letzter Kraft schnappte ich mein Handtuch und verließ die Fritteuse.

Heinrich folgte mir. »Ich dachte schon, du gehst gar nicht mehr«, maulte er.

Super. Hatte er sich an mir orientiert?

»Du hättest doch jederzeit gehen können«, meinte ich und steckte meine Füße in die Badelatschen.

»Ich wollte doch nur beim ersten Mal alles richtig machen. Was weiß ich, wie lange man da drinbleibt. Die Sanduhren gehen auch nicht genau.«

»Jetzt dusch dich erst mal kalt ab«, wies ich ihn an. »Damit wieder Leben in deinen Körper kommt.«

»Das ginge mit einem Weizenbier schneller!«, lachte er und rieb sich die Hände.

»Nix da«, entgegnete ich ihm forsch. »Das lässt du schön bleiben. Was meinst du, wie dir das jetzt in deine Birne knallt.«

»Echt, oder?«

Super, dachte ich. *Ermutige ihn auch noch.*

Auf der Wiese vor dem Hallenbad schob Heinrich vier Liegen zusammen. Zeit, um sich zu entspannen. Dachten wir. Wie auf Knopfdruck kamen unsere Frauen von ihrer Nordic-Walking-Tour zurück, die eindeutig länger gedauert hatte als unsere Wanderung.

Schnurstracks steuerten sie geschlossen auf uns zu. Anscheinend hatten sie uns schon aus der Ferne erkannt. Kein Wunder. Auf der Wiese waren wir die Einzigen mit weißen Frotteebademänteln.

»Wo ist Oskar?«, preschte Anja vor.

»Der, der …«

»Wo sind die Jungs?«, schloss sich Miriam, Heinrichs Frau, an.

Heinrich sagte erst einmal nichts.

Anja ließ mich nicht aus den Augen.

Denselben Tonfall bekam Sven zu spüren, der von Angela mit der Frage, wo die kleine Mila sei, konfrontiert wurde.

Nick, der in diesem Moment aus dem Schneider war, stand uns bei und versuchte, unsere Frauen zu beruhigen.

»Keine Angst, die Kids sind gut bei Kirsten und Gabi aufgehoben«, verkündete er freudig und zog die schwangere Sandra auf seine Liege, damit die sich ausruhen konnte.

Ich machte es mir auf meiner Liege bequem.

»Wie bitte?«, plusterte sich Miriam auf. »Da verlangt man einmal von dem Herrn, für ein paar Stunden auf seine eigenen Kinder aufzupassen, und er schiebt sie einfach so zu diesen Gören ab.«

»Hey, hey. Nun mach aber mal langsam, Fräulein«, konterte er.

Au! Ich biss die Zähne zusammen. *Fräulein*? Echt?

»Die Jungs können ruhig mal mit anderen Kindern spielen. Reicht ja schon, wenn du sie den ganzen Tag bemutterst.«

»Weil das die Aufgabe einer Mutter ist.« Sie war sehr aufgeregt.

»Außerdem ist eine der beiden eine … na … Herbert! Hilf mir. Was ist die eine von den beiden?«

»Erzieherin!«, rief ich ihm zu und blinzelte Anja an. Wegen der Sonne, die genau hinter ihrem Kopf vom Himmel knallte.

»Genau! Erzieherin!«, wiederholte Heinrich. »Die hat das studiert mit dem Spielen und so.«

Ich wollte Heinrichs Erläuterungen korrigieren, ließ es aber lieber bleiben. Er war alt genug.

Sven bekam den gleichen Einlauf von seiner Frau. Mit dem Unterschied, dass sie ihn als Versager titulierte.

Anja sagte nichts und sah mich nur an. Das genügte. Als schlechten Vater konnte sie mich ja wirklich nicht bezeichnen. Immerhin war ich derjenige, der zu Hause für längere Zeit die Mutterrolle übernommen hatte. Wenn man das so ausdrücken konnte. Ich war den anderen Vätern hier gegenüber klar im Vorteil.

Ohne mich aus den Augen zu lassen, richtete sie das Wort an Angela und Miriam.

»Kommt, Mädels. Holen wir uns unsere Kinder zurück.«

»Genau!«, erscholl es von Miriam. »Wäre ja noch schöner, dass die jungen Dinger da unsere Kinder versauen.«

Der Zug ist längst abgefahren, liebe Miriam, dachte ich. Wenn überhaupt, dann könnten Gabi und Kirsten den beiden Pester-Power-Kindern vielleicht noch etwas Manieren und andere wichtige Verhaltensregeln beibringen. Wie wir alle seit fast zwei Tagen eindrucksvoll erleben durften, fehlte es da ja an allen Ecken und Enden.

»Ist das nicht ein wenig übertrieben?«, meinte ich zu Anja und setzte mich auf. Ich wollte nicht zu cool wirken.

»Nö. Bleib du ruhig hier liegen und entspanne dich. Nur kein Stress. Ich sorge solange für Oskar.«

Jetzt fing sie doch mit dieser Tour an. Zu diesem Zeitpunkt war es immer noch nicht erkennbar, dass sich meine

Lebensgefährtin auf irgendeine Art und Weise Mühe gegeben hätte, sich mir anzunähern. Stattdessen stellte sie mich hin, als ob ich nicht entscheiden könnte, was gut für meinen Bub war.

Die Damen machten sich auf den Weg. Immer noch im Nordic-Walking-Modus stocherten sie mit ihren Stöcken durch die Wiese zum Hotel. Auch Sandra, deren Kind sicher in einer anderen Höhle war, schloss sich den Damen solidarisch an.

Sven wurde weich und lief seiner Angela hinterher.

»Die spinnen doch!« Heinrich sah seiner Frau kopfschüttelnd nach. »Tun ja gerade so, als hätten wir unsere Kinder gewinnbringend an irgendeine Schlepperbande verkauft.«

Was seine zwei Rabauken anging, gefiel mir der Gedanke. Doch das behielt ich lieber für mich. Schlechter Zeitpunkt für Scherze. Am meisten regte mich auf, dass sie uns hingestellt hatten, als wären wir kleine Schuljungen, die zu blöd waren, auf ihr Pausengeld aufzupassen.

»Herbert. Sag du doch auch mal was. Da geben wir unsere Kinder in die Obhut einer studierten Kinderdings… na … Pflegerin, und dann das.«

»Heinrich, die hat das einfach nur gelernt. Nun hör doch mal mit dem Studium auf.«

Er schimpfte weiter. Dies blieb auch den anderen Hotelgästen nicht verborgen. Es war mir egal. Nach dem Einlauf, den uns unsere lieben Frauen vor Publikum verpasst hatten, hatten wir sowieso unser Gesicht als Ehepartner auf Augenhöhe verloren.

»Kann ich heute Nacht bei einem von euch im Zelt schlafen?«, fragte Sven, als er geläutert zu uns zurückkehrte.

»Was ist denn passiert?«, wollte ich wissen und stand von meiner Liege auf.

Auch Heinrich erhob sich.

»Angela hat gesagt, dass ich die Nacht bei meinen neuen Freunden verbringen solle. Sie meinte, dass sie einen Würgereiz bekäme, wenn sie mich heute noch mal sieht.«

»Das ist hart.« Da waren wir uns einig.

Heinrich legte den Arm um Sven. »Nix da, mein Freund! So weit kommt es noch, dass du dich mit einem von uns in ein Zelt quetschst. Folge mir.«

Er ging schnurstracks auf die Scheune zu, öffnete die Tür und verschwand darin.

Sven blieb davor stehen und blickte ratlos zu uns.

Nick und ich kamen nach.

Anscheinend kannte sich Heinrich in der Scheune besser aus als der hiesige Hausmeister. Er streckte nach einiger Zeit seinen Kopf heraus.

»Sven, nun hilf mir doch mal«, winkte er ihn herbei. Der tat, wie ihm befohlen, und verschwand nun auch in der Scheune.

Es rumpelte, als würden die beiden den Schuppen auf links drehen. Wenig später kamen die beiden mit einem weiteren Zelt wieder heraus. Doch dieses Zelt war alles andere als männermäßig.

»Was soll denn das sein?«, wollte ich von den beiden wissen.

»Das ist Svens neues Zuhause!«, verriet Heinrich stark schnaufend. »Was anderes ist nicht mehr da. Sven, geh doch noch mal in die Scheune und hol das Gestänge aus dem Regal, was ich dir gezeigt habe.«

»Sag mal, Heinrich, wie lange fährst du schon hierher in den Urlaub?« Ich war wirklich erstaunt.

»Miriam und ich waren schon hier, da war sie gerade mit Fabian, unserem Ältesten, schwanger.«

Das könnte ich nicht. Über Jahre hinweg an den gleichen Ort in den Urlaub fahren. Man will doch mehr von der Welt sehen. Jedes Jahr ins Salzburger Land? Es gab auch noch andere tolle Flecken auf der Erde. Bad Reichenhall zum Beispiel.

»Jetzt packt mal mit an«, wies uns Heinrich an. Der Schweiß drückte sich aus seiner Stirn heraus.

Ich möchte an dieser Stelle betonen, dass es sich um ein Kinderzelt handelte und nicht um ein Fertighaus, das wir vier aus dem Boden stampften. Schnell hatten wir das Gestänge zusammengesteckt. Da sage noch einer, Männer kämen ohne Anleitung nicht klar.

Nachdem Heinrich den letzten Hering in den weichen Boden getrieben hatte, standen wir zufrieden vor unserem Bauwerk.

»Das passt aber nicht zu den beiden anderen Zelten«, motzte Sven. Ihm war nur beizupflichten.

Vor uns stand ein Prinzessinnenschloss in seiner ganzen Pracht. Rosa mit Krönchen obendrauf. Die Plane des Eingangs war so angebracht, dass man darüberlaufen musste, wenn man das Zelt betrat. Somit hatte man das Gefühl, man würde über eine Zugbrücke schreiten. Mit zwei Seilzügen ließ sich das Schloss verschließen. So süß! Wenn man ein Mädchen war. Obwohl es zu Sven irgendwie passte. Fehlte nur noch Milas rosa Schirmchen mit der weißen Borte.

»Toll sieht das hier aus«, kam es plötzlich von hinten.

Familie Schnabel stand hinter uns. Alle vier hatten einen Tennisschläger in der Hand und einen Pulli über den Schultern. Die sahen aus wie aus einem Katalog für ... Vollidioten.

»Paul, Helena, wollt ihr da nach dem Tennis ein bisschen spielen?«

Die Kinder bekamen große Augen.

Heinrich auch.

»Nix da. Nur für Erwachsene«, rief er bestimmend und stellte sich mit ausgebreiteten Armen schützend vor das Schloss.

Ich genoss es, dass nicht ich mich um Björn kümmern musste. Auch als der mich ansah, zuckte ich nur mit den Schultern.

»So weit kommt es noch. Das ist ein Familienhotel.«

»Dann hol dir doch dein eigenes Zelt«, meinte Heinrich schnippisch.

»Und? Wo sind die?«

»Keins mehr da.«

»Also, das ist doch …«

Björn war entrüstet und machte einen Schritt auf Heinrich zu.

Cora, seine Frau, ging dazwischen. »Komm, Björn. Das ist es nicht wert. Kinder, wir finden schon was anderes, was ihr machen könnt.«

Björn hörte auf seine Frau, griff sich seine Sporttasche, die er zuvor abgestellt hatte, und ging mit seinem Anhang zum Tennisplatz.

Heinrich hob seine flache Hand in die Höhe, bereit, abgeklatscht zu werden.

»Yeah! Wie habe ich das gemacht? Kommt her, Jungs!«

Nachdem keiner auf seine Forderung eingegangen war, nahm er seine Hand runter und stolzierte in das Schlösschen hinein. Er drehte sich einmal herum, so, als würde er bereits Einrichtungspläne schmieden. Er nahm die Sache wirklich sehr ernst und ich fragte mich, was in seinem Leben sonst noch Spannendes los war. Anscheinend nichts. Das war seine Challenge.

»Leute, ich geh dann mal aufs Zimmer«, meldete ich mich ab.

»Aber du kommst doch wieder?«, vergewisserte sich Heinrich aufgeregt.

»Ja, ja.« Mehr sagte ich dazu nicht.

Ich war ihm doch keine Rechenschaft schuldig. Schließlich kannte ich die Männer erst seit zwei Tagen. Und nach einer Woche hatten die mich bestimmt bereits vergessen.

Viel wichtiger war, wie es mit mir und Anja weiterging. Auf dem Weg ins Hotel stellte ich mir die verschiedensten Szenarien vor. *Was, wenn ich aufs Zimmer kam und Anja fiel mir um den Hals? Wenn sie mich bitten würde, ihr zu verzeihen? Den restlichen Urlaub gemeinsam als Familie zu verbringen? Dass sie einen Fehler begangen hätte?* Ja, das alles stellte ich mir vor. In dem Fall hätte ich sogar mein Wikingerzelt aufgegeben.

Niemals nicht einen Dutt

»Baba!«, schallte es mir entgegen, als ich das Hotelzimmer betrat.

Oskar saß am Boden und spielte mit ein paar Matchbox-Autos, die ich ihm eingepackt hatte.

»Hallo, mein Kleiner.« Ich breitete die Arme aus und ging in die Hocke. Er lief mir entgegen und drückte mich.

»Wo ist K.I.T.T.?«, wollte er wissen und sah mich mit großen Augen an.

»Ich weiß es nicht? Ist er alleine weggefahren? Vielleicht muss er jemanden retten?« Ich zuckte mit den Schultern und Oskar gab sich mit meiner Antwort zufrieden.

Er musste ja nicht wissen, dass ich K.I.T.T. vor einem weiteren Balkonsturz bewahrte, indem ich ihn zwischen meinen Socken versteckt hatte.

»Ich bin im Bad!«, rief Anja durch die Tür.

»Okay! Lass dir Zeit!« Das war gut und versprühte ein wenig Harmonie.

»Magst du ein bisserl auf den Balkon gehen mit dem Papa?«

»Ja! Balkon!«

Ach, was war das für ein schönes Alter. Zweijährige Kinder freuen sich wirklich über alles. Ich hätte auch sagen können:

Oskar, wollen wir den Müll runterbringen und dann das Leergut und das Altpapier zum Container fahren? Danach könnten wir noch einen langweiligen Wochenendeinkauf machen! Hm? Was sagst du, Oskar? Und er würde sagen: *Ja, Papa. Leergut, Müll, super!* Das würde in zehn bis zwölf Jahren sicher anders aussehen.

»Schau mal, Oskar, was die Männer da unten machen.« Ich zeigte mit dem Finger hinunter auf die Wiese, während ich mich auf den Balkonstuhl setzte. Oskar nahm ich auf meinen Schoß. Aus dem Badezimmer hörte ich einen Föhn.

Ob sich Anja auch geföhnt hätte, wenn ich nicht gekommen wäre? Hätte sie die Badezimmertüre geöffnet, um nebenbei einen Blick auf Oskar zu werfen? Ja! Auch ich hatte das Recht, Erziehungsmethoden meiner Frau infrage zu stellen.

Unten auf der Wiese erspähte ich Heinrich, der wild gestikulierend immer wieder von Zelt zu Zelt stapfte.

Sven und Nick standen wie Falschgeld hinter ihm und gaben sich stillschweigend der Situation hin.

Es schien, als würde sich Heinrich mit Absicht Probleme schaffen, um vom eigentlichen Problem Abstand zu gewinnen. Und das war mit Sicherheit nicht die Frage, wer mit wem in welchem Zelt die Nacht verbringen würde.

»Der Mann schreit. Ist der wütig?«, meinte Oskar, als er nach unten guckte.

»Nein«, beruhigte ich ihn, »der Mann ist nicht wütend. Der erzählt nur laut einen Witz. Sag mal w-ü-t-e-n-d.«

»W-ü-t-i-g!«

Ah, mein Sohn startete eine kleine Revolte.

»So, da bin ich. Jetzt kann ich übernehmen.«

Anja kam auf den Balkon heraus und stand in einem Strandkleid, geschminkt und mit gestylten Haaren vor mir. Toll sah sie aus. In meinem Bademantel und den Badelatschen kam ich mir ihr gegenüber wie ein Obdachloser vor.

»Servus. Ja, dann geh ich mal ins Bad.«

»Ist noch ein wenig warm drin. Ich habe gerade geföhnt. Vielleicht wartest du noch ein bisschen.«

»Nee. Passt schon!«

Ich gab ihr Oskar auf den Arm und verschwand mit einer frischen Unterhose unter dem Arm im Bad. Keinesfalls wollte ich auch nur eine Minute in meinem Outfit vor ihr sitzen, während sie aussah, als wäre sie bereit fürs P1.

Das mit der Föhn-Hitze im Bad kannte ich von zu Hause und war das Klima gewöhnt. So gut es ging versuchte ich immer, unter dem Vorwand vor ihr ins Bad zu gehen, ich bräuchte nur fünf Minuten. Das war natürlich gelogen. Scheiße, es war echt heiß hier drinnen. Ich ließ die Badezimmertür einen Spalt offen und stieg unter die Dusche. Hatte sie sich nun für mich so schick gemacht oder war das der neue Standard, seit sie in die große weite Welt hinausgeschnuppert hatte? Nichts gegen Anja. Sie war immer top gekleidet. Es war einfach ungewohnt, weil sie bezüglich ihrer Kleidung seit Oskars Geburt eher praktisch veranlagt war. Soll heißen: Jeans, T-Shirt. Und nun stand sie in einem knielangen Kleid und Perlenohrringen vor mir, als wäre sie eine Fremde, die sich nur im Zimmer geirrt hatte. Und geschminkt war sie, dass selbst Oskar kurz überlegt hatte, wer diese Frau war. So Rauchaugen hatte sie, oder wie man das nennt. Smokey Eyes! Das war's. Tja, ich komme eben aus einer Großstadt. Da weiß man auch als Mann solche Sachen. Pumps, Clutch, High Heels, Concealer … ich kenn mich aus.

Durch den Türspalt hörte ich, wie Anja mit Oskar schäkerte. In jedem dritten Satz kam »Achtung, mein Kleid« vor. Verdammt! Nun hatte ich mir mit dem Duschgel die Haare eingeschäumt. Egal. Bestimmt war das sowieso alles das Gleiche. Was sollte ich bloß anziehen? Ich hatte eine weiße Hose dabei. Die könnte ich tragen. Die war voll IBIZA. Andererseits war sie auch absolut unpraktisch, weil sie schon während des Anziehens dreckig wurde. Anja und ich würden mit Oskar den Abend verbringen und abwechselnd ausstoßen: »Achtung, mein Kleid – Achtung, meine Hose!«

Ich verließ die Duschkabine und zog ein Handtuch von der Stange. Natürlich hatte ich es wieder einmal nicht geschafft, den Schaum vollständig von meinem Körper zu duschen. Beim Blick in den Spiegel bemerkte ich, dass meine gesamte linke Körperhälfte aussah, als hätte ich mich etwas ungeschickt mit einer Kartusche PU-Schaum angestellt. Ich öffnete die Tür noch einen weiteren Spalt, da es nun richtig heiß im Bad war. Da war es ja in der Sauna angenehmer gewesen. Mit dem Handtuch wischte ich ausdauernd über den Spiegel, weil er ständig aufs Neue beschlug. Ich sah mich an. Wie sollte ich mich nun herausputzen? Frauen hatten in dieser Hinsicht unendlich viele Möglichkeiten. Viel Lippenstift, dezenter Lippenstift, Rouge, Schmuck, Lidschatten, Hochsteckfrisur, Dutt … STOPP! Kein Dutt. Niemals nicht einen Dutt. Was aber konnte ich als Mann schon mit mir anstellen? Deo, saubere Unterwäsche, die zeitgemäß war, und ein gutes Hemd. Fertig. Und saubere Schuhe. Laut Frauenzeitschriften, die sich bei uns daheim stapelten, waren Frauen saubere Schuhe bei Männern das Allerwichtigste. Und Humor. Man kann anscheinend wie die größte Pfeife aussehen und in Lumpen sein Date abholen. Hauptsache, man haut in polierten Budapestern einen Kalauer nach dem anderen raus. Nachdem ich Rasierschaum verteilt hatte, holte ich den Rasierapparat aus meinem Kulturbeutel und fuhr damit über meinen Hals. Suboptimales Ergebnis war vorprogrammiert, da ich schon lange nicht mehr die Klinge gewechselt hatte. Als ich fertig war, konnte ich immer noch massenhaft Stoppeln erkennen, dafür war mein Hals krebsrot. Ich entschied mich für eine gestylte Frisur, die ich mit ein wenig Wachs fachmännisch modellierte. Wie immer nahm ich viel zu viel, was schlussendlich das Waschbecken zu spüren bekam. Dafür perlte das Wasser darin wunderbar ab. Ich schlüpfte in meine Calvin-Klein-Unterhose aus dem Dreierpack und wollte gerade das Badezimmer verlassen. Stopp! Ein Duftwässerchen sollte es auf jeden Fall sein. Auch, wenn viele Männer stets der Meinung waren, Frauen stünden auf einen Mix aus Motorenöl und Schweiß. Dieses Märchen hatten bestimmt sehr faule Männer mit einem Hang zur Selbstverstümmelung in die Welt gesetzt, die sich immer noch in der von ihnen bevorzugten Lebensform befanden: allein. Anja jedenfalls geizte seit unserem Zusammenzug nicht damit, mich des Öfteren mit einem Eau de Toilette zu beglücken.

Hans hatte dahingehend eine ganz andere Theorie, als er vor einiger Zeit in unserem Badezimmer war und meine reichhaltige Sammlung begutachtete. Er war sich sicher, dass Anja alles daransetzte, meinen Eigengeruch zu überdecken. Der Spinner. Dabei war er derjenige, der in der Tanke die Pröbchen aus den Männermagazinen klaute.

Ich entschied mich für Chanel. Das mochte sie am liebsten. Ja, auch wir Männer haben so unsere Waffen, die unsere Frauen für uns besorgt hatten.

»Du warst aber lange da drin«, erkannte Anja, als ich in Unterwäsche ins Zimmer kam.

»Da kam lange nur kalt.«

»Ah.«

Ich kramte im Kleiderschrank nach meiner weißen Hose, da ich ansonsten nur Jeans dabeihatte. Neben Anja hätte ich darin ziemlich langweilig ausgesehen. Falls wir zusammen den Speisesaal betreten würden, dann sollten die Leute wenigstens nicht sagen: *Was will die denn mit dem?*

»Heute ist italienischer Abend«, informierte mich Anja.

»Schön«, erwiderte ich knapp und nahm ein hellblaues Hemd vom Bügel.

»Ich meine nur.« Wollte sie mir irgendetwas mitteilen?

»Warum? Was ist?«

»Italienischer Abend? Spaghetti? Sauce? Bruschetta? Rotwein?«

»Dann esse ich eben Pizza.« Ich war doch wohl imstande, ordentlich essen zu können. War ich Oskar? »Wenn es danach ginge, würde man in Italien abends keine Menschenseele mit weißen Klamotten, sondern nur mit dunklen Overalls umherlaufen sehen. Außerdem kann ich essen.«

»Schon gut. Ich meine ja nur.« Sie spielte wieder mit Oskar.

Ich steckte das Hemd in meine Hose, schaute in den Spiegel und zog es wieder heraus. Sah cooler aus. Einen Gürtel nahm ich trotzdem, auch wenn man ihn nicht sah. Als Mann eine Hose ohne Gürtel geht überhaupt nicht. Das wäre wie Schuhe ohne Schnürsenkel. Apropos Schuhe. Sneakers wären bestimmt unpassend gewesen. Deshalb entschied ich mich für meine braunen Halbschuhe, die ich mir extra für meinen letzten Tag im Finanzamt gekauft hatte. Ich wollte, dass mich alle in guter Erinnerung behielten. Deshalb hatte ich mich an dem Tag herausgeputzt wie noch nie.

»Gut siehst du aus«, meinte Anja, während sie mich aus den Augenwinkeln beobachtete.

»Ja? Ich habe überhaupt nicht so darauf geachtet und mir einfach was übergeworfen.« Demonstrativ musterte ich mich nochmals im Spiegel. »Ja, jetzt, wo du es sagst.« Ich drehte mich etwas zur Seite. »Ja, sieht gut aus.« Ich schnappte mir meine Armbanduhr, die auf meiner Seite des Bettes auf dem Kästchen lag.

»Und? Wie geht es nun weiter?«, fragte Anja.

Allein diese Frage brachte mich fast zur Weißglut. Als ob ich mich darum kümmern müsste, wie es nun weiterging. Nach dem Motto: *Hast du dich wieder beruhigt, weil ein anderer an mir herumgefummelt hat? Ich wollte nur gefragt haben. Ansonsten hole ich mir solange einen Prosecco und warte noch ein bisschen!*

»Wie soll es schon weitergehen?«

»Na, das frage ich dich.« Sie blickte mich an, während sie Oskar die Haare kraulte.

»Na, wie schon? Jetzt gehen wir erst einmal essen, dann sehen wir weiter.«

»In der miesen Stimmung können wir doch nicht essen gehen?«

»Was erwartest du?« Meinte sie, ich erteilte ihr Absolution? *Sie betet drei Vaterunser und ab zur Vorspeise?*

Sie tat genervt und setzte Oskar auf dem Boden ab.

»Ich sagte doch schon, dass das nur ein paarmal war und nichts zu bedeuten hatte.«

»Warum hast du es dann gemacht? Aus Langeweile heraus?« Ich konnte doch nicht einfach so, nur, weil wir im Urlaub waren, zur Tagesordnung übergehen.

»Das habe ich ja schon versucht zu erklären. Außerdem hast du heute auch bereits einen Vogel abgeschossen.«

Wie? Das war mir neu. Hatte ich irgendwie eine Frau in meinem Gesicht? Hatte ich nicht mitbekommen.

»Und der wäre?«

»Na, erst versprichst du, dass du mit Oskar den Tag verbringst, und schiebst ihn dann zu den zwei Mädels ab.«

»Du, Oskar wollte dahin.« Ich richtete meinen Blick auf unseren Nachwuchs. »Oskar! War's schön in der Räuberhöhle?«

»Pizza! Oh, lecker!« Er ließ sich aufs Bett fallen und rieb sich den Bauch.

Auf ihn war einfach im richtigen Moment Verlass. Ich durfte nicht vergessen, dass er dafür das grün leuchtende Laserschwert bekam, das wir im Spielwarenladen am Stachus gesehen hatten.

»Siehst du?«, verteidigte ich meine Entscheidung. »Die anderen Kinder sind alle hingegangen. Hätte ich lieber mit ihm den beschissenen Wurstsalat essen sollen, während die anderen Kinder mit dem Kurti lecker Pizza machen?«

»Wer ist denn Kurti?«

»Der Chefkoch.«

Den Namen kumpelhaft zu verfremden, vermittelte in solchen Fällen immer das Gefühl, man würde im inneren Kreis verkehren. Das war wichtig in Schwabing. *Wir waren dann später noch bei diesem Michael Schmidt was trinken* hörte sich lange nicht so gut an. *Später sind wir noch auf einen Absacker zu Mike* war da schon die bessere Wahl. Der Zusatz, *den kenne ich nämlich*, erübrigte sich in diesem Fall.

»Außerdem, was ist denn dagegen einzuwenden, Oskar in eine Kinderbetreuung zu geben? Dafür ist sie schließlich da.«

»Na, andere Väter wären froh, wenn sie etwas Zeit mit ihrem Sohn verbringen könnten.«

Das war zu viel. Zeit, wieder einmal die Fronten zu klären. Dumm nur, dass Oskar das mitbekommen musste.

»Oskar? Magst du mal schauen, was die Männer da unten auf der Wiese machen? Sei mal ein Detektiv und beobachte. Schau aber, dass sie dich nicht entdecken.«

Perfekt. Langsam schlich er sich auf den Balkon. Beweisführung abgeschlossen. Oskar und ich verstanden uns blind.

»Ich bin ein guter Vater«, begann ich mein Plädoyer. »Das kannst du nicht an ein paar Stunden festmachen.«

»Das sagt auch keiner. Trotzdem gehe ich davon aus, dass wir künftig solche Sachen miteinander absprechen.«

»Oh! Das wird ja immer besser! Madame möchte wichtige Entscheidungen vorher absprechen. Ich kann mich nicht daran erinnern, dass ich meine Zustimmung dazu gegeben habe, dass du in der Gegend herumknutschst.«

»Ach, jetzt spielt er die Karte wieder aus.« Sie verschränkte die Arme und drehte mir den Rücken zu.

»Du kannst mich ruhig ansehen. Oder fällt dir das schwer? Ich muss dich nicht fragen, was gut oder schlecht für meinen Sohn ist. Immerhin bin ich genauso lange Vater wie du Mutter.

Und der kleine Heimvorteil, weil er vorab ein Dreivierteljahr in dir gewohnt hat, gibt dir noch lange nicht das Recht …«

»Er ist nicht dein Sohn, sondern *unser* Sohn!«, warf sie mir schnippisch an den Kopf und wandte sich wieder von mir ab.

»Ach ja? *Herbert, dein Sohn hat in die Windel gemacht. Herbert, dein Sohn schreit. Herbert, dein Sohn hat Hunger!* Hast du noch ein bisserl Zeit, ich habe da noch ein paar Beispiele.«

»Das ist doch Spaß, wenn ich so etwas sage.«

»Oh. Auf einmal. Dann sag das doch bitte vorher, damit ich lachen kann.«

Stille. Mir fiel nichts mehr ein. Auch Anja schien ihr Pulver verschossen zu haben. Nein, noch nicht ganz.

»Vielleicht war das alles ein Fehler.«

Ich dachte, ich höre nicht richtig.

»Definiere DAS ALLES!«

Sie drehte sich zu mir um.

»Na, das mit uns.«

Das saß und machte mich wütend. Doch, ja, ich versuchte, mich wieder etwas herunterzufahren. Innerlich hing ich bereits unter der Decke.

»Oh«, meinte ich gespielt lässig. »Möchtest du dich anderweitig orientieren? Vielleicht wäre ja der Hamburgfuzzi ein besserer Papa für Oskar. Er könnte den Kleinen den ganzen Tag mit kostenlosem Kaffee abfüllen. Dann schläft er nicht so viel und der neue Traumpapa hat ein paar Stunden mehr zur Verfügung, um mit ihm ganz tolle Papa-Sohn-Sachen zu machen. Sorry! Mein Fehler. Stiefpapa-Sohn-Sachen. Vorausgesetzt, er findet Zeit für euch beide. Nicht, dass er sich mit den ganzen anderen alleinerziehenden Müttern absprechen muss.«

»Du bist echt ein Arsch!«

»Nein, meine Liebe. Ein Hirsch. Aber … das hatten wir ja schon.«

»Ich glaube, das wird heute nichts mehr.« Sie nahm ihre kleine Handtasche von der Stuhllehne und hängte sie sich über die Schulter.

»Okay. Die Jungs unten warten bestimmt schon auf mich.«

»Mach doch, was du willst. Ich bin sowieso mit den Mädels vom Nordic Walking verabredet.«

»Na, worüber reden wir dann überhaupt. Ich kann gerne Oskar mit ins Zelt …«

»So weit kommt es noch!«, fiel sie mir ins Wort. »Das haben wir Frauen heute schon vereinbart, dass wir alle zusammen einen Abend mit unseren Kindern verbringen.«

»Na dann … schönen Abend.« Ich ging einen Schritt zur Seite und wies ihr den Weg zur Tür.

Sie rief Oskar herein. Der konnte sich nur schwer von seiner Observation lösen. Immerhin hatte Heinrich bereits ein kleines Feuer gemacht und der Grill wurde angefeuert.

»Mann hat Feuer gemacht«, verkündete er erstaunt, als er wieder ins Zimmer kam.

»Ja, das kann der Heinrich gut. Lass es dir schmecken, mein Kleiner. Der Papa muss noch mal weg.«

»Papa mitkommen.« Oskars Unterlippe zitterte.

»Das geht heute nicht. Aber morgen früh, da machen wir was ganz Tolles, ja?«

»Mama, Papa mitkommen.«

»Heute Abend mal nicht, mein Schatz. Wollen wir jetzt mit den anderen Kindern lecker essen, ja? Pizza?«

Mit Pizza hatte sie ihn und ich war froh darüber. Ich gab ihm einen Kuss auf die Wange und einen Klaps auf seinen Windelhintern.

»Lass es dir schmecken und lasse den anderen auch noch was übrig, ja?«

»Wer zuerst am Lift ist!«, versuchte Anja, Oskar zu motivieren. Die Rechnung ging auch hier auf und er spurtete los.

Sie blieb vor mir stehen und sah mich an. Glanz stieg in ihren Augen hoch. Sie brauchte doch nur zu sagen, dass es ihr leidtat. Und ich wollte die ganze Wahrheit wissen. Keine halben Sachen. Wie sollte ich denn eine funktionierende Familie aufbauen, wenn schon das Fundament bröckelte.

»Viel Spaß mit deinen neuen Freunden. Werdet doch glücklich miteinander.«

»Die Jungs sind mir wenigstens treu.«

Sie verschwand und zog die Tür hinter sich zu.

Ich ließ mich aufs Bett fallen. Wie sollte das weitergehen? Ich sah mich schon jedes zweite Wochenende meinen Sohn abholen. Womöglich würde Hauke die Übergabe durchziehen, weil Anja so viel im Café zu tun hatte. Vielleicht hätte ich Glück und er würde mir eine Kostprobe vom feinsten doppelt gerösteten Arabica schenken. In dem Fall müsste ich den guten Hauke leider auf links drehen und ihm jede seiner Scheiß-Bohnen einzeln in seinen blasierten Vertreterhintern schieben.

Ich stand auf, schnappte mir meine Bettdecke und ein Kissen. Dann öffnete ich den Schrank und holte meinen kleinen Rucksack heraus, den ich eigentlich für kürzere Wanderungen dabeihatte. Nun musste er als Ersatzminibar herhalten. Erneut räumte ich den gesamten Inhalt des Kühlschranks inklusive Nüsschen aus, verfrachtete alles in meinen Rucksack und zog den Reißverschluss zu. Für mich als ehemaligen Finanzbeamten eigentlich ein absolutes No-Go. Für das Geld hätte ich mir zu Hause eine komplette Minibar einrichten können. Aber mit den großen Flaschen. Ich öffnete nochmals meinen Rucksack, nahm einen kleinen Piccolo heraus und stellte ihn zurück in den Kühlschrank. Anja mochte gerne hin und wieder ein Gläschen vor dem Schlafengehen.

Das Fleisch ist tot

»Hey! Was hast du denn heute noch vor?«, grölte mir Heinrich entgegen. »Du weißt schon, dass wir hier in den Bergen sind und nicht in Rimini in einem Beachclub.«

In meinen Klamotten war ich alles andere als ideal für einen Grillabend mit anschließender Übernachtung im Zelt gekleidet. Doch der Letzte, der sich darüber auslassen sollte, war Heinrich in seiner dreiviertellangen Trekkinghose. Jedes, aber auch jedes modeorientierte Männermagazin predigte es schon seit Jahren: *Männer, die Dreiviertelhosen tragen, schrecken auch vor Socken in Sandalen nicht zurück.* Da waren wir auch schon beim nächsten Thema. Heinrich hatte wirklich den Sexappeal eines Nacktmulls. Wenn er wenigstens schwarze Socken angehabt hätte! In diesem Aufzug käme er in Schwabing nicht einmal nachmittags in eine Eisdiele.

Ohne ein Wort zu erwidern, warf ich mein Bettzeug in mein Wikingerzelt und stellte meinen Rucksack dazu.

»Schau mal, was uns der Kurt hergebracht hat. Ist das nicht super?«

Heinrich packte mich am Arm und zog mich zwischen Indianer- und Prinzessinnenzelt. Vor uns stand eine große mit Eiswürfeln gefüllte Wanne, in der unzählige Bierflaschen steckten.

»Das ist amtlich!«, meinte ich und schnappte mir sofort eine Flasche.

»Und? Hat deine Alte noch gemeckert, dass du deinen Hosenscheißer abgeschoben hast?« Heinrich knallte ausgelassen seine Flasche an die meinige und leerte sein Bier auf ex. Anscheinend nicht das erste für ihn an diesem frühen Abend.

»Du, Heinrich, es wäre mir wirklich recht, wenn du Anja nicht als meine Alte bezeichnest. Und Oskar ist kein Hosenscheißer.«

»Hat er 'ne Windel?«

»Sicher.«

»Dann ist er auch ein Hosenscheißer! Haha!«

Das konnte ja heiter werden mit dem.

»Was gibt es denn zu essen?«, wollte ich von Sven wissen, der gerade mit einer Grillzange ein paar Fleischstücke auf den Grillrost legte.

»Der Kurt hat sich wirklich nicht lumpen lassen«, freute sich Sven. »Ist alles da. Steaks, Grillwürste, Kartoffelsalat … geil, oder?«

Trotzdem wäre es schöner gewesen, wenn wir alle unsere Frauen dabeigehabt hätten. Die saßen wahrscheinlich schick gekleidet mit unseren Kindern im Speisesaal und tranken Weißweinschorle, während ich hier draußen mit den anderen traurigen Gestalten in die glimmende Holzkohle starrte.

»Wie sieht es denn mit deinem Haussegen aus?«, wollte ich von Sven wissen.

»Ich bin hier. Wie soll es da schon aussehen? Und bei dir?«

»Na ja, es gab eben Stress, weil ich den Kleinen bei den beiden Mädels abgegeben hatte.«

Sven grinste mich an.

»Und deswegen wirft sie dich gleich raus?«

»Hier wurde niemand rausgeworfen. Aber das war nicht alles. Ist ’ne lange Geschichte.«

»Ich hab Zeit«, meinte er und wendete das Fleisch.

»Hey, Männer!«, rief uns jemand aus naher Entfernung zu. »Was macht ihr denn hier?«

Es war Boris, der mit Luis angetrabt kam.

»Ui, Superpapi im Anmarsch«, feixte Heinrich und ging ihm einen Schritt entgegen, als würde er ihn vor unseren Burgmauern abfangen wollen.

»Können mein Sohn und ich bei euch mitmachen? Luis hat gesehen, dass hier Zelte stehen und gegrillt wird. Das mag er. Nicht wahr, Luis?«

Luis grinste uns an. Ich konnte mich nicht entsinnen, bis zu diesem Augenblick sein Gesicht komplett gesehen zu haben.

»Die Zelte sind alle belegt!«, schmetterte ihm Heinrich entgegen. »Und das Fleisch … ich weiß nicht, ob das für alle reicht?«

»Nun mach dich mal locker, Heinrich«, bremste ich ihn. »Es ist genug für alle da. Setzt euch ruhig zu uns.«

»Super!«, freute er sich. »Zelt ist kein Problem. Wir haben unser Wurfzelt dabei!«

Natürlich. Was sonst?

»Ich laufe schnell zum Wagen und hole es.« Weg war er.

Wahrscheinlich hatte ein toller Kerl wie er sogar einen aufblasbaren Pool im Kofferraum. Für den Fall, dass sein Sohn einen Köpper machen möchte.

»Der hat uns noch gefehlt«, maulte Heinrich.

»Was ist denn los mit dir? Das hier ist eine Männerrunde. Warum sollte er nicht dabei sein? Je mehr, desto besser, oder?«

»Hm. Fehlt nur noch, dass dieser Augenarzt antanzt. Willst du den etwa auch mit offenen Armen aufnehmen?«

»Das ist etwas ganz anderes, Heinrich. Guck lieber da hinten. Da kommt Nick. Was will der denn hier?«

Mit gesenktem Haupt näherte er sich unserem Lagerplatz. Wollte er nicht wenigstens mit seiner hochschwangeren Sandra den Abend verbringen? Dieses Hotel schien irgendwie auf einer Wasserader gebaut worden zu sein. Und die wirkte sich negativ auf das zwischenmenschliche Glück der Bewohner aus.

»Hey, Nick. Was vergessen?«, feixte Heinrich und streckte ihm ein Bier entgegen.

»Kann ich bei euch bleiben?«, fragte der und schnappte sich die Flasche.

»Das eine sage ich dir aber gleich. In meinem Indianerzelt ist kein Platz!« Heinrich hatte wirklich sehr große Angst, jemand könnte ihm seine Behausung streitig machen.

»Du kannst bei mir pennen«, rief Sven, unser Grillmeister. »In meinem Prinzessinnenschloss ist jede Menge Platz. Außerdem können wir essen, wenn ihr wollt. Das Fleisch ist tot.«

Boris war mittlerweile auch wieder da, nahm sein Zelt aus der Tasche und warf es quer über die Wiese. Noch in der Luft entfaltete sich das Ding und landete, fertig aufgebaut, Sekunden später neben meinem Wikingerzelt.

»Geil! Darf ich auch?«, bat ich Boris.

»Klar! Du musst es nur wieder zusammenfalten. Das ist allerdings ein bisschen *tricky*.«

»Was ist es?«, staunte Heinrich und kam etwas näher.

»Trickreich«, übersetzte ihm Boris und zeigte uns, wie man das Zelt zusammenlegte.

Letztendlich hatte jeder von uns ungefähr fünfmal das Zelt durch die Gegend geworfen. Wir waren begeistert. Außer Heinrich. Das Zelt wollte sich bei ihm ums Verrecken nicht entfalten.

»Ein Scheiß ist das! Jetzt lasst uns endlich essen.«

Boris schmunzelte. Ich war mir sicher, dass er bei dem Zelt irgendwas gedreht hatte, damit es bei Heinrich nicht aufging.

»Hast du schon gemerkt, Luis? Hier draußen ist super WLAN.«

Ich dachte mir, dass ihn das vielleicht interessieren könnte.

»Echt?« Begeistert zog er sein Smartphone aus der Hosentasche und starrte aufs Display. »Krass! Hey, Dad! Voll das Highspeed-Netz.«

Damit war der Resturlaub auch gerettet. Ich war doch froh, wenn ich helfen konnte.

Boris dankte es mir jedenfalls mit einem Nicken. So übel war der gar nicht.

»Jetzt verrat doch mal, Nick: Was hast du denn zu deiner Liebsten gesagt, dass die dich rausgeworfen hat?«

So ausgelassen kannte ich Sven überhaupt nicht. Gut, ich kannte ihn auch erst seit zwei Tagen. Dennoch taute er in dieser Runde richtig auf.

»Eigentlich habe ich nur die Sachen, die ihr mir so erzählt habt, auf den Tisch gebracht«, erklärte Nick mit einem Dackelblick und sah dabei aus, als ob er nicht bis drei zählen könnte.

Heinrich prustete sein Bier aus Mund und Nase. Ziemlich unangenehm, da ich direkt neben ihm am Biertisch saß, den uns Kurt freundlicherweise von zwei Lehrlingen aus der Küche bringen ließ.

»Du hast was?«, versicherte sich Heinrich in der Hoffnung, er habe sich verhört.

»Na ja, ich habe ihr gesagt, dass ich mit einer Hochzeit noch warten möchte. Ich wüsste ja nicht, ob sie wirklich die Richtige sei.«

»Ui!«

»Ah!«

»Bist du bescheuert?«, mischte nun auch ich mich ein. »Du kannst doch einer werdenden Mutter kurz vor der Geburt eures gemeinsamen Kindes nicht solche Sachen sagen. Was noch?«

Er zögerte. Rückte aber dann doch mit dem nächsten Bock heraus, den er geschossen hatte. »Ich habe ihr nur mitgeteilt, dass ich vorher wissen möchte, was es wird, und dass ich getrennte Schlafzimmer haben möchte.«

»Warum das denn?«, wollte Sven wissen, der die nächste Ladung Fleisch auf den Tellern verteilte.

»Ihr habt doch berichtet, dass ich nicht mehr zum Schlafen komme, wenn das Kind erst einmal auf der Welt ist.« Er hörte sich schnippisch an. »Hey, ich bin Kranführer und muss morgens früh raus. Wisst ihr, was für eine Verantwortung ich habe?«

»Na, wenn du so weitermachst, kannst du eh gleich auf der Baustelle schlafen. Zu Hause brauchst du dich dann nicht mehr blicken zu lassen«, erkannte Boris. Und der wusste wenigstens, von was er sprach. Immerhin war der schon geschieden und hatte uns somit einiges voraus.

»Wann, bitteschön, habt ihr dem Jungen solch einen Stuss erzählt?«, wollte Heinrich von mir wissen.

»Ach, da waren so Typen an der Bar, da haben wir wohl das eine oder andere fallen lassen«, erklärte ich etwas kleinlaut. Ich fühlte mich, als hätte ich Mitschuld an Nicks Misere.

»Typen mit Babyfon?«

»Ja, genau!«

»Ach, das waren bestimmt Bernd, Klaus und … na, wie heißt der andere noch gleich?«

»Michael«, ergänzte ich.

»Genau. Michael. Komischer Typ mit Rauschebart.«

»Du fährst wirklich schon sehr lange hierher, oder?«

»Ach …« Er nahm einen kräftigen Schluck Bier und widmete sich seinem Fleisch.

Wie zu erwarten war, rührten wir den Kartoffelsalat und andere Beilagen, die uns Kurt zur Verfügung gestellt hatte, kaum an. Ketchup und BBQ-Sauce hingegen gingen weg wie warme Semmeln.

»Nick, du weißt aber schon, dass du das unbedingt wieder geradebiegen musst, hörst du?« Boris fühlte sich an dieser Situation ein wenig mitschuldig.

Ich musste gestehen, dass auch ich mich bei dem Gedanken, Nick vielleicht ins Unglück gestürzt zu haben, unwohl fühlte. Trotzdem war er alt genug, um selbst zu entscheiden, was er tat. Er konnte doch nicht einfach fremdbestimmt zur Mutter seines ungeborenen Kindes laufen und ihr unseren Schmarrn auftischen. So ein Idiot!

»Ihr meint, ich sollte …« Nick machte Anstalten zu gehen.

»Hinsetzen.« Boris drückte ihn beherzt zurück auf die Bank. »Das kannst du auch morgen noch machen. Lass deiner Sandy ein wenig Zeit, um sich zu beruhigen.«

»Sie heißt Sandra.«

»Ja, der auch.«

* * *

»Ich bin so vollgefressen, das glaubt ihr nicht.«

Heinrich rieb sich seine Wampe, als er sich auf der Liege zurücklehnte.

»Doch, das glaube ich schon. Du hast alleine fast eine ganze Sau gegessen.« Ich fand Heinrich immer abstoßender.

Wir hatten uns von der Wiese vor dem Hallenbad ein paar Sonnenliegen geschnappt und im Halbkreis ums Feuer drapiert. Es war urgemütlich. Wäre da nicht der Wermutstropfen gewesen, dass meine kleine Familie etwa hundertfünfzig Meter weiter saß und unser Haussegen schief hing. Dank des Alkohols wurde diese Prämisse jedoch von Stunde zu Stunde leichter. Luis hatte sich mit seinem Handy ins Zelt verkrümelt, um zu daddeln. Boris ließ ihn. Zumal man auch davon ausgehen konnte, dass sicherlich Themen auf den Tisch kamen, oder in unserem

Fall auf den Rasen, die für die Ohren eines Neunjährigen ungeeignet waren.

»Oh! Ein Gelage!«

Diese Stimme kannte ich doch. Da wir alle mit dem Rücken zum Hotel saßen, drehten wir gleichzeitig unsere Köpfe nach hinten. Kein Geringerer als Dr. Björn Schnabel stand hinter uns. In Leinenhose, Slipper, Hemd und umgehängtem Pulli.

Heinrich war in seiner ihm eigenen Art als Erster imstande, etwas zu äußern.

»Das ist kein Gelage, sondern ein Meeting. Oder noch besser: eine Tagung.«

Wir merkten, dass Heinrich einen im Tee hatte. Das wollte was heißen. Denn keiner von uns war noch ansatzweise nüchtern.

»Ach ja? Darf man sich für eine kurze Halbe dazusetzen?«

Schnabel machte Anstalten, sich ein Bier zu nehmen.

»Das geht nicht«, fuhr Heinrich weiter fort. Zwischendurch entwich ihm ein kleiner Rülpser. »Geschlossene Gesellschaft. Wir besprechen hier ganz wichtige Dinge. Stimmt's, Männer?«

»Ja!«

»Ganz wichtig!«

»Mhm!«

Heinrich fuchtelte mit seiner Flasche herum. »Wir sind nämlich auch Ärzte.«

»Ist das so?«, kam es ein wenig abfällig von Björn.

»Logisch! Was bist du noch mal?«

Björn wippte auf seinen Fußsohlen vor und zurück. Seine Hände hatte er in seinen Hosentaschen. »Ich bin Ophthalmologe! Umgangssprachlich für euch: Augenarzt.«

»Ui!«, meinte Heinrich. »Dann geht das wirklich nicht.«

»Und warum nicht, wenn man fragen darf?«

»Man darf«, mischte ich mich ein. »Weil … wir sind Proktologen. Das ist ja quasi am ganz anderen Ende. Und Heinrich hier macht gerade eine Studie.«

»Das ist ja interessant.« Björn verschränkte nun seine Arme. Ich merkte sofort, dass er versuchte, uns vorzuführen.

»Ja, sehr.« Ich musste mich stark zusammenreißen, um ernst zu bleiben. Schon alleine deshalb, weil Nick und Sven im Hintergrund bereits kicherten wie zwei Hyänen.

»Der Heinrich versucht gerade, sein Körpergewicht in Form von Steaks und Grillwürschtl zu sich zu nehmen. Er liegt gut im Rennen. Gell, Heinrich?«

»Jepp!«

»Also, wir müssen dann weiter beobachten. Schönen Abend noch.«

Er winkte ab und ging, ohne auch nur einen weiteren Ton von sich zu geben. Dafür grinste er erhaben und selbstverliebt. Eindeutig! Er sah sich ein paar Klassen über uns.

»Wenn es dem Heinrich die Augen herausdrückt, rufen wir dich. Dann kannst du oph…, ophthal…mologieren!«, rief ihm Nick hinterher.

Danach kicherten wir alle wie Hyänen. Auch wenn Heinrich versuchte, wie ein Indianer zu jaulen, es hörte sich nicht besser an.

Sven plagte das schlechte Gewissen. »Sind wir gemein?«

»Ja!«, ertönte es einstimmig.

»Ist das nicht schön? Wir hier, so unter uns?« Heinrich atmete schwer aus.

»Na ja, so ganz freiwillig sind wir ja nicht hier, oder?« Ich sah in die Runde.

Kopfnicken.

»Ich schon«, meinte Boris und grinste.

»Du bist mit deinem Sohn alleine hier«, stellte ich fest. »Ich weiß gerade nicht, was besser ist. Stress mit der Frau zu haben mit Aussicht auf Besserung, oder von vornherein alleine in den Urlaub zu fahren.«

Boris blickte mich an und überlegte. Er trank aus seiner Flasche und wischte sich den Mund ab. »In meinem Fall ist es eindeutig besser, mit meinem Sohn alleine in den Urlaub zu fahren. Nach allem, was ich in letzter Zeit wieder mit meiner Ex erlebt habe, reicht mir die traute Zweisamkeit bis zum Sankt-Nimmerleins-Tag.«

»Raus damit. Wir haben die ganze Nacht Zeit«, spornte Heinrich ihn an.

Ich hatte eigentlich keine große Lust auf schwere Beziehungsthemen. Ich wollte einfach nur mein Bierchen trinken und in den dunklen Sternenhimmel starren. Nun entwickelte sich das Ganze zu einer Selbsthilfegruppe.

»So genau will ich eigentlich nicht ins Detail gehen. Aber es reicht von zu kleinen Klamotten, die sie mir an den Wochenenden für Luis mitgibt, bis hin zu Unterhaltsforderungen, die absolut utopisch sind.«

»Und sie wohnt nicht mehr alleine?«, fragte ich nach, weil ich es, ehrlich gesagt, nicht mehr wusste. Wer weiß, vielleicht traf mich auch bald dieses Schicksal. Dann wollte ich vorbereitet sein.

»Wie schon gesagt, sie wohnt bei ihrem Neuen.«

»Prima. Beweisführung abgeschlossen. Dann bist du ja fein raus.«

»Das denkst aber auch nur du, Herbert. Solange die nicht verheiratet sind, geht da überhaupt nichts. Das Neueste ist, dass ich vor der Tür warten muss, wenn ich Luis abhole. Scheinbar hat ihr Neuer Angst vor mir. Oder er meint, er muss sein Revier verteidigen. Mir ist das egal. Solange Luis weiß, dass ich immer für ihn da bin …«

»Also ich würde dem Neuen eins auf die Mütze geben. So weit kommt es noch, dass irgend so ein Typ meint, er müsse meinem Kind zeigen, dass ich nicht gut genug bin, um in sein Kinderzimmer zu gehen.«

Boris konnte über diesen hitzköpfigen Einwand von Heinrich nur müde lächeln.

»Heinrich, wir leben doch nicht mehr im Mittelalter. Außerdem, was soll denn dann Luis von seinem Vater denken? Nein. Sollen sie nur machen. Wisst ihr, wenn Leute so viel Zeit damit verbringen, sich zu überlegen, wie sie einem schaden können, dann liegt doch eines auf der Hand. Sie sind entweder mit ihrem eigenen Leben unzufrieden oder sie sind auf irgendetwas neidisch.« Boris setzte sich auf. »Ich meine, stellt euch doch mal vor, ihr würdet morgen sterben. Dann war das Letzte, was ihr in eurem Leben getan habt, euch Gedanken darüber zu machen, wie ihr eurer Ex schaden könnt. Ist das nicht traurig?« Er legte sich wieder zurück. »Ich würde sagen, dann habe ich alles richtig gemacht. Sonst würden die sich doch um mich nicht so viele Gedanken machen, oder?«

»Hört, hört!«, rief Sven. Ein Wunder, dass er noch zuhören konnte. Immerhin hatte er ganz schön gebechert.

»Ich sage euch eins. Sollen die nur machen. Ich lebe mein Leben und mache was draus. Das wird mein Sohn auch irgendwann merken, da bin ich mir sicher.«

»Scheint, als wärst du zufrieden!«, analysierte ich.

»Was heißt schon ZUFRIEDEN? Wir Menschen tun immer so, als würden wir ewig Zeit haben. Dabei kann es morgen vorbei sein. Ich will einfach meine Zeit besser nutzen, als mir über solche Dinge Gedanken zu machen.«

Ein guter Ansatz. Vielleicht sollte auch ich meinen Gram auf Anja nochmals überdenken. Für diesen Abend waren es jedoch eindeutig zu viele Promille gewesen, um auf einen Nenner zu kommen. Besser, ich wartete den kommenden Tag ab.

»Und?«, wollte ich von Heinrich wissen. »Was läuft bei dir schief?«

»Ach, so ziemlich alles. Ist kein Bier mehr da?«

»Nun weich nicht aus. Raus mit der Sprache!«, drängte ich ihn, uns an seinem schiefen Haussegen teilhaben zu lassen.

Er stand auf und zog sich eine weitere Flasche Pils aus dem Eis. Dann setzte er sich wieder hin.

»Miriam kapiert einfach nicht, dass ich auch mal meine Ruhe brauche, wenn ich von der Arbeit nach Hause komme. Ständig kommt sie mit Forderungen wie Müll runterbringen, Tisch decken, mit den Jungs was unternehmen, ich meine … hallo?«

»Was machst du dann überhaupt daheim?« Sven wurde neugierig.

Heinrich schüttelte den Kopf und blickte fragend in die Runde. »Ich verstehe die Frage nicht.«

»Wie du dich zu Hause einbringst, will ich wissen.«

»Ich bringe das Geld nach Hause. Das reicht doch wohl.«

Ui, da war aber jemand ganz böse in einer Zeitschleife gefangen.

»Ich und meine Frau teilen alles gemeinsam auf. Die Hausarbeit, Zeit mit Mila … Unseren neuen Bus haben wir gemeinsam zusammengestellt. Nur bei der Farbe hat sie sich durchgesetzt.«

»Ah! Also nicht nur beim Schirmchen deiner Tochter. Farbe ist wohl nicht so dein Ding, was?«, fügte ich hinzu.

Auch Heinrich fühlte sich, wie befürchtet, genötigt, etwas zu sagen.

»Ha! Du besprichst wirklich einen Autokauf mit deiner Frau? Ich kauf das Scheißding einfach, teile ihr meine Entscheidung mit und fertig. Auto ist Männersache.«

Sven wirkte etwas pikiert und fühlte sich anscheinend in seiner Männerehre gekränkt. Was auch immer er unter Männerehre verstand.

»Heinrich, eine Frage. Wann genau teilst du deiner Frau deine Entscheidungen mit?«, witzelte ich. »Bevor oder nachdem du mit deinem erlegten Dinosaurier zurück in die Höhle kommst?«

Alle lachten. Heinrich nicht.

Bevor er allerdings etwas darauf antworten konnte, brach ein Wolkenbruch über uns herein, der sich gewaschen hatte.

»Alarm, Männer! Bringt das Fleisch in Sicherheit!«, rief Heinrich und spurtete in die kleine Scheune. Ein paar Sekunden später kam er mit einer riesigen Plane wieder heraus, die vermutlich an heißen Tagen als Sonnensegel diente.

»Kommt her und helft mir, die Plane über die Zelte zu werfen.«

In kürzester Zeit waren wir bis auf die Unterwäsche durchnässt. Gott sei Dank war es warmer Regen. Dennoch war ich keine zwanzig mehr, als mir solche Sachen noch nichts ausgemacht hatten. Heutzutage schießen mir in solchen Situationen tausend Dinge durch den Kopf: Nierenschwäche, Blasenentzündung, Schnupfen …

Heinrich fuhrwerkte wie ein Irrer an der Plane herum. Sven band die dünnen Seile, die an der Plane befestigt waren, an den äußeren Heringen der Zelte fest. Kurzerhand hatten wir ein riesiges Zelt mit einzelnen Apartments gebaut. Das fand ich männermäßig. Auch Boris zog sein Wurfzelt mitsamt Sohn unter die Plane. Der bekam von alledem nichts mit, weil er mit dem Gesicht auf seinem Handy eingeschlafen war.

»Das wird so schnell nicht aufhören!«, rief Heinrich, der durch seine vielen Aufenthalte der letzten Jahre in den Bergen mit der Wetterlage bestens vertraut war. »So etwas habe ich lange nicht erlebt. Das wird sich einregnen.«

»Sollen wir abbrechen und doch ins Hotel gehen?«, warf Sven ein.

»Bist du wahnsinnig?«, schrie Heinrich gegen das laute Prasseln des Regens auf die Plane an. »Sind wir etwa Mädchen?«

»So ganz unrecht hat er nicht«, bestätigte auch ich Svens Befürchtungen, spätestens in einer Stunde weggespült zu werden.

»Wisst ihr, wie lange wir uns das von unseren Frauen anhören dürfen, wenn wir jetzt klein beigeben? Die werden sich doch im Leben nicht daran erinnern, dass es ein monsunartiger Regenguss war. Die werden immer von einem kleinen Schauer sprechen. In drei Jahren waren es dann nur noch ein paar Regentropfen. Nix da. Alle für einen …« Heinrich war wild entschlossen. Was sollten wir da entgegenhalten? Irgendwie hatte er schon recht. Dennoch war es auch als Mann nicht so schlecht, in manchen Situationen besonnen zu reagieren. Diese Situation wäre eine solche gewesen. Auch Boris, der mit dieser ganzen Frauensache am wenigsten zu tun hatte, wollte sich nicht die Blöße geben und die Segel streichen. Wahrscheinlich wollte er vor seinem Sohn Luis als ganzer Mann dastehen und nicht ins trockene Hotel zurückkehren. Wir waren Männer und wollten uns dieser Herausforderung stellen.

»Nick, lauf noch mal in die Scheune und hol die Schaufel, die links neben der Tür lehnt.«

Er folgte Heinrich aufs Wort.

Der sture Neandertaler und Macho entpuppte sich in dieser Nacht als Leitwolf. So hatte eben jeder seinen Platz im Leben.

Als Nick mit der Schaufel zurückkam, drückte er diese umgehend Heinrich in die Hand. Der begann sofort damit, einen Graben um unseren Lagerplatz zu schaufeln. Der Regen wurde stärker.

»Ist das nicht ein bisschen übertrieben?«, rief ich und hielt die Plane fest, da nun auch noch der Wind zunahm. Es begann zu donnern und ein Blitz war am Horizont zu erkennen. Was zum Teufel taten wir hier?

»Du wirst schon sehen, dass wir einen Graben brauchen«, schrie Heinrich zurück. »Wenn wir den nicht buddeln, stehen in spätestens einer Stunde alle Zelte unter Wasser! Willst du das?«

Ich schüttelte den Kopf.

»Na also. Stellt lieber mal das ganze Bier unter die Plane.«

Auch ich gehorchte. Schon alleine deshalb, weil ich, ehrlich gesagt, ein wenig beeindruckt von Heinrichs Krisenmanagement war. Ich schnappte mir Boris, der mir half, die Getränke in Sicherheit zu bringen. Der Grill stellte keine Gefahr mehr dar und qualmte mit einer großen Rauchschwade vor sich hin. Um den brauchten wir uns nicht mehr zu kümmern.

»So!«, rief Heinrich gegen den Regen an. »Das war es fürs Erste. Ab unter die Plane und Klamotten aus.«

»Hä?«, kam es ungläubig aus Nicks Mund.

»Na sicher. Oder willst du dir eine Lungenentzündung holen?«

Keiner von uns wagte es in diesem Moment auch nur ansatzweise, unserem Leitwolf zu widersprechen. Brav zogen wir uns alle bis auf die Unterhose aus und legten die nasse Kleidung zum Trocknen auf unsere Zelte, die durch Heinrichs beherztes Eingreifen halbwegs trocken geblieben waren. Ich holte meinen Rucksack aus dem Zelt und gab eine Runde Schnaps aus der Minibar aus, die ich geplündert hatte.

»Das wärmt von innen!«, meinte ich, während ich die Fläschchen verteilte. Wir stießen auf unseren gemeinsamen Einsatz an und kippten auf ex das Feuerwasser in unsere Kehlen. Heinrich als Einziger mit der Verschlusskappe auf der Nase.

Da ich am Rand der Plane saß, konnte ich trotz des strömenden Regens zum Hotel sehen. Das warme Licht schien auf die Terrasse heraus. Ich kniff die Augen zusammen und konzentrierte meinen Blick auf eine Gruppe, die sich im Inneren vor der Fensterfront befand. Es war Anja und ihre Gang. Etwa sechs Frauen standen mit ihren Gläsern da und sahen zu uns heraus. Mir war, als würde ich abwechselnd Kopfschütteln und grinsende Gesichter erkennen. Die mussten doch denken, dass wir allesamt bescheuert waren.

»Seht ihr das?«, stupste ich Nick und Sven an. »Ich glaube, die sind sich gerade ziemlich einig, welche Vollidioten sie sich da geangelt haben.«

»Ach was«, setzte Heinrich dagegen. »Das hier mit uns ist ein Männerding. So etwas verstehen Frauen nicht, oder? Immerhin waren wir alle beim Bund.«

Wie sich schnell herausstellte, hatten Boris und Sven Zivildienst geleistet und Nick wusste überhaupt nicht, was *Bund* war. Also, er wusste es schon, aber die Zeit, als es noch Wehrdienst gab, war während seiner Pubertät gewesen. Zugegeben, auch meine Zeit beim Bund bestand hauptsächlich darin, Blut aus der Krankenstation ins Labor zu fahren und auf dem Rückweg Brotzeit zu organisieren. Wie man sich mit einer Waffe richtig verteidigte, hatte ich Jahre später an meiner Playstation gelernt.

Es donnerte stärker und die Blitze häuften sich. Insgeheim waren wir uns einig, dass es ziemlich unvernünftig war, was wir in dieser Nacht veranstalteten. Doch unsere Dickköpfe und der Gruppenzwang waren stärker als jedes Sicherheitsbewusstsein.

Nach und nach übermannte uns die Müdigkeit und wir verzogen uns in unsere Gemächer. Was war ich froh, dass ich mein Wikingerzelt für mich alleine hatte. Meine Bettdecke war zwar klamm, aber immer noch trockener als meine Klamotten, die auf dem Zeltdach gegen die hohe Luftfeuchtigkeit ankämpften. Der Regen prasselte unaufhörlich auf die Plane. Was wäre ich zu diesem Zeitpunkt gerne in meinem Hotelzimmer gewesen, statt hier in Unterhosen und feuchtem Bettzeug mit angetrunkenen Leidensgenossen auf einer feuchten Wiese bei Unwetter zu kampieren. Auch wenn solche Momente Männer zusammenschweißten, in wenigen Tagen würden wir uns nie wiedersehen. Außer Heinrich, wenn auch wir im kommenden Jahr wieder den Weg zu diesem Hotel finden würden. Sofern Anja und ich dann noch zusammen waren. Ich dachte an Boris, der wirklich nicht zu beneiden war. Genauso wenig wie Heinrichs Frau. Bei aller Liebe, aber gegen den war ich doch die Ausgeburt eines Mannes, um den sich die Frauenwelt reißen sollte. Nick war in Duldungsstarre und konnte nicht einmal erahnen, was auf ihn zukam, und Sven … er war auch irgendwie vom Alltag gebeutelt. Wobei ich mir bei ihm nicht sicher war, ob seine Probleme nicht hausgemacht waren. Er wirkte auf mich, als würde er tagtäglich einen Arschtritt benötigen, um wenigstens aufzustehen. Außer er hatte in Aussicht, den Tag mit einem Fünfzehn-Kilometer-Lauf zu beginnen. Dann verließ er wahrscheinlich mit den Hühnern seine Matratze.

Ganz in Gedanken fielen mir langsam die Augen zu. In der Ferne glaubte ich, eine Sirene zu hören. Oder träumte ich das? Sie vermischte sich mit meinen Gedanken, die sich von einem Sekundenschlaf um den nächsten wickelten. Vielleicht war es auch mein Handy, das mich wecken sollte. Nein. Da hatte ich Sambamusik eingestellt, um den Tag positiv zu beginnen. Doch Samba war um sechs Uhr fünfzehn auch scheiße.

»Hört ihr das?«, kam es aus dem Zelt neben mir.

Der Regen prasselte weiter. Ich war zu müde, um zu antworten.

»Hey! Jungs! Hört ihr das?«, kam es erneut.

Dann schlief ich ein.

Rückschritte

Es hämmerte. Irgendetwas hämmerte gegen meinen Schädel.

»Nein! Lasst mich! Das tut weh.«

Männer zerrten an mir herum. Ich konnte Heinrich erkennen, der mich zwang, mit ihm aus einer Flasche zu trinken. Wo ich doch zu Aphthen neige.

»Hast du etwas gegen mein rosa Schirmchen gesagt?«, grinste Sven mich an und fuchtelte mit dem Teil vor meinem Gesicht herum.

Neben ihm stand Nick, der mit einem Wickeltuch vor seinem Oberkörper Sven anstachelte, mir das Schirmchen in den Hintern zu schieben und aufzuspannen. Aus dem Wickeltuch heraus starrte mich Yoda an.

»Was zum Teufel …! Lasst mich los.«

»Schirmchen! Schirmchen!«, riefen alle.

Gleißendes Licht, als ich meine Augen erneut öffnete. Doktor Schnabel kreiste mit seinem Gesicht ganz nah über mir und leuchtete mit einer Lampe in meine Augen. Er diagnostizierte einen Augenhallux.

»Aber … aber so etwas gibt es doch gar nicht«, rief ich lautstark. Doch die Schirmchen-Rufe übertönten mich.

»Da hilft nur Kaffee. Ganz viel Kaffee!«, schrie Schnabel mit einem irren Gesichtsausdruck. »Hauke! Bring doch mal die große Kanne und einen Schlauch. Wir machen einen Einlauf!«

»Nein! Nicht!«

»Bleib ganz ruhig, mein Schatz. Es tut auch überhaupt nicht weh!«

Diese Stimme kannte ich doch. »Anja?« Ich blinzelte erneut ins Licht. Ich hörte Musik. Es klopfte und wummerte. Die Männer lachten. Alles kreiste um mich herum. »Anja!«

Ich schreckte auf.

Mein Herz pochte, als wollte es sich aus meinem Körper heraus die Freiheit erkämpfen. Ich rieb mir die Augen und sah mich um. Mein Rucksack lag neben mir und neben ihm leere Flaschen aus meiner Minibar. Es stank nach abgestandener Feuchtigkeit, nach nassen Stoffen, nasser Erde. Und es war schlechte Luft in meinem Zelt. Wahrscheinlich dem Umstand geschuldet, dass die Morgensonne auf die nasse Plane knallte und eine Art Treibhauseffekt verursachte.

»Was für ein Scheiß-Traum«, murmelte ich und zog den Reißverschluss meines Zeltes auf.

Harte Beats hämmerten über die Wiese. Wo kam diese Musik her? Ich rieb mir nochmals die Augen und erkannte Gabi und Kirsten, die mit den Kindern vor dem Hallenbad eine kleine Polonaise veranstalteten.

»Oskar?« Ich entdeckte meinen Bub, der als Erster vorneweg ging und seine wahre Freude bei der Aktion hatte.

Damit war die Frage, ob er wirklich schon für einen Aufenthalt in der hiesigen Kinderbetreuung bereit war, auch geklärt.

Mein Blick huschte zur Terrasse, da ich in diesem Bereich Bewegung ortete. Von dort stammte auch die Musik. Mit dem Hintern zu mir gewandt erkannte ich Beatrice, die Pilateslehrerin. Anscheinend hatte sie neben Nordic Walking auch ein Faible für Jazzgymnastik, Aerobic, oder was auch immer das sein sollte. Vor ihr versuchten etwa zehn fitnesshungrige Frauen, jeder ihrer Bewegungen nachzueifern. Allen voran Anja. Neben ihr erblickte ich auch die Frauen meiner Mitstreiter aus der Zeltnachbarschaft. Sogar die hochschwangere Sandra war am Start. Bestimmt hoffte sie mit dieser Aktion, sofort nach der Geburt auf ihr Idealgewicht zu kommen. Ohne auch nur ein Auge von den Damen zu nehmen, kletterte ich aus meinem Zelt. Barfuß stand ich im nassen Gras und rieb mir die Augen.

»Was ist das denn für ein Lärm?«, rief Heinrich. Auf allen vieren krabbelte auch er aus seinem Wigwam und kämpfte sich mit aller Mühe in eine aufrechte Position.

»Moin, Heinrich!«, grüßte ich in seine Richtung. Heinrichs Anblick am frühen Morgen auf nüchternen Magen war alles andere als fein.

»Geht es noch lauter? Ich glaube, die spinnen. Ich bin hier im Urlaub!«, motzte er und kratzte sich am Hintern. Leider innerhalb seiner in die Jahre gekommenen Unterhose.

»Wer schreit denn da so?« Also hatten die beiden doch tatsächlich in einem Zelt Platz gefunden: Sven und Nick streckten gleichzeitig ihre Köpfe aus dem hellblau-pinken Prinzessinnenschloss.

»Da haben wir ja den Regen einigermaßen trocken überstanden, nicht wahr?«

Meine Urlaubsbekanntschaften nickten nur müde. Sie blinzelten verträumt in der Gegend herum, bis auch sie sich an das grelle Sonnenlicht gewöhnt hatten.

»Wo ist denn unser Vorzeige-Papa mit seinem Handy-Sohn?«, fragte Heinrich und blickte ins Wurfzelt. »Leer!«, konstatierte er.

»Solche Weicheier! Wegen des bisschen Regens!«, machte ich mich lustig.

Einer nach dem anderen erkannte seine Frau auf der Terrasse.

»Was macht die denn da?«, erschrak Heinrich.

»Was ist denn los?«

»Sieh doch! Miriam. Hüpft in aller Frühe in Leggins zu lauter Musik in der Gegend herum. Aber wehe, wenn ich zu Hause meinen Frank Zappa aufdrehe …«

Anscheinend waren nun auch wir ins Blickfeld unserer Frauen geraten. Sie tuschelten und zeigten auf uns.

Beatrice drehte sich hüpfend um hundertachtzig Grad herum und winkte uns frech zu. Ihr Pferdeschwanz wippte wie verrückt von links nach rechts. Mücken hatten die auf der Terrasse also schon mal keine.

»Die haben diese Tanzmaus doch nur angeheuert, damit die mit ihnen genau an der Stelle eine Show abzieht.« Heinrich schüttelte den Kopf.

»Das darfst du aber wetten«, war sich Sven sicher. »Meine jedenfalls bekommst du in einer Disco nicht mal in die Nähe einer Tanzfläche. Jetzt hüpft sie hier herum?«

Auch Nick war nun bereit, sich aktiv am Gespräch zu beteiligen. »Die wollen uns garantiert zeigen, dass es ihnen nichts ausmacht, dass wir hier unter uns sind.«

»Das können wir auch!«, trieb ich meine Männer an. »Jungs, Aufstellung!«

»Was hast du denn vor?«, hakte Nick lustlos nach.

»Jetzt zeigen wir unseren Frauen mal, was echte Chippendales sind. Kommt neben mich.«

»Spinnst du? Ich hab noch nicht mal was gegessen«, maulte Heinrich. »Außerdem muss ich aufs Klo.«

»Nix da. Jetzt oder nie. Zeigen wir doch, was wir draufhaben. Macht einfach alles dieser Beatrice nach. Was anderes tun unsere Mädels schließlich auch nicht.«

Heinrich lenkte ein. »Na gut. Ich will ja kein Spielverderber sein. Ich mach aber nur mit, weil ich euch unterstützen will. So weit kommt's noch, dass ich meine Frau antanze, damit sie mich interessant findet.«

»Wollen wir uns nicht wenigstens etwas anziehen?«

»Nick, wann warst du das letzte Mal in einer Tabledance-Bar? Hast du schon mal erlebt, dass sich irgendjemand während des Tanzens angezogen hat? Da bekommst du keinen Fünfer in deinen Schlüpfer!«

Alle lachten.

»Bringen wir es hinter uns. Was die können, das können wir schon lange«, versuchte ich, die Männer anzuheizen.

Ich schüttelte meine Arme und Beine wie ein Sprinter, bevor er an den Startblock ging, und war mir nicht sicher, ob dieses Vorhaben erste Wahl war. Doch ich wollte nicht wie ein Langweiler dumm in der Gegend herumstehen und dabei zusehen, wie sich die Damen vergnügten. Allen voran Anja. Da konnte ich ja noch nicht ahnen, dass wir nur ein kurzes Schauspiel abhalten würden.

»Da!«, rief ich. »Sie hüpfen! Das können wir auch. Auf geht's, Buam!«

Gemeinsam setzten wir in Unterhosen unsere Körper in Gang und hüpften auf der Stelle. Es fühlte sich sehr unangenehm an den Füßen an, weil sich jedes Mal, wenn ich auf dem Boden auftraf, die feuchte Erde zwischen meine Zehen bohrte.

Beatrice schmiss ihre Hände nach oben und machte zwei Schritte rückwärts. Wir ebenso.

Dummerweise war direkt hinter uns die Plane, die wir vergangene Nacht über die Zelte gespannt hatten. Gleichzeitig kamen unsere Arme beim zweiten Rückschritt an das Ding. Dann nahm das Unheil seinen Lauf.

»Vorsicht!«

»Scheiße!«

»Ui!«

Das komplette Wasser, das sich während des unwetterartigen Regens die Nacht über in der Plane angesammelt hatte, ergoss sich in einem riesigen Schwall über uns.

Dieser Umstand blieb auch den Damen auf der Terrasse nicht verborgen. Schlagartig blieben sie auf der Stelle stehen und brüllten los.

Auch Gabi und Kirsten stoppten die Polonaise.

Oskar winkte mir.

Schön, dass mich mein Sohn auch endlich bemerkte. Immerhin lief er seit über fünfzehn Minuten etwa fünfzig Meter von mir entfernt durch den Garten. Besser gesagt, durch ein Feuchtbiotop, das dank uns einen kleinen See hinzubekommen hatte.

Die Damen auf der Terrasse applaudierten.

»Jungs«, zischte Heinrich. »Ruhe bewahren. Tut um Himmels willen so, als ob das so gewollt war.«

»Mir läuft aber Wasser in die Ritze«, heulte Sven.

»Egal. Freu dich daran und trag es mit Fassung.«

Ich stupste Heinrich an. »Was macht Nick denn da?«

Wir sahen zum werdenden Papa. Er stand mit triefenden Haaren neben uns und rieb sich den Oberkörper ab. Dann kamen seine Achseln dran.

»Nick!«, zischte ich zu ihm hinüber. »Was machst du denn da?«

»Was du gesagt hast. Ich lasse mir nichts anmerken und tue so, als würde ich duschen.«

»Sag mal, spinnst du?« Heinrich fasste sich ans Hirn. »Ist das Restalkohol, oder was?«

Zu allem Übel kam genau zu diesem Zeitpunkt auch noch Boris aus dem Hotel. Im Vorbeigehen grüßte er unsere Frauen. So ein Verräter!

Ganz verzückt waren sie. Zwei winkten ihm sogar hinterher, während er in unsere Richtung schlenderte. Dann zappelte die Damengruppe weiter zur Musik.

»Da ist er ja. Der Schwarm aller Alleinerziehenden mit Hang zur Patchwork-Familie.«

»Au ja«, pflichtete ich Heinrich bei. »Du ein Kind, ich ein Kind, und dann machen wir noch eins gemeinsam. Und noch einen Hund und …« Er war schneller bei uns, als ich meinen Satz beenden konnte. »Servus, Boris!«, grüßte ich ihn freundlich.

Heinrich war da etwas direkter.

»Da hat wohl einer seinen Schwanz eingezogen und ist ins warme Nest gekrochen, was?«

Boris blieb cool. »Sorry, Leute. Aber ich dachte mir, ich muss ja überhaupt nicht hier in meinem Zelt schlafen. Bei mir gibt es ja nix.«

Wir ließen es unkommentiert. Wohl deshalb, weil jedem von uns klar war, dass er recht hatte.

»Und was ist das da?« Heinrich zeigte auf die große Thermoskanne samt Bechern, die Boris in seinen Händen hielt.

»Das ist euer Kaffee. Auch wenn ich nicht mit euch aufgestanden bin, denke ich doch an meine Jungs da draußen in der Wildnis!«

Jedem von uns drückte er einen Becher in die Hand und begann, den Kaffee zu verteilen. So ein Netter, dachte ich und kam mir ein wenig blöd vor, weil ich mich noch vor einer Minute über ihn lustig gemacht hatte.

»Wart ihr heute schon im Pool?«, wollte er wissen.

»So ähnlich«, meinte ich knapp.

Das sollte reichen. Man musste ja nicht mit Gewalt die Leute dazu bringen, sich über uns lustig zu machen.

»Kleiner Tipp am Rande. Man sieht mehr, als euch wahrscheinlich lieb ist.« Boris zeigte auf unsere Unterhosen.

»Ui!«, bemerkte ich beim Blick gen Süden. Ich kam noch gut weg mit meinen schwarzen Boxershorts. Obwohl sich mein Gemächt durch den nassen Stoff ziemlich abzeichnete. Bei Sven und Heinrich sah das Paradies etwas wilder aus. Weiße, nasse Unterhosen werden nun einmal leicht durchsichtig. Bei Sven schaute es untenrum noch ästhetisch aus. Bei Heinrich aber … Da er der rustikale Typ war, sah es aus, als würde man einen nassen Pudel gegen eine gläserne Duschkabine drücken. Wenn er nicht aufpasste, würden die Haare da unten sicher im Alter länger sein als sein Schniedel. Und dann würde die Sucherei losgehen.

Boris kam einen Schritt näher und flüsterte. »Besser, ihr zieht euch was an. Ich meine … außer den Frauen sind auch Kinder anwesend.«

Was für ein Klugscheißer! Hätte ich ihm auch liebend gerne gesagt. Doch leider hatte er abermals recht.

Schnell zogen wir die große Plane von unseren Zelten. Auf Wasser, das sich vielleicht in der Nacht angesammelt hatte, mussten wir nun ja nicht mehr achten. Unsere Klamotten, die wir nachts zum Trocknen auf unsere Zelte gelegt hatten, waren immer noch klamm. Doch das war eindeutig das geringere Übel, als womöglich noch als Sittenstrolch bezeichnet zu werden.

»Was ist denn da oben bei den Mädels für eine Stimmung?«, wollte Sven von Boris wissen.

»Ganz gut. Die verstehen sich prächtig. Schon beim Frühstück saßen die zusammen samt den Kids. Eine von denen hat mir ständig zugezwinkert.«

Wir sahen ihn böse an.

»Keine Angst. Keine von euren. Allerdings solltet ihr euch etwas einfallen lassen. Irgendwie scheint euer Plan nicht aufzugehen. Die wirken ziemlich entspannt. So, als hätten die sich eure Aktion immer schon gewünscht.«

»Pff!«, prustete Heinrich. »Nur, weil die da oben Breakdance machen, heißt das noch lange nicht, dass die entspannter sind als wir.«

Boris konnte sich ein Lachen nicht verkneifen.

»Das ist kein Breakdance, sondern Zumba. Und ja, die sind entspannter. Ich meine: Seht sie euch doch mal an.«

Er sammelte die leeren Becher ein, schnappte sich seine Thermoskanne und machte sich auf den Weg zurück zum Hotel. Genau das hatte ich befürchtet.

»Jungs, kann es sein, dass wir uns hier gerade voll zum Deppen machen?« Betretenes Schweigen. »Schaut uns an und dann guckt zur Terrasse. Fällt euch was auf? Boris hin oder her. Es stimmt.«

Ich blickte meine Gefährten erwartungsvoll an. Doch es kam nichts. Dann war das auch geklärt. Hiermit war meine Zeltphase offiziell beendet. Ich schlüpfte in meine Hose, die mehr grau als weiß war, und zwängte mich in mein feuchtes Hemd. Der Geruch eines nassen Regenschirms stieg mir in die Nase. Ich hatte die Schnauze gestrichen voll von Zelten, nassen Klamotten und Grasflecken auf der Bettwäsche. Weisheiten von gebeutelten Ehemännern, die genauso viel wert waren wie Literatur, die mir erklären sollte, wie ich mein Kind zu erziehen hatte. Das alles ging mir ziemlich auf den Zeiger. Jeder von uns war ein Individuum. Und Heinrichs tolle Erkenntnisse über eine funktionierende Ehe passten nun einmal nicht zu Anja und mir. Die passten ja noch nicht einmal zu ihm und seiner Frau. Während wir uns letzte Nacht gegenseitig abfeierten, weil wir unseren Frauen mal so richtig zeigten, wo der Hammer hing, schlichen die voller Wonne mit einem Prosecco in der Hand ums Buffet und genossen das Leben. Am Rockzipfel unsere Kinder. Wenn so echte Kerle ausschauten, wollte ich nicht die Verlierer sehen.

Damit war jetzt Schluss. Ich musste Stellung beziehen und nicht trotzig das Weite suchen, wo ich doch der Geprellte war. Treudoof wartete ich in meinem Zelt, bis sich vielleicht einmal eine gewisse Fremdknutscherin namens Anja bei mir entschuldigen würde. Scheiße war das. Sollte *sie* doch aus dem Zimmer verschwinden und ins Zelt gehen. Oder nach Hause fahren. Ich beschloss, mein Leben wie Boris anzugehen. Und damit meinte ich nicht, frühmorgens mit einer Kanne Kaffee durch die Bergwelt schlendern. Viel eher gefiel mir sein Lebensmodell. Obwohl er alleine mit seinem Kind hier im Hotel war, hatte er die größte Lebensqualität von uns allen. TIME TO CHANGE, wie der Bayer sagt.

Ruft Doktor Schnabel

Gerade, als ich mit dem Rucksack voller Leergut mein Zelt verlassen hatte, kam Sandra schnellen Schrittes auf unser testosterongeschwängertes Lager zu.

»Ui, Nick, das sieht nicht gut aus«, erkannte Sven und stupste ihn mit dem Ellbogen an.

»Jepp!«, schloss sich Heinrich an und zog den Reißverschluss seiner Hose nach oben. »Das gibt Ärger. Guckt die immer so?«

»Eigentlich nicht«, wunderte sich Nick. »Vielleicht ist sie nur erschöpft? Vom Breakdance.«

»Zumba«, verbesserte ich und lächelte Sandra an, als sie ein paar Schritte später vor uns stand.

»Hallo, Schatz. Na? Hast du dich ein wenig ausgepowert?«, wurde sie von Nick etwas kleinlaut begrüßt.

»Ausgepowert am Arsch!«, wetterte sie los. »Wann gedenkt denn der Herr wieder, an der Zivilisation teilzunehmen?«

»Jetzt gleich. Wir räumen nur zusammen. Wir hatten ein wenig Pech mit der Plane. Aber das hast du ja gesehen.« Er lächelte. Wohl wissend, dass es für ihn noch lange nicht vorbei war.

»Sieht so die Verantwortung aus, die du mir seit Wochen vorgaukelst?«

»Du hast mich doch weggeschickt und hast gesagt, dass ich bei den Jungs …«

»Und darauf hört der Herr natürlich gleich«, unterbrach sie ihn umgehend. »Wenn ich dich aber bitte, das Altpapier wegzufahren, gibt es regelmäßig eine Diskussion.«

Nick ging einen Schritt auf Sandra zu.

»Wie oft denn noch. Es ergibt doch erst einen Sinn, wenn ich auch gleich das Altglas mitnehmen kann, da die Container direkt nebeneinander …«

»Ach, hör doch auf! Faul bist du.«

Mich wunderte, warum sie nicht gleich am frühen Morgen damit begonnen hatte, ihren Zukünftigen zusammenzustauchen. Hatte sich der Ärger etwa während der Zumba-Session angestaut? Was ich schon immer gepredigt hatte: *Sport ist nicht so gut, wie allgemein befürchtet.*

Nick blickte hilfesuchend zu uns. Er konnte ja nicht damit rechnen, dass wir just in diesem Moment ganz interessante Dinge abseits der beiden Streithähne erblickt hatten. Ich zum Beispiel interessierte mich plötzlich für einen Aufsitzrasenmäher, der neben dem Hotel parkte. Wieviel PS so ein Ding wohl hatte? Heinrich bevorzugte im Gegensatz zu uns die Flucht nach vorn. Er ermutigte Nick mit seinen Blicken, ja nicht klein beizugeben.

Dies blieb Sandra natürlich nicht verborgen. »Was mischen Sie sich eigentlich da ein?«, pflaumte sie ihn an.

»Kannst ruhig *Du* sagen!«, bot er ihr freundlich lächelnd an.

»Hast *du* dich nicht um deine eigene Familie zu kümmern?«

»Ich? Ich habe doch überhaupt nichts …«

»Zur Info. Deine Frau ist da oben bei den anderen. Nur für den Fall, dass du sie suchen solltest.«

Heinrich murmelte irgendetwas Unverständliches in sich hinein und wandte sich von den beiden ab. Plötzlich war es ihm ganz wichtig, die Plane fein säuberlich zusammengelegt in der Scheune zu verstauen.

Nick jedoch wollte sich vor uns keine Blöße geben und sich gegenüber seiner Frau weiter behaupten. Er tat sehr cool.

»Jetzt mach dich mal locker. Daran wirst du dich gewöhnen müssen.«

Ich versuchte, Nick hinter Sandras Rücken durch wilde Gesten daran zu hindern, die Lage eskalieren zu lassen. Der Junge redete sich doch um Kopf und Kragen. Doch er deutete meine Zeichen wohl als Aufmunterung, noch einen draufzusetzen.

»Wir Männer sind so. Ab und zu breiten wir unsere Flügel aus und verlassen das Nest.« Er zwinkerte mir gewinnend zu.

Sandra wurde rot im Gesicht und drohte zu platzen. Sie holte tief Luft und fuchtelte mit ihren Armen wild in der Luft herum.

»Das … das ist doch wohl nicht dein …« Sie verstummte.

Sandra legte ihren Kopf schief, spitzte die Lippen und rollte ihre Augen von links nach rechts, so, als würde sie nach einer Antwort suchen.

»Sandra? Maus?« Nick wirkte ängstlich und besorgt zugleich. »War das zu viel mit den Flügeln? Sag doch was.«

Ganz schlecht, dachte ich. *Niemals einknicken und zu dem Schmarrn stehen, den man verzapft. Mit allen Konsequenzen.* Sie würde ihn doch nie wieder ernst nehmen. Falls sie das jemals getan hatte.

»Ich … glaube …« Sie stierte nach unten.

Heinrich kehrte zurück aus der Scheune, blieb neben Sandra und Nick stehen und kraulte seine Wampe. »Na? Vertragt ihr euch wieder, ihr zwei Hübschen?«

»Was ist denn nun?« Nick war kreidebleich im Gesicht.

»Was wohl, du Dödel. Ich krieg meine Tage!«

»Wie? Das geht?«, kam es fast gleichzeitig von Nick und Heinrich.

»Blödmänner! Meine Fruchtblase ist geplatzt!«

Auch Sandra litt an plötzlichem Farbverlust. Und das mochte was heißen, so knallrot, wie sie eben noch gewesen war.

»Wäh!« Heinrich wich ein paar Schritte zurück.

Auch Sven verzog seine Miene, als hätte er Angst, sich bei Sandra anzustecken.

Das war meine Stunde.

»Was brauchst du? In welchen Abständen kommen die Wehen? Sollen wir jemanden anrufen?« Ich fuhr alles auf, was ich in den Jahren an Anjas Seite bei ihren Fernsehserien gelernt hatte.

Sandra starrte mich mit großen Augen an und wusste nicht, wie ihr geschah.

Ich stützte sie.

Die anderen Frauen auf der Terrasse bekamen mit, dass etwas nicht stimmte und liefen herbei.

»Komm«, schlug ich ihr vor. »Wir gehen zurück ins Hotel. Schaffst du das?«

»Ich bewege mich keinen Meter mehr. Habt ihr verstanden?«, schrie sie uns an.

Nick war überfordert und hüpfte nervös um Sandra herum. »Was jetzt? Was jetzt?«, rief er aufgeregt.

»Ab in ein Zelt«, schlug ich vor. »Und holt mal jemand einen Arzt.«

Heinrich stellte sich breit vor sein Zelt und breitete die Arme aus.

»Heinrich, geh beiseite!«, wies ich ihn mit strengem Ton an.

»Nicht in mein Zelt!«

»Jetzt ist kein Platz für diesen Kinderkram. Weg da!«

Er riss die Augen auf und flüsterte mir ins Ohr. »Ich hab da reingereihert.«

Dann zuckte er mit den Schultern frei nach dem Motto: *Kann doch mal passieren.* Okay, das war ein triftiger Grund. Um die Lage entspannt zu halten, empfand ich es als klug, Sandra in weitere Entscheidungen mit einzubeziehen.

»Sandra? Magst du lieber in ein Wikingerzelt oder zu den Prinzessinnen?«

»Das ist mir scheißegal!«

Jetzt grinste Heinrich.

»Siehst du, Nick. Wenn du jetzt wissen würdest, ob es ein Junge oder ein Mädchen wird, würde diese Entscheidung leichter fallen.«

Die Mädels waren da.

Anja kam auf mich zu. »Was ist denn?«

»Na, was wohl.« Ich deutete auf Sandras Bauch.

»Ui! Dann schnell ins Hotel mit ihr.«

»Will sie nicht. Wir gehen ins Prinzessinnenzelt.« Es erschien mir irgendwie passend. »Holt jetzt mal irgendjemand einen Arzt?«

»Au ja!«, rief eine der Zumba-Girls. »Ruft Doktor Schnabel!« Sofort liefen zwei weitere los.

Ich dachte, ich hörte nicht richtig. Was wollten die denn mit dem?

Anja blieb bei mir und stützte von der anderen Seite die werdende Mama.

»Jetzt geht es endlich los!«, versuchte sie, Sandra zu beruhigen. »Super!«

»Ach was!«, motzte die.

Damit war es Anja auch klar. Für aufmunternde Worte war Sandra zu diesem Zeitpunkt nicht empfänglich.

Ich bat Nick, aus meinem Zelt das Bettzeug zu holen. Grasflecken hin oder her. Sven war vorab im geplanten Entbindungszelt verschwunden und kam umgehend mit etlichen Bierflaschen wieder heraus.

»So, jetzt ist frei!«, meinte er und freute sich, dass er sich helfend einbringen konnte.

Anja hievte mit mir zusammen Sandra ins Zelt und legte mein Kissen unter ihren Kopf.

Ich wies Nick an, sich neben seine Freundin zu knien und ihre Hand zu halten. Mittlerweile hatte er sich beruhigt und gab sich alle Mühe, seiner Sandra beizustehen.

»Komm, wie wir es gelernt haben. Uh uh uh uh!«, atmete er ihr vor.

»Du kannst mich!«, knirschte sie schmerzverzerrt. »Du bist schuld!«

Nick blickte mich wortlos an.

»Wo sie recht hat …«

Ich streckte meinen Kopf aus dem Zelt.

»Sven, schau doch mal, wo ein Arzt bleibt. Und die sollen einen Krankenwagen schicken.«

Sven machte sich auf den Weg zur Rezeption, als ich zwei Damen auf uns zueilen sah. Im Schlepptau Doktor Schnabel. Björn!

»Da ist er. Jetzt kann es losgehen!«, meinte eine der Mädels freudig und klatschte in die Hände. Sie tat gerade so, als wollten wir gemeinsam einen Kuchen backen und er hätte endlich das Rezept.

Ich drückte die Plane des Zelteingangs ein wenig zur Seite, um unserem Medizinmann einen besseren Einblick zu gewähren.

»Schon mal gemacht?«, fragte ich kurz und bündig.

»Ich … ich …«

»Was ich … ich!«, äffte ich ihn nach. »Entweder, du kennst dich aus oder nicht.«

»Ich bin Augenarzt und kein Gynäkologe!«, verteidigte er sich.

»Ach ja? Aber ein Orthopäde bist du schon, oder! Wo ist denn deine Frau? Vielleicht ist die ja zu gebrauchen.«

»Die ist im Moorbad.«

Sandra wurde ungehalten. »Holt jetzt mal jemand das Kind aus mir heraus?«

»Moment noch.« Was sonst hätte ich sagen sollen? Ich war jedenfalls nicht in der Lage, hier den Geburtshelfer zu spielen.

»Vielleicht sollte man etwas Besteck abkochen?«, versuchte sich Björn einzubringen.

»Ach ja? Was denn genau? Messer, Gabeln, Tortenheber? Oder vielleicht eine Schöpfkelle?«

Anja sah mich schmunzelnd an.

Ich lächelte zurück.

»Weißt jetzt, was ich meine?«

Sie nickte.

»Aber Tücher. Wir brauchen viele Tücher. Und heißes Wasser!«, versuchte Björn abermals, hilfreich zu sein.

»Oje. Ist schon gut, Björn. Wir haben alle die Schwarzwaldklinik gesehen und sind auf dem gleichen Wissensstand wie du. Jetzt schleich dich. Das ist hier kein Workshop!«

Unter verächtlichen Blicken wurde der Augenarzt von den Damen, die um das Zelt herumstanden, weggeschickt.

Gabi und Kirsten hatten nun auch mitbekommen, dass wir nicht Cowboy und Indianer spielten und eilten herbei. Standesgemäß in einer Polonaise mit den Kids im Schlepptau. Kirsten ging in die Hocke und spähte ins Zelt.

»Was ist los?«

»Das Wunder der Menschheit. Wir warten auf einen Arzt.«

»Uh!«, machte sie, als sie Sandra sah.

Im gleichen Moment kam der Hoteldirektor angerannt und war völlig aus der Puste.

»Der Notarzt dauert noch. Durch den starken Regen heute Nacht gab es einen Murenabgang. Die Zufahrtsstraße hierher ist mit Schlamm und Geröll versperrt. Sie arbeiten schon wie verrückt daran, die Straße wieder frei zu bekommen.«

Ich streckte meinen Kopf ein wenig weiter aus dem Zelt hinaus, damit Sandra nicht so viel mitbekam.

»Dann sollen sie eben einen Heli schicken. Ist mir scheißegal. Hier bekommt jemand ein Kind!«

Ich wandte mich wieder an Sandra.

Anja warf mir bewundernde Blicke zu. Das hatte sie von ihrem Herbert anscheinend nicht erwartet, dass er das Ruder übernahm. Doch für Eitelkeiten war in diesem Moment keine Zeit.

»Hallo!«, grüßte Sven freundlich, als auch er dachte, seinen Schädel ins Zelt stecken zu müssen. »Habe ich mich heute Nacht also doch nicht verhört. Nun ist das Rätsel gelöst, warum die Sirene ging.«

»Ja, toll, Sven. Gut, dass wir das jetzt wissen. Raus jetzt!«

Langsam war auch ich angespannt. Ich hatte zwar nicht so viel Ahnung vom Kinderkriegen. Da Sandra aber immer regelmäßiger zu schreien begann, konnte dies nur bedeuten, dass die Abstände der Wehen stetig kürzer wurden. Wer brauchte schon einen Björn Schnabel? Nick machte seine Sache gut und war einfach nur da. Viel mehr durfte er laut Sandra eh nicht tun. Wo er doch schuld an der Misere war. Wie sich von Wehe zu Wehe herausstellte, meinte sie damit nicht die eingeleitete Geburt durch die ganze Aufregung. Vielmehr gab sie ihm die Schuld, weil er das Kind gezeugt hatte. Und deshalb musste sie nun Schmerzen haben. Anja hatte mir auch schon viel vorgeworfen. Das noch nicht.

»Jetzt habe ich aber die Faxen dicke.« Ich kletterte aus dem Zelt und schnappte mir Kirsten. Immerhin war sie die Kinderbeauftragte dieser, wie sich jeden Tag etwas mehr herausstellte, Irrenanstalt.

»Du machst doch viel mit Kindern. Kannst du nicht was tun?«

Kirsten saugte Luft durch ihre zusammengebissenen Zähne. »Also, ich bin eher für die Kinder da, wenn sie schon ein wenig auf der Welt sind. So von Anfang an habe ich eher weniger Ahnung.«

»Also gar nicht?«, bohrte ich nach.

»Nö.«

»Verdammt!«, rief ich. »Es wird doch wohl in diesem ausgebuchten Hotel irgendjemanden geben, der ein Kind auf die Welt bringen kann.«

Es ist … ein Österreicher

»Ich kann helfen!«, rief Gabi, die Kinderpflegerin.

Sie entfernte sich von den Kindern und kam näher.

»Gabi, gehst du bitte wieder zu den Kindern und passt auf? Wir haben hier alles unter Kontrolle«, wies Kirsten ihre Kollegin an.

»Stopp! Nix da«, befahl ich. »Was hast du gesagt?«

Gabi sah zwischen ihrer Kollegin und mir hin und her.

»Ich kann helfen!«, wiederholte sie. »Meine Mutter ist Hebamme. Ich war schon zigmal dabei und weiß, wie das geht.«

»Schon mal alleine gemacht?«, bohrte ich nach.

»Nein!«

»Dann ist jetzt deine Stunde!« Ich nahm sie bei der Hand und führte sie ins Zelt.

»Moment!«, monierte Kirsten. »So geht das nicht. Ihr könnt doch nicht einfach …«

»Hast du eine bessere Idee?«, unterbrach ich die Erzieherin.

»Nein, aber …«

»Also. Passt du bitte auf die Kinder auf, dass die hier nicht näher kommen? Muss ja nicht sein.«

Anja kam aus dem Staunen nicht mehr heraus. Ihre Augen leuchteten mich an, als wäre ich Robbie Williams, der sie gerade auf die Bühne holte.

Ich tat, als würde ich das nicht bemerken und wandte mich an Gabi. »Was brauchst du?«

»Handtücher und abgekochtes Wasser wären nicht schlecht. Ansonsten alle raus!«

Das ließ sich Nick nicht zweimal sagen und krabbelte dem Ausgang des Zeltes entgegen.

»Nix da! Hiergeblieben. Spinnst du?«, wetterte Sandra.

»Ich meinte eigentlich, wer nicht zur Familie gehört«, ergänzte Gabi und verschwand im Zelt. Sie streckte nochmals ihren Kopf zu uns heraus. »Bringt ihr mir die Sachen?«

»Äh, klar«, versicherte ich. Doch Kirsten hatte Gabis Bestellung bereits aufgegeben. Dann hatte dieser Björn wenigstens in diesem Punkt recht. Hm. Musste er ja nicht wissen.

»Läuft mal jemand die Straße hoch. Falls die Sanitäter irgendwann kommen. Damit die wissen, wo sie hinmüssen!«, rief ich quer über die Wiese.

So. Nun konnten wir nur noch warten. Ich musste daran denken, wie es bei uns mit Oskar losging. Mein Leben hatte sich von einer Minute auf die andere schlagartig verändert. So würde es auch Nick ergehen, da war ich mir sicher.

Meine Blicke streiften Anjas Gesicht. Sie sah mich an. Nicht mit ernster Miene, aber auch nicht sonderlich freundlich. Ich konnte ihre Stimmung nicht deuten. Vielleicht hatte ich aber auch nur etwas im Gesicht. Ich wischte vorsichtshalber meine Wangen und das Kinn ab und betrachtete prüfend meine Handfläche. Nichts.

»Was?«, fragte ich Anja. »Hab ich was im Gesicht?«

»Nö.«

»Was dann?«

»Weiß nicht«, antwortete sie zaghaft. »So wie heute kenne ich dich nicht.«

»Tja, das kann vorkommen, dass einen der Partner überrascht.«

Sie sah mich weiter an, dann senkte sich ihr Blick und sie nickte.

Ich blickte an ihr vorbei und suchte Oskar unter den anderen Kindern, die von Kirsten beschäftigt wurden.

»Wo ist denn unser Kleiner?« Mein Puls erhöhte sich.

»Na, er ist doch bei den …« Anja drehte sich um. »Oskar?«

»Oskar!«, rief ich laut.

Anja spurtete zu Kirsten. »Wo ist unser Kind?«

»Der war gerade noch hier!« Kirsten wirkte nervös. Zu Recht! »Er hat eben mit Mila gespielt.« Sie blickte sich suchend im Kreis um.

»Was ist?«, wollte Sven wissen.

»Unsere Kinder sind weg!« Anja versuchte, nicht hysterisch zu werden. Gelang ihr nicht sonderlich gut.

Auch ich war, gelinde gesagt, für diesen Tag eh schon bedient.

»Wie *weg*?«, bohrte Sven nach.

»Na, wie viele Arten von WEG kennst du denn?«

»Oskar!«

»Mila!«

Wir verteilten uns. Anja lief zur Terrasse. Sven übernahm den Bereich des Hallenbads, und ich lief zur Scheune. Ich riss die Tür auf und wiederholte immer wieder laut die Namen unserer Kinder. Ich hob die Plane an, die Heinrich zuvor hineingelegt hatte. Als ich wieder aus der Scheune herauskam, sah ich, wie Anja aufgeregt auf der großen Terrasse umhertigerte, während Sven vom Beckenrand aus ins Wasser spähte. Mein Herz blieb fast stehen. Entwarnung von Sven aus der Ferne: Im Wasser waren sie nicht.

»Herbert?« Heinrich rief mich.

Ich drehte mich um. »Jetzt nicht!«, plärrte ich zurück und suchte neben der Scheune weiter.

»Herbert!«, rief er erneut.

»Was?« Ich war wirklich ungehalten.

»Komm doch mal!«

»Verdammt, Heinrich. Ist jetzt echt ungünstig.«

»Ich glaube, ich weiß, was du suchst.«

Ich blieb stehen und drehte mich erneut zu ihm um. Er stand neben meinem Wikingerzelt und hielt die Eingangsplane zur Seite. Ich ging ein paar Schritte nach links, um besser in das Zelt sehen zu können, und traute meinen Augen nicht.

»Anja! Sven!«, rief ich den beiden zu. »Kommt her!«

Aufgeregt liefen die beiden in meine Richtung.

Anja war als Erste bei mir. »Hast du sie?«

Ich wartete wortlos, bis auch Sven bei uns war. Ich stellte mich zwischen die beiden, legte meine Arme um ihre Schultern und drehte mich mit ihnen zu meinem Zelt.

»Seht ihr, was ich sehe?« Ich atmete tief durch.

»Gott sei Dank!«, seufzte Anja erleichtert.

Sven sagte überhaupt nichts. In meinem Wikingerzelt saßen Mila und unser Bub mit Yoda in der Mitte und zogen wie verrückt an seinen Ohren. Sie lachten dabei herzhaft und nahmen die Welt um sich herum überhaupt nicht mehr wahr. Wahrscheinlich deren Art, sich bei dem ganzen Stress, der seit geraumer Zeit auf der Wiese herrschte, aus der Affäre zu ziehen. Die beiden machten ihr eigenes Ding.

Anja wollte lossprinten, als ich gerade noch ihre Hand zu fassen bekam.

»Komm, lass die beiden. Ist alles gut.«

»Wirklich?« Sie schaute mich mit großen Augen an. Im Gegensatz zu mir schien es, sie meinte nicht nur Oskar damit.

»Hört ihr das?«, fragte Heinrich und lauschte weiter in die österreichische Bergwelt hinein.

Doch was wir hörten, kam sicher nicht von den Gipfeln um uns herum, sondern aus unserem kleinen, rosafarbenen Prinzessinnenschloss.

»Also, wenn das nicht Nick ist, der da drinnen heult, würde ich sagen, die Sandra hat es geschafft!« Heinrich klatschte freudig einmal in die Hände.

Tatsächlich. Ganz zaghaft und leise hörten wir aus dem Zelt ein Baby schreien. Kaum hatten wir diesen unvergleichlichen Klang wahrgenommen, da fiel auch schon Nick aus dem Zelt. Er orientierte sich mit einem breiten Grinsen im Gesicht und verkündete die frohe Botschaft: »Es ist ein Junge!«

Wir applaudierten und jubelten ihm zu. Doch Nick bekam nicht lange etwas davon mit, da ihm die Beine versagten und er ohnmächtig auf die Wiese plumpste.

»War wohl ein bisschen viel für ihn!«, erkannte Heinrich und stapfte zu ihm.

Gabi kam ebenfalls aus dem Zelt.

»Es ist ein Junge!«, rief auch sie.

Heinrich tätschelte vorsichtig Nicks Wangen, damit der wieder zu sich kam. »Wissen wir«, sagte er.

Nick öffnete die Augen und setzte sich auf.

»Du bist umgekippt!«, erklärte ihm Heinrich.

»Warst du schon einmal bei einer Geburt dabei?«, fragte Nick mit kreidebleichem Gesicht.

»Ne!«, meinte Heinrich nur knapp und beließ es dabei. Dann sah er zu mir auf. »Dann wäre dein Zelt doch besser gewesen.«

»Tja, Heinrich, da steckt man nicht drin.«

Heinrich half Nick auf die Beine, damit sich dessen Kreislauf wieder stabilisieren konnte.

Zeit, um dem frischgebackenen Vater zu gratulieren, bevor sich die gesamte Hotelbesetzung zu uns gesellte.

»Glückwunsch, Alter. Jetzt ist es vorbei mit Alkohol, Drogen und heißen Partys. Windeln wechseln, Schnuller abkochen und mit dem Kinderwagen in der Gegend herumgurken. Das wird ab jetzt dein Leben sein.« Nick war immer noch bleich im Gesicht. Vielleicht sollte ich ihn etwas mehr aufbauen. »Aber tröste dich. Es gibt auch coole Sachen. Rennbahn, ferngesteuerte Autos, geile Spielsachen. Die wirklich guten haben immer eine Batterie. Lass dir da ja nichts anderes andrehen!«, lachte ich und zog ihn an meine Brust, um ihn zu drücken.

Anja, Heinrich und die anderen, die sich noch auf der Wiese tummelten, schlossen sich uns an.

Von den Balkonen kam Applaus. Zu diesem Zeitpunkt war wohl niemand mehr im Inneren des Hotels gewesen.

»Du weißt aber schon, dass dein Kleiner jetzt ein Österreicher ist, oder?«, meinte Heinrich und klopfte Nick auf die Schulter.

»Wie?«

»Dein Kleiner ist hier geboren. Also ist er ein Österreicher.«

Nick sah Heinrich ungläubig an.

Ich brachte mich in die Unterhaltung ein. »Da hat Heinrich recht. Da werdet ihr euch daheim umstellen müssen.«

»Warum umstellen? Kind ist Kind.« Nick wirkte verunsichert.

»Aber nicht bei euch. Alleine die Sprachbarrieren. Da könnt ihr nicht einfach Pfannkuchen sagen. Der Bub versteht euch doch überhaupt nicht. Das ist dann ein Palatschinken. Und Kartoffeln sind Erdäpfel. Topfen, Kren, Ribisel … das ist alles überhaupt nicht so einfach.«

»Ihr verarscht mich doch.«

Eine Minute später kam der Krankenwagen samt Notarzt auf die Wiese gefahren. Mit Notfallrucksack verschwand der

Arzt im Zelt, während zwei Männer die Bahre aus dem Wagen hievten.

Doktor Schnabel schlich sich auch wieder an und ließ es sich nicht nehmen, ebenfalls zu gratulieren. Verstohlen blickte er ins Zelt. Er lächelte hinein, als wollte er zum Notarzt sagen, dass er ein Kollege war. Das verkniff er sich dann allerdings doch.

Gabi wurde von den Rettungskräften in den Himmel gelobt. Mit feuerroten Wangen kam auch sie aus dem Zelt und wurde ebenfalls von der Belegschaft und den restlichen Hotelgästen beklatscht.

Sandra und Nick wurden mit ihrem Neugeborenen in den Rettungswagen verfrachtet und kurze Zeit später ins nahe gelegene Krankenhaus gebracht. Was für eine Aufregung! Und das im Urlaub.

Auf der Wiese herrschte ausgelassene Stimmung. Was so eine Geburt in einem Zelt mitten auf einer Wiese doch bei Menschen auslösen konnte. Solch eine Stimmung schaffte Hans auf seinem Hof mit Gitarre und Lagerfeuer nicht. Musste ich ihm unbedingt vorschlagen.

»Da hat wohl jemand den falschen Beruf erlernt!«, lobte ich Gabi. »Du hättest mal in die Fußstapfen deiner Mutter treten sollen.«

»Bloß nicht«, meinte sie abgekämpft. »Ich bin jetzt schon fix und fertig. Eins reicht mir.«

Sie schlenderte ins Hotel zurück.

»Und wir?« Anja stand neben mir. »Was machen wir?«

Ich sah sie an, dann zu Oskar, der sich angeregt, in welcher Sprache auch immer, mit Mila unterhielt.

»Ich würde sagen, wir gehen jetzt zusammen aufs Zimmer, dann sehen wir weiter.«

Sie nickte und griff nach meiner Hand. Dabei drückte sie ihre fest zu.

Ich ergab mich und erwiderte diese Geste. Für heute hatten wir genug gekämpft, obwohl es erst Vormittag war.

»Hey, Oskar, du darfst aber nicht einfach so weglaufen.« Anja beugte sich ins Zelt und nahm ihn an der Hand.

Oskar stellte sich auf seine Beine und tippelte ins Freie.

»Papa auch ins Zelt gegangen«, meinte er bestimmt und zupfte an Yodas Ohren.

»Er hat gestern noch ewig auf dem Balkon gestanden und wollte unbedingt zu dir ins Zelt!«, sagte Anja hinter vorgehaltener Hand zu mir.

Ich lächelte sie an. Vielleicht war es nun auch gut mit der ständigen Umzieherei. Irgendwie musste es schließlich weitergehen.

Ich schulterte meinen Rucksack. Die leeren Flaschen klimperten. Es war mir etwas unangenehm. Ich kam mir vor wie ein Quartalssäufer. Anja ließ es unkommentiert. Dann nahm ich Oskar auf den Arm. Mit ein paar Blicken verabschiedete ich mich wortlos von Sven und Heinrich, die ebenfalls mit ihren Frauen auf der Wiese standen. Insgeheim waren wir uns wohl allesamt einig, dass es nun vorbei war mit dem temporären Junggesellendasein.

Die Zelte konnten wir auch später noch abbauen. Heinrich musste sowieso erst noch feucht durchwischen.

Turnschuhe reichen

Oskar sprintete ins Zimmer, kraxelte aufs Bett und hüpfte übermütig wie auf einem Trampolin darauf herum.

»Oskar, mach langsam«, ermahnte ich ihn und stellte meinen Rucksack in die Ecke.

»Das war ja was«, meinte Anja, nachdem sie die Tür hinter sich ins Schloss gedrückt hatte. »So eine Aufregung am frühen Morgen.«

»Ja«, bestätigte ich knapp, »das brauche ich auch nicht jeden Tag.«

»Du warst toll da unten.«

»Was meinst du genau?« Wenn ich schon ein Lob von meiner Frau bekam, wollte ich auch bis ins letzte Detail wissen, was ich denn so toll gemacht hatte.

»Wie du das Ruder in die Hand genommen und dich um alles gekümmert hast. Das war beeindruckend.«

»Ach, das war doch nichts. Das hätte doch jeder getan.«

»Deine Freunde standen wie die Ölgötzen in der Gegend herum und haben nur ängstlich umhergestarrt.«

»Ich habe nur einen Freund. Und das ist Hans.«

»Du weißt schon, was ich meine.«

Natürlich war es schön zu hören, dass meine Taten an Anja nicht unbemerkt vorbeigerauscht waren. Ich war schon ein toller Hecht. Dennoch wäre es der falsche Weg gewesen, einfach alles zu vergessen, um zur Tagesordnung überzugehen.

Sie kam näher, während Oskar immer noch unter lautem Gejohle die Matratze malträtierte. Vorsichtig schmiegte sie sich von hinten an mich. Ich ließ es zu. Wenn auch nur, um zu sehen, wo das Ganze hinführen sollte. Sie umklammerte mich mit ihren Armen und legte ihren Kopf auf meinem Schulterblatt ab. So viel Nähe war mir zu diesem Zeitpunkt etwas unangenehm. Nicht etwa, weil ich Anja gegenüber immer noch einen Groll verspürte. Es war viel eher wegen der Tatsache, dass ich nach einer durchzechten Nacht in einem feuchten Zelt stank wie ein Iltis.

»Findest du nicht auch, dass es Wichtigeres gibt, für das es sich zu kämpfen lohnt?«

Das war ein bisschen gemein von ihr. Als Angeklagte solch einen Satz in den Raum zu werfen. Das wäre ja einfach. Gut, ich betrüge Anja mit zwei rattenscharfen Tabledance-Miezen. Sie findet es heraus, ich packe sie ins Auto und fahre ins Krankenhaus in die Entbindungsstation. Dann gucken wir uns ein paar Neugeborene durch die Scheibe an und ich frage sie, ob es denn nichts Wichtigeres gäbe. Anja würde sich umdrehen, mir um den Hals fallen, und nach einem romantischen Abendessen beim Schuhbeck fahre ich sie wieder heim. Ich mache noch einen Abstecher in die Tabledance-Bar. Hatte sie sich das so in etwa vorgestellt?

Was aber sollte ich darauf antworten? Am besten die Wahrheit. Ich drehte mich um und sah ihr in die Augen. »Klar gibt es Wichtigeres.«

Wir schauten beide zu Oskar, der uns hüpfend angrinste.

»Es tut mir leid«, sagte sie leise.

Na endlich! War das denn so schwierig? Natürlich war damit nicht alles schlagartig wieder gut. Aber es hörte sich zumindest schon mal besser an als: *Es war vielleicht nur dreimal.*

»Das glaube ich dir sogar«, erwiderte ich. »Trotzdem … lass es uns langsam angehen. Ich muss das erst noch …«

Sie drückte mir ihren Zeigefinger auf die Lippen. Meine Worte verstummten. Es war genug gesagt. Nun mussten Taten folgen. Innerlich war ich immer noch angepisst und mir war nicht klar, ob ich ihr diesen Seitensprung jemals verzeihen konnte. Auch wenn es wirklich nur bei ein paar Knutschereien geblieben war. Wie sollte ich damit umgehen? Konnte ich ihr jemals wieder vertrauen? Wenn sie abends mit ein paar Mädels um die Häuser zog? Wenn sie morgens das Haus verließ und ins Café fuhr?

Sie legte ihre Arme um meinen Hals und zog mich an sich. Ich möchte nicht behaupten, dass ich das nicht schön fand. Aber ich wollte mich eigentlich noch ein bisschen in meinem Ärger suhlen. Gerade jetzt fühlte es sich an, als ob alles zu schnell ging. Das war natürlich auch dem Umstand geschuldet, dass wir im Urlaub waren. So einfach konnte man sich da nicht aus dem Weg gehen. Alleine die Wohnsituation zwang uns letztendlich dazu, uns zusammenzuraufen. Wider Erwarten war auch meine Lösung eines Umzuges in ein Kinderzelt nicht der Weisheit letzter Schluss.

Ich wollte nun erst mal kein Wort mehr darüber verlieren. Ich war müde. Sowohl körperlich, als auch geistig. Ach, wie ich doch Menschen in meinem Umfeld immer schon beneidet hatte, die einfach nach der Formel lebten: *Wenn ich es nicht anspreche, dann ist es auch nicht da.* Ich konnte das nicht. Bei mir musste immer alles ausgesprochen und beredet werden. Fluch und Segen. Sich mit sich selbst und seinen Gedanken zu beschäftigen, war wesentlich anstrengender, als einfach alles totzuschweigen und zur Tagesordnung überzugehen. Vielleicht war mir das auch immer schon zu feige gewesen. Anscheinend auch der Grund dafür, warum ich mich noch nie in dieser Bussi-Bussi-Gesellschaft wohlgefühlt hatte. Alle knutschen sich ab, haben sich für einen Abend ganz doll lieb und schon auf der Heimfahrt geht es los. *Hast du gesehen, was die für Schuhe anhatte? Die färbt sich doch die Haare. Das Auto gehört bestimmt der Bank. Ein bisschen pummelig ist sie geworden.* Zum Kotzen.

»Was machen wir denn nun mit dem Tag?«, fragte ich Anja, nachdem ich Oskar aus der Luft gefangen hatte. Nicht, dass er noch mit seinem kleinen Schädel auf dem Nachttisch landete. Aufregung hatte ich an diesem Tag genug gehabt.

»Weiß nicht. Wandern?«, schlug Anja vor.

Bloß nicht. Das war mir definitiv zu intim mit Anja und Oskar alleine. Nichts gegen trautes Familienglück. Doch ich wäre gezwungen gewesen, mich aktiv an einem Gespräch zu beteiligen. Das war zu früh. Ich konnte ja schlecht drei Stunden wortlos neben Anja herlaufen. Außerdem hatte ich mit den zwei letzten Wanderungen mein Soll für die nächsten Jahre erfüllt.

»Ach nein«, lehnte ich ab. »Nicht wandern.«

Anja hatte nichts dagegen einzuwenden. Sie gab sich reumütig und kommentierte meine Ablehnung gegenüber dieser Aktivität nicht.

Ich setzte Klein-Oskar auf meine Beine und machte Hoppe-Hoppe-Reiter mit ihm, als mein Blick an einem Prospekt auf dem Schreibtisch hängen blieb. Golf-Schnupperkurs.

Vielleicht nicht die allerbeste Wahl. Ich hatte ja vor geraumer Zeit mein erstes Golferlebnis mit meinem Herrn Schwiegerpapa in spe gehabt. Wie sich beim letzten Besuch bei Anjas Eltern herausstellte, hatte er mir das zerstörte Neunereisen immer noch nicht verziehen. Er hatte es aufgehoben, um es bei jedem Besuch immer wieder herauszukramen. Dann erzählte er, wie es dazu gekommen wäre, alle schüttelten den Kopf und ich saß da wie ein Volldepp und ließ mich verbal abwatschen, als ob ich einem Säugling den Schnuller geklaut hätte. Doch jetzt war es ideal in unserer Situation. Wir konnten etwas Gemeinsames machen, mussten uns aber nicht fortwährend unterhalten.

»Schau mal, der Prospekt da«, deutete ich zum Schreibtisch.

Sie ging darauf zu. »Yoga für Alleinerziehende?«, tat sie verwundert und sah mich mit großen Augen an.

»Nein. Daneben. Golf.«

Sie zog den Prospekt aus dem Acrylaufsteller. Wieder sah sie mich an. Anscheinend hätte sie Yoga weniger überrascht. »Golf? Du? Hast du das Debakel mit meinem Vater vergessen?«

»Nee. Wie könnte ich auch? Ist schließlich bei jedem Besuch die Vor- und Nachspeise.«

»Und das willst du wirklich machen?«

»Mei. Vielleicht war mir dein Dad ja nur ein schlechter Lehrer. Was, wenn doch ein Martin Kaymer in mir steckt?«

»Da bist du leider ein paar Jahre zu spät dran.«

»Ach was! Ruf doch unten mal an der Rezeption an. Vielleicht sind ja noch Plätze frei. Ich werde mal schnell unter die Dusche hüpfen.«

»Ich auch duschen?«, schlug Oskar vor.

»Nein, mein Kleiner. Der Papa muss ganz viel sauber machen. Aber ich habe eine ganz große Aufgabe für dich.«

Er guckte mich erwartungsvoll, jedoch auch ein wenig enttäuscht an.

»Du musst vom Balkon aus Papas Wikingerzelt beobachten. Ich habe nämlich gehört, dass Indianer im Anmarsch sind. Du musst mir unbedingt sagen, wenn du welche siehst, hörst du? Das ist ganz wichtig und kann nur von ganz starken Männern gemacht werden. Schaffst du das?«

»Jaaa!«, schrie er und rannte auf den Balkon. Er schob sich einen der Stühle zurecht und kraxelte drauf.

»Aber nicht auf den Stuhl stellen, hörst du? Sonst sehen dich die Indianer gleich.«

Oskar nickte. Schnell lief er nochmals ins Zimmer zurück, um seinen Yoda zu holen. Dann war alles für ihn in Ordnung.

Anja blickte mich vorwurfsvoll an.

»Was denn?«, meinte ich. »Auf diese Weise lernt er gleich Verantwortung.«

Ich schnappte mir frische Unterwäsche und ging ins Bad. Bevor ich die Tür schloss, streckte ich erneut meinen Kopf heraus.

»Fragst du dann bitte auch gleich nach der Kleiderordnung? Nicht, dass das dort so schnieke zugeht und wir uns erst neu einkleiden müssen.«

Als ich die Duschkabine betrat, ging es mir eindeutig besser als am Tag zuvor. Ich hatte das Richtige getan. Zwar war die Sache immer noch nicht geklärt und meine Befürchtung war groß, dass sie das auch niemals sein würde. Entweder ich zog meine Konsequenzen aus der Sache, dann war ich jedoch letztendlich der ganz große Verlierer á la Boris. Oder aber ich beließ es dabei und lebte damit. Und das war ja so überhaupt nicht mein Fall. Vielleicht war es besser, ich würde einfach abwarten, was Anja aus der Sache machte.

Ich drehte das Wasser auf und stellte die Temperatur ein. Ich schloss die Augen und stellte mich unter den großen Duschkopf. Ach, was wäre es schön, wenn man ganz andere Dinge einfach von sich abduschen könnte. Sorgen, Ängste, unnötige Pfunde … Durch die Tür hörte ich, wie Anja telefonierte. Ich lauschte. Es hörte sich an, als ob die Rezeption am anderen Ende der Leitung war. Hätte ich noch vor einigen Tagen auch etwas genauer hingehört? Mir ging diese Sache nicht aus dem Kopf, verdammt. Was, wenn ich künftig wie ein Luchs um Anja herumschlich? Ein Blick aufs Handy, in die Tasche, wie viele Kilometer waren auf dem Tacho? Einzelgesprächsnachweise? Ich würde verrückt werden, da war ich mir sicher. Ich wollte unbedingt meine Unbeschwertheit wieder zurück. Um jeden Preis.

»Hast du jemanden erreicht?«, fragte ich Anja, als ich in Unterhosen aus dem Badezimmer kam und meine Haare mit dem Handtuch trocken rieb.

»Ja! Wir sollen um eins da sein. Kleidung ziemlich normal. Nicht unbedingt Jeans, aber ziemlich leger. Turnschuhe reichen.«

»Sieh an, die Österreicher. Ganz anders als im Club deines Vaters. Da fühlte ich mich fast genötigt, ein Einstecktuch zu tragen.«

»Na, wenigstens hast du deinen Humor nicht verloren«, meinte sie locker und hätte sich, ihrem Gesichtsausdruck nach, sofort am liebsten auf die Zunge gebissen.

Ich sagte darauf nichts und schlenderte ins Bad zurück. Da waren wir doch alle froh, dass ich meinen Humor nicht verloren hatte. Gott bewahre! Das wäre wirklich an der ganzen Sache das Schlimmste gewesen.

Ich warf den Föhn an und hielt ihn gegen den Spiegel, um den Beschlag zu entfernen. Auch wenn ich keine Löwenmähne auf dem Kopf mein Eigen nannte, war es mir nicht möglich, mich blind zu föhnen. Ich war mir sicher, dass selbst Bruce Willis nicht einfach ins Blaue föhnte.

»Papaaaaa!«

Ich schaltete den Föhn ab.

»Gleich, Oskar. Der Papa muss sich nur noch schnell die Haare föhnen.«

»Papaaaaa!«

»Jetzt wart halt. Ich hab's doch gleich!«, rief ich zurück.

»Indianer!«, plärrte er vom Balkon ins Zimmer.

»Ui! Echt? Ist der Häuptling auch dabei?« Mein Bub. Meinte, er könnte seinen alten Papa auf den Arm nehmen.

»Jaaa!«, rief er wieder. Er kraxelte von seinem Stuhl und lief zu mir ins Bad. Dann packte er meinen Arm und zog wie verrückt.

Ich föhnte ihn an. Doch er ließ nicht von mir ab. Zu ernst nahm er seinen Auftrag, nach Indianern Ausschau zu halten.

»Na gut, mein Kleiner. Dann spiele ich eben mit.«

Oskar lief vor, stellte sich vor die Brüstung und zeigte zu den Zelten hinunter.

»Daaa! Indianer!«, rief er wieder aufgelöst.

Tatsächlich. Auf der Wiese tummelten sich plötzlich circa zehn Indianer, allesamt mit Kopfschmuck. Dazwischen Kirsten und Gabi, die am lautesten mit vorgehaltener Hand jodelten. Zwei der Kinder hatten Pfeil und Bogen dabei. Anscheinend nutzten die Mädels die Gunst der Stunde, wenn die Zelte schon aufgebaut waren.

Plötzlich kam von rechts Heinrich mit einem Eimer angerannt und stellte sich schützend vor sein Tipi.

Der Unmut der kleinen federgeschmückten Jungs und Mädels war groß.

Er wollte die Kinder partout nicht ins Zelt lassen.

Ich wusste, warum, war mir jedoch nicht sicher, ob er den Kindern das Zelt überlassen hätte, wenn schon alles sauber gewesen wäre. Mit der Hartnäckigkeit der Kinder hatte er jedenfalls nicht gerechnet. Die schnappten sich kurzerhand ein paar Seile, warfen diese über seine Hände und zogen zu. Dann zerrten sie ihn zu der alten Birke und fesselten ihn an den Stamm. Sicher hätte sich Heinrich aus dieser Misere befreien können. Doch das wäre ohne Gewalt nicht möglich gewesen. Er wollte es sich bei Kirsten und Gabi anscheinend nicht verscherzen.

Oskar verfolgte aufgeregt das Schauspiel von unserem Balkon aus und fieberte mit den anderen Kindern mit. Immer wieder jodelte auch er wie ein Indianer und rief laut undeutliche Sachen hinunter.

Gabi winkte mir.

Ich zurück.

Anja kam dazu. Nicht zuletzt, um vielleicht ihr Revier zu verteidigen.

Ein paar der Kinder enterten nun unter Heinrichs lauten Protestrufen das Indianerzelt. Ich zählte mit zusammengekniffenen Augen innerlich von drei auf null herunter. Umgehend rannten die Kinder schreiend wieder aus dem Tipi heraus. Eines hielt sich die Nase zu. Die anderen schrien »Ihhh« und liefen wie wild gewordene Ameisen über die Wiese.

»Was haben die denn?«, fragte Anja und legte ihren Arm auf meine Schulter.

»Ach, Heinrich hat sich scheinbar den letzten Abend noch mal durch den Kopf gehen lassen.«

»Was auch immer das heißen mag«, schüttelte sie *ihren* Kopf und ging wieder zurück ins Zimmer, um sich bereit für unseren Kurs zu machen.

»Komm, Oskar. Wir müssen uns auch fertig machen. Du bist heute mein Caddy.«

»Ui!«, rief er, »ein Kacki!«

»Nein, Caddy.«

»Kacki, Kacki!«

Anja grinste.

Ich marschierte zurück ins Bad, um die letzten paar Haare auch noch trocken zu bekommen.

»Kacki, Kacki!«, hörte ich Oskar immer noch rufen und schaltete meinen Föhn auf Stufe drei.

Schnupperkurs

Nach etwa zwanzig Minuten Autofahrt waren wir am Golfplatz. Der Parkplatz bereitete uns mit einem Vorschlaghammer auf die Klientel vor, die hier die Bälle durch die Gegend prügelte. Anscheinend war auch in Österreich dieser Sport der Treffpunkt für gut Betuchte, die sich auf dem Platz nicht nur zum Golfspielen trafen. Sicher war hier auf dem Grün auch ein reger Tauschhandel von Informationen und Geschäftskontakten in Gange, um das angehäufte Vermögen stetig weiterwachsen zu lassen. Ausnahmslos Luxuskarossen jeglicher Art von Mercedes, Ferrari bis hin zu Jaguar und Porsche konnte man fünfzig Meter vom Clubhaus entfernt bestaunen. Diese Idylle hochpreisigen Blechs wurde von unserem Passat samt Kindersitz gnadenlos entweiht.

Wir standen am Rande des perfekt auf etwa zwei Zentimeter getrimmten Rasens und ließen das Eldorado an Ästhetik auf uns wirken. Saftiges Grün säumte die Erde, so weit das Auge reichte.

»Wow! Den Gärtner möchte ich kennenlernen. Der macht seine Sache richtig gut.«

Vereinzelt zogen schick gekleidete Menschen ihre Golfbags auf teuren Wägelchen aus Titan und Carbon hinter sich her, in jeder Tasche sicherlich der Wert eines Kleinwagens. Vielleicht gebraucht, aber egal. Vereinzelt ragten Fähnchen aus der Erde, die die achtzehn Löcher markierten. Etwa fünfzehn bis zwanzig Quadratmeter um das Loch herum war der Rasen nochmals um die Hälfte gekürzt und wirkte, als hätten sich die Greenkeeper diese Mühe mit einer Nagelschere gemacht. Links neben uns übten sich ein paar Willige darin, fein säuberlich aufgereihte Bälle nacheinander auf dem Übungsgrün ins Loch zu verfrachten. Rechts von uns standen in einer Art Scheune in abgetrennten Boxen weitere Begeisterte, die mit ihren Hölzern darum wetteiferten, wer sein unschuldiges Bällchen am Weitesten ins Nirwana schicken konnte. Da etwa hundertfünfzig Meter weiter etwa tausend geschlagene Bälle das Grün wie eine weiße Fläche erscheinen ließen, war es nur für den Bruchteil einer Sekunde auszumachen, wo sich das eigene Ego wiederfinden würde. Eingerahmt war diese Idylle in eine sagenhafte Alpenkette, die aussah, als hätte man sie gephotoshoppt. Hier war das Paradies und hatte mit dem heimischen Golfplatz, auf dem ich Anjas Vater durch das versehentliche Zerstören seines Equipments Demut beigebracht hatte, nichts zu tun. Plötzlich verspürte ich den Drang, zu erreichen, in genau dieser Liga mitspielen zu dürfen. Damit meinte ich nicht einfach nur Golf. Ich wollte genau das. Letztendlich würden die Mitglieder des Clubs regelmäßig diesen Ort, eine Ausgeburt an Schönheit, nur aufsuchen, um sich weiter zu motivieren, den Strom der harten Währung nicht abreißen zu lassen. Menschen, die Floskeln wie *Haben Sie noch Sex, oder spielen Sie schon Golf* ahnungslos durch die Gegend posaunen, werden hier nur eines zu hören bekommen: »Ja, ich habe noch Sex. Genau in diesem Moment.«

»Wie läuft das jetzt ab?«, fragte ich Anja, ohne den Blick auch nur für eine Sekunde von einer jungen, kurz berockten Golferin zu nehmen, die in der Hocke auf dem Grün verweilte, um den Weg des Balles vorhersehen zu können.

»Ich gehe ins Clubhaus und melde uns an, dass wir da sind.«

»Okay. Ich warte so lange mit Oskar hier und versuche, etwas zu lernen.«

Oskar entdeckte ein ganz tolles kleines Kieselsteinchen, das er unbedingt woanders platzieren musste, weil es ihn am ursprünglichen Ort anscheinend störte. Kinder! Die Dame auf dem Grün merkte überhaupt nicht, dass ich sie im Visier hatte, so vertieft war sie. Das war mir sympathisch. Sie übte diesen Sport mit Leidenschaft aus. Nicht dass ich eifrig versuchte, auch sportlich aktiv zu sein. Aber ich stand leidenschaftlich gerne in meinem Food Truck. Auch wenn ich dadurch nicht reich werden würde, füllte mich diese Tätigkeit voll aus.

So, wie es wohl in diesem Moment der Dame mit den braunen, sagenhaft wohlgeformten Beinen auf dem Grün erging. Sie erhob sich, brachte sich hinter ihrem Ball in Position, verbreiterte ihren Stand und zog den Rock ein wenig höher. Dann blickte sie mich an, zwinkerte mir kess zu und berührte, ohne auch nur den Blick von mir zu lassen, mit ihrem Putter den Ball und lochte souverän ein.

Ich musste schlucken und war irgendwie … erregt.

»So, wir sollen dort hinten zur Driving Range gehen, da ist das Büro des Golflehrers. Er erwartet uns schon.«

»Äh, ja, ich komme.«

Wenn James Bond den letzten Angreifer einer ganzen Bande ohne hinzusehen zu Boden gehen lässt, war das lange nicht so cool wie das eben.

»Familie Neumann?«

»Ja!«, bestätigte Anja dem Lehrer.

Sie hatte meinen Namen angegeben. Das war mir neu. Vielleicht, um nicht erkannt zu werden.

»Sehr schön. Ich heiße Jean-Claude und werde Sie heute ein wenig in die wunderbare Welt des Golfens einführen.«

»Anja.«

»Herbert.«

Wir reichten ihm die Hand. Er hatte an der linken Hand einen Handschuh. Mir lag ein Joke auf der Zunge, ob er den anderen verloren hatte. Ich verkniff ihn mir. Der Golflehrer hatte einen französischen Akzent. Ob der echt war? Okay, er hieß Jean-Claude. Vielleicht war das aber auch eine Rolle. Bei dieser Klientel war es sicherlich schicker, den Anweisungen eines Franzosen mit Akzent zu folgen. *Servus, i bin der Franzl aus Graz und heute zeig ich euch, was wir auf der Wies'n so alles reißen können*, kam nicht so originell daher wie *Bonjour, ich heiße Jean-Claude und komme aus Bordeaux*.

»Und wie heißt der kleine Mann?« Er beugte sich zu Oskar.

Oskar war der Mann mit dem Cap und dem einen Handschuh suspekt. Er wich einen Schritt zurück und steckte seine halbe Faust in den Mund. Was es damit auf sich hatte, musste ich auch noch mit dem Internet klären. Nicht, dass ihm das bis zum Abi blieb.

»Na? Verrätst du mir deinen Namen?«, bohrte er weiter.

»Kacki!«, schoss es aus Oskar heraus. Dann grinste er den Franzosen frech an.

»Er heißt Oskar«, löste ich das Rätsel. Ging ja alles von unserer Zeit ab.

»Schon mal Golf gespielt?«, fragte er uns mit erwartungsvollem Blick.

Anja und ich hatten auf der Fahrt vereinbart, unsere überschaubaren Golfkenntnisse für uns zu behalten. Sonst würden zu hohe Erwartungen geschürt. Auch dass mir Anja mit der Platzreife, die ihr Vater ihr vor Jahren spendiert hatte, um Längen voraus war, wollte sie nicht preisgeben.

»Nein!«, flunkerte Anja knapp.

»Ich habe mal einen gefahren und spiele semiprofessionell im Urlaub Minigolf.«

»Also nicht. Gut!«, stellte er fest.

»Seiße!«

»Psst!«, zischte ich Oskar zu und zog ihn zu mir, um ihn ein wenig besser unter Kontrolle zu halten.

»Okay! Dann legen wir mal los. Was ist Golf?«

Ach du je! Jetzt kommt's, dachte ich mir.

Doch er beantwortete selbst seine Frage. »Golf ist das Zusammenspiel aus Leidenschaft, Konzentration und Gefühl.«

Ja, Gefühle hatte ich bei der Maus am Clubhaus, die so souverän eingelocht hatte.

»Golf hat überhaupt nichts mit Kraft zu tun«, fuhr er weiter fort.

Zeit für mich, um einzuhaken. »Moment. Du, ich darf doch *Du* sagen?«

»*Oui*!«

»Das deute ich als ein JA. Du willst mir doch nicht erzählen, dass das nichts mit Kraft zu tun hat, wenn das kleine Bällchen über hundert Meter weit fliegt.«

Anja rümpfte die Nase.

»*Oui*«, meinte er abermals. »Es kommt auf die Geschwindigkeit an, wenn der Schläger den Ball trifft, und den richtigen Winkel. Der Rest ist reine Physik und Aerodynamik. Natürlich ist das noch ein wenig komplizierter, aber das reicht als Erstes. Wollen wir ein paar Bälle schlagen?«

»Immer her damit!« Schluss mit der Theorie. Ich wollte endlich die ansässige Golfgemeinde mit meinem Naturtalent beglücken.

Er suchte uns jeweils ein 7er-Eisen heraus.

»Ich will so ein dickes Teil da, wie die anderen haben.« Ich zeigte auf die Boxen, in denen die Mitglieder des Clubs auf die Bälle einprügelten.

»Das nennt man Holz. Damit beginnen wir aber nicht. Zuerst geht es darum, ein Gefühl für den Sport zu entwickeln.«

Er immer mit seinen Gefühlen! Ich gab nach. Schließlich war er der Chef im Ring und wusste, was er tat. Seitlich der

Driving Range neben den Abschlagboxen stellten wir uns auf und er demonstrierte uns die richtige Körperhaltung, Abstand zum Ball und den korrekten Schwung. Zugegeben. Es sah sehr ästhetisch aus, was er da mit dem Schläger fabrizierte. Und leicht schaute es aus. Mit einem leisen Plopp verabschiedete sich der Ball in ein anderes Zeitkontinuum und ward nicht mehr gesehen.

Der Ehrgeiz hatte mich gepackt. Nun aber brannte die Lunte. Genug der Demonstration. Ich wollte Taten folgen lassen und richtete mir das erste Bällchen zurecht. Schließlich hatte ich schon ein paar Bälle aus dem Besitz der Schönborns im Münchner Umland verteilt. Ich war also nicht gänzlich ein Neuling.

»Ach ja!«, fügte Jean-Claude hinzu. »Sollte ein Ball unkontrolliert in die Nähe anderer Spieler geraten, dann schreit einfach *FORE*. Das bedeutet so viel wie Achtung.«

»Warum sage ich dann nicht *Achtung*?«

»Ist international.«

»Ah!«

Jean-Claude bat Anja und Oskar, sich doch bitte hinter mich zu stellen. Es wäre sicherer. Hallo? Ich schlug ein kleines Bällchen über eine Wiese und entschärfte keine Fliegerbombe.

Ich hatte mir die Körperhaltung des Franzosen genau eingeprägt und begab mich in Position. Blick aufs Bällchen – Blick in die Ferne – Blick aufs Bällchen. Gut so. Ich atmete aus, stellte mich breitbeinig auf. Arsch raus, leichte Beuge nach vorn und leicht in die Knie gehen. Einmal mit dem Hintern wackeln. Für meine Begriffe sah ich äußerst professionell aus. Bis auf die Tatsache, dass ich keinen Handschuh hatte. Ich holte mit dem Schläger aus, Unterarm gerade halten. Blick nicht mehr vom Bällchen nehmen. Ein leichter Probeschwung, gefolgt von einer Wiederholung. Dann ein Schritt nach vorne, gleiche Körperhaltung. Die Spannung stieg ins Unermessliche. Ich sah in meinen Gedanken die Tribüne am achtzehnten und letzten Loch. Man konnte eine Stecknadel fallen hören. Ja, auch ins Gras, so leise war es. Ein Vogel zwitscherte und wurde vom Platzwart zur Ruhe ermahnt. In der ersten Reihe der Tribüne saß die heiße Schnitte, die so hervorragend eingelocht hatte. Sie zwinkerte mir zu und befeuchtete lasziv mit ihrer Zunge ihre Lippen. Ich ließ sie nicht aus den Augen, führte den Schläger nach oben, umschloss mit beiden Händen fest den Griff und ließ ihn, der Schwerkraft geschuldet, nach unten rasen. Der Schläger beschleunigte, ich grinste. Der Schlägerkopf näherte sich unaufhörlich dem Ball. Hätte der Ball Augen, er würde sie in diesem Moment zusammenkneifen, weil er das Unausweichliche kommen sah. Dann der Kontakt! Der Schläger küsste den Ball. Der Ball verließ das Tee und nahm Kurs auf die Unendlichkeit. Die Menge jubelte, die Einlochschnitte lief über das Green auf mich zu, Baseballcaps flogen durch die Luft …

»Das war schon mal nix. Vielleicht schaust du auf den Ball.«

Ich erwachte aus meinem Traum und blickte in die entsetzten Augen des Franzosen. Dann sah ich nach unten. Vor mir lag unschuldig der Ball. Dafür hatte ich zwanzig Quadratzentimeter Rasen um etwa vier Meter nach vorne versetzt. Auch eine beachtliche Leistung, wie ich fand.

Jean-Claude weniger. Er holte das Fleckchen Erde zu seinem Ursprungsort zurück und trat es mit seinen teuren Golfschuhen fest, in der Hoffnung, dass es sich wieder erholte.

»Kacki!«, rief Oskar.

»Bitte, Oskar. Nicht immer dieses Wort!«, mahnte ich ihn.

»Ich glaube, er hat wirklich … ich geh mal schnell. Üb du weiter.«

Anja verschwand mit Oskar und einer Windel im Clubhaus. Ich fragte mich, ob die dort überhaupt so etwas wie einen Wickelraum hatten. Kinder dieser Gesellschaft kamen bestimmt stubenrein zur Welt.

»Soll ich noch mal zeigen?«, bot sich Jean-Claude an.

»Bitte!«, gab ich nach. Dafür war er schließlich da. Um uns zu zeigen, wie toll er das konnte.

Meine nächsten Versuche waren ein Mix aus Glück, etlichen FORE-Rufen und Schmerzen im Ellbogen, nachdem ich das Scheiß-Eisen erneut in den Boden statt in das Bällchen gerammt hatte.

Als Anja mit Oskar zurückkam, versuchte sie ihr Glück. Oskar war mit drei Bällen und einem Handschuh mit Loch, den er gefunden hatte, ein paar Meter weiter auf der Wiese beschäftigt.

Anja stellte sich in Position, sah nach vorne, dann auf den Ball, holte aus und schlug den Ball gegen das Schild, auf dem *150 m* stand.

»Hey«, meinte ich bewundernd. »Anfängerglück.«

Anja hörte nicht auf meine Worte. Sie reihte sich fünf Bälle hintereinander auf und schlug einen nach dem anderen ab, als ob sie noch etwas anderes vorhätte und diese Sache schnell beenden wollte.

»Ich würde eher sagen: Naturtalent!«, lobte der Franzose.

Typischer Ehrgeiz aus dem Hause Schönborn, dachte ich bloß. Immer auf der Poleposition. Das konnte ich auch.

Erneut trat ich an meinen Abschlagplatz und richtete mir, wie eben bei Anja gesehen, ein paar Bällchen in einer Reihe zurecht. Ich fackelte nicht lange und brannte mein Feuerwerk an Können ab.

»Au! FORE! Scheiße! Mist! FORE!«

»Das wird schon«, beruhigte mich Jean-Claude. »Manche brauchen Jahre, um die achtzehn Löcher vernünftig zu meistern. Geduld ist das Ziel.«

Geduld am Arsch. Her mit den Bällchen! Wortlos reihte ich weitere Bälle auf und wiederholte meine Trainingseinheit. Verdammt. Waren wir nicht zur Entspannung hier?

»Ui! Achtung! FORE! Au! Na bitte!«

»Ja, Herbert. Der war gut. So musst du den Ball treffen«, freute er sich mit mir. »Wenn du den Ball im Sweet Spot triffst und der Schlag kaum zu hören ist, fliegt er. Noch ein paar?«, bot er an.

»Nee«, winkte ich ab. »Man soll aufhören, wenn es am schönsten ist. Was jetzt?«

Er sah auf seine Uhr. »Wir haben noch Zeit. Wollen wir das kurze Spiel üben? Wie wäre es mit ein wenig Putten?«

»Immer her damit. Du bist der Chef im Ring. Komm, Oskar. Anja? Kommst du?«

Sie stand mit verschränkten Armen da und grinste in sich hinein. Okay. Das war eine Ansage. Wir befanden uns im Wettkampf.

Schnell waren die Schläger getauscht. Den Putter kannte ich aus dem Golfbag von Anjas Vater. Sein Heiligtum. Ich durfte ihn nicht ansehen, geschweige denn anfassen. Für mich schaute das Ding wie ein Spazierstock aus, nur verkehrt herum.

Jean-Claude verteilte auf dem Übungsgrün einen Korb voller Bälle. Den leeren Korb schnappte sich umgehend Oskar, der damit Steinchen vom Wegesrand aufsammelte. Es dauerte ziemlich lange, bis er begriff, dass die Steinchen kleiner waren als die Löcher im Korb.

Anja sah Oskar lächelnd dabei zu, dann mich an.

»Hoffentlich verwächst sich das«, meinte ich knapp und legte wieder meine volle Konzentration auf meinen Schläger und die Löcher, die sich über das Grün verteilten.

Natürlich ließ es sich Jean-Claude nicht nehmen, uns mit seinem Können erneut zu beglücken. Er wies uns in die hohe Kunst der Konzentration ein und versuchte, uns die für ihn einzig richtige Schlägerhaltung näher zu bringen. Dann versenkte er drei Bälle hintereinander aus verschiedenen Entfernungen. Selbstverliebt nickte er nach jedem Ball.

»Jetzt zeige ich dir, wie Papa das macht!«, gab ich Anja zu verstehen und ging in die Hocke, um das Grün zu lesen. Das hatte ich mir heute schon abgeguckt. Schließlich war die Wiese alles andere als eben, was wohl so gewollt war.

»Da bin ich gespannt«, erwiderte Anja erwartungsvoll und entfernte sich demonstrativ ein paar Schritte von mir.

Das war natürlich absolut übertrieben, spornte mich aber noch mehr an, ein gutes Ergebnis abzuliefern. Ich visierte das Loch an und stellte mich in einer exakt parallelen Linie dazu auf. Ich nahm den Griff sehr eng und überlappte meine Finger. Ellbogen hatte ich komplett gestreckt. Sanft holte ich nur wenige Zentimeter aus und gab dem Ball mit dem Schlägerkopf die nötige Energie, die er benötigte, um absolut gelassen ohne Umwege auf direktem Weg ins Loch zu rollen.

»YES!«, schrie ich und machte die Beckerfaust samt dazugehöriger Säge.

Ich musste mich zusammenreißen, um nicht mit Anlauf auf den Knien ein paar Meter über das Grün zu rutschen.

Anja war das peinlich. Angesichts der Tatsache, dass ich hier mit ihr trotz Fremdknutscherei auf wehrlose Bälle einprügelte, gönnte sie mir dieses Erfolgserlebnis.

»Das war schon sehr gut. Gleich noch mal«, wies mich Jean-Claude an.

»Sicher«, gab ich übermütig an. »Jetzt habe ich den Dreh raus!«

»Oh, sag das nicht. Das ist der Satz, an den man als Golfer nicht mal denken sollte.«

Mir doch egal. Ich war ja kein Golfer.

Wieder stellte ich mich konzentriert auf meine imaginäre Linie und versenkte nach kurzer Verweildauer den nächsten Ball. Nummer drei bis fünf ebenfalls. Damit war bewiesen: Das kurze Spiel war meine Heimat.

»Ihr seid dran, Mylady«, wies ich Anja an und machte ihr den Diener.

Natürlich ohne Druck aufzubauen. Ich war ja schließlich ein Gentleman.

»Ich habe alle fünf geschafft!«, grinste ich in die Prärie.

»Ich weiß. Ich war dabei.«

»Wollte es nur noch mal gesagt haben.«

Anja hatte weniger Glück. Der erste Ball hatte eindeutig zu viel Speed. Hatte ich schon beim Ausholen gesehen, dass das nichts werden konnte. Der Ball berührte zwar den Rand des Loches, änderte dann aber nur seine Richtung und rollte weiter.

»Anja, das war zu fest. Ein wenig mehr Gefühl.«

Sie tat, als würde sie mich nicht hören und legte sich den zweiten Ball vor.

»Pst!«, tat der Franzose und fixierte Anjas Körperhaltung. Der Schwerenöter sah ihr doch eindeutig auf den Hintern.

Sie holte sanft aus, schlug sehr sanft auf den Ball und er rollte los. Die Richtung stimmte. Der Ball näherte sich dem Loch, wurde langsamer und … blieb zwei Zentimeter davor liegen.

»Ein bisschen fester, Anja!«

»Ich bitte dich. Das gehört zur Etikette, dass man einen anderen Spieler während des Spieles nicht coacht.«

»Sorry, mein Fehler«, entschuldigte ich mich. »Ich sag jetzt nichts mehr.«

Anja blieb dennoch cool. Sie gönnte mir das kleine Erfolgserlebnis und lächelte mir zu. Toll. Nun war ich mir überhaupt nicht mehr sicher, ob sie nicht mit Absicht die Bälle daneben klopfte.

»*Très bien*, Anja. Ich sehe hier sehr gute Ansätze.« Er schaute nun auch mich an. »Bei euch beiden. Hat es euch gefallen?«

»Sehr, Jean-Claude. Herzlichen Dank!«, meinte Anja.

Ich schloss mich nickend an.

»Ihr könnt gerne noch ein paar Bälle abschlagen. Heute ist sowieso weniger los. Ich lasse euch zwei Körbe aus dem Ballautomaten heraus.«

»Nein, danke!« Anja hatte anscheinend genug.

Ich aber wollte noch nicht zurück. Außerdem hatte Oskar Gefallen am Übungsbunker gefunden und spielte im Sand. Optimale Voraussetzungen also, den Tag noch ein wenig hier zu verbringen. In Einklang mit dem Ball, dem Schläger und mit sich selbst.

»Gern!«, meinte ich überschwänglich zum Lehrer.

»Geht am besten auf die hintersten beiden Plätze. Da kann am wenigsten passieren.«

Wenn er meinte. Ich hätte mich auch ins nahe gelegene Wäldchen begeben, wenn er es verlangt hätte. Hauptsache, wir mussten uns für diesen Tag nichts Neues mehr überlegen. Ich brauchte einfach meine Zeit.

Nach zwei weiteren Ballkörben, die ich geschlagen hatte, flogen meine Bälle immer weiter. Natürlich hatte ich trotzdem den Rasen ganz schön malträtiert. Dafür war er aber schließlich auch da. So sehr ich mich innerlich wehrte, ich war fasziniert von diesem Sport. So kannte ich mich überhaupt nicht. Dabei war es weniger das Spiel an sich. Es war das ganze Drumherum. Erstmals hatte ich in meinem Leben den Drang, dazugehören zu wollen. Der Rasen, der Parkplatz, die Menschen, das Clubhaus, die Frotteehandtücher auf der Toilette, das Deo am Waschtisch und allem voran der kleine Golfshop gleich neben dem Clubhaus. Ich kannte bisher keinen Sport, für den es so viel Tinnef gab. Als Fußballer konnte man sich ja nicht jede Woche neue Schuhe oder Bälle kaufen. Selbst Hans hatte in seinem Leben für seine Bikes nie so viel Auswahl an Equipment, das man brauchen konnte oder auch nicht. Und dann war es auch egal. Man kaufte den Scheiß einfach. Und das wollte ich auch. Mein Entschluss stand fest. Koste es, was es wolle. Herbert Neumann … ich … war entschlossen, meine nächste große Prüfung gleich nach unserer Heimkehr anzutreten. Die Platzreife. Und dann würde ich dazugehören. Auch, wenn ich anfangs vielleicht ein paar Meter entfernt parken würde.

Intolerante Stadtmenschen

»Fliege!«, sagte Oskar ganz stolz vor dem Aufzug und zeigte zu seinem Hals.

»Ich weiß. Toll siehst du aus. Wie der kleine Lord.«

Natürlich war das gelogen. Niemals würde ich meinem Sohn eine Fliege kaufen. Ich war da eher der Krawattentyp. Aber eine Fliege? Ich finde, dass eine Fliege von Kindesbeinen an bis zum hundertsten Geburtstag tabu sein sollte. Außer, man trägt einen Smoking oder einen Frack und geht zum Wiener Opernball.

Ich brauche nicht zu erwähnen, wer meinem Sohn dieses Outfit angetan hat. Frau von Schönborn an einem Oma-Opa-Wochenende. Einmal die Maximilianstraße auf links gedreht, und schon steckte er in diesem Fummel. Zu allem Übel war er mächtig stolz auf seine Fliege. Gottlob war das Teil mit einem Gummiband am Hals befestigt. Ich könnte sie überhaupt nicht binden. Zur Auswahl standen auf dem Hotelzimmer ein Einstecktuch und diese Fliege. Ein Einstecktuch! Da könnte ich ihn ja gleich einweisen lassen.

Die Aufzugtür öffnete sich und Oskar lief in die Kabine. Er drückte eifrig die Taste des Erdgeschosses. Stolz betrachtete er sich im Spiegel. Mir war klar, dass ich bis zu seinem Abschlussball noch einige Arbeit vor mir hatte, was Kleidung anging. Ich war in dieser

Hinsicht zwar kein Lagerfeld, aber ich wusste, was cool aussah. Dieser Gurgelpropeller jedenfalls hatte etwas von einem Nerd.

Mein Sohn und ich gaben Anja etwas Zeit alleine im Zimmer, damit sie sich in aller Ruhe zurechtmachen konnte. Als wir vom Golfen zurückkamen, war nicht mehr viel Zeit zum Trödeln. Letztendlich brachte ich es auf fünf Körbe voller Bälle, die ich Richtung Alpenkette geschlagen hatte, weswegen sich etwa eine Stunde danach die linke Schulter meldete. Dann noch ein Bierchen im Schatten und der Golfshop. Der hatte es mir wirklich angetan.

Die Aufzugtür schob sich auf und ermöglichte uns umgehend einen Blick auf die Tanzfläche neben dem Eingang zum Speisesaal.

Sven war auf Augenhöhe mit seiner Mila in eine Diskussion vertieft.

Oskar nahm meine Hand und wich mir nicht von der Seite. Da wie immer kurz vor dem Essen ein ziemlicher Trubel im Foyer herrschte, fühlte er sich an meiner Seite sicher.

»Mädchen!«, rief er und zeigte zu Sven und seiner Tochter.

»Das ist Mila und nicht Mädchen.«

»Milka!«, rief er.

Doch die kleine Mila hörte nicht, da sie stur einen Flunsch zog und auf den Boden starrte.

Gabi und Kirsten waren bereits in ihrem Element und tanzten zu einer Auswahl schönster Kinderlieder. Für meine Begriffe die absolut schlechteste Wahl für einen Urlaubsort. Das hatten sie doch daheim tagtäglich in der Kinderkrippe oder wo auch immer die Kleinen den Vormittag verbrachten. Meine Theorie war, dass die Eltern eher glaubten, ihre Lieblinge wollten diese Musik unbedingt hören. Ich war mit Oskar schmerzfrei. Mit seinem Windelhintern konnte er bisher auch zu AC/DC oder Scooter prima hin und her wippen.

»Na? Darf man abklatschen?«, fragte ich Sven und reichte spaßeshalber Mila die Hand.

Sie verschränkte ihre Arme.

»Großes Drama«, meinte Sven, kam in den Stand und verdrehte die Augen. »Madame gefällt die Musikauswahl nicht und möchte jetzt etwas essen.«

Oskar begann, an Milas Kleid herumzuzupfen.

Sie ließ sich dadurch jedoch auch nicht davon abbringen, ihre Mundwinkel bis zu ihren Glitzerballerinas hängen zu lassen. Ich als ausgewachsener Ballerina-Verweigerer hatte sowieso die Vermutung, dass ihre Missstimmung von der Schuhauswahl herrühren könnte.

»Mir gefällt die Musikauswahl auch nicht, wenn ich ehrlich sein darf. Das ist ja die reinste Kindermusik.«

»Hallo?« Sven deutete auf unsere Kinder.

»Trotzdem. Da schlafen selbst mir die Füße ein. Warum erfüllst du deiner Tochter dann nicht den Wunsch und gehst mit ihr ans Buffet?«

»Bist du wahnsinnig?«, prustete er los. »Weißt du, wieviel Mühe es heute den ganzen Tag gekostet hat, wieder gute Stimmung in unsere Ehe zu bringen? Da werde ich sicher nicht alleine mit der Kleinen zu essen beginnen.«

»Wo ist denn Angela?« Ich sah mich um. Fast nur Männer mit ihrem Nachwuchs um diese Uhrzeit am Start.

»Die föhnt sich noch. Und deine?«

»Die auch. Deshalb flackert auch das Licht so komisch. Weil alle Frauen gleichzeitig föhnen. Ich schwör dir, Wasser- und Windkraft alleine schaffen das überhaupt nicht. Aber Hauptsache, sie unterschreiben ganz wichtig das ganze Jahr irgendwelche Petitionen für die Umwelt.«

»Dafür sehen sie aber dann auch hübsch aus.«

Darauf erwiderte ich nichts, weil ich diese Meinung nur in Bezug auf Anja teilen konnte.

»Ich kümmere mich mal um die Mucke! Oskar! Komm! Wir gehen zu Gabi.«

Das ließ sich der kleine Wonneproppen samt Fliege nicht zweimal sagen. Weil … Mila: ganz nett. Viel ältere Gabi: heiße Frau. Das begriff sogar schon mein Sohn mit drei. Oder gerade zwei. Verdammt, ich musste mir zu Hause unbedingt wieder sein richtiges Alter einprägen. Nicht dass wir ihn mit fünf einschulten.

»Servus, Gabi, servus, Kirsten. Was wird das hier, wenn's fertig ist?«, schmiss ich keck in den Raum.

»Kinderdisco.«

Ich trat zwischen die beiden, legte den Arm um ihre Schultern und drehte mich mit ihnen zur Tanzfläche.

»Ich sehe Kinder, aber keine Disco«, stellte ich fest. »Das ist höchstens eine Krabbelgruppe, bei der zufällig im Hintergrund *Drei Chinesen mit dem Kontrabass* läuft.«

»Sicher!«, verteidigte sich Kirsten. »Das sind Kinder. Das erwarten die Eltern.«

»Quatsch«, lachte ich. »Das ist Gruppenzwang. Insgeheim wollen die Eltern, dass sich ihre Prinzessinnen und Prinzen im Urlaub wohlfühlen. Und das tun sie nun mal, wenn sie die gleichen Sachen machen dürfen wie die Großen. Außer dem Teil mit dem Alkohol und so, versteht sich.«

Ich ging zum DJ-Pult und blätterte mich durch die CDs. Schnell wurde ich fündig.

»Seht zu und lernt. Kinder ticken genauso wie das Feiervolk auf Malle.«

Ich legte die CD meiner Wahl in den zweiten Player und schob den Fader auf die andere Seite. Das wäre doch gelacht, dachte ich, und drehte die Lautstärke weiter nach oben.

»*… Mr. Boombastic, say me fantastic, touch me in my back …*«

»Shaggy?«, plärrte Kirsten bestürzt gegen die Musik an.

»Nur so zum Warmwerden«, lachte ich sie frech an.

»Aber … aber das geht nicht.«

»Madl, dreh dich mal um.«

Gabi grinste bereits. Etwa fünfzehn Kinder besiedelten die Tanzfläche und hüpften zu den harten Reggae-Beats. Mittendrin mein Sohn, der erstklassig, im Bereich seiner Möglichkeiten, die Windelhüften zum Rhythmus kreisen ließ. Mila hatte durch ihr Alter den Dreh noch nicht so richtig raus und hüpfte einfach neben Oskar auf der Stelle.

Sven zeigte mir seinen Daumen.

»Deeskalation nennt man das!«, rief ich Kirsten zu. »Was meinst du, was los ist, wenn die Kleinen eine Meuterei starten!«

Kirsten konnte nur noch mit dem Kopf schütteln. Ich wertete das als stille Anerkennung.

Plötzlich entdeckte ich Anja, die an einem der Tische saß und ihrem Sohn auf der Tanzfläche zusah.

Ich tat natürlich, als hätte ich sie noch nicht bemerkt. Stattdessen ging ich zu Oskar, um mit ihm die Hüften kreisen zu lassen. Mit erhobenen Händen und schnippenden Fingern tänzelte ich mich zu den Kids und ließ mich einfach von Shaggy treiben. Mir war eh alles wurst. Ich hatte Anja in der Bar mit der Kraxe auf dem Rücken eine Szene gemacht, zwei Nächte im Garten gezeltet und war im Besitz eines Hallux. Den ich, wohlgemerkt, immer noch nicht erkannte. Was also sollte mich daran hindern, einfach zu tun, was ich wollte?

»Jetzt machst du das schon wieder!«

Heinrich stand neben mir und fixierte mich mit strengem Blick.

»Hey, Heinrich!« Ich tanzte weiter. »Na, wieder alles im Lot? Komm, lass dich mal gehen.«

»Keine Lust. Mir ist nicht nach Tanzen. Und schon gar nicht hier.«

Ich beendete meine kleine Showeinlage und zog Heinrich neben die Tanzfläche.

Gabi fühlte sich von der Idee, unkonventionelle Musik für die Kinder zu spielen, angestachelt und startete mit DJ Bobo die Achtziger-Ära.

»Was ist denn los? Du schaust so mürrisch.«

»Stress!«

»Sag bloß, deine Frau macht immer noch einen Aufstand, weil du eine Zigarette auf dem Balkon geraucht hast?«

»Na ja«, er zögerte. »Das war ja eigentlich nicht nur wegen der Zigarette. Ich hatte da was mit einer anderen.« Er räusperte sich. »Oder mit ein paar anderen«, verbesserte er sich.

»Das tut man aber nicht«, gab ich ihm zu verstehen.

Heinrich, ein notorischer Fremdgänger. Wer hätte das gedacht? Gab es also für diesen Topf noch mehr Deckel?

Er grinste mich verschmitzt an. Scheinbar dachte er, ich würde ihn nun für einen tollen Kerl halten.

Da war er bei mir aber an der falschen Adresse. Typen wie er waren schließlich der Grund, warum es zwischen Anja und mir kriselte. Nun ja, nicht nur. Trotzdem! Oder glaubte irgendjemand, dass sich Heinrich vorab erkundigte, ob die Frauen, mit denen er seine Schäferstündchen abhielt, in festen Händen waren? Ich auch nicht. Schließlich war ihm seine Beziehung in diesen Momenten auch egal. Warum also sollte er auf fremde Männer Rücksicht nehmen?

»Und jetzt? Wie geht es jetzt bei euch weiter?«, wollte ich wissen und hoffte, dass er nicht so leicht aus der Nummer rauskommen würde.

Er steckte seine Hände in die Hosentaschen und zuckte mit den Schultern.

»Meine Frau und ich haben nun eine Vereinbarung. Ich kann von jetzt an mit allen Frauen schlafen, dafür zieht sie aus. Seit heute Nachmittag redet sie auch nicht mehr mit mir. Die Kinder nimmt sie auch mit.«

Er tat, als wäre diese Entwicklung für ihn in Ordnung.

»Recht hat sie!«

»Hey, so redet man doch nicht mit seinem Verbündeten. Einer für alle …«

»Einer für alle am Arsch.«

»Mach mal langsam! Kann ich vielleicht heute Abend an euren Tisch …«

»Wirklich nicht.« Jetzt war ich sauer. Nicht auszudenken, wenn in diesem Moment dieser Kaffeefuzzi da gewesen wäre.

Anja kam zu mir herüber.

»Was ist?«, fragte sie und sah uns abwechselnd an.

»Nix. Heinrich wollte gerade gehen.«

Er holte Luft und wollte noch etwas äußern.

Ich aber drehte mich von ihm weg.

Er beließ es dabei und zog ab. Wir sahen ihm ein paar Schritte hinterher.

»Muss ich was wissen?«

»Nö«, meinte ich zu Anja.

»Shaggy?«

»Klar. Shaggy geht immer. Und wenn nicht, habe ich noch den Carpendale als Geheimwaffe. Mit *Samstagnacht* und *Tür an Tür mit Alice* reiß ich dir die Hütte ab. Jetzt lass uns einen Happen essen gehen.«

Wir holten Oskar von der Tanzfläche. Kein leichtes Unterfangen, da er sich gerade so richtig eingegroovt hatte. Doch die Zauberworte *Pommes* und *Pizza* bewirkten, dass er umgehend zum Eingang des Speisesaals rannte. Mir doch egal, ob diese Methode pädagogisch wertvoll war oder nicht.

* * *

»Bestellst du mir noch ein Pils, ich dreh mit Oskar noch mal eine Runde ums Buffet.« Ich hob Oskar aus dem Hochstuhl.

»Natürlich.«

»Sollen wir dir etwas mitbringen?«

»Geht ihr ruhig. Ich warte noch ein bisschen.«

Oskar und ich zogen los. Es war besser, ihn selbst entscheiden zu lassen, was er wollte. Die Chance, dass er etwas essen würde, das ich ihm einfach vorsetzte, lag bei unter fünfzig Prozent.

»Oskar magst du noch ein paar Nudeln oder magst du einen Nachtisch?«

»Keinen Tisch!«, meuterte er. Ach, diese Sprachbarrieren!

»Magst du ein Eis?«, versuchte ich mein Glück erneut.

»Schoko!«

»Okay, dann Schoko. Papa nimmt sich auch ein Eis.«

Ein aufgeregter Papa kreuzte mit seiner kleinen Tochter unseren Weg und steuerte auf Kurt zu, der gerade ein paar Scheiben vom Rollbraten schnitt. Verdammt! Rollbraten. Den hatte ich nicht gesehen.

»Entschuldigen Sie, wo haben Sie denn hier die Milli? Cassandra findet sie nicht.«

Kurt deutete, ohne den Blick von seinem Rollbraten zu nehmen, blind in eine Richtung.

»Dort hinten an der Wand, wo die große Kuh mit den dicken Eutern hängt. Da drunter ist die Milch.«

»Danke!« Er zog mit seinem Nachwuchs ab.

»Und wo haben Sie die laktosefreie Milch für intolerante Stadtmenschen?«

Er blickte auf und sah mich an. Dann lachte er.

»Du bist doch einer von den Campern.«

»Gut erkannt. Danke nochmals für das ganze Grillfleisch. War erste Sahne.«

»Gern geschehen. Hat es wenigstens was gebracht? So manchem Familienvater hat so eine Nacht in freier Natur bei ein paar Würsteln schon die Augen geöffnet.«

»Ich arbeite dran«, gab ich ihm zu verstehen und blickte zu Oskar.

»Ah, der Nachwuchs. Wie alt bist du denn?«

Oskar zeigte Kurt drei Finger.

»Bisschen klein ist er für sein Alter. Aber keine Angst. Irgendwann schießt er in die Höhe und schaut auf dich herunter.«

»Wenn er das nur der Größe wegen macht, ist das völlig okay!«

Er lachte wieder. »Wohl wahr.«

»Also, Kurt, servus. Wir reisen morgen ab.«

»Servus. Und wenn dir die Stadtluft das Hirn zu sehr vernebelt, dann besuchst uns wieder.«

»Versprochen.«

Oskar und ich steuerten die Kühltheke mit dem Eis an. Ich hatte Lust auf drei Kugeln Vanille mit Karamellsauce bis zum Becherrand. Und ein paar Liebesperlen.

»Onkel? Gibst du mir das Brot da?«

Eine kleine Blonde stand mit ihrem Teller vor mir und starrte mich mit großen Augen an. Gerade, als ich zum Brot greifen wollte, hielt ich inne.

»Wo sitzen denn deine Eltern?«, fragte ich sie.

Sie zeigte zu einem Tisch in zweiter Reihe, an dem Dr. Schnabel eben einem anderen Mann etwas vom Rotwein ins Glas kippte. Frau Dr. Schnabel unterhielt sich mit einem Prosecco in der Hand angeregt mit einer Frau am Tisch. Die insgesamt vier Kinder saßen alleine an einem Tisch nebendran.

Es wäre so einfach gewesen, dem Kind einfach ein Brot zu geben.

»Weißt du was? Jetzt gehst du zu deinem Papa und sagst ihm …« Den Rest flüsterte ich ihr ins Ohr.

Sie sah mich etwas ungläubig an.

»Geh nur«, bestärkte ich sie. »Das musst du aber ganz laut sagen. Erwachsene, die Alkohol trinken, hören ein bisschen schlechter.«

Sie zog ab und ich trollte mich mit Oskar zum Eis.

»Papa? Was hat das Mädchen?«, wollte mein Bub wissen.

»Auch gleich einen Papa, der mit ihr ans Buffet geht«, erklärte ich ihm und zog den Portionierer aus dem Wasser.

Mit einem Auge spähte ich dem Mädel hinterher. Da es allgemein sehr laut im Speisesaal war, konnte ich nicht hören, ob sie genau das wiedergegeben hatte, was ich ihr zugeraunt hatte. Am Gesichtsausdruck der Gäste an den umliegenden Tischen konnte ich jedenfalls erkennen, dass es in etwa genau das war.

»Wer hat das gesagt?«, brüstete sich der Papa neben Schnabel und stand suchend auf.

Die Kleine zeigte nach kurzer Suche auf mich.

Zeit, um wieder an den Tisch zurückzukehren.

»Das ist aber viel Karamell«, kommentierte Anja, als sie in meinen Becher sah.

Ich hievte Oskar wieder in seinen Hochstuhl und gab ihm sein Schokoeis.

Dann setzte ich mich.

»Magst du probieren?«, fragte ich sie beiläufig, während ich den Papa mit seinem Weinglas in der Hand auf mich zusteuern sah.

»Haben Sie zu meiner Tochter gesagt, sie solle mir und meiner Frau erzählen, dass wir nicht so viel Alkohol in uns hineinschütten sollen? Stattdessen sollen wir ihr etwas zu essen geben, weil sie sonst verhungert?« Er war knallrot im Gesicht. Bestimmt, weil er ziemlich wütend war. Oder, wie Oskar sagen würde: Er war wütig.

»Ich?«, tat ich verwundert. »Wie komme ich denn dazu, deiner Tochter so etwas zu sagen.« Ich dachte, wir waren alle beim DU?

»Sie hat das behauptet.«

»Wer?« Ich guckte mich interessiert im Speisesaal um. »Ach, das kleine Mädchen dort hinten mit dem leeren Teller?«

»Ganz genau.«

Ich drehte mich wieder zu meinem Eis. »Das kenne ich nicht. Da muss mich die Kleine verwechseln. Und jetzt entschuldige mich bitte. Ich würde gerne mit meiner Familie zusammen einen schönen Abend verbringen.«

»Papa!«, rief die Kleine. »Ich habe Hunger!«

Er beließ es dabei und ging genervt zu seiner Tochter. Dann rief er seine Frau herbei, sie solle ihrer Tochter etwas zu essen geben.

»Hast du etwas damit zu tun?«, fragte mich Anja vorsichtig.

»Ich? Ach woher! Ich mische mich doch nicht in die Angelegenheiten anderer Leute ein. Noch Wein?«

Anja starrte mich mit einem Schmunzeln auf den Lippen weiter wortlos an. Das machte mich etwas nervös.

»Schönen Abend noch!«, rief ich dem Mann zu, der sich vom Tisch neben uns erhob, um ein wenig von mir abzulenken.

»Ich hole mir doch nur was zu essen!«, moserte der und stolzierte kopfschüttelnd ans Buffet.

Gut, dann eben keine Konversation mehr außerhalb dieses Tisches.

»Ich hole mir auch ein Eis!«

»Mach das.«

Anja stand auf und streichelte mir über meinen Hinterkopf.

Verdammt. Wie sollte ich mich nun verhalten? Ich war müde. Zu müde, um mich zu streiten und mich mit dieser Situation weiter auseinanderzusetzen. Sollte ich wirklich einfach so zur Tagesordnung zurückkehren? Anja gab sich sichtlich Mühe. Ich glaubte ihr, dass es ihr leidtat. Trotzdem benötigte ich unbedingt eine offizielle Lösung. Einfach zu sagen, dass es irgendwie wieder weiterginge, das war mir zu wenig.

»Darf ich um eure Aufmerksamkeit bitten?«

Inmitten des Speisesaals stand der Hoteldirektor mit einem Glas Sekt in der Hand, gegen das er mit einem kleinen Löffel hämmerte.

Anja kam mit einem Klecks weißer Mousse au Chocolat wieder an den Tisch zurück. Die hätte ich auch gerne gegessen.

»Wie ihr alle vielleicht wisst, gab es heute Morgen schon eine große Aufregung. Eine unserer Gäste brachte ihr Kind zur Welt.«

Es war plötzlich ganz still im Saal.

»Wie uns der frischgebackene Vater soeben mitteilte, sind Mutter und Kind wohlauf. Natürlich habe ich für die Interessierten unter euch ein paar Daten aufgeschrieben.«

Er kramte aus der Brusttasche seines Trachtenjankers einen Zettel hervor.

»Der Bub wiegt dreitausendvierhundert Gramm, ist achtundvierzig Komma drei Zentimeter groß und hört ab heute auf den Namen Niklas, wie sein Papa.«

Anja sah mich an. Sie rechnete fest damit, dass ich dazu einen Kommentar hätte.

»Ich hab nichts gesagt!«, meinte ich zu ihr. Und damit war alles gesagt. Niemand hätte sich ein Bein ausgerissen, wenn auch Oskar auf den Namen seines Vaters hören würde.

Ein paar Servicekräfte waren bereits dabei, an alle Gäste Sekt zu verteilen.

»Erheben wir nun alle gemeinsam das Glas und stoßen wir auf unseren neuen Erdenbürger an. Auf dass er sich in dieser schnelllebigen Welt behaupten möge. Unser kleiner Erdenbürger hat uns gezeigt, dass wir nur miteinander etwas erreichen können. Auf der Welt, in diesem Hotel, bis hin in jede noch so kleine Familie. PROST!«

Für diese Ansprache gab es natürlich Applaus. Oder für den Sekt. Jedenfalls stießen alle miteinander an und es herrschte Stimmung in der Bude.

»Das war ja wie am Ende vom Traumschiff«, frotzelte ich zu Anja, nachdem ich mein Glas auf ex geleert hatte.

»Wann guckst du denn Traumschiff?«

»Habe ich früher mit meinen Eltern immer getan. Dann durfte ich auch länger aufbleiben. Der Steward, der hat mir am besten gefallen. Der Dingsda, der Sascha Hehn.«

»Mich wundert, dass du sogar die Namen kennst. Der ist übrigens mittlerweile Kapitän.«

»Ach, echt?«, wunderte ich mich. »Tja, da sieht man mal, was man alles erreichen kann, wenn man nur will.«

Als wir den Speisesaal verließen, trug ich Oskar auf dem Arm. Er fiel immer wieder in einen Sekundenschlaf. Seine Fliege hatte er mit Schokoladeneis bekleckert. Ich befürchtete, dass das niemals wieder rausgehen würde. Schade aber auch.

Romantik aus der Tonne

Die ersten Sonnenstrahlen kitzelten mich wach. Oskar rasselte neben Yoda in dem kleinen Beistellbettchen. Auch Anja säuselte noch leise vor sich hin. Es war eindeutig schöner, in dieser Umgebung aufzuwachen, als in einem feuchten Zelt. Ich blickte zu Anja.

Unschuldig sah sie aus. Sie lag seitlich mit dem Gesicht zu mir. Eine Haarsträhne hing über ihrem Gesicht.

»Schoko«, kam es von Oskar. Er träumte.

Ich hatte nichts geträumt. Zumindest erinnerte ich mich an nichts. Besser so. Der letzte Traum hatte mir gereicht. Ich schwitzte. Vorsichtig schälte ich mich aus dem Bett und tappte barfuß auf den Balkon. Die Tür knarrte ein wenig.

Oskar bewegte sich kurz, wachte aber nicht auf.

Die Luft war frisch und klar. Die Wiese schimmerte feucht. Die Zelte standen immer noch. Aus dem Indianerzelt ragte ein Fuß, der in einer Sandale steckte, heraus. Das konnte nur Heinrich sein. Von hier oben wirkte die Welt völlig anders und ich wollte in diesem Moment keinesfalls mit ihm tauschen. Doch ich bemitleidete ihn nicht. Schließlich hatte er sich selbst in diese Situation gebracht.

»Du bist ja schon auf?«

Anja kam zu mir auf den Balkon. Sie hatte kleine Augen und wirkte noch völlig verschlafen.

»Guten Morgen!«

Sie umarmte mich von hinten und legte ihren Kopf an meinen Rücken. Irgendwie tat sie das gerne. Sie schmatzte zufrieden.

»Gut geschlafen?«, fragte ich sie und starrte weiter auf die Zelte.

»Ging so. Und du?«

»Na ja. Diese verdammten Matratzen. Ich fühle mich, als hätte ich in meinem eigenen Saft geschlafen. Als wenn die da neuerdings Latex unter dem Betttuch haben.«

»Das ist aber hygienischer. Deshalb sind Gummilaken inzwischen Standard in Hotels«, meinte Anja gelassen und schmiegte sich weiter an mich an.

»Hygienischer? Was denken die denn? Dass die Reinemachefrau nach unserem Aufenthalt hier das Bett mit dem Schlauch abspritzen muss? Obwohl ... wenn es wirklich Latex wäre, dann ginge das.«

»Ich finde es nicht schlecht.«

»Und ich finde, dass mir ein paar Milben lieber sind, als in meiner eigenen Suppe aufzuwachen. Wenn ich es mir aber so recht überlege ... Stell dir vor, solche wie die Schnabels hätten vor uns in dem Bett geschlafen.«

»Was hast du eigentlich gegen den?«

»Gar nichts. Solange er nicht dumme Diagnosen stellt.«

Anja lachte. »Herbert, der ist Arzt.«

»Und noch mal zum Mitschreiben, er ist Augenarzt. Oder schaut dir dein Gynäkologe auch noch in den Mund, wenn du schon mal da bist?«

»Du bist echt ein Spinner.«

»Vielleicht. Aber nicht nur er liest die Apothekenzeitschrift. Der hatte bestimmt ein Abo und dann seinen Doktor gemacht.«

Ich stützte mich mit den Armen auf die Balkonbrüstung.

Anja wich nicht von meinem Rücken. »Ich habe heute Nacht übrigens geträumt, dass wir Sex hatten.«

Diese Aussage überraschte mich. Warum sagte sie so etwas? »Ach ja?«

»Mhm!« Wieder drückte sie sich näher an mich heran. Wenn das so weitergegangen wäre, hätte sie mich irgendwann über das Geländer gedrückt.

Ich drehte mich um und schaute sie an.

»Und warum hast du mich dann nicht geweckt? Ist es nicht schön, wenn man seine Träume verwirklichen kann?«

Sie grinste, schloss ihre Augen und lehnte sich wieder an mich. Wie schmusig sie war!? War das ihre Art zu sagen, dass sie für einen Neustart bereit war? Ich war etwas mit der Situation überfordert.

»Ich habe doch eben gesagt, dass ich das nur geträumt habe«, säuselte sie leise. »Ich lag ja nicht wach im Bett und dachte: *Mensch, jetzt Sex. Schade, dass er schläft.*«

Ich küsste sie auf die Stirn. Das war alles, was mir dazu einfiel. Außerdem, wo sollte das nun hinführen? Früh am Morgen mit Oskar in einem Zimmer?

»Sollten wir nicht langsam mal packen?«, fragte ich.

Sie löste sich von mir. »So kann man Romantik auch in die Tonne treten.«

Was mir darauf eingefallen wäre, verkniff ich mir. Sonst hätten wir uns weiter im Kreis gedreht und das hätte niemandem etwas gebracht. Außerdem hatte ich Hunger.

»Komm, lass uns packen und dann frühstücken. Musst du ins Bad?«

»Geh nur«, meinte sie und blieb enttäuscht auf dem Balkon, bis auch Oskar erwachte.

Langsam, aber sicher musste eine Lösung her. Vielleicht war es zu Hause entspannter. Hier jedenfalls hätte ich nach ein paar weiteren Tagen sicher einen Lagerkoller bekommen. Oder aus lauter Verzweiflung mit dem Mountainbiken oder Bergsteigen begonnen. Und ich weiß nicht, was schlimmer gewesen wäre.

* * *

»So! Haben wir alles? Wo ist unser Sohn? Oskar?«

»Hier!«

»Oskar!«

»Ich bin hier!«

»Na ja. Er taucht schon wieder auf. Sie schicken ihn uns bestimmt mit der Post nach.«

»Ich bin doch hier!«, rief Oskar wie verrückt aus dem Auto heraus.

»Nun quäle den Kleinen doch nicht so«, lachte Anja und packte die letzte Tasche in den Kofferraum.

Ich ging zur hinteren Tür auf der Beifahrerseite.

Oskar grinste mich aus seinem Kindersitz heraus an.

»Ja, da isser ja. Hast du dich selbst angeschnallt?« Ich kontrollierte den Gurt.

»Nein, die Mama.«

»Das hat die Mama ganz toll gemacht.«

»Ich knall dir gleich eine!«, ermahnte sie mich von der Fahrerseite aus.

Ich hatte der Einfachheit halber den Wagen zum Beladen vor den Haupteingang des Hotels gestellt. Nicht, dass ich nochmals den Kofferwagen entweiht hätte. Da wir uns mit dem Frühstück Zeit gelassen hatten, waren die meisten Gäste bereits schon auf Tour oder abgereist. Jedenfalls war an der Rezeption nichts los.

»Ah! Ihr fahrt schon wieder?«

Boris gab sich mit seinem Sohn erneut die Ehre. Wie sollte es auch anders sein, auf dem Bike. Anscheinend war sein

Hintern zwischen neun und neunzehn Uhr mit dem Sattel fest verbunden.

»Ja«, meinte Anja zu ihm. »Die Arbeit ruft. Und du?«

In diesem Augenblick kam Beatrice, die Pilateslehrerin, angeradelt und blieb neben Boris stehen. Sie grüßte uns.

»Ach, Luis und ich, wir bleiben noch ein bis zwei Tage. Nicht wahr, Luis?«

Luis nickte.

Boris zwinkerte mir zu.

Ich nickte und verstand, was er mir damit suggerieren wollte.

Sie radelten zu dritt los.

»Das mit dem Zwinkern, das habe ich gesehen!«, hörten wir Beatrice ausrufen, während sie sich von uns entfernten.

»Ach ja?«, lachte Boris. »Gut!« Dann schaltete er einen Gang hoch.

Ich marschierte zur Fahrerseite und warf mir meine Warnweste über.

»Können wir dann?« Ich klimperte mit meinen Fingern übertrieben genervt auf dem Autodach.

»Ich fahre!« Sie winkte mir mit dem Autoschlüssel zu.

»Das wüsste ich aber.«

»Okay, du kannst fahren. Aber nur, wenn du diese bescheuerte Weste ausziehst.«

»Das ist EU-Pflicht.«

»Ja, aber nur im Kofferraum.«

»Du irrst, meine Liebe. In Österreich muss die sichtbar in der Fahrgastzelle getragen werden.« Ich musste mich zusammenreißen. Das liebte ich zwischen uns. Diese Diskussionen, bei denen ich niemals wusste, ob Anja wirklich nicht merkte, dass ich sie auf den Arm nahm, oder ob sie mir zuliebe einfach nur mitspielte.

»Okay!« Sie ging an den Kofferraum und öffnete die Klappe. »Wenn du das so siehst.«

Verdammt. Hatte ich den Bogen überspannt? Ich befürchtete, dass sie ihr Gepäck wieder aus dem Kofferraum holte. Sie kramte eine Weile darin herum. Ich wagte es nicht, zu ihr zu gehen. Dann schloss sie die Klappe.

»Also! Können wir dann endlich los?«

Ich traute meinen Augen nicht. Anja hatte ihre Warnweste angezogen.

»Nicht dein Ernst, oder?«

»Wenn der Vater meines Kindes meint, dass wir die Weste tragen müssen, dann wird das wohl so sein.« Sie stieg ein.

»Was die Leute wohl sagen, wenn sie uns so sehen?«, fragte ich in die Runde, nachdem ich den Wagen gestartet hatte.

»Weißt du was, Herbert? Das ist mir scheißegal. Und das ist so befreiend!«

Na, endlich hatte ich sie so weit.

Wir rollten los. Ich hupte dreimal. Nur, damit jeder wusste, dass wir wieder fuhren.

Anja ließ es unkommentiert zu.

Oskar machte weiter »Tööt tööt!«, bis ich das Hotel im Rückspiegel nicht mehr sah.

Anja legte ihre Hand auf meine, die auf dem Schaltknüppel verweilte, und sah mich an.

»War doch trotzdem schön hier, oder?«

Busserl-Gutschein

»Was darf's denn sein?«

»Ist das alles frisch?«

»Davon können Sie ausgehen.«

»Was haben Sie denn?«

»Steht alles links hier auf der Tafel.«

»Hm …«

»Der Quinoa-Salat ist sehr zu empfehlen. Vielleicht einen Bio-Burger dazu? Mit Avocado-Dip?«

»Ich mag eigentlich gar keine Avocado.«

»Dann vielleicht BBQ-Sauce dazu? Hat einen leicht rauchigen Flavour.«

»Ich nehme einfach den Quinoa-Salat. Ist da Ei drin?«

»Der ist vegan.«

»Und?«

»Nein. Ist kein Ei drin.«

»Gut.«

Wenn es Sie einmal selbst in die Gastronomie verschlagen sollte, unbedingt auf die Wortwahl achten. *Flavour* hört sich um ein Vielfaches interessanter an als *Geschmack*. Ein *Klecks* ist ein *Dip*, und das *Fleischpflanzerl* nennt man *Patty*. Natürlich kommt es darauf an, um welche Kundenklientel es sich bei Ihnen handelt. Auf dem Land wird man Ihnen viel verzeihen. Aber hier? Ein paar Kilometer Luftlinie von Schwabing entfernt war es ungeheuer wichtig, dem Kunden das Gefühl der großen weiten Welt zu vermitteln. *Special Offer* ist zwar auch gut, jedoch nicht im Lebensmittelbereich. Wer kauft schon gerne ein Bioprodukt im Sonderangebot? Das schreit ja förmlich nach »Alles muss raus!«. Ach ja, und anstelle von *scharf* benutzen Sie bitte das Wort *spicy*. Kaum jemand kauft Ihnen ein scharfes Essen ab. Ist es jedoch spicy, assoziieren Ihre Kunden dies mit rasantem Fettstoffwechsel und sehen die Pfunde während des Essens nur so purzeln. Ergebnis: leeres Lager, volle Kasse.

Als wir am Vortag zu Hause angekommen waren, fühlte es sich komisch an, mit Anja in unsere gemeinsame Wohnung zu gehen. Ich hatte das Gefühl, dass wir nicht zu dritt unser Heim betraten, sondern dass dieser Typ mit uns zusammen über die Türschwelle schritt. Letztendlich hatte ich mich im Hotel ein wenig behaglicher gefühlt. So, als hätte ich mich vor der Welt verstecken können. In unser gemeinsames Zuhause war Anja gekommen, nachdem sie einen anderen Mann an sich herangelassen hatte. Das war für mich in etwa mit einem Einbruch gleichzusetzen. So, als hätte ein Fremder in unseren Schränken gewühlt und Kameras angebracht. Was, wenn der bereits in unserer Wohnung war? Ich wollte es nicht wissen. Je näher wir der Leopoldstraße kamen, umso mehr schnürte es mir den Hals zu.

Nachdem ich meinen Koffer ausgepackt hatte, kam mir der Vorwand, für den nächsten Tag die Ware zu holen und meinen Food Truck einsatzbereit zu machen, gerade recht.

Oskar war selig, endlich sein Zimmer wiederzuhaben. Seine Spielsachen, sein Laserschwert. Mein Schwert war leider nicht einsatzbereit, da die Batterien dafür in Oskars Feuerwehrauto steckten.

Ich glaubte, dass es auch für Anja leichter war, ein bisschen Zeit alleine in unserer gemeinsamen Wohnung zu haben. Nach dem Abendessen dauerte es nicht lange, bis sie ins Bett ging.

Ich spielte noch ein bisschen mit meiner Playstation und ließ den Abend mit einem Feierabendbierchen auf unserem kleinen Balkon ausklingen.

Als Fiona, unsere Nanny, am Morgen bei uns eintraf, um Oskar zu übernehmen, war Anja bereits ins Café gefahren. Sie wollte sich um die Bestellung kümmern und ich hoffte, dass noch genug Kaffee im Lager war. Hätte ich von ihr verlangen sollen, den Lieferanten zu wechseln? Nein. Es würde immer einen geben, der an unserer Beziehung kratzte. Das Geheimnis lag eher darin, für eine gute Beschichtung unserer Partnerschaft zu sorgen.

Als am späten Nachmittag die Kundschaft weniger wurde, räumte ich meine drei Tische samt Stühlen in meinen Truck. Viele meiner Stammkunden waren da. Ich freute mich, dass ich mich anscheinend in kurzer Zeit in diesem Gewerbegebiet als Nahrungslieferant etabliert hatte. Mein mehrtägiges Fernbleiben hatte man mir nicht übelgenommen. Ein Garant dafür, dass auch meine Ware gut ankam. Vielleicht war der Zeitpunkt doch gekommen, um zu expandieren. Ich wollte dem Rest von München meine Bio-Burger nicht vorenthalten. In Gedanken sah ich, wie morgens fünf, sechs Trucks den Hof verließen, um auszuschwärmen. Hinaus ins Münchner Umland, in die Innenstadt, in die Gewerbegebiete der Stadt. Die Kranktage in den Firmen würden rapide sinken, weil die Leute sich auch mit hohem Fieber zur Arbeit schleppen würden. Einzig, um mittags bei mir gepflegt zu speisen. Das wäre es.

»Ist das alles bio?«, hörte ich hinter mir, als ich gerade zwei Stühle in den Wagen stellte.

»Klar! Morgen wieder. Für heute ist …« Ich drehte mich um. »Hans! Was für eine Überraschung!« Ich ging ihm entgegen.

Wir begrüßten uns männermäßig ohne viel Tamtam. Ein Handschlag mit den Fingern nach oben geneigt, kurz mit den Fäusten leicht aneinandergeschlagen. Dann Körperkontakt mit seitlichen Blick über die Schulter des anderen, gefolgt von einem anständigen Klaps auf den Rücken. Wichtig: ein Klaps. Wir wollten nicht eventuelle Ablagerungen auf Lunge und Speiseröhre lösen.

»Mensch! Was machst du denn hier?«

»Gibt's noch was bei dir? Ich hab Hunger!«

»Natürlich. Für gute Freunde immer.«

»Das Fleisch liegt jetzt aber nicht schon eine Woche in deiner Karre, oder?«

»Depp!«

Ich holte die zwei Stühle wieder aus dem Truck und stellte sie an den Tisch, den ich noch nicht verstaut hatte.

»Setz dich. Magst du was trinken?«

»Wenn du was Anständiges hast?«

»Freilich! Helles?«

Er nickte.

Ich stellte ihm gleich die Flasche hin. Ein Glas war bei ihm außerhalb eines Restaurants unnötig. Es tat gut, Hans zu sehen. Auch, wenn er mittlerweile in Berchtesgaden wohnte, war er immer noch das Münchner Urgestein.

»Wie magst du denn deinen Burger?«, rief ich von meiner Theke aus.

»Wenn du mich so fragst: Von zwei Blondinen im Bikini serviert. Medium.«

»Letzteres kann ich dir erfüllen. Den Rest musst du dir denken.«

Er zog demonstrativ seine Mundwinkel nach unten und genehmigte sich einen großen Schluck. »Und? Wie war dein Familienurlaub noch? Vertragt ihr euch wieder, deine Süße und du?«

Ich warf den Patty auf die heiße Grillplatte. Es zischte.

»Was soll ich sagen. Wir sind wieder zusammen heimgefahren.«

»Das ist ja schon mal was. Und dein Kleiner?«

»Der hat im Hotel die Mädels schwindelig getanzt.«

»Gar nicht der Papa.«

»Ach, du hättest mich sehen müssen. Ich stand ihm in nichts nach.«

»Nein! Lieber nicht.«

Er kam zu mir an den Truck und lehnte sich vor die Durchreiche.

»Jetzt mal ehrlich. Wie geht's denn weiter?«

»Wenn ich das wüsste!«

Ich schnitt die Burger-Semmel in zwei Hälften und legte sie mit der Innenseite ebenfalls auf den Grill. Dann wendete ich das Fleisch.

»Herbert, meinst du nicht, dass du ein bisserl übertreibst?«

»Was heißt hier *übertreiben*. Hey! Die hat fremdgeknutscht!«

»Ja mei! Jetzt hab dich nicht so. Du bist auch nicht besser!«

Ich gab ihm seinen Teller über meine Theke.

Er setzte sich an den kleinen Tisch.

»Was heißt hier *auch nicht besser*? Ich bin die treuste Seele, die es weit über die Grenzen Bayerns hinaus gibt.«

»Ha! Da lach ich aber. Hast vielleicht die Tina auf meinem Hof schon vergessen? Ganz dick ist es dir eingegangen mit der.«

Ich kam aus meinem Truck heraus und setzte mich zu ihm. »Das stimmt doch überhaupt nicht. Die wolltest *du* mir die ganze Zeit aufschwatzen!«

»In einem Schlafsack seid ihr beide gelegen.«

»Weil ihr kalt war. Außerdem ist da überhaupt nix passiert.«

Er biss ein riesiges Stück ab und sprach mit vollem Mund weiter. Kein schöner Anblick.

»Oder das Geschäker auf dem Kreuzfahrtschiff mit den Mädels. Komm, erzähl mir doch nix.«

»Hans, das hast du mir eingebrockt mit deinem Scheiß-Yoga. Weiß die Heidi eigentlich, was du für tolle Figuren machen kannst? Ich sage bloß: der verunglückte Schmetterling.«

Hans knallte die Bierflasche auf den Tisch. »Untersteh dich! Ich warne dich. Außerdem fallen solche Sachen unter den Ehrenkodex der Umkleidekabine. Die Sachen, die dort gesprochen werden, verlassen auch nicht den Raum.«

»Dann schieb du mir deinen Schmarrn nicht in die Schuhe.«

Hans aß den letzten Bissen seines Burgers und leckte sich die Finger ab.

Ich holte ihm eine Serviette und legte sie auf den Tisch.

»Oh. Serviette! Weil es bio ist, oder was?«

»Nein. Weil wir hier nicht bei den Wilden sind.«

»Nicht schlecht, dein Burger. Hast noch einen?«

»Sicher!«

Ich verschwand wieder in meinem Truck und wiederholte die Prozedur.

Hans kam an die seitliche Tür und lehnte sich gegen das Auto.

»Herbert, von Mann zu Mann. Lass es gut sein. Weil sie einmal herumgeknutscht hat …«

»Dreimal!«

»Ich hab's dir schon mal gesagt. Wenn sie wieder heimkommt, ist alles in Ordnung. Dann hat sie halt mal in die große weite Welt hinausgeschnuppert. Vielleicht gibst dir einfach ein bisserl mehr Mühe, dann wird sie schon sehen, was sie an dir hat.«

Ich legte den zweiten Patty auf den Grill.

»Seit wann ist es dir eigentlich so wichtig, dass es zwischen Anja und mir läuft?«

Hans bediente sich selbst aus meinem Kühlschrank und nahm sich eine Cola. Wie ungewöhnlich.

»Bertl, ich hab dir das vielleicht noch nie so gesagt, aber die Anja und du, ihr seid für mich der Inbegriff einer harmonischen Beziehung.«

Ich musste mich zusammenreißen, um nicht laut lachen zu müssen. Gelang mir nicht sehr gut.

»Da kannst du schon lachen. Ist trotzdem so. Wegen euch habe ich mich doch überhaupt erst auf die Heidi eingelassen. Euch zwei zuzuschauen, das ist, als ob die Wiesn und das Bayern-Derby gleichzeitig sind. Da scheint dir einfach die Sonne aus dem Hintern.«

Ich hatte mich wieder gefangen. Wie es schien, meinte er es wirklich ernst. Ich erkannte mit der Zeit, wann er mich verschaukeln wollte.

»Wenn das jetzt bei euch nicht klappt, dann ist das letzte Fünkchen Hoffnung für mich auch vorbei. Weil, wenn ihr zwei Turteltauben das nicht hinkriegt, wie soll das dann bei mir funktionieren?«

Ich drückte ihm den Teller mit dem zweiten Burger in die Hand.

»Und ich soll jetzt klein beigeben, damit du und die Heidi mit euren Bikes zusammen in den Sonnenuntergang fahren könnt, oder was?«

»Schmarrn. Ich sag bloß, dass du langsam wieder in die Spur zurückkommen sollst, bevor es zu spät ist. Stell dir vor, die Anja steht morgen früh auf und packt die Koffer, weil sie eingesehen hat, dass sie einen Fehler gemacht hat und dass nichts mehr zu kitten ist. Dann hast du alles kaputtgemacht mit deiner endlosen Herumheulerei. Geht's dir dann besser?«

»Hm.«

»Nix *hm*. Außerdem … sieh das doch mal von der anderen Seite: Auf die Weise darfst du auch mal ein hübsches Dirndl anbusserln. Sozusagen ein Gutschein!«

»Nein, so was mach ich nicht.«

»Herbert, Herbert. Gleich baue ich dir einen riesigen Heiligenschein auf deinen Bus.«

»Das ist ein Food Truck.«

»Sorry.«

»Vielleicht bringe ich heute Blumen mit nach Hause!«

»Blumen? Hast was gutzumachen bei der Anja?«

»Quatsch. Wenn ich was gutzumachen hätte, würde ich ihr eine kleine Reise schenken und keine Blumen. Deshalb verreisen wir ja so selten.«

»Das musst du wissen. Übrigens, echt geil, deine Burger.«

»Dank der guten Zutaten deiner Heidi. Ihr Fleisch ist klasse. Richte ihr bitte einen schönen Gruß aus.«

»Spinnst du? Ich war nie hier. Ich sollte eigentlich den Gemeinschaftsraum auf meinem Hof streichen. Also nix da. Ehrenkodex!«

»Kein Thema. Und sag Bescheid, wenn du noch ein neues Paar Pantoffeln brauchst. Damit du bei deiner Heidi einen besseren Stand hast!«

»Depp!«

Wir saßen noch eine ganze Weile vor meinem Food Truck, bis sich Hans wieder auf den Heimweg machte. Das waren ja ganz neue Töne, die er da anschlug. Hans hatte zwar nicht immer recht, doch seine Trefferquote war schon ziemlich hoch. Als ich ihm noch für den Heimweg einen Quinoa-Salat einpacken wollte, hätte er mir fast die Freundschaft gekündigt. Ob ich ihn vergiften wolle, hatte er mich gefragt. Da ihn Heidi immer mehr mit Bioware bekochte, hatte er Angst, dass sich sein Stoffwechsel umstellen könnte. Das Schlimmste wäre für ihn, dass sein Körper irgendwann Leberkäs und Weißwürste abstoßen würde. Um diese Sorgen beneidete ich ihn.

Er ist verwöhnt

Die Zeit verging wie im Flug. Ich hatte Mühe, mich von meinem Stuhl zu lösen. Inmitten des Gewerbegebietes saß ich vor meinem Wagen und starrte ihn an. Ich sah auf die Uhr. Anja war bestimmt schon daheim und fragte sich wahrscheinlich, wo ich war. Oder auch nicht.

Hatte sie vielleicht recht? Waren wir nur noch Eltern? Ich versuchte krampfhaft, mich an ein nennenswertes Highlight seit Oskars Geburt in unserer Partnerschaft zu erinnern. Wir hatten einen größeren Fernseher gekauft. Und wir waren bei den Nachbarn zum Essen eingeladen gewesen. Die fanden uns wahrscheinlich schräg, weil wir bei jedem Mucks aus dem Babyfon in unsere Wohnung gerannt waren. Beide! Sie hatten uns seither nicht mehr eingeladen. So sehr ich mich auch bemühte, ich kam immer wieder zum gleichen Schluss. Aufstehen, den Tag irgendwie meistern und abends wieder ins Bett gehen. Tagein, tagaus. Das war unser Leben seit zwei Jahren. Bestimmt sah es in den meisten Familien so aus. Aber wollte Anja das? Wollte ich das? Wo waren die kleinen Inseln, die den Alltag wenigstens für ein paar Stunden ins Nirwana schickten? Die wurden scheinbar von Windeln, Catering, meiner Selbstständigkeit und Anjas Café überflutet. Doch war ich es nicht, der Abend für Abend versuchte, unsere Zweisamkeit wiederzubeleben? Ich hatte oft eine Kerze angezündet oder einen Wein aufgemacht. Offenbar waren meine Versuche kein Gradmesser für den notwendigen Einsatz, der eine eingerostete Beziehung frisch halten konnte. Da musste erst so ein Nordlicht kommen, um das Feuer in meiner Frau wieder zu entfachen. Was also sollte ich tun? Aufgeben und die Segel streichen? Ich blickte nochmals auf meine Uhr. Die Sonne verabschiedete sich langsam.

Ich sprang auf, klappte die zwei Stühle und den Tisch zusammen und warf alles in den Wagen. Dann startete ich mein Gefährt und trat aufs Gas Richtung Euroindustriepark. Mit leicht überhöhter Geschwindigkeit nahm ich zwei Ampeln bei Gelb und einem Radler die Vorfahrt.

»Sorry!«, schrie ich aus meinem offenen Seitenfester. Er quittierte mir meine Entschuldigung mit seinem Mittelfinger. Dann endlich war ich an meinem Ziel angekommen und raste auf den Metro-Parkplatz. Lange Öffnungszeiten, die mir an diesem Tag zugutekamen. Ich drückte einen Euro in den Einkaufswagenschlitz und enterte den Markt. Ohne Einkaufszettel eine echte Herausforderung für mich und äußerst ungewöhnlich. Doch ich hatte ein genaues Bild vor Augen und arbeitete es systematisch ab. Eine Tischdecke, Kerzen, zwei Kerzenständer, ein Feuerzeug, Champagner, eine kleine Vase samt Seidenblumen als Konvolut, eine Wolldecke und Lampions, die mit einem Kabel miteinander verbunden waren. In der Elektronikabteilung erstand ich ein Spiel für meine Playstation, nach dem ich schon lange auf der Suche gewesen war. Das hatte allerdings nichts mit meinem Vorhaben zu tun. Ich war einfach nur kurz abgelenkt. Auf dem Weg zur Kasse warf ich noch eine CD mit dem gewinnenden Titel *Ti amo – die 20 schönsten Italo-Hits* in meinen Wagen.

Als ich in unsere Straße einbog, war es schon fast dunkel. Ich sah nach oben in den dritten Stock. Es brannte Licht. Bald war Schlafenszeit für Oskar. Ich musste mich beeilen. Die Baustelle vor unserer Haustür, die uns seit Wochen nervte, kam mir an diesem Abend wie gerufen. Kein Durchgangsverkehr, kein wildes Parken, es herrschte Ruhe. Ich stellte meinen Truck gegenüber dem Hauseingang quer vor einen Bagger. Noch einmal spähte ich durch die Windschutzscheibe nach oben. Dann stieg ich aus und öffnete die seitliche Luke meines Wagens. Normalerweise war meine fahrbare Sterneküche um diese Zeit bereits blitzblank geputzt. Doch an diesem Tag erwartete ich noch Gäste.

Ich stellte einen der Tische samt den Stühlen mitten auf die Straße. Danach zog ich das Absperrgitter ein wenig mehr in die Straße, damit niemand mehr einfahren konnte. Safety first.

Ich legte die faltige Tischdecke, die ich erstanden hatte, über den Tisch. Überraschung! Die Tischdecke war rechteckig, mein Tisch rund. Wurst! Der Wille zählte. Ich drapierte die Vase mit den unechten Blumen mittig und stellte die Kerzenständer links und rechts von ihr auf. Verdammt. Die Kerzen hatten einen weitaus größeren Durchmesser als die Ständer. Feuerzeug! Das Ergebnis sah etwas mager aus, aber wie schon erwähnt: Der Wille …

Scheiße. Ich hatte Eis vergessen. Auch der teuerste Champagner würde pisswarm nicht schmecken. Vielleicht schaffte meine Kühlung ja innerhalb von Minuten ein Wunder. Zuletzt nahm ich die Lampions aus der Verpackung und schmückte damit meinen Wagen an der Ausgabefront. Mist. Ich war mir sicher, das Teil funktionierte mit Strom. Anstelle eines Steckers hielt ich ein kleines Batteriekästchen in der Hand. Ohne Batterien. Dann musste es eben ohne gehen. Immerhin waren es bunte Lampions. Mein Schönreden à la *der Wille zählt* verkniff ich mir an dieser Stelle.

Ich setzte mich in den Wagen und drehte die Scheiben herunter.

Mal sehen, was die Italiener so draufhaben, sagte ich zu mir und packte die CD aus.

Ich schob sie in den Player und wählte Track drei.

Felicità von Al Bano und Romina Power. Mit dem Lied war ich schon mal über den Brenner gedonnert. Allerdings auf dem Rücksitz des Wagens meiner Eltern. Ich drehte die Lautstärke nach oben und stieg aus dem Wagen. Nun hieß es abwarten.

Vereinzelt gingen in den anderen Stockwerken die Lichter an und Fenster öffneten sich. Das war mir egal. Schließlich waren die meisten Menschen verzückt, wenn in Filmen solche Situationen vorkamen. Warum also sollten sie etwas dagegen haben, wenn so etwas mal live passierte.

Die Dame aus dem vierten Stock grinste mit hochrotem Gesicht zu mir herunter. Sie dachte anscheinend, dass ich ihretwegen diesen Zauber veranstaltete. Ihre Vermutung legte sich schnell, als endlich unter ihr das Fenster unserer Wohnung aufging.

Anja schaute mit Oskar auf dem Arm zu mir herunter.

Diesen Gesichtsausdruck würde ich nie vergessen. Er reichte von schockiert bis hin zu einem verklärten Blick.

»Candle-Light-Dinner gefällig?«, rief ich zu ihr hoch.

Ich winkte sie zu mir herunter.

»Papa!« Oskar winkte mir.

»Ich seh dich«, rief ich ihm zu.

Dann schloss sich das Fenster wieder. Ich spurtete schnell an meinen Grill und warf ihn an. Anja mochte ihr Fleisch stets gut durch. Dann zündete ich die Kerzen an. Perfektes Timing. Die Haustür ging auf und Anja kam mit Oskar auf die Straße hinaus. Oskar lief auf mich zu und sprang mir auf den Arm. Anja hatte etwas anderes an als noch vor einer Minute am Fenster. Frauen. In meiner Theorie gab es in jedem Kleiderschrank einer Frau eine kleine Ecke mit der Aufschrift: *Kleidung für den Fall, dass mein Mann mit mir auf der Straße vor dem Haus essen möchte.* Gleich neben dem Stapel mit der Aufschrift: *Wenn mal unerwartet Besuch klingelt.*

Nach ein paar Schritten stand Anja vor mir. Ihre Augen glänzten.

Oskar sah an mir vorbei zu meinem Food Truck. »Papa Lichter anmachen!«, rief er und zeigte auf die Lampions.

»Das sind keine Lichter, Oskar. Das sind nur so bunte Bommel an einer Schnur.«

Anja nahm meine Hand.

»Du bist verrückt.«

»Ich weiß«, stimmte ich ihr zu.

»Wie komme ich zu der Ehre?«, sagte sie leise. Ihre Stimme zitterte.

»Ich dachte mir, wir könnten vielleicht ein wenig Abwechslung gebrauchen.« Ich zog sie näher an mich heran. »Außerdem sollte man eine Frau wie dich öfter mal überraschen.«

»Das ist dir gelungen!« Sie legte einen Arm um meinen Hals und küsste mich.

Oskar starrte uns auf Augenhöhe an. »Iiih«, machte er.

Anja und ich ließen uns dadurch nicht stören. Da musste unser Nachwuchs durch.

Albano und Romina wurden von Applaus und Gejohle übertönt.

Anja und ich sahen die Hausfassade hoch.

Ein paar Fenster waren geöffnet und unsere Nachbarn schauten zu uns herunter.

»Die denken wahrscheinlich: *Nur die Liebe zählt*, oder so«, flüsterte ich Anja zu.

»Glückwunsch!«, rief der Typ aus der Wohnung unter uns, dessen Namen ich immer noch nicht wusste, herunter.

»Danke!«, erwiderte ich.

Anja nickte bloß.

Was auch immer er damit meinte, vorsorglich fragte ich nicht nach.

Unsere Nachbarn gönnten uns die Zweisamkeit; nach und nach schlossen sich die Fenster. Außer dem der Dame aus dem Vierten. Sie blieb hartnäckig und hoffte immer noch auf eine Überraschung.

»Wollt ihr euch nicht setzen?«

Ich führte Anja zum Tisch und zog ihr einen Stuhl zur Seite. Oskar platzierte ich neben sie. Seine Augen reichten nur bis zur Tischkante. Egal. Vielleicht ermutigte ihn das, schneller zu wachsen. Vom Beifahrersitz holte ich die Decke, die ich gekauft hatte, und legte sie Anja über ihre Beine.

»Es hat noch zwanzig Grad«, lachte sie.

»Na und! Frauen frieren ständig.« Mit einem Ruck riss ich das Preisschild von der Decke und steckte es in meine Hosentasche.

»Einen Moment bitte …«

Ich huschte zum Kühlschrank und holte die immer noch lauwarme Flasche Champagner heraus. Mit einem lauten »Plopp« verabschiedete sich der Korken in die Nacht hinaus und mit ihm die halbe Flasche des Inhalts, der in einem kleinen Rinnsal den kleinen Gully neben dem Gehsteig ansteuerte. Pappbecher mussten reichen. Ich tat so, als wäre diese Spontanität gewollt. Oskar kam zur Feier des Tages in den Genuss einer Cola vor dem Schlafengehen.

»Auf uns!«

»Auf uns!« Anja bekam das Lächeln nicht von ihrem Gesicht.

Ich hatte das Gefühl, dass sie sich in diesem Moment wahnsinnig gut fühlte. Wer nicht, wenn der Mann auf der Straße mitten in München warmen Champagner in Pappe serviert.

»Hunger?«

»Aber immer!«, meinte sie keck.

Ich verschwand hinter meinen Grill. Vorher stellte ich die Musik noch etwas leiser. Ich wollte nicht, dass Umberto Tozzi ungewollt die Polizei zu uns führte. Oskar durfte mir helfen. Ich setze ihn gegenüber vom Grill auf die Anrichte, damit er Papierservietten falten konnte. Im Rahmen seiner Möglichkeiten.

Anja ließ uns nicht aus den Augen. Ich musste mich schwer konzentrieren, sie nicht ständig anzusehen. Sie schickte mir einen imaginären Kuss. Ich fing ihn auf und war froh, dass Hans uns nicht beobachtete. Die Chance wäre groß gewesen, dass er mir die Freundschaft mit den Worten »*Ich kann dir nicht mehr in die Augen schauen*« gekündigt hätte.

Die drei Burger waren fast fertig. Ich nahm einen Schluck Champagner aus meinem Becher. Gott, schmeckte der scheiße. Da half die teuerste Flasche nichts. Warmer Champagner und billigster Piccolo waren definitiv auf Augenhöhe.

Ich drapierte unsere Burger auf die Teller.

»Komm, Oskar! Unsere Kundschaft wartet.« Ich hob ihn aus dem Wagen und er lief zu Anja.

Ich legte mir ein Handtuch über den Arm, schnappte mir fachmännisch die drei Teller und ging ebenfalls zum Tisch.

Ich setzte mich zu meiner kleinen Familie. Oskar nahmen wir in die Mitte. Dann sah ich Anja an.

»Noch mal von vorn?«, sagte ich leise zu ihr.

»Mhm!« Sie nickte und eine Träne lief ihr die Wange hinunter.

Ich fing sie mit meinem Handtuch auf.

Sie schniefte.

Am liebsten hätte ich diesen Moment eingefroren.

»Ich will Pizza!«

»Wie bitte?« Wir blickten beide zu Oskar.

»Ich will Pizza!«, wiederholte er bestimmend und verschränkte trotzig die Arme.

Wo hatte er sich denn diese Geste abgeschaut? Etwa bei Mila?

»Aber du magst doch Burger!«

»Ich will aber Pizza.«

Ich guckte Anja an.

Sie zuckte mit den Schultern.

Da zog ich mein Handy aus der Tasche.

»Wen rufst du denn an?«

»Na, den Pizzaservice.«

»Nicht dein Ernst oder?«, fragte Anja ungläubig.

»Wenn dein Sohn unbedingt Pizza möchte.«

»Unser Sohn«, verbesserte sie mich.

Oskar sah zwischen uns hin und her.

»Er ist einfach zu sehr verwöhnt …«

»Das ist nur, weil du immer …«

»Ich bin drei! Seise!«

Ach ja, Kinder! Aber … wenn sie dich nur einmal anlächeln … ist alles wieder gut!

Lesen Sie auch von diesem Autor

Die »Herbert«-Reihe:

Ich bin Single, Kalimera
Wie Champagner
Männerferien
Alpengriller

sowie

Das Leben ist kein Zweizeiler

und

Sie haben Ihr Ziel erreicht